Dn Jesús

LA ÚLTIMA NOCHE DE VÍCTOR ROS

LA ÚLTIMA NOCHE DE VÍCTOR ROS

JERÓNIMO TRISTANTE

PLAZA JANÉS

El papel utilizado para la impresión de este libro ha sido fabricado a partir de madera procedente de bosques y plantaciones gestionadas con los más altos estándares ambientales, lo que garantiza una explotación de los recursos sostenible con el medio ambiente y beneficiosa para las personas.

Por este motivo, Greenpeace acredita que este libro cumple los requisitos ambientales y sociales necesarios para ser considerado un libro «amigo de los bosques». El proyecto «libros amigos de los bosques» promueve la conservación y el uso sostenible de los bosques, en especial de los bosques primarios, los últimos bosques vírgenes del planeta.

Papel certificado por el Forest Stewardship Council®

Primera edición: mayo, 2013

© 2013, Jerónimo Tristante
© 2013, Random House Mondadori, S. A.
    Travessera de Gràcia, 47-49. 08021 Barcelona

Quedan prohibidos, dentro de los límites establecidos en la ley y bajo los apercibimientos legalmente previstos, la reproducción total o parcial de esta obra por cualquier medio o procedimiento, ya sea electrónico o mecánico, el tratamiento informático, el alquiler o cualquier otra forma de cesión de la obra sin la autorización previa y por escrito de los titulares del *copyright*. Diríjase a CEDRO (Centro Español de Derechos Reprográficos, http://www.cedro.org) si necesita fotocopiar o escanear algún fragmento de esta obra.

Printed in Spain – Impreso en España

ISBN: 978-84-01-35456-4
Depósito legal: B. 3.336-2013

Compuesto en Revertext, S.L.

Impreso en Liberdúplex,
Sant Llorenç d'Hortons (Barcelona)

L 354564

A María, siempre

*A Ana María Herrero Montero, que me ayudó
a viajar en el tiempo al Oviedo del siglo XIX*

Ella, otra vez

Stoffelberg, Suiza, febrero de 1882

El martes 7 de febrero, la policía suiza tuvo conocimiento de los truculentos hechos acaecidos en el castillo de Stoffelberg en la jornada anterior. Al parecer, una organización conocida como el Sello de Brandenburgo era la propietaria de la sólida construcción donde tenían en custodia a una peligrosa delincuente. Una española de tendencias antisociales, conocida como Bárbara Miranda, era estudiada en dicho lugar con la anuencia de las autoridades cantonales. Las medidas de seguridad eran, en todo momento, extremas, dada la elevada peligrosidad de la dama, pues se le mantenía en observación continua para permitir el estudio de su mente criminal por los más eminentes psiquiatras del momento.

Al parecer, el encargado de la seguridad, un tal Marcus Müller, un bávaro de dos metros de altura, antiguo policía y hombre bragado en dichos menesteres, debía hallarse presente siempre que se entrara en la celda de la joven, sita en la llamada torre negra, en el último piso, que se asoma a las heladas aguas del lago Thinersea.

Justo cuando se le iba a subir la cena, los perros comenzaron a ladrar alarmados alertando de que algo sucedía. Una criada dijo haber visto la silueta de un hombre intentando saltar el muro de acceso, por lo que Müller cometió el error fatal de enviar a dos guardias con la comida a la celda de la presa mientras que él salía a hacer una ronda para aclarar lo ocurrido.

Tras inspeccionar los alrededores del castillo sin detectar nada raro, acudió a la torre, a la estancia de la retenida, para encontrarse con que la puerta estaba abierta de par en par. De inmediato sacó la cachiporra, pues observó que, junto a la cama, en el suelo, asomaban los pies de uno de los guardias. Entró con la máxima cautela y comprobó que éste yacía brutalmente degollado. A la izquierda, el otro guardia tenía una aparatosa herida en la frente. Parecía inerte. En la pared había fragmentos de sesos, pelos y sangre. Bárbara había preparado una especie de mecanismo con una cuerda, que recorría una de las columnas del dosel de la cama, alrededor de un fragmento de sábana impregnada de grasa. Esa especie de polea le había permitido arrancar la reja de la ventana y el aire entraba por ésta helando los pulmones. Müller convino que aquella loca se había deshecho de un plumazo de los dos guardias para luego saltar por la ventana. La presa iba a una muerte segura, bien por el impacto con las rocas si calculaba mal el salto, bien por congelación si no ganaba la orilla rápidamente.

A voz en grito dio la voz de alarma y sólo cuando escuchó los pasos de los refuerzos que subían por las escaleras se atrevió a asomarse por la ventana. Fue entonces cuando percibió que una sombra oscura se movía a su espalda, algo a la derecha. Supo, ya tarde, que ella le había esperado tras la puerta y entendió en esas décimas de segundo que estaba sentenciado. El brutal golpe que recibió le hizo caer al suelo medio desmayado para, levantando la cabeza con dificultad, comprobar cómo aquella loca se lanzaba sin pensarlo por la ventana.

Al día siguiente, un paisano que vivía solo en la cercana localidad de Spiez fue encontrado muerto en su casa. Le habían degollado. Según una hermana del finado, faltaban ropas de hombre y mucho dinero que el pobre guardaba en una caja en la buhardilla. Aquella misma tarde, un revisor de la estación de Amllmendinger atendió a un extranjero bien vestido y de buen porte que, aunque no se manejaba ni en francés ni en alemán, le hizo saber que quería ir a Berna. Así que le vendieron un billete y Bárbara Miranda logró hacer desaparecer su rastro antes incluso de llegar a su ciudad de destino.

Madrid, una semana después

Víctor Ros camina por el Paseo del Prado charlando tranquilamente con Clara. Es algo que le relaja. Aunque las tardes son frías aún, sale del despacho antes de que oscurezca y se toma un pequeño descanso para hablar con ella. Clara le ayuda a ver las cosas de otra manera. Su mente es rápida y analiza los casos de Víctor desde otra perspectiva. Menos profesional, sí, pero aguda y desprovista de las intoxicaciones que origina ver las cosas desde la única perspectiva que proporciona la técnica o el dominio de aquel difícil oficio. No es la primera vez que le ha solucionado un asunto complicado.

De pronto, escucha una voz que le es familiar:

—¡Víctor, Víctor!

El detective se gira y ve a Lewis que camina a paso vivo hacia él. Había pensado que no volvería a verle nunca. Ni a él ni a esa organización para la que trabaja, el Sello de Brandenburgo, unos inconscientes que lograron sacar de prisión a

Bárbara Miranda, la delincuente más peligrosa e inteligente que jamás haya conocido. El inglés parece agitado.

—Buenas tardes, Clara —dice inclinando la testa y tocándose el bombín—. Víctor, me alegro de verte. En tu oficina me dijeron que estarías aquí.

Éste arquea las cejas como diciendo «¿y bien?».

El inglés comprende al instante.

—Tengo que hablar contigo.

—Lewis, le dije que no quería saber nada del Sello —contesta con un tono ciertamente impertinente. No le preocupa que el otro perciba que no quiere hablar con él pese a que, en una ocasión, en Córdoba, el inglés le había salvado la vida cuando investigaba el caso que la prensa bautizó como «la Viuda Negra».

—Es sólo un momento. Necesitamos tu ayuda.

—Se ha escapado. Es eso, ¿verdad?

—Sí —dice Lewis mirando al suelo como un niño sorprendido haciendo una travesura.

—¿No decían que iban a estudiar su mente criminal mientras la mantenían bajo custodia entre medidas de alta seguridad?

—Sí, ésa era la idea.

—¿Y qué dije yo?

—Que era un error, que escaparía.

—¿Y?

—Víctor, han muerto tres hombres. Ayúdanos.

Víctor Ros ladea la cabeza como negando la realidad. Parece enfadado, muy molesto.

—Mire, Lewis. Tengo mi gabinete y no doy abasto con el trabajo que se me acumula. Aunque quisiera, y, que quede claro, no quiero, no podría dejarlo e irme con usted a…

—A Suiza.

—... a Suiza o a donde sea que esté, a buscarla. ¿Comprende? Es su problema, no el mío.

—Pero, Víctor. Es peligrosa, habrá más muertes.

—Debían haberlo pensado antes.

—Debes ayudarnos.

—Es mi última palabra. Tenga usted buenas tardes —sentencia el detective tomando a su esposa del brazo para continuar con su paseo.

Lewis se queda parado, como un tonto, viendo cómo se alejan.

Casa Férez, afueras de Oviedo, octubre de 1882

—Por favor, Reinaldo, que los niños nos van a oír —dice la señora de la casa mientras su marido, hombre de imponentes patillas, le besa el cuello intentando arrancarle el corpiño.

Ella está excitada, pero desde niña le enseñaron que una dama debe hacerse siempre la difícil, incluso con su propio marido.

Don Reinaldo también parece agitado, los jadeos de su mujer le hacen arder de deseo y susurra:

—Mariana, Mariana.

Ninguno de los dos repara en que, desde la puerta entreabierta del dormitorio, alguien les observa amparado en la oscuridad. Es Cristina Pizarro, la institutriz de los niños.

—Tráelo, anda —dice a su mujer el señor de la casa.

—No, Reinaldo, sabes que eso no me gusta. Eso... no. Es raro.

—Pero a mí sí —responde él, que sabe que su voz es ley en aquella casa.

La mujer, sumisa, se levanta y va hacia la cómoda. Abre el primer cajón y saca un objeto cilíndrico que parece de madera y está algo curvado en uno de sus extremos.

Sujetándolo con la mano derecha se acerca a su marido, que se ha colocado de pie, con las manos apoyadas en el ventanal, los pantalones bajados y las piernas abiertas, esperando recibir aquello. No pueden percibir que Cristina, en la oscuridad, sonríe para sus adentros a la vez que susurra:

—Eres mío, Férez, totalmente mío. No lo sabes tú bien.

1

Madrid, mayo de 1883

Dos caballeros aparecen bajo los amplios toldos del Hotel Universo para mezclarse con la multitud que viene y va en una cálida mañana del mes de mayo. Caminan a paso vivo. La Puerta del Sol, como siempre, parece ser el centro de la ciudad, el lugar por el que todo pasa. Desde tranvías de sangre, coches de punto, menesterosos que vienen y van, chulapas, damas y caballeros que transitan a lo suyo, como el que sabe adónde se dirige.

Los dos interlocutores caminan enfrascados en su propia conversación, van con un rumbo fijo, hacia la calle de la Montera.

—Usted déjeme hablar a mí. Le conozco de toda la vida —dice el más alto de los dos, un individuo bien entrado en la cincuentena con traje de mezclilla, gafas redondas y fino bigote—. La vida no es fácil y Víctor, con el tiempo, se ha hecho algo más retraído. Con los desconocidos, claro.

—¿Desde que dejó la policía?

—Más o menos. Se puede decir que acabó un tanto... desengañado.

—Y por eso montó su propio gabinete.

—Exacto. Y ojo, le llueven los casos, así que me temo que será muy reticente a aceptar el suyo apareciendo como aparecemos tan a última hora. Tiene su ego, ¿eh? Hay que conocerlo.

—Tiene usted que ayudarme, don Alfredo —responde el otro, que viste levita negra y es más achaparrado que su compañero—. En ésta me juego mi trabajo y el sustento de mi familia.

—Descuide, don Francisco, pero no lo olvide, déjeme hablar a mí. —Al llegar a la calle de Jardines han girado a la derecha—. Víctor es, a su manera, algo orgulloso. Si intuye que hemos acudido a él como último recurso no querrá llevar el caso.

—Me muero, don Alfredo, me muero. Tiene que ayudarnos, soy un hombre desesperado.

—Sí, sí, tranquilo, pero déjelo en mis manos, hombre de Dios. Y, por cierto, ¿cómo ha esperado tanto? —pregunta don Alfredo parándose en el portal al que se dirigen mientras mira fijamente a su interlocutor.

—Qué sé yo. Esperé, pensé que lo arreglaría, que los detectives con quienes trabajamos le encontrarían. No lo sé, la verdad. Pensé que el tipo aparecería y se me echó el tiempo encima…

—Déjese de lamentos, amigo, y vamos. Verá cómo Víctor lo resuelve todo en un pispás.

Cuando don Francisco quiere darse cuenta, comprueba que Alfredo Blázquez sube ya los escalones de dos en dos hasta pararse delante de una puerta, el primero derecha. En ella hay una placa que reza:

VÍCTOR ROS, DETECTIVE PRIVADO

El bueno de don Alfredo hace sonar la campana y al instante abre una joven de aspecto muy sobrio, recatada y seria.

Viste un vestido gris de cuello alto y lleva en las mangas unos protectores como los de los escribientes.

—Es su secretaria, Helga, alemana. Pura organización —aclara Blázquez a su amigo.

—Don Alfredo, me alegro de saludarle —contesta la chica, que es más bien poco expresiva—. Don Víctor se alegrará de verle, pero pasen, pasen a la sala de espera.

Cuando llegan a la salita, los dos caballeros comprueban con sorpresa que ésta se encuentra atestada de gente de lo más variopinta, así que tienen que aguardar su turno de pie. Allí sentados esperan un cura, dos monjas, una señora con aspecto de cantante de ópera italiana que, misteriosamente, lleva un loro en una enorme jaula. Hay, además, dos tipos de aspecto siniestro, de largas patillas y redecilla en el pelo, de los que llaman «chisperos» en el Madrid más castizo. Gente peligrosa, don Alfredo lo sabe bien. Una mujer con un infante de apenas cinco años y una vieja con pinta de portera rematan el conjunto.

—No salimos de aquí ni mañana —dice don Francisco, que parece abocado a la perdición. Se seca el sudor de la frente con un pañuelo que saca del bolsillo de la levita.

Don Alfredo mira hacia la puerta del despacho, situada en el inicio del pasillo, y conviene que les aguarda una larga espera. Entonces, ésta se abre y aparece una dama muy elegante totalmente vestida de negro y que oculta su rostro con un velo.

—Descuide, duquesa. Lo arreglaré —le parece escuchar que susurra Víctor, que acompaña a la dama a la salida.

Cuando pasa junto a él sus miradas se cruzan. Don Francisco mira a Blázquez con ansia y pregunta:

—¿Es él?

—Sí, el mejor detective de España.

En ese momento, es la voz de Víctor Ros la que le hace girarse:

—¡Don Alfredo! —exclama el dueño del gabinete con aire rimbombante—. He recibido el telegrama del ministerio; pasen, pasen, no hay tiempo que perder. —Y mirando al resto de los clientes, añade—: Ustedes sabrán disculpar, asunto oficial urgentísimo. Las altas esferas...

Mientras que los clientes de Víctor asienten complacidos, éste empuja a don Alfredo y a su acompañante a su despacho. Antes de que puedan darse cuenta, el detective ha cerrado la puerta tras de sí, les ha instalado en dos butacones frente a la mesa de escritorio y está sirviendo tres copas de coñac.

—Dime, Alfredo, ¿cómo va la cosa?

—Bien, Víctor, bien.

—Sigue en pie lo de la cena del jueves, ¿no?

—Por supuesto.

—Clara me ha dicho que os va a preparar una cena de escándalo. Tu nieta bien, ¿no?

—Como un sol.

—Pues entonces, por los amigos —dice Víctor entrechocando las copas.

Tras una pausa, el detective añade:

—Supongo que será algo urgente y relacionado con tu amigo el vendedor de seguros.

—¿Cómo? —acierta a exclamar don Francisco Higueras levantándose de la silla—. Pero ¿cómo sabe usted...?

Víctor y don Alfredo se miran con aire divertido.

—Los viejos trucos. No cambiarás nunca —dice el policía jubilado sonriendo al ahora detective privado.

—Pero, don Alfredo, ¿usted le ha hablado de mí?

—En absoluto.

—¿Y cómo puede saber que yo...?

—La ciencia deductiva —apunta Víctor—. Y un poco de suerte, lo confieso. Pero esto último sólo lo admito delante de mis más cercanas amistades. Si se pierde el efecto, ya sabe, la sorpresa, la escenificación, como hacen los magos, mi oficio pierde misterio, parece demasiado sencillo y entonces los malos no cometerían errores frente a mí. Además, tendría que bajar considerablemente el importe de mis minutas.

—Ya —apunta don Francisco, que no entiende nada pero disimula.

—Has estado en Francia, ¿no? —pregunta Alfredo.

—Sí, con el asunto del collar robado a la marquesa de Thouars.

—¿Lo resolviste?

—Sí, señor.

—¿Y de aquí? —pregunta don Alfredo frotándose el índice y el pulgar.

—Bien, muy bien. Pagan bien los franchutes, y ya sabes, las dietas...

—Te va bien, ¿no, hijo?

—Ya has visto la sala de espera, tengo más asuntos entre manos de los que puedo atender.

—¿Y Eduardo?

—En el internado, tiene mucho tiempo que recuperar, pero en algunos casos me acompaña. Ojo, ese pilluelo será mejor que yo algún día. De hecho, a veces ya lo es.

—Te adora.

—Y yo a él. Pero deja de darme largas y dime qué os trae por aquí.

Don Alfredo hace una pausa, como pensando por dónde empezar, y tras mirar a su acompañante, se anima:

—Don Francisco, proceda; mejor que usted, ninguno.

El acompañante de don Alfredo se incorpora un poco y comienza a contar:

—Pues, como bien apunta don Alfredo, quizá yo sea el

más indicado y, además, como adivinó don Víctor, debo confesar que no me explico cómo, soy director de Seguros La Cotidiana y tengo un problema que bien puede costarme el puesto y, por tanto, el pan de mis hijos.

—Cuente, cuente —dice Víctor animándole con un gesto de la mano.

—Hay un tipo… bueno, había un tipejo que contrató un seguro de vida bastante elevado. En principio nada raro en gente de posibles que tiene mucho dinero invertido en negocios aquí y allá.

—Su nombre.

—Anastasio Romerales.

Al momento Víctor hace sonar un timbre.

—Dígame —se escucha decir a una voz que surge de una suerte de tubo que hay sobre la mesa.

—¡Coño! —exclama el empleado de seguros.

Víctor toma el instrumento, que en su extremo se ensancha como una trompetilla, y dice:

—Helga, mírame el archivo: Anastasio Romerales. —Y observando a sus interlocutores añade—: No me suena, ya les digo de antemano que puede que no tengamos nada.

—En un momento —se escucha decir a la voz al otro lado del tubo.

Víctor apoya la barbilla en sus manos y mira a su interlocutor con unos ojos verdes demasiado escrutadores.

—Siga, don Francisco. Le escucho.

—Bueno… ejem… pues eso, que contrató un seguro bastante elevado, y luego hubo un incidente.

—¿Cuánto tiempo pasó entre la firma del contrato y la desaparición de su cliente?

—¿Su desaparición? ¿Cómo lo sabe? Yo no he dicho…

—Si no fuera por eso no estaría usted aquí. Continúe.

—Dos semanas.

—No habrá cuerpo, claro.

—No.

Al momento se abre la puerta. Es Helga, que tiende una carpetilla a su jefe.

—Quédese, Helga, por favor, quiero que tome notas —apunta Víctor leyendo el pequeño informe mientras sigue hablando—. Hay poca cosa. Varias estafas, todas relacionadas con el sector inmobiliario. Mal bicho.

—Sí, ahora lo sabemos.

—¿Y cómo no lo comprobaron antes?

—Nos engañó. Nos dio un par de referencias que confirmaron que era un hombre serio.

—Pues le engañaron.

—¿Acaso cree que no lo sé? Por eso mi puesto está en el aire.

—Vuelva a los hechos. Por favor, tengo que saberlo todo.

—Pues eso, que a los quince días de contratar el seguro, un tipo, un mal elemento, Federico Rodríguez, proxeneta, ladrón y extorsionador, fue a verle a su casa.

—Al asegurado.

—Sí.

—¿Dirección?

—En la calle de las Huertas. El número quince, no es mala casa.

—Siga.

—El asegurado interrumpió la cena con su familia y bajó a entrevistarse con el fulano en cuestión en el portal. Al parecer hubo una discusión. Se escucharon gritos que alarmaron a la vecindad. No está claro, pero seguro que algo turbio se llevaban entre manos.

—¿Y qué pasó?

—Pues a partir de ahí todo está confuso. Cuando los vecinos bajaron hallaron un gran charco de sangre y no había ni rastro de ninguno de los dos implicados.

—¡Vaya! —exclama Víctor, vivamente interesado—. ¿Y el rastro? ¿La sangre?

—¿Cómo?

—Sí, que si había rastro de sangre en dirección a la calle o al interior.

—A la calle, sí, pero se interrumpía bruscamente a los pocos metros.

—Quizá lo subieron a un coche —dice don Alfredo.

—Sí, podría ser —afirma Víctor—, pero continúe, don Francisco, continúe. ¿Qué pasó? ¿Se encontró a Federico Rodríguez?

—En efecto. No hay ni rastro de Anastasio Romerales, pero al tipejo ese lo detuvieron aquella misma noche en una tasca. Estaba invitando a todo el mundo.

—Ya. No casa mucho con la manera de actuar de alguien que ha matado a una persona. Cuando cometen una tropelía, los delincuentes suelen quitarse de en medio una buena temporada. Hasta que se enfrían las cosas. ¿Quién llevó el caso en la policía, Alfredo?

—Pardines.

—Rediez, otro bestia. Le darían lo suyo.

—No te lo puedes imaginar, Víctor, pero el tipo no cedió. Lo juzgan el mes que viene por la muerte y desaparición de Anastasio Romerales, pero él sigue en sus trece. Dice que no le mató. Reconoce que, en efecto, tuvieron una discusión por unos dineros que le debía el otro pero que se avino a pagarle. De ahí que tuviera posibles como para andar invitando a gente a beber.

—Ya. ¿Y qué dice que ocurrió con Anastasio?

—Que lo dejó en el portal.

Víctor hace una pausa, como pensando, y don Francisco hace un apunte:

—Hay algo más...

—¿Sí?

—En la calle se halló una navaja manchada de sangre con las iniciales F. R.

—Ese hombre va al garrote, de cabeza. Y es inocente, que conste. ¿Y dice usted que tenía deudas su asegurado? —pregunta Víctor.

—Me consta que en una semana se hacían efectivos unos pagarés que le hubieran llevado a la ruina —responde don Francisco.

—Ésa es la causa de la desaparición, seguro —dice Víctor—. Bien, bien. ¿Cuándo ocurrió esto?

Don Alfredo y su acompañante miran hacia abajo. No se atreven a contestar. Luego entrecruzan las miradas como no sabiendo qué hacer.

—Dos meses... —musita el asegurador.

—¡Dos meses! ¿Y qué pretenden que haga yo ahora con esto?... Un momento, un momento, y las prisas... ¿Por qué acuden ahora a mí? Así...

Don Francisco se rasca la barbilla y mira al techo. Está avergonzado.

—¡Diga, leñe!

—Hemos sabido que el juez va a dar por muerto a don Anastasio. Pese a que no hay cuerpo considera que los hechos apuntan a que Federico lo asesinó y se deshizo del cadáver y la familia necesita la prima del seguro.

—¿Y cómo puede usted saber eso?

El asegurador mira al suelo.

—Ha sobornado usted a alguien en el juzgado, claro —dice

Víctor pensando en voz alta—. Bien, de acuerdo. ¿Y cuándo lo van a dar por fallecido?

—Pasado mañana.

Víctor se levanta como un resorte y estalla en cólera:

—¡Cojones, Alfredo! ¿Cómo me vienes con esto ahora? —De pronto, gira la cabeza y mira a su secretaria—. Perdone, Helga, perdone por el exabrupto. Lo siento.

—Víctor, don Francisco vino a pedirme ayuda... ayer. Y yo...

—¿No te das cuenta? Es un caso pequeño, sí, pero único a su manera. Los hay similares: el de Lowe en Eitorf o el de madame Jussieu en Espinasse; pero éste tiene su aquél. Y claro, me vienen tan tarde... ¡Maldición! ¿Podemos visitar la casa del interfecto? —dice mirando a don Francisco como un loco.

—Sí, claro.

—¿Mañana por la mañana?

—Sí, supongo.

—¿A las diez?

—Sí, sí... a las diez.

—Pues allí nos vemos. Y ahora, salgan, tengo que atender a toda esa gente y luego acercarme a Urbanismo a mirar unos planos. Fuera.

Don Francisco mira a don Alfredo sin saber si hacer caso a aquel loco o mandarle al garete, pero éste, que conoce al detective, asiente como diciéndole que obedezca. Cuando quieren darse cuenta están en la calle.

—¿Y este hombre me va a ayudar? Voy a la debacle.

—Querido don Francisco, tome nota: si hay algún hombre que pueda ayudarle en su situación, no es otro que Víctor Ros.

2

Don Alfredo y don Francisco esperan en el número quince de la calle de las Huertas. Son las diez y cinco y no hay rastro de Víctor.

—No tema, es hombre en extremo puntual. Vendrá. Estará repasando algunos flecos, ya verá, ya —dice el policía jubilado para calmar a su amigo.

—¿Será él? —pregunta el director de la aseguradora señalando un coche de punto que se acerca desde el fondo de la calle.

—Espero que sí —responde don Alfredo colocándose la mano en la frente a manera de visera.

—¿Esperáis a alguien? —dice una voz que surge justo detrás de ellos.

—¡Víctor! —exclama don Alfredo lanzándose en brazos de su amigo.

—Perdone el retraso, don Francisco, pero vengo del Ayuntamiento, de mirar unos planos y la cosa se complicó.

—Entonces ¿hay esperanza? —pregunta el doliente al detective que lleva un pequeño maletín como el de los médicos.

Víctor, adentrándose en el portal con una sonrisa en los labios, dice ladeando la cabeza:

—¡Qué tontería, pues claro, hombre! El caso está resuelto. ¡Vamos!

Cuando llegan al tercer piso llaman a la puerta y les abre la criada.

—La señora me espera. Le envié una esquela esta misma mañana, don Francisco Higueras —dice el empleado de la aseguradora.

La fámula, tras tomar sus bastones y sombreros, les guía a un amplio e iluminado salón donde son recibidos por una dama que roza la cincuentena, doña Ana Cristina. Peina algunas canas que no se ha molestado en ocultar con tintes ni artificios y trata con mucha amabilidad a los recién llegados:

—He preparado café y pastas para los caballeros —dice haciendo los honores.

Don Francisco presenta a sus acompañantes y todos toman asiento.

—Este café es delicioso, si me permite decirlo, señora —apunta Víctor Ros para relajar el ambiente.

—Colombiano —responde ella—. Me alegro mucho de que le guste.

—Tomo nota —dice el detective privado.

—¿Y bien? Están aquí por lo de mi Anastasio. ¿Van a hacer efectiva la póliza? —pregunta ella con un destello de esperanza en la mirada. No parece demasiado afligida a ojos de Víctor.

—No sé, señora Ana Cristina, el asunto está en manos del juez, ya se andará... —comienza a decir don Francisco, pero ella le interrumpe.

—Mi abogado dice que sí, que mañana.

—Vaya... —musita don Francisco, que percibe cómo Víctor le mira divertido mientras que él intenta encajar el golpe lo mejor posible—. Parece usted bien informada.

—Estamos en una situación muy apurada. Tengo tres hijos y nadie me puede ayudar económicamente.

—Me hago cargo, señora, me hago cargo. Pero si no le importa, aquí, don Víctor Ros, hará unas últimas comprobaciones, pura rutina. Es un eminente detective privado y un experto en estos casos. ¿Víctor? —añade don Francisco para comprobar que el detective ya no está en su sitio sino observando un libro en una amplia estantería que tapiza el fondo del amplio salón.

—Vaya, señora, tiene usted una gran biblioteca —dice el detective.

—Sí, sí —contesta ella algo azorada—. A mi marido le encantaba leer.

Víctor repara en que le ha temblado la voz y observa que al acabar la frase aprieta los labios. Dos rasgos inequívocos de que ha mentido. Sonríe.

—Me va a permitir que le haga un par de preguntas sobre la noche de autos, si no es molestia, claro —apunta el detective privado.

—Pregunte, hijo, pregunte. Todo es poco con tal de acabar con este martirio que llevamos viviendo estas semanas.

Víctor toma asiento de nuevo, esta vez arrima su silla hacia la dama, haciendo que sus rodillas casi lleguen a tocarse. A don Francisco aquel tipo le parece un excéntrico y se ve abocado a la debacle más absoluta. Parece más un prestidigitador, un charrán de feria, que un investigador.

Víctor toma la palabra:

—Me dicen que cuando acudieron ustedes al portal, tras los gritos, hallaron una mancha de sangre en el suelo.

—Sí, así es —asiente la dama con cara de viuda.

—Y que el rastro seguía hasta la calle donde, de pronto, se perdía.

—En efecto.

—No había sangre escaleras arriba.

—No, ninguna.

—Ya.

Silencio.

—Necesito hablar con su criada, ¿algún inconveniente?

—En absoluto —contesta la dama muy resuelta—. Acompáñeme.

Cuando la comitiva llega a la cocina, la pobre chica de servicio, que está pelando patatas, se levanta de un salto. Casi se desmaya del susto.

—Este señor te va a hacer unas preguntas, Engracia. Contesta lo que sepas.

Víctor observa a la joven como si fuera una presa. Es analfabeta, de provincias, y hará y dirá lo que quiera su señora, por eso debe actuar con cautela y agudizar sus sentidos.

—¿De dónde eres, hija?

—De Villarrobledo.

Víctor repara en que la chica tiene los ojos muy rojos, parece haber llorado mucho en los últimos tiempos.

—De acuerdo, mírame bien y contesta. Esta pregunta que te voy a hacer es muy importante. ¿Entiendes?

—Sí, claro.

—La noche en que desapareció tu señor, ¿limpiaste un rastro de sangre que subía las escaleras desde el portal hasta esta vivienda?

La joven se pone lívida, pálida como la cera. Víctor lo tiene claro. Obediente, Engracia logra recomponerse y contesta:

—No. No hice eso que dice usted.

—Suficiente, amigos. No hacemos ya nada aquí sino importunar a estas damas.

Don Alfredo y don Francisco se miran con decepción

pero obedecen a Víctor que les mira con decisión, como si supiera lo que está haciendo.

Se despiden formalmente y bajan las escaleras mientras que el director de La Cotidiana hace esfuerzos por que no se le salten las lágrimas, ve a su mujer y a sus tres hijos bajo un puente y consumidos por el hambre.

Una vez en el portal, Víctor se para y abre el maletín. Saca una pequeña cajita y un algodón y se impregna la cara con un polvo blanco. Luego la guarda, extrae un pequeño espejo y se mira con él.

—¡Perfecto! —dice—. Y no me mires así, Alfredo, que los tomé prestados de mi mujer. Como comprenderás, no suelo maquillarme. Tenemos que volver.

—¿Volver? ¿A dónde?

—Arriba, vamos.

Cuando la criada abre la puerta, se encuentra con que los visitantes han vuelto. El detective que tanto la ha asustado se apoya en los otros dos y parece pálido y demacrado.

—Por favor, ayuda —dice—. Padezco del corazón.

Rápidamente es llevado al salón donde lo acuestan en un diván. La señora acude de inmediato a interesarse por el invitado.

—No es nada, no es nada —dice Víctor respirando con dificultad—. Es mi corazón, es débil, necesitaría una copa de coñac.

—¡Rápido, Engracia!

La criada desaparece por el pasillo y entonces Víctor añade:

—Y canela, señora, vaya y dígale que le añada canela. Me lo recomendó mi médico.

Don Alfredo, que no sabe qué está pasando y que asiste a aquello como el que va al teatro, ve que su amigo se levanta de pronto como activado por un resorte y saca una especie de bola de papel salpicado de fragmentos de un material amarillo. Se mueve ágilmente, con prisa. Saca su mechero de yesca, coloca aquello sobre la mesa y lo prende. Al momento comienza a formarse una humareda tremenda y les susurra:

—¡Sáquenlas a las dos de aquí, rápido! Es importante.

Y de pronto, como un loco, comienza a gritar:

—¡Fuego! ¡Fuego! ¡Salgan del edificio!

Don Alfredo, acostumbrado a la forma de actuar de Víctor, hace lo que ha ordenado su amigo; acude a la cocina y con la ayuda de don Francisco, empuja a la criada y a doña Ana Cristina por la escalera de servicio. Muy a regañadientes la dama accede a bajar, porque la humareda es inmensa y el incendio debe de ser tremendo. Aun así no deja de mirar hacia atrás, escaleras arriba, como el que se ha dejado algo importante atrás, quizá las joyas de la abuela o unos viejos candelabros heredados.

Don Alfredo repara en que Víctor se ha quedado arriba, pero ¿por qué?

El griterío de la gente que ya se encuentra en la calle es ensordecedor. El humo que sale del salón de doña Ana Cristina, cuyos ventanales alguien se ha molestado en abrir, demuestra que la casa se quema. Ella llora desconsolada, histérica. Incluso hace amagos de querer subir. Las vecinas se lamentan de las muchas desgracias que han asolado a la pobre en los últimos tiempos.

Mientras tanto, en el interior del salón, se oye un clic y se abre una suerte de puerta en mitad del mueble que hace de biblioteca. Una sombra furtiva se asoma, apenas ve nada por el humo y da unos pasos vacilantes sin reparar en que junto a la ventana, abajo a la derecha, hay un tipo tumbado con un pañuelo húmedo en la boca para evitar la asfixia. Cuando el fugitivo va a salir del salón escucha otro clic y una sensación de frío en la muñeca. Alguien le empuja hacia la cocina, donde se puede ver algo mejor y comprueba que está esposado a un desconocido. ¿Qué hace ese tipo en su casa? ¿Dónde está el fuego?

Otro clic.

Ese maldito bastardo ha amartillado un revólver que apunta directamente a su cabeza.

—Víctor Ros, encantado de conocerle, don Anastasio —dice el intruso.

3

Tres caballeros departen amigablemente mientras disfrutan de las famosas judías estofadas de la Taberna del Tío Colás, a un paso de la Carrera de San Jerónimo.

—No me canso de decirlo, don Víctor —repite don Francisco—, pero cuando le he visto aparecer en el portal, en mitad del humo, con ese espectro delgado y macilento, en ropa interior y esposado a su muñeca, se me ha asemejado usted una aparición divina, un enviado del Altísimo para salvar a mi casa de la ruina. Nunca le estaré suficientemente agradecido.

Víctor sonríe ladeando la cabeza mientras apura un buen trago de vino. Está acostumbrado a los excesos de los clientes agradecidos que valoran en demasía al detective cuando éste resuelve problemas que a ellos les amargan la existencia.

—No le caeré tan simpático cuando reciba mi factura. Le advierto que no soy barato.

—¡Lo que sea! ¡Lo que sea menester! Además, paga la compañía. Tiene usted en mí su más sincero admirador y no le quepa duda de que le enviaré muchos clientes.

—Muchas gracias, don Francisco, pero me va bastante bien con los que tengo ya.

—¿Cómo lo supiste? —pregunta don Alfredo a bocajarro.

Víctor se limpia con parsimonia con la servilleta y contesta:

—Como ya os comenté, Alfredo, había un par de precedentes similares. Tener un buen archivo criminal es algo de vital importancia en nuestro trabajo. Como sabes, estoy en contacto con colegas de otros países que me envían detalles sobre los sumarios más llamativos.

—Sí, tu manía esa del inglés... —apunta don Alfredo con fastidio.

—El caso es que sospeché desde el principio que el tipo estaba escondido en su casa. Acudí al Ayuntamiento y consulté los planos de la finca. La tarde en que vinisteis a verme, antes de volver a casa, me pasé por allí y haciéndome pasar por inspector municipal, eché un vistazo al piso de encima del que habitaba nuestro pájaro. A la mañana siguiente, tras ver los planos me hice una idea. El detalle clave fue el de la criada. Le pregunté si limpió sangre escaleras arriba y me mintió.

—¿Cómo lo supo? —apunta don Francisco.

Víctor lo mira con cara de pocos amigos y contesta:

—Es mi trabajo. A ver, ¿tiene usted alguna «amiguita»? No tema, estamos entre hombres de palabra.

—Pero ¿cómo me pregunta usted eso?

—Conteste.

—No, no puedo contestar algo así.

—¿No duda usted sobre si sé cuándo me mienten y cuándo no?

Se hace un silencio embarazoso y el director de la aseguradora dice muy serio:

—Pues no. No tengo ninguna «amiguita».

Entonces, don Alfredo y don Francisco miran a Víctor esperando el veredicto. Éste, sin levantar la vista del plato mientras que ataca a las judías, contesta tan impasible como siempre:

—Ha mentido.

—¡Cómo! —exclama el afectado que no puede evitar ponerse colorado.

—Tranquilo, amigo, tranquilo —tercia el detective—. No se me enfade. Usted se lo ha buscado, está más rojo que un tomate e, insisto, don Alfredo y un servidor somos como los curas, no podemos revelar detalles de nuestras investigaciones a extraños. Le ruego me disculpe por este pequeño exceso y no hablemos más de ello. ¿Le hace?

Don Francisco, más relajado, sonríe.

—A usted no se le puede engañar fácilmente. Es bueno —responde, y le tiende la mano.

Los tres caballeros siguen comiendo y don Alfredo, para relajar el ambiente, dice:

—¿Y lo del fuego?

—Ah, ¿eso? Cuando vi el salón de nuestro investigado comprobé que era más pequeño que el del piso de arriba y que la librería ocupaba demasiado espacio. Supuse que habría un hueco detrás donde ocultar a una persona con algún pequeño catre. Un espacio muy reducido. Está claro que nuestro hombre era un tipo decidido. Enclaustrarse durante dos meses en un cuchitril así requiere mucha, pero que mucha voluntad. Imagino que sólo saldría por las noches, de ahí que estuviera tan pálido y demacrado. No iba a ser fácil dar con el resorte que abría aquello con la señora de la casa vigilándonos y el fulano sólo saldría en caso de verse muy apurado.

—O de temer por su vida.

—Exacto, Alfredo. Así que simulé que me trastornaba y mientras que me traían algo desde la cocina quemé esos papeles con bolitas de fósforo. En medio metí unas hojas húmedas de mi jardín para que armaran una buena humareda. Lo demás fue sencillo: grité «¡fuego!» y conseguimos que todo el edificio creyera que había un incendio. Esperé a mi presa acostado en el suelo, junto a la ventana y en cuanto apareció lo cacé como a un conejo.

—¡Genial! —exclama don Francisco.

—Favor que usted me hace, querido amigo.

Los tres comensales hacen una pausa en la conversación, mientras el camarero retira los platos para servir los postres. Cuando quedan a solas, don Francisco se incorpora y, como el que hace una confidencia, susurra:

—Don Víctor, desde ayer, día en que le conocí, llevo queriendo hacerle una pregunta… Si me permite, claro.

—Diga, diga.

—Cuando don Alfredo nos presentó e iba a decir a qué me dedicaba, usted acertó cuál era mi profesión. ¿Acaso lee usted el pensamiento?

Víctor estalla en una ruidosa carcajada.

—¿Ves, Alfredo? Los viejos trucos. Te sonríes, ¿eh, viejo amigo?

—Ya he visto estas cosas muchas veces, Víctor.

—¿Y bien? —pregunta don Francisco espoleado por la curiosidad.

—No, don Francisco, no leo el pensamiento. Es una mezcla de capacidad de observación, entrenamiento, suerte y algo de experiencia que te ayuda a saber cuándo jugártela.

—No le entiendo.

—Sí, hombre, sí. Mire, cuando entraron en mi despacho me pareció usted un abogado, un contable. Vestido de negro, corbata de lazo. Quizá incluso podía tratarse de un director de banco. Por su porte y las hechuras del traje que lucía, era usted de posición acomodada. Director. De un bufete de abogados, de una oficina de exportaciones, quién sabe. Sus mangas estaban desgastadas, por la parte de abajo. Pasa usted mu-

37

chas horas en un escritorio y luce el característico callo en el corazón de aquellos que escriben mucho. Quizá un contable. Pero entonces reparé en que llevaba paraguas.

—Sí. ¿Y?

—Que estamos en mayo. Otra mirada a su chaleco me hizo comprobar que llevaba usted dos relojes en los bolsillos del mismo, no uno. ¿Me equivoco?

—Sí, exacto, por si uno se para.

—¿Ve? Bien, pues aquí viene la parte de riesgo, la del mago, el charlatán. Me la jugué: un tipo que trabaja en una oficina, que ocupa un puesto de responsabilidad y que es excesivamente previsor podía ser probablemente... director de una compañía de seguros.

—¡Jesús, María y José! —exclama el afectado.

—Pero Víctor —rebate don Alfredo, más acostumbrado a aquellas excentricidades de su amigo—, eso está muy traído por los pelos. Podías haberte equivocado.

—Sí, en efecto. Pero ya he dicho que hay un componente de suerte. Y además, acerté, ¿no?

—Y cómo —responde don Francisco.

4

El 30 de mayo de 1883, un macabro suceso conmocionó a la ciudad de Oviedo. A las seis de la mañana, un carretero que transportaba un cargamento de leche a Torrelavega, halló un cuerpo junto al camino. Estaba situado justo en la verja de acceso a la Casa Férez, una regia mansión habitada por un acaudalado industrial y su familia. De inmediato, el paisano comprobó que el cuerpo pertenecía a un joven que parecía haber sido brutalmente apuñalado en varios puntos del abdomen. Estaba muerto, no había duda. Así que, aprovechando que en la casa comenzaban a encenderse las primeras luces, dio la voz de alarma y los criados acudieron para darse de bruces con que la tragedia se había cebado con aquella familia que vivía algo aislada de la ciudad. La víctima no era otra que don Ramón Férez, hijo primogénito del propietario de la finca. La casona estaba situada en un camino que surge de la carretera de Torrelavega y que llega a un paso del arroyo de Pumarín, a unos minutos a pie de la llamada Quinta de Uría.

La fuerza pública se personó rápidamente en el lugar, así como el juez de guardia que, tras certificar el deceso, autorizó el levantamiento del cadáver para que fuera trasladado a la Audiencia para ser inspeccionado por los médicos del juzgado.

El alguacil Castillo se hizo cargo del caso y comenzó a interrogar al servicio y a la familia de cara a certificar con más o menos aproximación la hora del asesinato.

La víctima era el heredero de don Reinaldo Férez, acaudalado industrial dueño de una próspera fábrica de alpargatas, minas e incluso una naviera. El chaval, de apenas dieciocho años, estudiaba interno en Madrid y se encontraba en la casa familiar para disfrutar de las vacaciones de verano. El motivo del asesinato no parecía ser el robo pues la víctima conservaba su cartera repleta de dinero. A pesar de ello, llamó la atención que el cadáver presentara una marca blanca en el dedo corazón, como si le faltara un anillo. La familia confirmó que el finado solía llevar un anillo con un pequeño zafiro, regalo de un amigo muy querido de Madrid. ¿Por qué iba alguien a robar el anillo y no el dinero? No tenía mucho sentido. Aquello, para Castillo, apuntaba a un crimen de carácter pasional.

La prensa no tardó en hacerse eco del atroz asesinato. El joven presentaba más de diez puñaladas en el abdomen y había sido visto por última vez cuando se retiraba a su habitación a las diez de la noche tras cenar y charlar un rato con la familia en el salón principal de la casa.

No había huellas claras desde la casa hasta la verja porque, de haberlas habido, éstas se habrían borrado con el enorme trasiego de curiosos que pulularon por allí tras el crimen y existía, además, un camino empedrado que unía el portón principal con el murete de media altura que rodeaba la finca. Una mansión magnífica e imponente en un paraje relativamente aislado, rodeado de naturaleza pero no demasiado lejos de la ciudad. La prensa local comenzó por considerar sospechosos a todos los habitantes de la casa, esto es: al mozo de cuadras, las dos criadas, la cocinera, e incluso la institutriz, aparecían como los sospechosos más probables de cara a la siempre fértil imaginación del populacho.

De inmediato se dispararon los rumores, en la calle se decía que el chico estudiaba en Madrid para mantenerlo apartado del resto de la familia. Había problemas entre el padre y el hijo y se decía que don Reinaldo no veía con buenos ojos la idea de legar a su primogénito las fábricas y negocios familiares. El chaval tampoco parecía interesarse demasiado por aquel tipo de cosas. Al parecer eran muchos los que afirmaban que el joven era invertido y que había mantenido relaciones con individuos poco recomendables de la ciudad de Oviedo. Sea cual fuera la causa, permanecía interno en Madrid desde hacía tres años y sólo acudía a casa en Navidades y durante el verano, que la familia solía pasar en la costa pues eran gente avanzada en esos aspectos y acudían a tomar las aguas en el frío Cantábrico.

La investigación, diligentemente gestionada por el alguacil Castillo, progresó con rapidez. Una nota anónima recibida en el juzgado puso a la policía tras la pista de Carlos Navarro, un afinador de pianos de treinta años, que solía pasar medio año en Oviedo ejerciendo su profesión mientras se alojaba en la posada La Colunguesa, en la zona del Campo de la Lana. El alguacil Castillo, un hombre harto conocido en la ciudad por su buen hacer, casado, honrado a carta cabal y padre de siete hijos, se presentó en el cuarto del sospechoso cuando éste se hallaba repasando unas partituras y, tras registrar sus pertenencias, encontró una nota en el bolsillo de un chaleco.

Decía:

> Te espero a las doce en la puerta de mi casa, junto a la verja. Te quiero.

Rápidamente, el alguacil, tras acudir a Casa Férez y conseguir unas cartas del muerto, cotejó la letra de la esquela con la del finado y comprobó que, en efecto, eran idénticas.

Todo apuntaba a que Ramón Férez y Carlos Navarro habían tenido una cita en el lugar y a la hora de la muerte del primero. Además, Navarro era homosexual y no era hombre de posibles ni pertenecía a ninguna de las grandes familias de Oviedo. Era un forastero sin verdadero arraigo en la ciudad. Tenía todas las características que la gente de la calle, acostumbrada a la rutina y al aburrido día a día de una pequeña capital de provincia como aquélla, achacaba a los posibles culpables de cualquier delito.

En apenas dos días ya había un sospechoso que fue detenido de inmediato. Según decían los otros huéspedes, el día de autos se había escuchado llorar al inculpado durante toda la noche. Cuando fue presentado ante el juez al día siguiente de la detención, su rostro evidenciaba las secuelas del interrogatorio al que había sido sometido. El juez ni se inmutó. Todo el mundo pensaba que aquel hombre era culpable simplemente por el hecho de ser homosexual. La nota evidenciaba que se había citado con el muerto en el lugar y a la hora de su asesinato y el mismo inculpado reconocía que, como afirmaban varios testigos, había discutido con la víctima unos días antes en la Posada de los Maragatos, sita en la calle del Matadero. Según Carlos Navarro, su amigo tenía miedo de que su padre descubriera su relación pues ya había reaccionado con extrema dureza cuando descubrió unos años antes que su hijo era invertido. Él le había propuesto fugarse, pero el otro era menor de edad y aquello podría haber complicado mucho su situación de mediar una denuncia al respecto. A pesar de las discusiones entre la pareja, una evidencia más, y de las palizas y vejaciones sufridas en el cuartelillo, Carlos Navarro aseguraba que no había acudido a dicha cita porque no había quedado con su amigo en la noche de autos. En la posada sólo podían justificar que había cenado con los otros huéspedes, pero podía haber salido perfectamente por la puerta trasera cuando todos dormían pues se alojaba en un cuarto de los de la planta baja.

En resumen, el joven lo tenía mal y la familia, peor, abrumada como estaba, primero, por la muerte del joven y, después, por el escándalo que amenazaba con mancillar el honor de los Férez.

En los días que siguieron al crimen de la Casa Férez y al subsiguiente escándalo por las características de la relación entre asesino y asesinado, las noticias fueron poco a poco animando la vida de una ciudad tan pequeña y provinciana como Oviedo. La prensa más amarillista dio cabida a testimonios, rumores y todo tipo de cavilaciones que alimentaron la siempre fértil imaginación del vulgo en asuntos como el que se trataba.

Desde el primer momento el acusado, Carlos Navarro, fue juzgado por todo el mundo como seguro culpable del crimen simplemente por ser homosexual y forastero. Pese a que era hombre educado, trabajaba bien y nunca había dado problemas, las familias más acaudaladas de Oviedo se hacían cruces al saber que habían dado entrada en sus casas a un libertino como aquél, un invertido que había cometido un crimen execrable con un joven al que, sin duda, había arrastrado hacia la corrupción y el vicio. Desde Madrid llegaron dos especialistas en Frenología para realizar las mediciones pertinentes del cráneo del acusado a fuer de demostrar que su propia biología le impulsaba al crimen. Este determinismo gozaba de gran predicamento entre juristas, algunos científicos y amplios sectores de la prensa. Todo el mundo creía que un cráneo demasiado grande, un rostro agresivo o una mirada torva no eran sino exponentes de que un individuo estaba condicionado a ser un criminal, lo quisiera o no. Nadie reparaba en que Carlos Navarro era un tipo de apariencia absolutamente normal: de pelo castaño claro, tirando a rubio, de amplias patillas, estatura media, más bien recio y de cabeza no muy grande. Sus ojos eran castaños, de color claro, y siempre lucía una amplia sonrisa. Era muy meticuloso en su trabajo y no cobraba de más por tener que volver a hacer ajustes en un piano después de realizado el trabajo. Es más, de no ser porque no pertenecía a las «familias», quizá más de uno lo hubiera visto con buenos ojos como pretendiente de sus hijas.

El traslado diario del penado desde la Cárcel Modelo hasta la Audiencia para la realización de las diligencias previas del caso se había convertido en un auténtico calvario para Navarro. Fue apedreado varias veces y mostraba suturas en la cabeza y en una ceja por las pedradas recibidas. Tal era la ira del vulgo, que se dispuso fuera trasladado en un coche cerrado a partir de aquel momento para velar por su seguridad.

En las diligencias que el juez de instrucción, don Agustín Casamajó, estaba llevando a cabo, comenzaron a surgir ciertos detalles que no gustaron a la autoridad. En una investigación como aquélla hay que hablar con todos los miembros de la familia y del servicio, se les interroga, se les presiona, y al final aparecen ciertas informaciones que no pueden beneficiar a nadie. Por poner un ejemplo, cuando se llamó a declarar al mozo de cuadras, Alberto Castillo Baños, éste no pudo presentar documento ni filiación alguna que le acreditara como tal. Después de un tenso interrogatorio, en el que el testigo se cerró en banda, el juez mandó registrar sus cosas en el cuartucho que habitaba en Casa Férez. Allí se halló una cédula de identidad a nombre de José Granado.

El hecho de que uno de los habitantes de la casa tuviera un nombre falso fue considerado altamente sospechoso y se dispuso su inmediata detención. Tras ser interrogado a fondo, el reo confesó que su nombre verdadero era, en efecto, José Granado, y que había ocultado su filiación para zafarse del estigma que acompañaba a su familia por el crimen cometido por su hermano, el capitán Granado. Al parecer, José no quería que le asociaran con los luctuosos hechos que protagonizara en su día el capitán Granado en el Café Universal. Allí había una sala de juego y cierto joven ganó bastante dinero en una noche provechosa. El capitán, que había observado que el joven se hacía con una buena cantidad, le siguió hasta los servicios donde le apuñaló y robó el dinero, para luego darse a la fuga. Huyó a toda prisa por las calles Santa Ana y Mon y al llegar a los Celleros de Santo Domingo, perdió la gorra. Aunque la gorra era de un soldado —de su propio asistente— se identificó al criminal y fue ahorcado en el Campo de San Francisco.

Ni que decir tiene, aquel descubrimiento disparó los rumores de nuevo. Todo el mundo pensaba que la tendencia al crimen era algo que se heredaba; además, ¿por qué iba nadie a cambiar de nombre si no para llevar a cabo actos execrables? Aquello no hizo si no complicar aún más las cosas. A las autoridades no les agradó el giro que daban los acontecimientos pues ya tenían un culpable, aunque no confeso, y la aparición en escena de Granado y su nombre falso podía estropear la resolución del caso.

Los rumores se dispararon: Granado estaba resentido con su amo y se les había escuchado discutir en ocasiones pues el industrial tenía fama de pesetero y pagaba mal a su gente. El mozo había amenazado con irse y decía que se le debía dinero. Y además, llevaba un nombre falso. Al alguacil Castillo comenzaban a complicársele las cosas y no le gustaba. Ignoraba que todo es susceptible de empeorar y que el caso aún se complicaría mucho más.

Conforme comenzaron a desfilar por la Audiencia los distintos habitantes de la Casa Férez el caso se enmarañó más y más. La ciudad empezaba a posicionarse y en cierta medida se hallaba dividida entre los que creían culpable a Carlos Navarro, que al inicio fueron legión, y los que se iban convenciendo poco a poco de que José Granado, oculto bajo el nombre falso de Alberto Castillo Baños, era el verdadero asesino.

El uno, por homosexual, y el otro, por ser hermano de un asesino, aparecían como posibles culpables, atreviéndose los más osados a afirmar que lo mismo hasta eran cómplices y habían cometido el crimen al alimón.

El responsable de que José Granado, alias Alberto Castillo, hubiera ganado enteros como sospechoso pese al convencimiento general de que Navarro era el criminal no era otro que don Críspulo.

Párroco titular de San Isidoro y hombre conocido por su piedad, ascetismo y rectitud, don Críspulo había sido confesor de Carlos Navarro en sus largas estancias en Oviedo por lo que conocía bien al joven afinador. Haciendo gala de una disciplina más bien laxa en cuanto a lo que el secreto de confesión refiere, el sacerdote no había tenido empacho en decir a todo el que había querido escucharle —autoridades incluidas— que Carlos Navarro era, con toda seguridad, inocente.

Dado que tan santo varón disponía de información privilegiada al escuchar en confesión semanal al inculpado, y teniendo en cuenta que a nadie se le pasaba por la cabeza que alguien pudiera cometer un sacrilegio tal como mentir a su confesor, la opinión de las beatas, eclesiásticos y el Oviedo más pío comenzó a cambiar lentamente para terminar exculpando al joven afinador. Aquello acabó por perjudicar a José Granado a quien el fiscal, Abelardo Pau, se empeñó en culpabilizar con una inquina que a algunos les recordaba cierto aire de *vendetta* personal. No en vano, se decía que el capitán Granado, el hermano del mozo de cuadras, le había desgraciado a una novia cuando llegó a Oviedo más de diez años antes. El pobre caballerizo, que no había podido aspirar a un trabajo mejor tras ocultarse con un nombre falso y trasladarse a vivir a Llanes durante una larga temporada antes de volver a Oviedo, era una segura víctima de las tropelías cometidas por su hermano en vida.

Por si todo esto no supusiera suficiente quebradero de cabeza para el juez instructor, don Agustín Casamajó, cuando se llamó a declarar a una de las dos criadas de la Casa Férez, Faustina Nemeses, ésta no hizo sino enredar más aún la madeja al contar que para ella el verdadero sospechoso no era otro que Antonio Medina. Una nueva bomba había estallado y la prensa se hizo eco como no podía ser de otro modo.

Antonio Medina era un acaudalado propietario cuya finca limitaba con la de los Férez y que había tenido ciertas discrepancias con el patriarca de dicha familia a raíz de no sé qué asunto de lindes. Según Faustina, la hija mayor de los Férez, Enriqueta, de veinte años y extraordinaria belleza, se había enamorado del hijo de Medina, Fernando, un joven de buena presencia y mejores modales que bebía los vientos por la chica. A sabiendas de que ambos progenitores condenarían su relación, los dos enamorados la habían ocultado al mundo cual modernos Romeo y Julieta en espera de tiempos mejores.

Pero, según Faustina, habían sido descubiertos por Antonio Medina haciéndose arrumacos junto al arroyo de Pumarín. Al parecer, Medina había reaccionado con suma violencia, expulsando a la joven con malos modos de sus tierras pese a las protestas de su único hijo. A resultas de aquel incidente, y según refería la criada, don Reinaldo Férez había cargado su escopeta de caza y partido hacia la finca de su vecino, que escapó de la ira de su rival gracias a que sus criados frenaron al enojado empresario justo al cruzar la verja que separaba ambas propiedades. Dos días después los perros de caza de don Antonio Medina aparecieron muertos a escopetazos, por lo que, según dijeron sus propios criados, el ínclito había dicho: «Esos Férez me la tienen que pagar».

Según relataba Faustina, todas estas cosas las sabía porque era muy amiga de una sirvienta de Medina. Ésta le había contado que en otra ocasión, tras observar cómo su señor miraba por la ventana al primogénito de los Férez que venía por el camino, éste había dicho: «Alguien debería dar una buena lección a ese mariquita».

Ni que decir tiene que Medina no fue tratado como los otros dos detenidos. Sólo se le tomó declaración pues era hombre de posibles y tenía buenas relaciones en la ciudad. La opinión de la prensa, lógicamente, fue de otra índole: desde el primer momento se mostró a Antonio Medina como otro culpable más que se había ido de rositas al ser persona adinerada, así que se convirtió en el primer sospechoso de las clases populares.

El vecino de los Férez aseguraba haber cenado la noche de autos con su hijo para después retirarse a sus aposentos a las nueve y media de la noche. En resumen, que no tenía coartada ya que podía haber salido de su casa en cualquier momento. Los postigos de su casa se cerraban a las doce, cosa que hizo su criada, aunque nadie podía asegurar que Medina hubiera salido o no de su vivienda.

En resumidas cuentas, las autoridades comenzaban a preocuparse: tenían un sospechoso claro, el homosexual, pero éste gozaba del favor de los sectores más píos de la ciudad debido a la labor de don Críspulo. Y, además, el reo no confesaba. El otro sospechoso, el mozo de cuadras, seguía en sus trece y aseguraba haber pasado la noche en el pequeño cuarto de las caballerizas donde pernoctaba. Las autoridades, la policía y el propio juez sabían que nada, salvo el nombre falso, inculpaba a Granado, por lo que éste tenía asegurada la simpatía de la Justicia aunque no se atrevían a ponerle en libertad, tanto por si era culpable como por si se producía algún tipo de incidente con la plebe que, en un momento como aquél, suele ser impredecible y muy peligrosa.

Por último, Antonio Medina, hombre de orden, muy bien situado en Oviedo y, según decían, de mal carácter, concitaba las sospechas del pueblo llano simplemente porque era rico. Los sectores más avanzados de la ciudad, socialistas incluidos, se dedicaban a propagar rumores como que era un hombre violento y amigo en exceso de la botella. El alcalde, don Antonio Marín Vera, estaba preocupado, pues aquel caso amenazaba con provocar un peligroso cisma en una ciudad demasiado tranquila y pequeña como para soportar un envite como aquél. Los enfrentamientos entre religiosos y ateos o ricos y pobres, por la defensa de este o aquel sospechoso podían encender una mecha que luego no podría ser apagada con facilidad.

5

Don Reinaldo Férez mira hacia el campo perdido en sus pensamientos. Tiene una copa de coñac en la mano e intenta relajarse sentado en su biblioteca, junto al ventanal, mientras descansa en su butaca favorita. Repara en que, en aquellos aciagos días que le ha tocado vivir, se cumple aquella máxima que le enseñara su padre antes de morir, cuando eran pobres como ratas: «Todo lo que puede empeorar, empeora, hijo», le dijo aquel hombre. Ésa era su única herencia y ahora, como si aquel desgraciado tuviera razón, don Reinaldo se levanta cada día y comprueba que el caso se complica, que todas las miserias de su familia se airean a la luz pública y que la lista de presuntos culpables es cada vez más nutrida. Y aún queda por saberse lo peor.

Mira hacia el infinito con el brazo derecho algo caído, en el que apenas sostiene el último ejemplar de *El Comercio de Oviedo*. No sabe cómo, pero los periodistas se enteran de todo. Hoy relatan que su santa esposa, doña Mariana Carave, ha tenido sus más y sus menos con los otros vecinos, una familia algo humilde, con pocas tierras, por el dichoso asunto de las margaritas. Y es que Mariana tiene un escape cultivando con mimo aquellas florecillas que son su vida y los cerdos de los

Ferrández, una pareja de ancianos cascarrabias, rompen una y otra vez la cerca para devorar las flores de su esposa. El periódico narra con toda serie de detalles el último enfrentamiento habido entre su propia esposa y los Ferrández, apenas dos días antes del asesinato de Ramón, su primogénito. El chico, que había mediado en la discusión para proteger a su madre, se había visto obligado a frenar la embestida del colérico abuelo que cayó despedido hacia atrás embadurnándose con el estiércol de sus propios marranos.

—¡Petimetre, esto no quedará así! ¡Ya verás cuando venga mi sobrino, el marinero de Gijón! —había amenazado el vejete.

A Reinaldo Férez no le cabe duda de que aquel par de ancianos nada han tenido que ver con la muerte de su hijo, faltaría más. Pero viendo cómo se presenta el panorama se teme lo peor. Si los detienen, se mueren. Y acaso, ¿no complicaría eso aún más las cosas?

Hay un solo culpable y don Reinaldo lo sabe: él.

Sí.

Él podía haber evitado todo aquello si hubiera actuado a tiempo. Había notado que su hijo era distinto desde pequeño: no cazaba pájaros ni se bañaba desnudo en el río con los otros chavales. No le gustaba montar a caballo o jugar a la guerra, no. Nunca le oyó decir una palabrota ni tuvo que reñirle por apedrear una farola o romper una ventana de un vecino. Nunca le gustó ir de caza con él y pasaba horas y horas leyendo poesía o dibujando paisajes por aquellos campos de Dios en los que se perdía con un caballete y una cesta de mimbre con algo de queso y vino. Siempre fue pulcro en el vestir, demasiado, y nunca le escuchó hablar de chicas o mujeres. Y él, don Reinaldo Férez, no había hecho nada. Sólo en los tres últimos años, al sorprender al chaval haciendo una felación a un caballerizo, decidió enviarlo interno a Madrid. Una forma de castigarle en un centro que, él sabía, era de extrema dureza y, por qué no decirlo, una vía de escape, una forma de alejar a aquel fruto de su simiente que él consideraba indigno. Desde entonces apenas se hablaban y don Reinaldo creía que, en cierta medida, su actitud dura e intransigente, su falta de comprensión, habían empujado a su hijo en brazos de compañías que no habían resultado precisamente deseables.

En el fondo, y muy en el fondo, él sabía que el crío era una víctima inocente. Sí, porque sólo había heredado la propensión al vicio de su propio padre. Sí, él era un pecador y pese a que don Froilán le daba la absolución semanalmente por sus descuidos, en el fondo sabía que no podía dejarlo. Se sentía mal, culpable, pero no dejaba de pensar en que cuando llegara la noche, podría volver a ello con Cristina, la institutriz. ¿Cómo hacía la naturaleza aquellas cosas? ¿De dónde salían criaturas como aquélla? Un ser que él había añorado tanto. ¿Y cómo la había puesto Dios en su camino?

De pronto, una voz le saca de su ensimismamiento:

—Señor —es Faustina, la criada—, tiene usted visita y me temo que concurrida.

Cuando el patriarca de los Férez levanta la vista y mira el camino piensa que vienen a traerle malas noticias: una comitiva encabezada nada menos que por don Críspulo, el cura de San Isidoro, el mismísimo alcalde, don Antonio Marín, el forense, don Serafín Murcia, don Agustín Casamajó, juez instructor y el alguacil Castillo, hacen entrada en su propiedad no se sabe con qué propósito.

Una vez dentro de la casona y de los saludos y parabienes habituales, dispone jerez con pastas para todos y obliga a sus visitantes a tomar asiento en el salón principal. Es amplio, bien iluminado y está tapizado por mullidas alfombras. Las ventanas están abiertas aunque el aire es aún algo fresco.

Tras esperar a que las dos doncellas hagan los honores, el alcalde, Marín, fulano algo pasado de peso y amplias patillas, comienza a hablar pues parece el de mayor entendimiento.

—Se preguntará por qué estamos aquí.

Férez, avejentado como nunca en estos últimos días, asiente cansado. Sus ojos evidencian la falta de sueño y se hace patente que ha perdido mucho peso en poco tiempo:

—Ustedes dirán.

El juez Casamajó, un catalán que lleva muchos años en la ciudad, toma de improviso la palabra:

—Mire, don Reinaldo, no se le escapará que desde el primer momento tuvimos un claro sospechoso.

—Ese afinador de pianos.

—Exacto.

—La nota que hallamos en su chaleco y que hacía referencia a una cita el día de autos era nuestra única prueba. El problema es que no se ha podido obtener una confesión.

—¡Claro! Como que es inocente —exclama don Críspulo muy convencido.

—¡Ya estamos, pater! —responde el alguacil Castillo—. ¿Se lo ha dicho en confesión?

—Eso… no puedo decirlo.

—¡Calma, calma! —tercia el alcalde—. Que siga el juez, que siga.

Casamajó retoma la palabra mirando fijamente a Férez, que no sabe qué quiere aquella gente de él.

—Para colmo, las cosas se han complicado. Carlos Navarro tiene un nuevo abogado, un petimetre de Santander, al parecer, como… como él es…

—¿Invertido? —añade Férez.

—No, forastero. No es de aquí. —El juez está vivamente molesto por la interrupción—. El caso es que es un joven bien preparado que conoce las triquiñuelas del oficio y nos ha denunciado por maltratar al detenido. El tiempo de detención preventiva no se cumplió exactamente...

—Pero ¿cómo hacen algo así? —interviene el alcalde.

—¡Estamos en Oviedo, coño! ¿Cómo íbamos a pensar que nadie viniera a meterse en nuestros asuntos? —exclama el juez muy soliviantado.

Reinaldo Férez mira a sus visitantes como si fueran una cuadrilla de locos. ¿Qué le pasa a aquella gente?

—Bueno, bueno —retoma el hilo el juez—. El caso es que este abogado, Pedro Menor, es un tipo llamativo, ostentoso en su forma de vestir y, al parecer, un libertino, pero conoce su oficio y nos ha puesto en un aprieto: si no acusamos a su cliente a corto plazo, tendremos que liberarlo.

—¡Lo vamos a acusar! —exclama Castillo.

—Sí, sí —tercia Casamajó—. Lo vamos a acusar, sin duda. Ése no sale de la cárcel. Pero no ha confesado y sólo tenemos la esquela de la cita. Nada más: ni arma, ni sangre en su ropa, ¡nada! No sé lo que podría ocurrir en un juicio. O dejamos el asunto más encarrilado o cuando se celebre la vista no sé si a este tipo le caerá el garrote como merece.

—¡Es inocente! —don Críspulo.

—¡Y dale! —Castillo.

Casamajó mira a ambos con cara de pocos amigos y consigue que se calmen, entonces continúa:

—Para colmo, don Reinaldo, su caballerizo se ocultaba con un nombre falso, cosa que le hace parecer, a ojos de la gente, claramente sospechoso, y su vecino, Medina, hizo ciertos comentarios sobre su hijo que...

—Amenazas, fueron amenazas —puntualiza Férez con cara de pocos amigos.

—Y para rematar —continúa Casamajó—, la historia ésa de los marranos que se comen las margaritas de su mujer. ¡Por Dios! Si todo el mundo sabe que esos abuelos son inofensivos.

—Lo sé.

—Pues *El Imparcial* les coloca en el centro de la diana. Precisamente porque dice que son unos chiflados. Ya ven ustedes, si ese abuelete, Ferrández, ¡dice ser el verdadero inventor de la máquina de vapor!

Don Reinaldo se atusa la cuidada barba, como mirando al infinito.

—¿Y qué quieren decirme con esto?

Entonces, como si todo estuviera preparado, toma la palabra el forense, el señor Murcia:

—Don Reinaldo —dice muy serio, es un hombre joven y pelirrojo, tímido en exceso—. Su hijo tuvo una muerte relativamente rápida. Una de las diez cuchilladas afectó a la vena porta y otra a la arteria hepática. Calculo que perdió el sentido al instante y se desangró en poco tiempo. He podido datar el deceso a eso de las doce, quizá la una de la madrugada. Ninguno de los sospechosos tiene coartada a esa hora. Esto complica la investigación.

—A no ser que consiguieran ustedes una confesión —dice el dueño de la casa mirando al alguacil con dureza.

—No, no, a Navarro no se le puede poner una mano encima ya. ¡Menudo es su abogado!

—Además, se ha mantenido firme desde el primer momento —insiste don Críspulo—. Él no mató a su hijo. Seguro.

—¿Y qué quieren que haga yo? —exclama el empresario poniéndose de pie de un salto.

Todos se miran como queriendo agarrar el toro por los cuernos pero ninguno se atreve. Al fin, el alcalde toma la palabra:

—Mire, don Reinaldo, nos han hablado de un detective, uno de Madrid, muy bueno. Es un lince; caso que acepta, caso que resuelve... Se llama... Víctor Ros.

Un estruendo hace que todos se giren al momento. Una dama muy hermosa, cuya figura destaca entre la luz que inunda la balconada, se gira hacia ellos con una bandeja en la mano de la que han caído multitud de juguetes.

—Yo... —farfulla— había venido a por los juguetes de la niña. Disculpen, me tropecé.

—Recoja, recoja, Cristina, no hay problema alguno, querida —dice don Reinaldo, muy conciliador—. Y déjenos a solas, que tenemos que hablar. Perdonen ustedes. Es la institutriz de los pequeños.

Cuando la joven se agacha y coloca los muñecos en su sitio, comprueba de reojo cómo aquellos varones la devoran con la mirada. Don Reinaldo también lo nota. Así es aquella ciudad, hipócrita, todo el mundo guarda las apariencias pero las bajas pasiones fluyen por lo bajo. Y cuestan vidas, como en el caso de su hijo, Ramón.

Cuando vuelven a quedar a solas, el dueño de Casa Férez mira a sus invitados:

—¿Un detective? ¿Para qué queremos un detective? ¿Más publicidad? ¿Para que se airee más aún el caso? ¿Qué hay de la honra de mi familia?

—No, no —apunta Castillo—. Usted no sabe, es un hombre preclaro, de ciencia, llega a donde otros no han llegado. Es discreto, forma parte del oficio y conoce Oviedo.

—¿Conoce Oviedo?

—Sí —apostilla el alcalde—. Entonces usted no vivía aquí,

pero hace años, cuando era joven, un simple policía, se infiltró en una célula radical aquí mismo y la desactivó. Detuvieron a más de cincuenta alborotadores. Se hizo pasar por uno de ellos durante meses, con paciencia. Al final fueron todos a la cárcel y a él lo ascendieron. Ahora se dedica al sector privado y es muy bueno, dicen.

Casamajó, el juez, hombre de inmensas patillas y frente despejada, apunta:

—Es íntimo amigo mío. Tiene muchos casos y no dispone de tiempo libre, pero yo puedo hacer que venga.

El alguacil Castillo apoya los argumentos del alcalde diciendo:

—Mire, don Reinaldo. No tenemos nada, los periódicos andan enredando y la ciudad está dividida. Su caballerizo no ha querido confesar. El invertido, tampoco. Y para colmo están las amenazas vertidas por su vecino, Antonio Medina, y ahora, ese par de lunáticos de los cerdos. No tenemos pruebas salvo la nota y ninguno de ellos tiene coartada. Para mí que fue el afinador de pianos, pero necesitamos probarlo. Don Críspulo quiere que llamemos al detective pero por el motivo contrario, y las autoridades, aquí presentes, opinan lo mismo porque el aire se corta con un cuchillo en la ciudad. ¿Por qué no le contrata? Igual le ayuda a restaurar el buen nombre de la ciudad.

—Háganlo ustedes —contesta el dueño de la casa con cara de pocos amigos.

—Pues querríamos que nos diera su consentimiento al menos —responde el alcalde—. Somos el Estado en Oviedo y tenemos a nuestros agentes; si llamamos a Ros sería una medida de carácter excepcional y queremos que usted, como particular implicado en los hechos, se muestre de acuerdo con la participación de un asesor...

—No —sentencia don Reinaldo.

Y entonces, como si fuera cosa del destino, Faustina, la criada, entra dando gritos en el salón.

—¡Mi señor! ¡Mi señor! ¡La Micaela!

Justo cuando todos giran la cabeza para escuchar a la recién llegada, ésta pierde el sentido, siendo recogida por su señor antes de que caiga al suelo.

—¡Rápido, las sales! Apártense —ordena el forense.

De pronto aparecen doña Mariana, la niñera y la cocinera visiblemente alarmadas.

—¿Quién es la Micaela? —pregunta don Críspulo.

—Mi otra criada —responde don Reinaldo.

La joven recupera un tanto la consciencia, abre apenas los ojos y farfulla:

—La Micaela... la Micaela *s'ahorcao*.

Olvidando a la pobre enferma, todos corren escaleras arriba pasando desde el primer al segundo piso por unas escaleras estrechas y poco seguras. Allí, en un angosto pasillo se observan las puertas de los pequeños cuartos abuhardillados que ocupa el servicio.

Don Reinaldo entra el primero y emite un gemido, luego lo hace su esposa, doña Mariana, que da un grito tremendo. Cuando las autoridades llegan a asomarse contemplan que la joven se ha colgado de una viga. Es inútil hacer nada por ella como demuestra el forense con un gesto inequívoco de la cara.

Éste tira de la mano que la muerta mantiene cerrada con esa fuerza inusitada que sólo tienen los cadáveres. Cuando consigue que el miembro ceda, algo golpea con un ruido sordo en el suelo de madera. Tras girar sobre sí mismo durante unos segundos que se hacen eternos, el objeto se vuelca y queda quieto, a la vista de todos.

—¡Es el anillo que robaron a Ramón! —exclama doña Mariana Carave.

Don Reinaldo se gira, sale compungido del cuarto y sin mirar a nadie dice:

—Llamen a ese detective. No reparen en gastos.

Y se pierde escaleras abajo.

6

Que no, don Matías, que no. Que están ustedes muy atrasados —afirma vehementemente Víctor Ros—. Que no hay ninguna prueba científica que ligue el tamaño o la forma del cráneo con la predisposición al delito. Además, se lo digo por experiencia.

Don Alfredo Blázquez, compañero inseparable de Víctor en sus años de policía, da un trago a su coñac y apunta:

—Pues el degollador de Argüelles bien que tenía la cabeza deforme. Enorme y deforme.

Ros mira a su amigo con cara de pocos amigos.

—¡Eso es una casualidad como otra cualquiera! De sobra sabes que su madre era puta, alcohólica y se le cayó de la cuna cuando era pequeño deformándole el cráneo. Lo que le llevó al delito fue el entorno. ¿Entienden, amigos? ¡El entorno! Si cualquiera de ustedes hubiese sido criado entre delincuentes, pasando hambre y maltratado desde niño, no habrían podido seguir otro camino que ése, el delito. No todo el mundo puede elegir. ¿Es que no lo ven? Los más peligrosos delincuentes que he perseguido han tenido infancias atroces, han pasado hambre y fueron maltratados desde niños. Un ser humano que crece así, luchando día a día por un chusco de pan, en medio de ese mar de violencia está abocado, por desgracia, al delito.

—¿Y usted? —interrumpe don Matías, médico especialista en afecciones respiratorias.

—*Touché* —dice Blázquez esbozando una sonrisa irónica.

Los demás compañeros de tertulia en el Suizo hacen otro tanto.

Víctor se gira un poco y mira a su amigo Blázquez y le suelta:

—¿Y tú? ¿Qué pretendes, tocarme las...?

—¡Hombre, hombre! No seamos soeces —apunta el juez Higueras.

—Precisamente —prosigue Víctor, que no se arredra ante nadie—. Yo soy un ejemplo que refuerza mi teoría. Bien es cierto que en mis tiempos de pilluelo, de pequeño delincuente, ya era joven leído. Sí, es cierto: yo quería aprender, pero para robar más y mejor. Pero fue mi salvador, don Armando, quien siendo sargento de policía me sacó de las calles con una hábil estratagema y me recondujo hacia el que luego fue mi oficio. Fue mi entorno, sin duda, pues mi mentor llegó a formar parte de mi entorno, ¿comprende? La Frenología está en desuso, amigos, lo que importa es el ambiente. Y si no, miren a mi Eduardo. Lo encontré en las calles de Barcelona, tirado como tantos y tantos hijos de obreros abandonados a su suerte. Ahora estudia interno en Segovia, es uno más de mi familia, lo adopté, y está obteniendo unas calificaciones excelentes.

Todos quedan en silencio, como sopesando el argumento. Nadie quiere dar su brazo a torcer y de eso se trata en las tertulias, de debatir, discutir con los amigos sobre política, economía, toros y mujeres. Polemizar y exprimir los argumentos como si aquello fuera un parlamento en miniatura. El Suizo es el lugar que eligieron don Alfredo y Víctor por casualidad, donde dos médicos, un juez, un poeta, un policía jubilado y un ex policía constituyen un grupo ciertamente peculiar.

Es en ese momento cuando una voz saca al grupo de sus reflexiones:

—¿Víctor?

Todos giran la cabeza y ven a un hombre alto, algo pasado de peso, de luenga barba, que viste traje oscuro y chistera. Lleva un bastón de grueso pomo en las manos y parece emanar autoridad.

—Estás cambiado —dice el desconocido—. Con barba, más mayor...

Víctor, que nunca olvida un rostro, mira al recién llegado con cierta extrañeza. Ladea la cabeza como el que piensa, a la vez que inspecciona al tipo así como de reojo. Una sonrisa comienza a aparecer en su rostro, a veces, demasiado serio.

—¿Agustín? —dice—. ¿Agustín?

El otro, el grandullón, asiente sonriendo.

—¡Agustín Casamajó! —exclama Víctor—. ¡Dichosos los ojos!

Antes de que los contertulios puedan darse cuenta, Víctor y el desconocido se han fundido en un abrazo que denota grandes cosas vividas juntos.

—¡Estás más gordo! —dice el detective.

—Y tú, amigo, y tú —contesta el recién llegado.

—Un poquito de panza, sí, pero mi esposa me tiene a plan. No puedo descuidarme. Ya sabes, los malos. ¡Éste es, amigos míos, Agustín Casamajó, juez en la ciudad de Oviedo por muchos años!

—Sí, yo estoy más gordo que tú, pero detrás de la mesa del tribunal no se corre tanto peligro —dice Casamajó riendo.

Todos se levantan y estrechan ceremonialmente la mano

del juez mientras Víctor hace las presentaciones de rigor. En cuanto se hace posible, Casamajó dice a Víctor en un aparte:

—¿Podrás cenar conmigo hoy mismo?

—Un poco precipitado, ¿no? Clara me espera. ¡Qué prisas!

—Tu esposa, ¿no?

—Sí.

—Escuché que es bellísima y de buena familia.

—Oíste bien. ¿Y mañana? ¿Qué te trae por la capital del reino, amigo?

—He venido a verte a ti. Exclusivamente.

—¿A mí? —Víctor señalándose a sí mismo y poniendo cara de sorpresa.

—A ti, Víctor. Y mañana debería volver a Oviedo. Ni siquiera debía haberme ausentado.

—¿Y eso?

—Tenemos problemas. La ciudad anda revuelta y la cosa está tensa.

—¿Oviedo tensa? No parece normal.

—Sí, como lo oyes.

—¿Y dónde entro yo en eso?

—Tenemos un asunto… difícil. Un asesinato. El treinta de mayo fue. No damos con la solución y el asunto se ha ido envenenando. La gente toma partido. Que si fue éste, que si el otro… La Iglesia, los socialistas, «las familias»…

—Oviedo.

—Sí, amigo, Oviedo. Se nos va de las manos. Te necesito.

—No puedo, amigo, sabes que tengo mucho trabajo. Estoy con el caso de la Banca Permach y la estafa de los Bonos de la Hispanocubana. Por no hablar del asunto de la envenenadora, Mariola Martínez Zamora. He tenido que contratar varios ayudantes incluso.

—Cena conmigo. Sólo eso.

Víctor pone cara de pocos amigos y añade:

—No puedo volver a Oviedo y tú lo sabes.

—¡Tonterías, Víctor! Desarticulaste una banda de subversivos que habían cometido varios asesinatos, atentados y que mantenían secuestrado al hijo del diputado Orenes. Tú salvaste la vida del crío.

—Sí, traicionando a muchos amigos.

—Y metiendo en la cárcel al Capacuras. ¿No lo recuerdas?

—Y a ella.

—Hiciste lo que debías.

—¿Está bien? ¿La has visto?

—Sí, está bien.

—¿Se casó?

—No. Nunca.

Víctor mira hacia el suelo con cara de remordimiento.

—Mira, Víctor —continúa Casamajó—, hicimos un buen trabajo. Yo, un joven fiscal lleno de ambición, y tú, un policía aplicando métodos novedosos. Hasta entonces a nadie se le había ocurrido infiltrar un agente de la ley en los movimientos revolucionarios.

—Sí, sí, lo recuerdo.

—Cena conmigo, amigo, me lo debes. Sólo eso. No te pido más.

Víctor hace un gesto llamando a Ginés, el aprendiz que además de recoger los vasos, hace recados para los clientes del café.

—Mandaré aviso a casa —se escucha decir a sí mismo pese a que cree que va a lamentarlo. Últimamente sale poco de Madrid, cada vez le atrae menos ausentarse de la ciudad en que vive, y menos para acudir a Oviedo.

En el restaurante del Hotel de los Italianos, Casamajó ataca unas perdices estofadas mirando con reparo el consomé de verduras que ha pedido Víctor.

—Sí, lo sé, no te gusta la pinta que tiene, pero he de cuidarme. No podría perseguir delincuentes si la barriga no me permitiera ver mis propios pies —dice Víctor, que lee el pensamiento de su viejo amigo.

—Siempre tuviste esa extraña facultad.

—¿Cuál?

—La de anticiparte. ¿Tu mente no descansa?

—Nunca.

—Ya. Pues lo lamento, amigo.

—Tú me entiendes, Agustín, tú sí que me entiendes. A veces tener esta cabeza no es, precisamente, una bendición.

—Sí, Víctor. Se es más feliz siendo ignorante. Pero vayamos a lo nuestro. ¿Vendrás conmigo?

—No —Víctor, tajante—. Pero me dijiste que había un asesinato, ¿no?

El juez es consciente de que todo depende de cómo enfoque el asunto. Víctor es un hombre que busca desafíos intelectuales. Con la resolución del misterio de la Casa Aranda aseguró la fortuna de su esposa y su gabinete marcha a las mil maravillas. Es evidente que su viejo amigo y su familia tienen un buen pasar. La motivación económica no le llevará a Oviedo, eso seguro. Casamajó sabe que debe plantear el caso de forma que parezca interesante, algo fuera de lo normal que despierte la curiosidad del detective. Se esfuerza en narrar lo sucedido lo mejor que sabe: que el joven Férez fue brutalmente acuchillado, la nota en manos de su amante concertando una cita, el nombre falso del caballerizo, el vecino malavenido y los viejos locos obsesionados con el asunto de las margaritas. La ciudad dividida y las polémicas diarias. Víctor sonríe al conocer estos pormenores. Casamajó se encarga de abundar en los detalles que más afectan al equilibrio de una población como aquélla: la implicación de don Críspulo, la Iglesia, las beatas y la toma de partido de los sectores más populares y revolucionarios. La falta de pruebas y la tozudez del afinador de pianos. Su abogado, «una mosca cojonera» en sus propias palabras. Cuando desvela el suicidio de la criada y que ésta llevaba en la mano el anillo del asesinado, observa que Víctor da un respingo en la silla.

—¿Y dices que era el anillo del difunto? ¿Seguro?

—Seguro.

—Interesante giro de los acontecimientos.

—Eso abre nuevas posibilidades, Víctor.

—Y tanto, y tanto —apunta el detective atusándose la barba mientras le sirven el segundo plato, una merluza a la provenzal.

Casamajó, que no es tonto, dedica el resto de la cena a hablar de sus cosas, a ponerse al día. Intenta relajar el ambiente con un hábil cambio de tercio. Víctor tiene dos hijos, la parejita, más un tercero adoptado. El juez tiene cinco y se casó con una joven de buena familia que el detective conoció de vista en su paso por Oviedo.

—Sigues pescando, ¿verdad? —pregunta el detective.

—Siempre que puedo. ¿Cómo lo sabes?

—Esos cortes en las manos, o los hace el sedal o te dedicas a afinar pianos, pero sabiendo que ya teníais a un tipo que se dedicaba a eso…

—¡Y ahora está en la cárcel! Igual debería plantearme cambiar de oficio.

—Ni de broma, Agustín, te he oído cantar. No tienes oído ninguno.

—Canto de maravilla.

—No te empeñes. Ya te digo que no he conocido a nadie con peor oído en mi vida.

Los dos amigos estallan en una carcajada.

Cuando, tras los postres, se sirve el café y el coñac, ambos piden un habano.

«Ahora es el momento», piensa Casamajó.

—Ahora es el momento —dice el detective en voz alta sonriendo.

—¡Tienes que dejar de hacer eso! —exclama el juez provocando las risotadas de su amigo.

Ros exhala el humo de su cigarro con cierto deleite, y dice:

—Agustín, no digo que el caso no sea interesante. Entre todos lo habéis ido complicando y el número de variables que hay abiertas ahora constituye una complicación extraordinaria. Quizá se haya perdido un tiempo precioso.

—¿Y?

—Que no me veo en Oviedo. No quiero ver las viejas caras, los compañeros...

—¡Rediez, Víctor! Eran unos radicales y tú, un policía. Hablas como un socialista. Además, están todos muertos. Los que no cayeron en aquella redada han muerto por ahí, ¿acaso no sabes que se vivieron tiempos convulsos allá arriba? Si alguno escapó con vida salió por piernas con la Restauración.

El detective pone cara de pensárselo.

—Me lo debes —dice el juez—. Y lo sabes.

Víctor hace una pausa y añade:

—Sí, sí, lo sé. Estoy en deuda contigo. Cuando fui a verte siendo tú un joven fiscal yo era un policía bisoño con un extraño plan. A nadie se le había ocurrido infiltrar a un policía de paisano en los movimientos revolucionarios. Tú permitiste que aquello se llevara a cabo y aquel sumario me hizo famoso.

—¡El subinspector más joven de España!

—Exacto —dice Víctor con la mirada perdida—. El subinspector más joven de la historia. Conseguí un buen ascenso, es cierto.

Silencio.

Víctor alza la mirada y observa a su amigo. Sonríe. El juez decide arriesgarse:

—Sólo te pido una semana. Vienes, estás siete días y te vas. Sólo es eso.

Silencio de nuevo.

—No quiero verla —dice Ros.

—No tendrás por qué hacerlo, Víctor. Vienes, echas un vistazo y a la semana te vas. Es sencillo, no tendrás ni que acercarte por su imprenta.

—¿Está bien? Ella, digo.

—Sí, está bien. El negocio funciona y tiene un buen pasar.

La mente del detective se pierde en ensoñaciones por unos instantes.

En ese momento, tras volver en sí, Víctor apaga el cigarro y levanta la mano pidiendo la cuenta:

—Sabes que no puedo decirte que no —sentencia dando por terminada la conversación.

7

La expectación entre el grupo de prohombres que aguarda en la estación se hace notar. El juez instructor, Agustín Casamajó, encabeza la comitiva de bienvenida y le acompañan el fiscal, don Abelardo Pau, así como el alcalde, don Antonio Marín, y otros ciudadanos preclaros como muestra de agradecimiento a la visita del detective.

El tren correo que viene de Madrid aparece a lo lejos, humeando y haciendo sonar su silbato para que los parroquianos que aguardan para viajar a los pueblos, se preparen para subir lo más rápido posible.

—Ya verán, éste nos lo resuelve —dice el juez muy esperanzado.

—¿Seguro que viene? —pregunta incrédulo el alcalde.

—Don Antonio, hombre, es amigo personal... —responde Casamajó alardeando un poco de su relación con tan famoso detective.

Cuando el tren se para inundándolo todo de vapor, los prohombres de Oviedo dan un paso atrás mientras que el señor alcalde hace una señal a un mozo para que acuda presto a hacerse cargo del equipaje del visitante.

Se abre la portezuela del vagón de primera y bajan, por

este orden, una joven dama, dos canónigos, un caballero entrado en años y una vieja no demasiado elegante como para poder pagar un billete de aquellas características.

Todos se miran asombrados.

El fiscal da un paso al frente y, colocándose la mano sobre la frente a modo de visera, se pega al cristal y dice:

—No queda nadie dentro.

Todos miran a Casamajó.

—Igual ha venido en segunda. No es amigo de lujos —farfulla muy violento con la situación.

La comitiva se encamina hacia los vagones de segunda. Nada. No hay rastro del detective. Unos y otros se miran sin saber qué hacer. El alcalde parece enfadado. Es hombre orgulloso, muy rico, y no le agrada quedar en segundo plano.

Mientras que el juez se asoma a los vagones de tercera, sucios, con bancos de madera y atestados de parroquianos que suben con gallinas, cestas de comida y hatos repletos de ropa, los miembros de la comitiva preguntan al revisor.

—No está en tercera —dice Casamajó, que vuelve un tanto avergonzado.

—Este caballero dice que no ha viajado nadie desde Madrid que se ajuste a la descripción de don Víctor —apunta el alcalde con cierto tono reprobatorio señalando al revisor.

—¿Está usted seguro? —pregunta Casamajó—. Es probable que no subiera en Madrid, tenía que recoger a su hijo en Segovia. Un chaval de doce o trece años.

—¿Un guaje dice? —interrumpe uno de los mozos de cuerda al que todos miran con cara de pocos amigos por meterse en conversaciones de gente de bien.

—Sí, Eduardo, su hijo. ¿Por qué? —pregunta el juez.

—Anoche ayudé yo a un caballero que venía acompañado de un crío con las maletas.

—¿Anoche?

—Sí, llegó en el tren de las diez.

—¿Y adónde fueron?

—Subimos sus maletas al coche del Julián. Él sabrá. Estará fuera si no le ha salido ningún porte.

El juez sale a paso vivo al exterior acompañado de aquella decena de hombres que le miran mal. Cuando llegan donde los cocheros pregunta a viva voz:

—¿Alguno de ustedes es el Julián?

Uno de ellos, un tipo recio, con cara de buena persona, moreno y de barbilla prominente da un paso al frente:

—Yo soy, Julián Muñiz. ¿Necesitan algo?

El alcalde se adelanta, como dando por hecho que todos le conocen y toma la palabra haciendo valer su autoridad:

—¿Recogió usted ayer a un detective que venía de Madrid con un niño?

—Si era detective o no, no sabría decirle, pero sí, recogí a un caballero y a su hijo. Llevaba mucho equipaje. Ya saben, utensilios y cajas con instrumentos raros.

—¿Y adónde los llevó? —pregunta impaciente el juez.

—A La Gran Vía.

—¿Al bar? —inquiere un pasante.

—Se hospeda allí, en las plantas de arriba hay habitaciones espaciosas y muy independientes. El señor, don Víctor, que por cierto me dio una buena propina, ya había apalabrado todo desde Madrid. Me dijo que buscaba unas habitaciones tranquilas y que La Gran Vía era el lugar ideal para él porque está a un paso del centro pero, a la vez, casi a las afueras.

—Este hombre es previsor, no hay duda —dice el alcalde asintiendo.

—No sabe usted cómo —apunta el juez.

—Y nosotros no le recibimos como es debido, ¿qué pensará de nosotros? —añade el presidente del partido liberal.

—No es amigo de lisonjas. Me mintió diciendo que venía hoy —añade el juez Casamajó.

—¿Y por qué habría de hacer algo así? —pregunta el alcalde, cada vez más molesto.

Casamajó levanta las manos, como pidiendo paz.

—¡A ver, a ver! ¡Calma! Víctor no quiere que su presencia aquí sea un acontecimiento.

—¡Nos ha hecho un desprecio! —clama una voz desde el fondo.

—No, no. No le conocen. No le agradan la publicidad excesiva, los aspavientos. Déjenme a mí el asunto. Iré a verle a su pensión. No se lo tomen a mal. Quizá piense que no es buen negocio que los culpables se enteren de que está aquí —apunta Casamajó intentando justificar como sea el comportamiento de su amigo.

—¡Ya tenemos al culpable! ¡Navarro! —exclama una voz anónima.

—No, no, es el caballerizo —responde otro.

—¡Basta! —ordena el juez—. ¿No ven que tenemos un problema? No digo que Víctor sea el paradigma de la sociabilidad, pero es el mejor en lo suyo. Déjenmelo a mí. Si se siente molesto o se nos agobia es capaz de volverse a Madrid. Está enfrascado en varios casos de relumbrón. Por favor, váyanse a casa y yo hablaré con él. En cuanto sea posible lo llevaré a ver a las autoridades para informar de cómo ve el asunto.

Todos quedan en silencio hasta que el alcalde toma la palabra.

—De acuerdo, Casamajó, sea así. Pero que conste que no me gusta su hombre. Ya hablaremos. —Y sale de allí a paso vivo seguido por aquella legión de aduladores.

Cuando ve que la reunión se disuelve, Julián Muñiz ve claro que aquellos lechuguinos no van a darle ni una mísera propina.

Cuando Casamajó llega a La Gran Vía, se para por un momento para echar un vistazo a la recia casona. Construida por Aurelio Fernández, en el número uno de la calle Asturias, es un lugar donde se sirven buenas comidas. Está ligeramente a las afueras, es un lugar tranquilo y tiene planta baja y dos pisos superiores donde se alojan incluso familias enteras. El dueño, hombre emprendedor, realiza todo tipo de trabajos relacionados con la construcción. A un lado quedan unos toldos que cubren el lateral dedicado al bar famoso por la buena calidad de su vino y su sidra, que, según dicen, es de las mejores.

Es un establecimiento nuevo que Víctor no podía conocer de su anterior estancia en Oviedo, así que el juez se pregunta cómo ha podido localizarse un alojamiento tan adecuado para sus propósitos por su cuenta y desde Madrid.

El detective siempre ha sido un hombre de acción, de los que se anticipan. Así que, en el fondo, no le sorprende.

Justo cuando se dispone a entrar en la pensión escucha una voz tras de sí:

—Supongo que me buscas a mí, ¿no?

Casamajó se gira y se da de bruces con Víctor. Viste traje color caqui, con chaquetilla de cazador, pantalones abombados y polainas. Lleva un extraño sombrero que parece de tirolés. Viene caminando a paso vivo y trae las mejillas visiblemente rojas. Jadea.

—¿No te habrás hecho cazador a la vejez?

—No, Agustín, no. Sabes que no me gusta disparar a esas criaturas de la naturaleza. Me levanté muy temprano, desayuné (como los ángeles, sea dicho de paso) y opté por dar un vigoroso paseo para inspeccionar el terreno. Pero vamos, vamos dentro que Eduardo ya debe de estar despierto.

Una vez en el comedor y tras saludar al patrón y a su esposa, se encuentran con un chiquillo de unos doce años que desayuna solo en una mesa.

—Éste es Eduardo, mi hijo —dice Ros muy orgulloso.

El chaval, muy educado, se levanta y estrecha la mano del juez. Parece delgado y se nota que hace poco que ha dado el estirón. Una sombra algo oscura comienza a aparecer bajo su nariz como la promesa de que pronto será un hombre.

—Aquí donde lo ves, será el mejor detective de todos los tiempos.

—Creí que lo eras tú —dice el juez.

Víctor ladea la cabeza.

—Claude Mesplede en Francia o un tal Ian Rankin, en Escocia, me superan con creces. Pero Eduardo ha de avergonzarnos a todos. Ya lo verás. Es más inteligente, más rápido y más prudente que yo. No se le escapa nada y tiene unas notas de relumbrón.

Casamajó observa una sonrisa de satisfacción en el crío.

—¿Quieres un café?

—Sí, con leche —responde el juez.

Mientras les sirven el pedido se hace un silencio incómodo que tiene que romper el magistrado:

—Los prohombres de la ciudad se han enfadado.

—¿Con quién? —pregunta Víctor, que nunca tuvo mano izquierda para aquellos asuntos.

—¿Con quién? ¿Con quién había de ser? ¡Pues contigo! Hemos ido a las nueve a recibirte a la estación y no has aparecido. Ahora tengo que calmarlos: al alcalde, los presidentes de los dos partidos, el secretario del obispo…

—Para, para —interrumpe Víctor alzando la mano—. ¿Quieres azúcar?

—Sí, tres terrones, por favor.

—No me vengas con esas historias. Quise llegar el día antes, anticiparme. No necesito recepciones ni gerifaltes que me halaguen y me intoxiquen con sus visiones parciales, provincianas y de aficionado. Estaré aquí el tiempo que quiera y me iré cuando me dé la gana. Punto.

—Pero tendrás que visitarlos...

—Por supuesto, pero cada cosa a su momento. Hemos perdido un tiempo precioso. Muchas de las pistas pueden haberse borrado y tengo que ponerme manos a la obra cuanto antes. No necesito gente alrededor. —De pronto, hace una pausa—. Eduardo, hijo, ¿has terminado?

—Sí, Víctor.

El detective hace un gesto con la cabeza y el crío, tras despedirse ceremonialmente del juez, se levanta y se pierde escaleras arriba.

—Como te iba diciendo —continúa Ros repasando una libreta que saca de su bolsillo—, esta mañana he dado un largo paseo. Debo mantenerme en forma. Y he llegado hasta la Casa Férez. He echado un vistazo a las fincas colindantes, la de los dos abuelos que me contaste, aquellos de las margaritas y los cerdos.

—Los Ferrández.

—Exacto, y también he pasado por la casona y la finca. Todo desde fuera, claro. He inspeccionado el lugar del crimen pero ha pasado mucho tiempo. ¿Quién fue el primero en llegar?

—Un carretero, creo.

—¿Avisó a la casa?

—Sí, enseguida se personó allí el alguacil Castillo.

—Me han hablado bien de él.

—¿A ti? ¿Quién?

—Tengo mis fuentes. Supongo que él se hizo cargo de las diligencias previas.

—Exacto.

—También he pasado junto a la valla de ese vecino...

—Antonio Medina.

—Sí, el del hijo enamorado de la chica de los Férez. Me he cruzado con él. Un tipo alto, bien vestido, que entraba en su finca usando la llave de la cancela.

—Es aficionado al ejercicio.

—Y a la geología.

—¿Cómo lo sabes?

—Llevaba un pico de geólogo y dos cuarcitas en la mano —dice Víctor con fastidio—. Le he saludado y me ha parecido un tipo mal encarado.

—No tiene buen carácter, no.

Víctor apura su taza de café y mira por la ventana.

—Te diré lo que necesito —comienza a decir como el que sabe lo que se hace—. Necesito que de aquí a una hora nos veamos justo en la puerta de la casa de los Férez. No avises a nadie más, ojo. Tráete al alguacil Castillo y es imprescindible que vengáis con los papeles que tengáis de las diligencias previas. Traed la nota inculpatoria y por supuesto, muy importante, el informe forense. ¿Tomas nota?

—No, no, lo tengo todo aquí —dice señalándose la cabeza.

Entonces se escucha un ruido y Casamajó se gira. Frente a ellos hay un pilluelo de los que pululan por las calles, abandonados por sus padres y dejados de la mano de Dios. Lleva una gorra raída que casi le tapa la cara, los pantalones zurcidos y sujetos con una cuerda, camisa blanca llena de chorretes y por una de sus botas asoman los dedos de los pies.

—¡No molestes, guaje! ¡Fuera de aquí! —le grita el juez, que no está para limosnas, provocando la risa de Víctor.

El crío sonríe también.

—Pero ¿qué pasa ahora, rediez?

—Querido Agustín, te presento a mi mejor agente secreto. Te ruego que no digas nada a nadie. Y ahora, Eduardo, despídete de don Agustín. Nos vemos a la hora de comer, fúndete con la ciudad, hijo. Sabes que tú eres mis ojos.

8

El alguacil Castillo y el juez Casamajó aguardan impacientes bajo los inmensos falsos plataneros que jalonan el camino. La verja de acceso a la casona de los Férez, al fondo, tras un hermoso prado, permanece cerrada.

A lo lejos se ve a una lavandera tendiendo las sábanas en el espacio lateral de la casa, donde, unos metros más allá se encuentran las caballerizas en que moraba otro de los sospechosos, José Granado.

—¿Es ése su hombre? —dice Castillo levantando la barbilla hacia el fondo del camino.

—Sí, es muy puntual —responde el juez, que parece aliviado al ver aparecer a su amigo Víctor.

—Tiene pinta de botánico con esas vestimentas —dice Castillo, un tipo de unos treinta y cinco años, moreno, de fuerte mandíbula y afilada perilla. El juez, a su lado, parece un viejo San Bernardo. Alto, pasado de peso y con amplios bigotes y patillas grisáceos que disimulan sus amplias carrilleras.

—¡Buenos días! ¿Castillo? —dice Ros tendiendo la mano al agente de la autoridad que viste uniforme azul marino de pulidos botones dorados.

—¿Han traído lo que pedí?

—Sí, está todo —responde Castillo palmeando una amplia carpeta que lleva bajo el brazo.

—¿Vamos adentro? Querrás entrevistarte con la familia —apunta el juez.

Víctor, mirando el camino aquí y allá como un sabueso ladea la cabeza como diciendo que no.

—¡Cómo! ¿No vas a entrevistarte con el señor Férez? ¿Con el servicio?

—No, Agustín. Primero, la escena del crimen. Hemos perdido tanto tiempo que no tengo prisa. Luego a la tarde me hablas de la familia, el servicio y lo demás.

—Veamos —dice mirando al agente de la ley—. ¿Fue usted el primero en llegar?

Castillo hace memoria y responde:

—Un carretero encontró el cuerpo y avisó a la casa. El cochero.

—El del nombre falso...

—Sí, ése.

—... Alberto Castillo, ¿no?

—Sí, sí —responde el alguacil—, pero ése era un nombre falso, en realidad se llamaba...

—José Granado.

—Exacto.

—Bueno, decía usted que el caballerizo...

—Tomó una mula y bajó a la ciudad. Yo me personé enseguida.

—¿Había mucha gente cuando usted llegó?

—Lamento decirle que sí. El propio carretero, las criadas, el padre... La madre, doña Mariana Carave, había sufrido un vahído y estaba dentro con la institutriz. Lo recuerdo porque al momento llegó el forense y antes de examinar el cadáver tuvo que entrar a atenderla.

—¿Había alguien más?

—Sí, algunos vecinos, un par de campesinos...

—Y eso que era de buena mañana.

—Ya sabe usted, don Víctor, que las desgracias atraen a la gente como la mierda a las moscas, si se me permite la vulgaridad.

—No se preocupe, amigo, estamos entre compañeros. ¿Qué hizo usted, entonces?

—Despejé la zona. Eché a todo el mundo y mandé venir a tres guardias.

—Bien hecho.

—¿Había huellas de carro?

—Sí, claro, es un camino más transitado de lo que parece. Había llovido y se veían muchas huellas de ruedas.

—No sacaremos nada de eso en claro. ¿Cómo estaba el cuerpo?

—Boca arriba, con los ojos en blanco. Muy pálido. Había perdido mucha sangre.

—¿Me ha traído el informe forense?

—Sí, claro —contesta el alguacil sacando un pliego de papel de la carpeta.

Víctor lo ojea leyendo muy rápido. De vez en cuando asiente como con satisfacción.

Al momento, devuelve el papel al alguacil y pregunta:

—Estaba pálido, ¿no?

—Sí, ya le digo.

—Las heridas que describe el informe forense debieron de provocar una gran pérdida de sangre. He comprobado en la información meteorológica que esa noche no llovió, ¿correcto?

—Correcto.

—¿Y había sangre? Porque después de aquello sé que ha llovido en lo menos sietes ocasiones.

—Ya sabes que aquí es rara la tarde en que no caen unas gotas, incluso en verano —apunta Casamajó.

—Por eso pregunto, Agustín; cualquier resto de aquello ha sido borrado, seguro. Pero haga memoria, Castillo. Vuelva a aquella desgraciada mañana. ¿Había sangre?

Castillo pone cara de circunstancias:

—Pues ahora que lo dice, no.

—¿No había un charco de sangre?

—No, no. No lo había. Seguro. ¿Cómo no me di cuenta? ¿Cómo no caí en la cuenta? Había mucha gente por aquí. El padre es hombre importante... Se personaron las autoridades. Así no se puede trabajar. Me puse nervioso, supongo.

—No se torture Castillo, usted hizo lo que pudo. Míreme a mí, de pocas he podido esquivar a todos esos presuntuosos. Las multitudes son el peor enemigo de una buena investigación. Pero fíjense: algo adelantamos. El chico, Ramón Férez, no fue asesinado aquí. ¿Huellas?

—Ya le digo que sí, de carros.

—No, no. Pisadas.

—No vi nada claro. Cuando llegué más de diez personas se habían paseado por aquí. Y soy cazador, no crea.

Víctor queda parado. Por un momento.

—¿Y bien? —pregunta Casamajó.

—La nota.

—¿Cómo?

—La nota inculpatoria. ¿La han traído?

—Sí, sí —confirma Castillo tendiéndole la esquela.

—¿Tienen algún escrito del finado?

—Sí, una carta, la he traído por si quería compararlas. Coinciden.

Víctor se echa a un lado buscando la luz del sol. Lee la nota en que Ramón Férez citaba al inculpado, Carlos Navarro, el afinador de pianos, aquella misma noche en aquel mismo lugar.

Luego mira la carta. Las compara. Las mira al trasluz. Las vuelve a remirar.

Entonces se gira y dice:

—Aquí no tenemos nada más que hacer.

—¿Cómo? —Casamajó, incrédulo.

—Esto es lo que hay y a esto tengo que atenerme de momento. Tengo que entrevistarme con un montón de personas, pero antes he de hacer dos gestiones fundamentales.

—¿Cuáles?

—La primera, saber dónde mataron a Ramón Férez. Es importante, igual allí encontramos alguna prueba. Segundo, comprobar si esta nota es realmente del finado.

—Pero si son idénticas —protesta Castillo.

—Para un profano, sí. Pero deben saber que he leído varias monografías sobre grafología. Tengo una buen amiga en Madrid que nos sacará de dudas; es grafóloga, se llama Clara Tahoces. ¿A qué hora sale el tren para Madrid? El de la tarde.

—A las cuatro.

—Perfecto. Comeremos primero. Me encargaré de que el maquinista haga llegar las notas al secretario de Clara que esperará en la estación. Antes enviaré un cablegrama.

—¿Y la otra gestión?

—También ha de venir de Madrid. Es un viejo amigo que nos ayudará a encontrar el lugar del crimen. Hasta entonces no tenemos nada que hacer. Me llevará dos días tener las dos gestiones resueltas. Hasta dicho momento, nada debe intoxicar nuestra mente, me dedicaré a hacer ejercicio y a llevar a Eduardo de excursión. Vamos.

—¡Silencio! —exclama don Agustín Casamajó propinando un brutal puñetazo en la mesa que hace vibrar la cristalería de Bohemia que tanto adora su esposa. La chiquillería se calla al instante. Los más pequeños parecen, incluso, a punto de echarse a llorar.

—¿Es necesario ponerse así, Agustín? —pregunta conciliadora Adela, la mujer del juez.

—¡Ésta es mi casa y exijo unos mínimos a la hora de sentarse a comer!

—Son niños, cariño. No debes alterarte de esa forma. Nos has asustado a todos.

—Ni niños ni gaitas. Cuando yo me sentaba a su edad en la mesa de casa de mi padre...

—¿Se puede saber qué te pasa? Es ese caso, ¿verdad?

El juez, de rostro sanguíneo, cierra los ojos y guarda silencio por un instante. Entonces se atiza de un golpe la copa de vino y la agita delante de la criada para que ésta llene de nuevo el recipiente:

—Perdona, querida. Tienes razón. Disculpad por este exabrupto. Debo tener más paciencia y un cabeza de familia, juez por ende, no puede dejarse llevar por la cólera de esta forma.

—¿Es, entonces, por el caso? —dice ella con actitud melosa y suave evidenciando que sabe de sobra cómo manejar a su marido.

—Más que el caso... mi amigo.

—¿Víctor?

—El mismo que viste y calza.

—¿No estabas tan contento con su venida? ¿Acaso no decías que iba a resolver el asunto en un plis plas?

—Sí, sí, y lo mantengo. No hay asunto que se le resista ni criminal que se le escape, pero es que ya no me acordaba de sus excentricidades. Mira, primero dio plantón a las autoridades llegando un día antes sin avisar a nadie. Fuimos en comitiva a recibirle y ¡menudo plantón!

—Sí, sí, se comenta que el alcalde está muy enfadado.

—Si sólo fuera el alcalde... El caso es que no ha querido acudir a realizar las visitas de rigor, ya sabes, para limar asperezas y presentarse como sería debido a los rectores de la ciudad: al señor obispo, el regente de la Audiencia, en fin, lo normal.

—Estará ocupado con el caso y no querrá perder la pista.

—¿Ocupado? —exclama Casamajó dejándose llevar por la indignación—. ¿Ocupado? Quizá. De excursión de aquí para allá enseñando la comarca a su hijo. Llegó el primer día, echó un vistazo al lugar del crimen y mandó un par de despachos a Madrid. Entonces dijo que hasta que no recibiera lo que había pedido no era prudente seguir con el tema. Fíjate, primero se queja de que se había perdido un tiempo precioso y ¡ahora se dedica al excursionismo! Que yo sepa ha llevado al chico a Gijón, a Cruces, a Langreo y qué se yo. Se dedica a enseñarle esos montes de Dios recogiendo plantas y escarabajos. ¡Con la que tengo yo liada! Claro, imagínate, la gente no para de preguntarme. ¿Y éste era su detective? ¿No decía usted que resolvería el caso en una semana? Puedes imaginarte, estoy para que me dé un ataque de nervios.

—Ten paciencia, Agustín, no te precipites. Igual tiene sus razones —responde ella conciliadora.

—Ya te lo digo yo, siempre fue un excéntrico.

—Entonces ¿dudas de él?

—Pues eso es, que no. Es un hombre fuera de lo común. No te imaginas la que lió aquí cuando era joven, tú aún no habías llegado a Oviedo. Desarticuló una célula radical que llevaba quince años martirizando a las autoridades y lo hizo en unos meses. Es un fuera de serie. Pero el tiempo apremia y la ciudad anda convulsa. Un poco más de diligencia por su parte no me vendría mal.

—¿Cuánto tiempo te dijo que necesitaba?

—Dos días.

—¿Y de eso hace?

—Dos días.

—Pues entonces, mañana a la mañana ve a hablar con él, ¿no? Saldrás de dudas.

Don Agustín mira a su santa esposa sonriendo y ataca el arroz con leche que le acaban de servir y que le vuelve loco. Como siempre, su Adela tiene más sentido común que todos los abogados, alcaldes y magistrados de la ciudad juntos.

9

Don Agustín Casamajó llega muy animado a la estación. Ha recibido una nota de Víctor y eso sólo quiere decir una cosa: el detective se ha puesto en marcha. Debe de haber recibido lo que fuera que pidió a Madrid.

Una vez allí, junto a la máquina que guía el convoy, se encuentra con Víctor, que parece hablar con el maquinista. Éste le da un sobre y Ros le entrega unas monedas. Conforme avanza hacia su amigo, Casamajó ve cómo éste abre el pliego de papel, saca tres documentos y ojea uno de ellos. Entonces levanta la cabeza y le ve.

—¡Hombre, Agustín! Aquí tienes de vuelta, y como te prometí, la nota inculpatoria y la carta manuscrita de Ramón Férez. Quedan de nuevo bajo tu custodia.

Casamajó observa que Víctor se guarda el tercer papel en el bolsillo.

—¿Era eso lo que esperabas?

—Y a Minucias.

—¿Minucias?

—Sí, ahora mismo lo están descargando, viene en el último vagón, el de las mercancías. Vamos, acompáñame.

Los dos amigos caminan a paso vivo hasta llegar al final

del tren donde encuentran a dos mozos que trabajan con denuedo para bajar cajas y embalajes.

—¿Tienen algo para Víctor Ros? —pregunta el detective al que parece de mayor edad.

—Sí, ahí tiene —responde el paisano indicando una caja de madera con agujeros en la parte superior con un gesto de su cabeza.

—Tome, buen hombre —dice el detective entregando una generosa propina al mozo que provoca que éste se tome interés en el asunto, recoja una palanqueta y se dirija hacia la caja para abrirla.

Casamajó se acerca intrigado y comprueba cómo abren el cajón. Víctor, que se ha agachado delante, no le deja ver. Se escucha un ladrido y entonces Ros se aparta dejando ver al juez cómo acaricia a un sabueso de aspecto bonachón que parece reconocer a Víctor moviendo su cola con alegría.

—Agustín, te presento a Minucias.

Casamajó inclina la cabeza como si estuviera conociendo a una persona y su cara de sorpresa provoca una sonrisa en la cara de Víctor que aclara:

—Nos va a ayudar a encontrar la escena del crimen.

—Creía que ya teníamos escena del crimen.

—No, no. ¿No recuerdas? Lo trasladaron. Vamos. No hay tiempo que perder.

—¿Vamos? ¿Adónde?

—A casa de los Férez. Tengo el coche de Julián esperando afuera.

Durante el camino, Casamajó observa a Víctor, que parece pensativo.

—¿Todo bien? —le pregunta.

El otro, que siempre parece leerle el pensamiento, contesta:

—Sí, sí, avanzamos. Ya sé que habrá quien piense que he perdido el tiempo durante estos dos días —el juez nota que al decir esto le mira de reojo—, pero era fundamental no iniciar la investigación por una línea equivocada. Te preguntarás qué decía la esquela que recibí de Madrid.

—¿Cómo? —Casamajó, disimulando.

—Sí, el dictamen de mi amiga la grafóloga.

—¿Era eso? Pues la verdad, sí.

—Tengo que entrevistarme con el sospechoso, el afinador, Navarro. Empezaré por ahí. Esta misma tarde.

—Pero ¿y la nota?

—Es falsa.

—¿Cómo?

—La nota que se halló en el bolsillo del chaleco del inculpado en la que Ramón Férez le citaba frente a su casa es una hábil falsificación.

—¡Cómo!

—Como lo oyes. Nos las vemos con alguien sesudo, no hay duda. Este caso promete.

—Pero, entonces…

—Alguien quiso hacernos creer que Navarro y Férez tenían una cita a la hora del deceso para que el afinador apareciera como sospechoso.

—Pero… eso…

—En efecto, amigo, eso es importante. ¿Entiendes por qué tuve que esperar? Pero ya llegamos, a ver qué nos marca Minucias. Vamos abajo, Agustín, esto se pone interesante.

Cuando bajan del coche se encuentran con el alguacil Castillo que les está esperando.

—Buenos días, ¿ha traído usted lo que le pedí? —pregunta Víctor.

—Sí, aquí está —responde el agente de la ley sacando una camisa ensangrentada de una bolsa de tela.

—Hizo usted bien en conservar las prendas del muerto. Por cierto, me sería útil repasar sus botas.

—Las tengo en custodia, no habrá problema. El señor de la casa me ha dicho que quiere conocerle, don Víctor, cuando terminemos. Además, dice que nos quiere comentar una cosa. Ése es Tomás, hace las veces de jardinero, está a nuestra disposición —aclara el alguacil señalando a un tipo de aspecto siniestro que aguarda junto a la verja de acceso a la finca. El muro de separación con el camino, de piedra, es de media altura y aparece jalonado de pequeñas florecillas de color violeta que hacen la mañana más hermosa aún.

Víctor, sin perder un minuto, acerca la camisa al hocico de Minucias y le jalea:

—¡Vamos, perrito, vamos!

El perro comienza a olisquear aquí y allá y se dirige a un punto junto al camino.

—Ahí es donde se halló el cuerpo —dice el juez.

Víctor mira a los presentes como diciendo «¿ven ustedes?». Entonces el animal da dos vueltas sobre sí mismo, emite un ladrido y se encamina hacia un punto del muro. Allí se para intentando escarbar en el pie del mismo con la pata.

—Sigamos por el otro lado. Pasaron el cadáver por encima del muro justo en este punto.

El jardinero abre la verja y entran en la finca.

—Este perro es fantástico —conviene el juez admirado.

—No es mío —aclara Ros—. Me lo envía un amigo de Madrid, muy cazador. Ya me ha ayudado en otros casos. ¿Observan? Ahí sigue el rastro.

En efecto, el animal ha retomado el rastro y arrastra a Víctor por el hermoso prado que antecede a la regia mansión.

Poco a poco el animal va girando hacia la izquierda. Es evidente que el rastro no lleva a la casa grande.

—Va hacia las cuadras —dice el jardinero.

Los cuatro siguen entusiasmados a Minucias que llega a una construcción alargada, con una sola altura y un amplio tejado de pizarra. Parece un granero o similar.

—¿Qué hay ahí? —pregunta Víctor.

—Ya se lo he dicho —responde el jardinero con malos modos—. Ahí se guardan los dos caballos, la mula y dos vacas.

Víctor lo mira con cara de pocos amigos y le suelta:

—¿Viene usted mucho por aquí? ¿Dónde estaba la noche del día treinta?

—¿Cómo? —responde el otro con cara de pasmo.

—Que como siga usted así, le voy a considerar sospechoso por falta de cooperación. ¿Se llevaba usted bien con el señorito?

—Sí, sí, claro. —Tomás intenta esbozar una sonrisa—. Disculpe, disculpe, vuecencia. Estoy aquí para ayudarles en todo lo posible.

Víctor entra en la cuadra detrás de Minucias sin mirar siquiera a la cara a ese desgraciado. El perro va directo a un punto donde se acumula una montaña de paja.

—No hay duda. Es ahí. Ese montón de paja, ¿está siempre ahí?

—No lo sé, yo sólo soy el jardinero y vengo dos veces por semana. No entro nunca aquí, el caballerizo podría decírselo a usted con seguridad.

—Ése no se va a escapar —bromea Víctor quitándose la chaqueta—. Venga esas horcas, ayúdeme usted, Tomás.

En un momento, los dos hombres están trabajando mano a mano echando la paja a un lado. El montículo es considerable pero la tarea les cunde mientras que el alguacil y el juez miran impacientes.

—*Voilà!* —exclama Víctor cuando comprueba que la paja de más abajo tiene un color levemente rosáceo—. ¡Vamos, rápido! —apremia al jardinero.

Cuando consiguen allanar el terreno comprueban que el suelo es de color rojo oscuro y que la mancha ocupa un amplio espacio junto a un ventanuco.

—Señores, aquí asesinaron a Ramón Férez —sentencia Víctor Ros dándose la vuelta.

Los cuatro se quedan mirando el suelo, pensativos.

—Y trasladaron el cuerpo hasta el camino lanzándolo por encima del muro —dice el juez.

—Exacto —apunta Víctor—. Y eso sólo puede hacerlo un hombre, y fuerte, ¿me siguen?

—Sí, está claro —asiente el alguacil.

—Tenemos que hablar con el caballerizo. Esta tarde tenía previsto entrevistarme con el afinador de pianos, pero ya de paso hablaremos con el otro sospechoso. ¿Dónde dormía ese tipo, Tomás?

—En un cuartucho que hay tras esa puerta.

—Echemos un vistazo —dice Víctor— y vaya avisando a su señor, en unos minutos estamos en la casa.

Mientras el jardinero se ausenta, Víctor abre la puerta y entra en el cuarto de José Granado, el hombre que se ocultaba tras el nombre falso de Alberto Castillo. Una habitación de apenas dos por tres metros con un camastro pegado a la pared y un infiernillo para calentarse. Hay un calendario colgado con una alcayata, una mesa y una silla huérfanas acompañadas por un solitario arcón que el detective inspecciona con detalle. Saca, una a una, diversas prendas propiedad del caballerizo, todas de mala calidad, probablemente heredadas del señor y, de pronto, exclama:

—¡Vaya!

Casamajó y Castillo comprueban que Víctor agita en su mano una liga de mujer, de color azul marino y que, de inmediato, la guarda en el bolsillo.

—Aquí no hay nada más que ver. Este piso no es de tierra como el de la cuadra. No hay huellas que nos puedan indicar algo. Aunque…

Entonces se tira al suelo con una agilidad que sorprende a sus compañeros y estira el brazo bajo la cama sacando un libro que arroja al juez:

—*Manual del buen revolucionario* —lee en voz alta el juez.

—Quién lo iba a decir, el caballerizo un radical —apunta Castillo.

Víctor se pone en pie sacudiéndose el chaleco y los pantalones.

—Déjamelo, Agustín —dice haciéndose con el libro mientras echa un vistazo a las primeras páginas buscando algún sello que identifique a la imprenta. Entonces, sin que sus compañeros se den cuenta, aprieta los labios como en señal de fastidio y añade señalando la primera página:

—¿Veis esa letra Phi?

—Sí, claro —responde Casamajó.

—Es el distintivo de la imprenta Nortes.

—¿Cómo lo sabe usted? —pregunta el alguacil.

—Porque yo, de joven, trabajé allí. Voy a ponerme la chaqueta, tenemos que hablar con el señor de la casa.

A Casamajó no se le escapa que aquel detalle ha dejado preocupado a su amigo. La imprenta Nortes.

10

El juez y Víctor cruzan el patio de las caballerizas hasta la casa guiados por Castillo, que ya conoce el terreno. Pasan junto a una puerta lateral que, según el alguacil, da acceso a la cocina y bordean la mansión para acceder por la puerta principal. Tiran de la campana y les abre una criada con cara de poco avispada. Se nota que aguarda su llegada:

—Pasen, pasen, el señor les espera en la biblioteca —dice guiándoles tras tomar sus sombreros que cuelga en un perchero.

Cuando llegan a la biblioteca se encuentran con un tipo alto, de amplios bigotes que ya clarean y pelo abundante de color castaño con canas en las sienes. Debe de andar por la cincuentena.

—¡Don Víctor, gracias por venir! —dice el dueño de la casa dando un paso al frente para estrechar la mano del detective—. Pero siéntense, siéntense, ahora mismo Faustina nos servirá jerez con bizcochos, es mi tentempié de media mañana.

La estancia es espaciosa y bien iluminada. El amplio ventanal ofrece una magnífica vista del bucólico panorama que rodea la casa. Las cortinas están abiertas y permiten ver al jardinero recortando unos setos al fondo.

—Traje a mi familia aquí con el fin de vivir con la máxima tranquilidad, y fíjense ustedes —dice el dueño de la casa con amargura.

La criada entra con el servicio y todos guardan silencio. Cuando ésta sirve las cuatro copas de jerez y deja los bizcochitos en una bandeja sobre una mesa de café, sale de la biblioteca y Férez retoma la conversación:

—Cogerá usted al asesino de mi hijo, ¿verdad?

—No le quepa duda —dice Víctor.

—Vaya. Ni se lo ha pensado.

—Es mi trabajo y sé hacerlo, punto.

Don Raimundo queda como parado, por un instante, y responde:

—Bien, bien, así me gustan los hombres, seguros de sí mismos. Es usted lo que necesitamos.

—Ya se lo dije —apunta Casamajó con la boca medio llena por un bizcocho.

—¿Ha averiguado usted algo? —pregunta el señor de la casa.

—Varias cosas.

—¡Cómo!

—Asesinaron a su hijo en las caballerizas, es probable que como mínimo dos personas, una de ellas un hombre; nos las vemos con gente muy preparada e inteligente. Ah, por cierto, Carlos Navarro, el afinador, es inocente.

—¿Ese pervertido?

Víctor permanece en silencio mirando a Férez. Parece contenerse.

—Ya, sí —apunta don Raimundo tras pensárselo mejor—. Mi hijo era como él.

—Estimado amigo, que un hombre sea invertido no hace de él un asesino, créame. Llevo muchos años ya en este negocio y una cosa no guarda relación con la otra, de ninguna manera.

—Pero ¿cómo lo sabe? ¿Cómo puede saber que es inocente? Para mí está clarísimo que asesinó a mi hijo, se habían citado aquí mismo y a la hora en que murió Ramón, ¿qué más necesita usted para convencerse?

—Tengo que hablar con él para asegurarme y de momento no puedo decirle cómo lo sé, pero le adelanto que ese hombre es totalmente inocente. —Entonces, cambiando de tema repentinamente, añade—: ¿Qué tal eran sus relaciones con su hijo?

—¿Las mías?

—Sí, las suyas.

—Excelentes.

—Ya. ¿Discutieron ustedes recientemente? ¿Había algún problema entre ustedes?

—No, en absoluto. No pensará que yo...

—No, hombre de Dios —dice Víctor mostrando su mejor sonrisa—. Pero comprenderá que debo hacerme una composición de lugar de lo ocurrido en los días previos al crimen. Le tenía usted en un internado, ¿no?

—Sí, para que se hiciera un hombre de provecho.

Víctor arquea las cejas, por lo que Férez añade:

—Y para alejarlo de determinados vicios. Como usted sabrá, no sirvió de nada. Achaqué el comportamiento, digamos... licencioso, de Ramón a las malas compañías. Pensé que alguien le había malvado al tratarse de un jovencito. Pero me equivoqué, el mal permanecía en él. Me consta que en Madrid siguió teniendo las mismas inclinaciones.

El detective ha visto muchos casos como aquél, no le agrada que se trate de esa forma a los homosexuales. Víctor siempre ha sido de ideas abiertas al respecto.

—Suele ser así. Y no pienso que eso sea nada malo —dice Víctor.

—Hombre, querido amigo, eso no es natural —apunta Casamajó, que se encuentra con una mirada reprobatoria del detective y el dueño de la casa.

Se hace un silencio incómodo.

—Bueno, nosotros tenemos cosas que hacer. Tendré que hablar con el personal de la casa, con usted y con su esposa, en profundidad y a solas, si no es molestia —dice Víctor para dar por terminada la entrevista.

Don Raimundo pone cara de pocos amigos.

—Le recuerdo que su hijo fue asesinado dentro de su propiedad. Es bien probable que el asesino sea alguien de la casa —insiste el detective.

—¿De mi casa?

—Sí, de su casa.

—Pues ahora que lo dice, antes de que se vayan hay algo que quería contarles. Ya se lo he comentado al alguacil Castillo.

—Sí, me ha dicho que quería usted decirnos algo —dice el juez.

—En efecto —apunta Férez—. Ahora que aquí, su amigo el detective, apunta que podría ser alguien de dentro, quiero decirles que ha ocurrido algo que no sabemos si debemos denunciar.

—Usted dirá —dice Casamajó.

—Una desaparición.

—¿Cómo? —responde Víctor incorporándose en su silla.

—Una desaparición, he dicho. Nuestra institutriz ha desaparecido.

—¿Cuándo?

—Falta desde ayer. Salió a dar un paseo antes de la cena y no la hemos vuelto a ver.

—¿Se llama? —pregunta Víctor sacando su bloc de notas.
—Pizarro, Cristina Pizarro.
—¿Y no volvió a cenar, dice?
—No.
—¿No les extrañó?
—Muchas noches no cena, ya sabe, cosas de mujeres, es muy presumida. Para conservar la figura...
—Es una mujer muy guapa —apunta Casamajó.

A Víctor no se le escapa que el dueño de la casa mira al juez con una punzada de celos en la mirada.

—¿Y esta mañana ya no estaba?
—En efecto. Como no ha despertado a los pequeños, la criada ha subido a su cuarto y no estaba.
—Tienen ustedes un niño y una niña de cinco y siete años, ¿no? —dice Víctor.
—Sí, sí, está usted bien informado. Normalmente ella los levanta y se encarga de que se vistan, del desayuno, el paseo y luego, claro está, de las lecciones. El caso es que mi mujer se ha extrañado al ver que no había aparecido y ha enviado a Faustina, la criada, a ver qué pasaba. No había dormido en su cuarto, la cama estaba intacta.

Víctor, Casamajó y Castillo se miran con preocupación.

—¿Y tenía buenos informes?
—Buenísimos, de un juez y un abogado de Logroño.
—¿Era buena en su trabajo?
—Excelente. La mejor que hemos tenido. Nunca dio un motivo de queja. Era disciplinada, buena con los niños y no daba problema alguno.
—¿Podemos examinar su habitación? —pregunta Víctor.
—Sí, claro. Por supuesto.
—¿Está su esposa en casa?
—No, ha ido a Gijón, con los niños, a visitar a unos fami-

liares. Como no podían dar hoy la lección... ya sabe, para no alarmarles. Volverán mañana.

—Echemos un vistazo, esto no tiene buena pinta. No creo en casualidades.

Guiados por Férez, los tres hombres suben las crujientes escaleras de madera dejando atrás el primer piso donde vive la familia y llegan al segundo, donde en los pequeños cuartos de la buhardilla habita el servicio.

—¿Aquí se suicidó la criada? —pregunta Ros.

—Sí, en el tercer cuarto.

—Querría examinarlo también, si es posible —solicita el detective.

—Claro, claro, está cerrado con llave, ahora les mando a Faustina —contesta don Raimundo abriendo la puerta de la habitación de Cristina Pizarro—. La institutriz tiene un hermano que vivía en una casita que tenemos junto al río, una antigua cabaña de leñadores.

—¿No estará allí?

—No, no, Faustina ha acudido y no hay rastro del hermano.

—Echaremos un vistazo también —apunta Víctor, que de inmediato se enfrasca en el examen del cuarto de la desaparecida. Casamajó y Castillo le dejan hacer.

El detective abre el armario: tres vestidos de buena calidad, un abrigo y una capa. En la estantería de arriba hay tres sombreros, hermosos pero muy discretos. Víctor abre los cajones de abajo y hace a un lado la ropa blanca de la joven pese a las miradas recriminatorias de sus compañeros y el dueño que, visiblemente molesto, dice:

—Voy abajo, les envío a Faustina.

Mientras tanto, Víctor, totalmente absorto en el tocador de la joven, dice:

—Agustín, sube la persiana, que entre bien la luz. Ah, y no toques nada.

Entonces, cuando la estancia queda más iluminada, el detective se agacha mirando el borde de la pequeña mesita que hacía las veces de tocador y escritorio para la joven.

—Hum —dice sin aclarar nada. Parece satisfecho—. Veamos su arcón. Nada, nada, libros de gramática, geometría, literatura y latín. Cuentos para niños... poco más. No parecía aficionada a la lectura de novelas románticas.

El sonido de unos pasos en el pasillo hace que los tres hombres se giren. Es Faustina, con la llave del cuarto de la suicida.

—Faustina —apunta Víctor—. Veo que la institutriz, doña Cristina, tenía muchos perfumes y utensilios de maquillaje, ¿era muy presumida?

—No, señorito; muy guapa, es lo que era. Pero ¿ha muerto?

—¿Por qué pregunta usted eso, jovencita?

—Porque usted ha dicho «era».

Víctor estalla en una carcajada.

—Vaya, nos las vemos con una detective aficionada.

—Sí, leo todos los folletines que se publican en la prensa; de hecho, cuando vi que faltaba saqué mis propias conclusiones.

Víctor la mira con aire divertido:

—¿Y son?

—Pues que había sido despedida.

—¿Y por qué supuso usted eso?

—Porque doña Cristina no gustaba a la señora.

—Vaya, ¿y cómo sabe eso?

—Pues no sabría decirle... las mujeres nos damos cuenta de esas cosas. Ya sabe usted... —La joven mira a un lado y a otro por si alguien se acerca y le escuchan decir lo que piensa—. Las mujeres notamos cuando una no puede ver a la otra, no sé, la forma en que la miraba, el tono de su voz... pero claro, yo sólo soy una criada e igual me equivoco. Pero no digan que he dicho esto, por Dios, podría verme en la calle.

—Descuide, Faustina, descuide. Pero volviendo al tema que nos ocupa: observo que la institutriz no tenía demasiados vestidos y que éstos eran más bien sobrios. Vestía de forma discreta, ¿verdad?

—Sí, señorito, con mucha decencia pese a que como era guapa llamaba mucho la atención. Me consta que no le han faltado pretendientes, pero ella, nada, ni caso, a su trabajo y punto.

—Ya —Víctor, pensativo—. ¿Y era religiosa?

—No.

—¿Iba a misa? ¿Rezaba?

—No, una vez me dijo que ella era una mujer racional y que no creía en cosas de curas.

—Sin lugar a dudas esta información que usted me suministra es clave, Faustina, pero ahora pasemos a ver el cuarto de la suicida.

Cuando entran en la habitación que fue de la pobre Micaela, apenas si ven una simple silla de madera con su mesa y una cama.

—¡Vaya! No hay nada —protesta Víctor—. ¿Y sus cosas?

—Estaban en un arcón, fueron enviadas a su familia que vive en Burgos —aclara la criada.

Víctor pasea por la habitación, completamente vacía. El colchón yace enrollado y atado con un cordel sobre la cama.

El detective mira la viga del techo que corta perpendicularmente el pequeño cuarto.

—¿Es ahí donde se colgó?

—Sí, Dios la tenga en su gloria —dice Faustina ahogando un sollozo.

—¿Y saltó desde esa silla?

—No. La silla estaba en aquel rincón.

Víctor se coloca bajo la viga y echa un vistazo.

—¿Cuánto medía ella?

—Como yo, más o menos —dice la criada.

—Era bajita —apunta Víctor, pensando en voz alta.

Todos miran al detective, que camina por el cuarto. Justo donde termina la habitación, el techo abuhardillado, desciende hasta un ventanuco. Allí, un metro antes hay otra viga que Víctor alcanza a tocar con sus manos.

—Esta viga está más baja.

—¿Cómo? —pregunta Casamajó.

—Nada, nada, pensaba en voz alta. Faustina, hábleme de Micaela. ¿Estaba deprimida? ¿La vio usted triste?

—No, en absoluto. Iba a pasar unos días en su pueblo donde tenía un medio novio. Yo la veía muy animada.

—Usted preparó sus cosas en el arcón que envió a su familia, ¿no?

—Sí, lo hice, y se me partió el alma.

—¿Observó algo destacable entre sus pertenencias?

—¿Como qué?

—Notas, cartas de otras personas... lo que sea.

—No, su ropa blanca, su vestido de los domingos, un misal y cosas así.

—¿Un diario?

—Pues no, pero ahora que lo dice...

—¿Sí?

—Ella llevaba uno.

—Ya. ¿Y no lo ha vuelto a ver?

—Pues no. Desde luego en el arcón no estaba.

—Es interesante esto que me dice usted —apunta Víctor; después mira a Casamajó y añade—: No debemos perder tiempo, hay que encontrar a doña Cristina. Es, de momento, nuestra máxima sospechosa. Usted, Faustina, llévenos a la casa esa que ocupaba el hermano de la institutriz. Y usted, Castillo, ¿va a armado?

—Llevo un revólver.

—Yo otro, perfecto. No perdamos tiempo.

11

Faustina, acostumbrada a moverse por el campo, avanza a paso vivo seguida de Víctor, Castillo y Casamajó. Detrás de la casa arranca una amplia arboleda, muy densa, que llega hasta el arroyo de Pumarín. Mientras que sus acompañantes apenas si pueden mantener el resuello, ella, moza de campo, habla y habla sin parar:

—Se llama Emilio, el hermano de la institutriz. Y debo decir que son como la noche y el día. Una tan educada, tan trabajadora y responsable, y el otro, un auténtico animal. Dicen que ella vino a Oviedo para hacerse cargo de él, que estaba en el Manicomio *ingresao*. Un tipo raro, y violento. Es *mu* grande. Según se dice, ha protagonizado ya varias grescas de consideración en bares y lagares. Tiene mal beber, lo digo por si se lo encuentran...

—Descuida, guapa —apunta Castillo tocando con la mano su revólver.

—¿Y tus señores dejaron que un tipo así viviera en la finca? —pregunta Víctor con cierta suspicacia.

—Ella intercedió por su hermano, lo avaló y se responsabilizó de que nada pudiera ocurrir. Mi señora, doña Mariana, siempre ha tenido un gran corazón. Ya la conocerá usted, don Víctor, es de esas personas que sólo ven lo bueno en los demás.

—¿Y el señor?

—Al principio no le hacía mucha gracia, pero luego, como el Emilio no daba problemas, pues fue acostumbrándose. Además, por la casa no le veíamos el pelo, era la hermana quien venía a visitarle.

—Cuando salió de paseo, anoche, ¿puede que fuera a visitarle a él?

—Puede, puede, venía a verle muchas tardes. Miren, ahí es.

La joven señala una pequeña cabaña de madera sita al lado del curso del riachuelo de aguas puras y cristalinas. Junto a ella hay una cantidad enorme de leña, el trabajo con el que Emilio se gana el sustento que le proporciona la familia Férez.

—Espera aquí —le ordena Víctor—. Detrás de ese árbol. ¡Vamos, Castillo!

Poco a poco, con pasos muy cortos y procurando no hacer ruido, los tres hombres se acercan a la vivienda de Emilio Pizarro. Casamajó, desarmado, queda en un segundo plano. Cuando llegan a la puerta, el alguacil y el detective quedan uno a cada lado y se miran. Hacen un gesto, cuentan hasta tres e irrumpen en la cabaña.

Al momento se oye la voz de Víctor:

—¡Pasa, Agustín! No hay nadie.

El juez hace lo que le dicen. Víctor ya está ojeándolo todo a su alrededor. Castillo y el juez hacen otro tanto.

—Las brasas aún están templadas. Como mucho estuvo aquí anoche, encendió un buen fuego y cuando ella vino a verle salió de forma apresurada —explica Ros—. Sabemos que se fue repentinamente a diferencia de la hermana, eso lo tengo claro. Mirad, ese plato con la cena a medio consumir y esa jarra con algo de vino.

—Pero ¿por qué iban a irse repentinamente? —Casamajó. Víctor sin dejar de examinar aquella leonera, añade:

—Agustín, hay que emitir una orden de búsqueda y captura a nombre de Cristina y Emilio Pizarro.

—¿Cómo? ¿No temes que le haya ocurrido algo a la chica?

—No, en absoluto, salió de la casa intencionadamente y fue a por el hermano para instarle a huir.

—Pero ¿cómo puede usted saber eso? —pregunta Castillo.

—Es sencillo: sobre la mesa de tocador de la joven, al leer la impresión del polvo, comprobé que había un espacio rectangular en el borde izquierdo del mismo. Sin duda corresponde a la marca que dejaría un libro.

—¿Un libro?

—Sí, y un libro que siempre estaba colocado en el mismo sitio. Dado que Faustina me ha dicho que la joven no es religiosa, sólo me cabe pensar en un tipo de libro que siempre se coloca en el tocador, en el mismo lugar.

—Un diario —apunta Castillo.

—Exacto. ¿Y por qué iba una joven a llevarse su diario cuando sale de paseo a punto de anochecer si no es porque sabía que no iba a volver a la casa?

—Para hacer anotaciones en privado —dice el alguacil Castillo.

—Era casi de noche —responde Víctor—. ¿En mitad del campo y a oscuras? Así pues, sigamos con esta línea de razonamiento: ¿por qué se llevó el diario? Sólo encuentro una razón.

—Porque había decidido irse —responde Casamajó.

—Correcto. Y a continuación fue a por el hermano y le instó a huir a toda prisa.

—Vale, vale. Le sigo —apunta el alguacil—. Tiene lógica eso que usted dice, pero ¿no podría simplemente haber salido de paseo, acudido a ver al hermano y ser asesinada por éste, que se vio obligado a escapar?

Víctor mira con una sonrisa al alguacil y contesta:

—Podría ser, podría ser. Pero de momento procede emitir una orden de búsqueda contra esos dos. Estas desapariciones repentinas y asociadas a un caso de asesinato no apuntan a nada bueno.

—¿Crees que fueron ellos?

—Sé que Navarro no fue, es inocente; tengo serias dudas de que el caballerizo pueda estar implicado, y la huida de estos dos no me gusta un pelo. Porque yo no creo en…

—No crees en casualidades, ya lo sé —apunta Casamajó como el que ya se sabe de memoria la lección.

Castillo ha acudido a su casa a comer y luego a disponer los preparativos necesarios para que Víctor pueda entrevistarse con los dos detenidos esa misma tarde. Mientras Casamajó y Víctor toman un vermut en La Gran Vía aparece Eduardo vestido de pilluelo. El disfraz es realmente convincente; los roñetes que le oscurecen la cara, el pantalón raído y los calcetines de distinto color le dan el aspecto de un auténtico niño sin hogar, de los muchos que pululan por las calles españolas.

—¿Cómo va eso, hijo? —pregunta Víctor dando un beso al recién llegado.

—Bien, bien, poco a poco.

—¿Te enteras de cosas?

—Voy poniendo la oreja aquí y allá, y sí, escucho lo que se dice. He hecho amistad con un grupo de chavales.

—Buen trabajo, anda, sube, te lavas y adecéntate, te esperamos para comer.

Casamajó mira admirado cómo el crío sube las escaleras.

—No te imaginas la información que pueden sacar los crios de la calle —apunta el detective—. Yo mismo, en Madrid, tengo un grupo mejor informado que el Ministerio de la Gobernación.

—Pero Eduardo es de Barcelona, ¿no?

—Sí, sí, lo conocí investigando los sucesos que la prensa acabó por bautizar como «El enigma de la calle Calabria». El crío vivía en la calle, muy listo, y muy desconfiado. Una vez que me gané su confianza, me ayudó mucho, no creas, aun a riesgo de su propia vida.

—Te recordó a ti a esa misma edad, ¿no?

—En efecto.

—Y pretendes hacer lo mismo que hizo por ti ese policía de Madrid…

—Don Armando.

—Ése.

—Pues sí, eso pretendo, lo adopté y es tan heredero mío como mi hijo y mi hija.

—Bien hecho, amigo. ¿Y Clara?

—Lo adora. Un niño así es como un perro callejero al que sacas de la miseria. Está muy agradecido con nosotros, siente pasión por… su madre y no te imaginas cómo quiere a los pequeños. Está interno en Segovia porque sigue un programa de estudios muy intensivo.

—Para recuperar el retraso.

—En efecto, pero viene a casa cada dos semanas y muchos fines de semana acudimos a verle, Victítor y la pequeña Clara no pueden pasar sin verle.

—Me alegro, Víctor —responde el juez ordenando otros dos vermuts.

Tras un breve silencio el juez toma la palabra, parece que algo le preocupa.

—Víctor...

—¿Sí?

—¿Podrías aclararme un poco qué diablos está pasando? Estoy perdido. Te has pasado dos días deambulando por el campo, de excursión, y ahora, de golpe, me abrumas con multitud de informaciones que mi mente no acierta a procesar.

Víctor mira a su derecha y ve llegar a Eduardo. Hace un gesto para que comiencen a servirles la comida y añade:

—Sí, sí, comprendo. Sabes que mi cabeza va muy rápida, a veces demasiado, y eso no siempre es bueno. ¡Vaya, fabada! Pero volvamos a lo nuestro, ya que estáis aquí mi ayudante y tú mismo, os haré un repaso de lo que hemos averiguado para que sepamos en qué punto nos hallamos.

—De acuerdo —responde el juez entusiasmado partiendo un pedazo de pan que arroja sobre su fabada.

—Veamos: primero, la nota. La prueba inculpatoria sobre Carlos Navarro, el afinador, es que se halló en uno de sus bolsillos una nota en la que el muerto le citaba en la puerta de su casa en el día y la hora en que fue asesinado. ¿Me seguís? Bien, el inculpado dice que había quedado con el muerto pero que no fue y no recuerda haber recibido nota alguna. No tiene coartada, bien podía haber salido por la puerta trasera de su pensión ya que él ocupa un cuarto en la planta baja y tiene acceso a dicha salida. La nota fue examinada por el forense, el fiscal, por ti mismo, Agustín... Y fue considerada auténtica.

—Y Navarro dice no haberla visto en su vida, sí.

—Bien, pero ahora sabemos, por el informe de mi buena amiga Clara Tahoces, que no. Que Ramón Férez no la escribió. Es una falsificación. ¿Qué nos dice esto? —pregunta Víctor mirando a su pupilo.

—Que Navarro es inocente —sentencia Eduardo.

—Vais muy lejos, a mi parecer —apunta el juez.

—Explícaselo, hijo.

—Es sencillo —apunta el chaval haciendo brillar sus inmensos ojos negros—. La falsificación es buena; luego, nos las vemos con gente preparada.

—Correcto —conviene Víctor.

—Y demuestra que si alguien se molestó tanto en hacer llegar una nota inculpatoria al bolsillo de Navarro no es sino porque ese alguien es el verdadero culpable y, por tanto, Navarro inocente. Alguien quiere cargarle el muerto porque era maricón.

—¡Eduardo!

—Perdón, perdón... invertido.

—Mejor.

Entonces Víctor mira a su amigo como diciendo «¿ves?»

—¿Y cómo llegó allí esa nota? —pregunta el juez.

—Eso puede implicar la resolución de más de medio caso, amigo. Si lográramos averiguarlo habríamos dado un gran paso. Y esta misma tarde, Eduardo se acercará a la pensión a hacer las gestiones pertinentes.

—De acuerdo, de acuerdo —dice Casamajó—. Pero sigamos.

12

Bien —dice Víctor terminando su última cucharada de fabada—. Después de imaginar que Navarro era inocente acudimos con Minucias para hacernos una idea de dónde había sido asesinado el pobre chaval. Según todos los testimonios, no había grandes manchas de sangre en el lugar en que fue hallado el cadáver pero sabemos, por el informe del forense, que las heridas afectaron a vasos y órganos que aseguran una profusa hemorragia. Como habrás comprobado, Agustín —prosigue Víctor mientras se asegura de que el chico le escucha—, el perro nos ha llevado a un montón de paja que había dentro de las caballerizas.

—Luego el crimen fue cometido dentro de casa —dice Casamajó.

—Y hace falta alguien muy fuerte para trasladar un cuerpo durante ese trayecto y arrojarlo por encima del murete de piedra —aclara Víctor.

—Luego eso asegura la participación de, al menos, un hombre en el crimen —añade el crío.

—Vaya, razona de la misma forma que tú, Víctor.

—Es mi hijo y le he enseñado lo poco que sé. Pero sigamos, sigamos: el crimen fue cometido en las caballerizas y alguien se tomó su tiempo en cubrir con un gran montón de paja los enormes charcos de sangre que, aún a día de hoy, siguen siendo visibles. El caballerizo dormía a apenas unos metros de allí, ¿cómo no pudo escuchar nada? ¿Cómo no se percató de que esa gran cantidad de paja había sido cambiada de lugar? ¿Me seguís?

—Es un posible sospechoso —apunta Eduardo.

—Después visitamos la habitación de la criada que se suicidó. Dejaremos el asunto de la institutriz para más tarde. Y resulta que la pobre desgraciada se ahorcó llevando en la mano un anillo que pertenecía al finado.

—Otra sospechosa.

—Demasiado evidente —dice Víctor—. El caso es que inspeccionando su cuarto y teniendo en cuenta que era una joven de baja estatura, llama la atención que escogiera una viga muy alta, a la que le hubiera costado bastante enganchar la cuerda.

—La podía lanzar perfectamente por encima de la viga —añade el crío acertadamente.

—Sí, sí, hijo, no te falta razón. Pero al fondo de la habitación, un poco más allá, hay otra viga más accesible y que por su altura le hubiera permitido perfectamente cumplir con su propósito. ¿Qué te hace pensar eso, Eduardo?

—Que no se ahorcó. Alguien la colgó.

—Correcto. Seguid el razonamiento, ojo: sabemos que Navarro es inocente, alguien se molestó mucho en hacer que pareciera culpable, el caballerizo pudo estar perfectamente implicado y, para rematar, alguien de dentro de la casa quita de en medio a una criada, dejando en su mano un anillo del muerto.

—Alguien ha estado muy interesado en alejar la investigación de la verdad —dice el juez.

—En efecto. De momento sabemos que es alguien de dentro de la casa y que al menos uno es un hombre. Y fuerte.

—¿Cómo sabes que hay más de uno?

—Cuando la criada se ahorcó, el caballerizo estaba en la cárcel —interviene Eduardo.

—Claro, claro, es verdad —dice el juez entusiasmado—. Comienza a gustarme esto que hacéis.

—No es tan difícil. Sigamos. Alguien de la casa, más de uno. Uno de ellos es un hombre, y el otro puede que también, pues ahorcó a la criada. Y encima, para rematar, la institutriz desaparece. Sabemos que se fue voluntariamente porque se llevó su diario y resulta que acudió a la cabaña donde reside su hermano y éste abandonó la casa al instante, suponemos que con ella. Un tipo al parecer violento y de mal carácter. ¿Tenemos o no sospechosos?

—Yo diría que ya has resuelto el caso, Víctor —dice el juez.

—No tan rápido —advierte el detective, alzando la mano—. Tenemos muchas comprobaciones que hacer y hay otros sospechosos aunque, la verdad, la fuga de la institutriz y el carácter del hermano nos encarrilan en esa dirección, bien es cierto. Espero que los detengan en breve.

—He cursado la orden de busca y captura. Caerán pronto.

—O no. Son gente inteligente. No hablamos de unos tuercebotas que degüellan a un tipo en un callejón. Mataron al chico y consiguieron una falsificación bastante fiable de una nota suya para inculpar al afinador. Es probable que lograran hacer su cómplice al caballerizo y encima consiguen simular el suicidio de una criada. Cuidado, esta gente sabe lo que se hace.

—¿Y por qué huir así, de pronto? —pregunta Casamajó.

—Algo ha cambiado sus planes, está claro —dice Víctor.

—¿El qué?

—Quizá mi llegada. Envié anoche a Castillo para pedir permiso al señor de la casa para usar un sabueso. Sospecharían que acabaríamos dando con el lugar donde se cometió el crimen.

—Pero de la nota no saben nada.

—Ni debe saberlo nadie. Ya le he dicho a Castillo que no suelte prenda.

—¿Y Navarro?

—Encárgate de que lo traten lo mejor posible. Sé que es lamentable mantener en la cárcel a un inocente, pero cuanto menos crean los sospechosos que nos acercamos a ellos, mejor. Y ahora, ataquemos ese arroz con leche, que esta tarde tenemos trabajo. Yo en la cárcel y Eduardo en la pensión de Navarro. A ver si averiguas quién dejó la nota en el traje del afinador.

Víctor, Casamajó y Castillo se trasladan en el coche de Julián a la cárcel de Oviedo.

—Tienes que ir a ver al alcalde, presentarle tus respetos —dice el juez mirando muy seriamente al detective, que pone cara de pocos amigos—. Es un mero formalismo, no seas cabezota.

—De acuerdo, iré, pero déjame un par de días de margen. El tiempo es oro y me temo que los hermanos pueden haber puesto pies en polvorosa; el caballerizo puede ayudarnos.

—¿Y el afinador? —pregunta el alguacil—. ¿No va usted a entrevistarse con él?

—Sí, claro.

—Pero no le cree culpable.

—Es inocente. ¿Por qué iba a falsificar la letra de su amante en una nota que le autoinculpaba? Alguien lo hizo y ése es el verdadero culpable.

El coche de punto no tarda en llegar a la Cárcel Modelo

de Oviedo. Víctor hubiera ido andando, pues, acostumbrado a las distancias de Madrid, la pequeña ciudad asturiana se le antoja minúscula, más pequeña incluso que cuando llegó a ella siendo un joven agente. Entonces, por un momento, su mente vuelve a aquellos tiempos y recuerda el libro hallado en el cuartucho del caballerizo: un texto impreso en la imprenta Nortes. Un manual para hacer la revolución. ¿Será aquél un asunto de radicales? ¿Otra vez en Oviedo? Víctor no quiere ir allí, visitar la imprenta. No podría enfrentarse a ella, verla, escuchar sus reproches quizá. Se siente mal y conviene que igual podría enviar a Castillo, pero no sería lo mismo. No le gusta delegar y perder los matices que percibe cuando entrevista a sospechosos o testigos.

El alcaide, un tipo de aspecto siniestro, don Marcial, les recibe con vivas muestras de entusiasmo. Es un adulador, se nota. El edificio parece sólido, es de planta cuadrada y tras una amplia entrada, la construcción se bifurca en cuatro galerías.

De inmediato les acompañan a una sala de entrevistas, que no es muy grande. Apenas hay en ella una mesa y dos sillas. Las paredes rezuman humedad y piden a gritos una capa de pintura.

—Quiero hablar con él a solas, por favor —dice Víctor.

—Usted sabrá —rumia el director, que sale acompañado de los amigos del detective.

Al momento se abre otra puerta y aparece el reo acompañado por dos guardias que le sientan de un empellón. Carlos Navarro tiene mal aspecto. Se nota que ha perdido peso por la flacidez de la piel bajo la barbilla, lleva un ojo morado y cortes en la cara. Mira a Víctor con miedo. Éste se levanta y se dirige directamente a los dos energúmenos que han traído al reo.

—¿Se llaman?

—Ruiz y Martínez —contesta el que parece tener mayor entendimiento.

Víctor los repasa con la vista, muy serio.

—¿Fuma? —dice de pronto al preso.

Éste, sorprendido, mira al detective y musita:

—Sí, claro.

—¿Un cigarro?

—¿Quién, yo? —pregunta el afinador.

—Sí, claro, ¿quién iba a ser si no? —dice tendiendo un caja donde hay picadura y papel de fumar—. Suéltenle las manos.

—¿Cómo? —responde Ruiz.

—He dicho que lo suelten y, por cierto, si alguien le toca un pelo más en este agujero irá a la calle y sus hijos se morirán de hambre. Tengo plenos poderes otorgados por el gobernador y el alcalde; una queja mía y van fuera. Y ya de paso coméntenlo con sus compañeros, ¿entendido?

Los dos tipos, mal encarados, no contestan.

—¿Es necesario que comente que usted, Ruiz, es alcohólico y usted, Martínez, un adicto al opio?

—¡Cómo! —exclama indignado el segundo.

—Lleva usted anillo de casado. ¿Sabe su mujer que se gasta la paga en opio? Se ve a la legua que fue usted marino, padece ictericia y está en los huesos. Tiene los dedos amarillos del uso prolongado de la pipa y ha perdido varias piezas dentales. Su bigote amarillea, amigo, y no es por el tabaco, créame. Esas pupilas le delatan.

Martínez queda demudado, su cara muestra el pavor que siente ante aquel tipo que parece adivinarlo todo.

—Leo en ustedes como en un libro abierto. Ya lo pueden ir contando por ahí. A partir de ahora van a hacer exactamente lo que yo les diga.

Los dos carceleros siguen con la boca abierta.

—¿Entendido? —pregunta Víctor levantando la voz, muy enérgico.

Ni uno ni otro logran articular palabra.

—¿Entendido? —repite.

—Sí —contestan los dos al fin.

—Sí, ¿qué?

—Sí, señor —dice Martínez—, descuide que se hará lo que usted dice.

—Y ahora salgan, tengo que hablar con el testigo.

Carlos Navarro mira al detective con los ojos muy abiertos. Está paralizado y mantiene el papel de fumar y un pellizco de tabaco en las manos, que tiemblan ante el episodio que acaba de presenciar. Esos tipos, corruptos, hacen lo que quieren en la cárcel. Admiten sobornos, apalean a los internos y trapichean. Son unos hijos de puta y aquel tipo que acaba de llegar los trata como a peleles. Le gusta, definitivamente.

Víctor pone un maletín encima de la mesa y el preso piensa, por un momento, que igual va repleto de instrumentos punzantes para torturarle.

—Líe, líe el cigarro —dice Víctor mientras rebusca en el interior de su maletín—. Y no tenga miedo, está usted a salvo.

Entonces el detective saca un estuche que abre y que contiene una especie de cilindro de madera del que surgen dos tubos con dos extremidades en forma de cono.

—Desabróchese la camisa —le pide Víctor, y se pone de pie.

La cara del preso vuelve a palidecer. El cigarrillo, recién liado, está a punto, incluso, de caer. Carlos Navarro se siente invadido por el pánico.

Víctor sonríe y saca el encendedor de yesca.

—Tome, terminaré en unos segundos. Entonces se encenderá usted ese cigarrillo.

—Pero… ¿qué es eso? —pregunta Navarro, atemorizado.

Víctor estalla en una carcajada.

—Ya le he dicho que no debe temer nada de mí. Soy su amigo y estoy aquí para ayudarle. Esto es un estetoscopio, un invento de un francés muy notable, monsieur René Théophile Hyacinthe Laënnec, un médico muy pudoroso que no quería acercarse al pecho de sus pacientes femeninas para escuchar su pulso por decoro. Un tipo honrado. Así que inventó este pequeño artilugio que permite auscultar al paciente. No tema —dice aplicando el extremo del tubo en el pecho del preso, justo sobre su corazón. Los dos conos acaban sobre las orejas del detective.

Se hace el silencio.

13

—¿Se llama usted Carlos Navarro?
—¿Cómo?
—Que si se llama usted así. Responda.
—Claro.
—Responda, le digo: ¿sí o no?
—Sí.
—¿Nació en Zaragoza?
—Sí.
—¿Ha estado usted en Londres?
—No.
—¿Estuvo en el ejército?
—No.
—¿Es usted afinador de pianos?
—Sí.
—¿Ha estado alguna vez con una mujer?
Silencio.
—Responda —insiste Víctor con fastidio.
—Sí, no me gustó.
—No hace falta que entre en detalles. ¿Mató usted a Ramón Férez?
—No —responde el preso, que comprueba que Víctor no

ha dejado de mirarle al rostro y a los ojos durante el breve interrogatorio.

—Suficiente —dice el detective—. Encienda el cigarrillo mientras guardo esto en su estuche. Es carísimo.

Víctor se toma su tiempo en lo que parece una pausa muy estudiada. Al fin, mira a su interlocutor y dice:

—Don Carlos, debe usted de estar tranquilo. Hágame caso, nada tiene que temer. Es usted inocente y yo lo sé. Así se lo voy a comunicar a las autoridades, al fiscal, y al juez, mi amigo Casamajó, no tenga cuidado.

Navarro emite un largo suspiro de alivio y comienza a sollozar.

—Lo sé, lo sé, amigo —dice Víctor dándole unas palmaditas en la mano—. Pero ahora es necesario que esté usted más fuerte que nunca, que aguante.

—¿Que aguante? ¿El qué?

—Aquí, será por poco tiempo.

—¿Cómo? —responde el otro que no puede creer lo que oye, aquel tipo está loco—. No juegue conmigo, ¿no dice que sabe que soy inocente?

—Y lo es. No hay duda. Está científicamente comprobado.

—¿Entonces? —responde el preso mirando a Víctor como si fuera tonto.

El detective sonríe.

—Ya veo, no me he explicado bien. Perdone usted, don Carlos, me pasa mucho. Mi cabeza va demasiado rápido y me adelanto. Disculpe, disculpe. Veamos, es usted inocente y yo que soy ahora mismo el investigador plenipotenciario de este caso lo he averiguado, ¿de acuerdo? Eso debería bastarle, quede usted tranquilo que no irá al garrote.

El otro asiente.

—Bien, pues ahora necesito que haga un pequeño esfuerzo. Le han tratado mal aquí, ¿no?

—No se hace usted una idea.

—Bien, hablaré con las autoridades y se terminará todo: las palizas, los insultos, la mala comida. Descuide que yo me encargo.

—Ya le he visto tratar a los guardianes.

—¿Ve? Pero si ahora le soltáramos, los verdaderos culpables sabrían que hemos llegado a la conclusión de que es usted inocente y que, probablemente, estamos sobre su pista. Son gente inteligente, muy retorcida. Por eso necesito que siga aquí unos días. Aguante, amigo, me encargaré de que le traigan comida en condiciones, tabaco, libros, de que no esté en contacto con los presos comunes. Pida usted todo lo que necesite e intente aprovechar el tiempo. Tenga paciencia, pero le necesito aquí.

—Para engañar a los verdaderos culpables.

—Sí, eso es.

—¿Culpables?

—Sí, son más de uno. No tengo duda al respecto.

—¿Y cómo lo sabe?

—Es mi trabajo.

El afinador de pianos pone cara de pensárselo.

—Quiero salir, no aguanto.

—Amigo, le digo que su situación aquí va a mejorar, será cosa de días, quizá una semana, no más. Deme tiempo.

Navarro pone cara de pocos amigos.

—¿Sabe cómo me han tratado? ¿Sabe lo que he sufrido aquí? ¡Han intentado lincharme dos veces! Y ahora que veo la posibilidad de salir por esa puerta y perderme, abandonar este pueblucho asqueroso para siempre, me pide usted que siga en este agujero.

Se hace una pausa.

—¿Quería usted a Ramón?

Navarro mira al suelo con aire melancólico. Víctor cree adivinar cómo una lágrima asoma a sus ojos.

—Sí, mucho —contesta.

—Pues entonces querrá usted que sus asesinos acaben en el garrote, ¿no? Esas personas no sólo mataron a Ramón, sino que también colocaron en el bolsillo de su chaleco una nota incriminatoria. Una falsificación, muy buena por cierto, que le iba a llevar a usted al garrote. Eso requiere mucha planificación. No lo mataron en un arrebato. Fue un asesinato premeditado, concebido por una mente fría que no dudó en asesinarle e intentar cargarle a usted con la culpa. De no ser por mi intervención, bueno, por la de mi amiga Clara Tahoces, grafóloga, usted lo tendría realmente crudo. ¿De verdad quiere que esos hijos de puta se vayan de rositas?

Se hace un nuevo silencio.

Entonces, el rostro del afinador, un tipo sensible, quizá demasiado blando para aquello, se endurece y responde:

—Cuente conmigo. Aguantaré lo que haga falta. Por Ramón. Pero usted, cácelos.

—Descuide, amigo, se lo prometo.

Una niña rubia, de ojos azules y vestida casi como una mendiga, se esfuerza en fregar de rodillas el porche de la posada La Colunguesa. A pesar de lo humilde de su atuendo, la cría viste con pulcritud: lleva ropa usada, recoge su hermoso pelo hacia atrás con un pañuelo y tiene las manos desgastadas por el trabajo duro de fregona. Apenas si ha cumplido doce años.

La Colunguesa es una posada de mucho trasiego, situada en el Campo de la Lana, lugar de paso de viajeros, comerciantes y tratantes de ganado que acuden a Oviedo a hacer sus negocios. De esa zona parten las diligencias hacia Cangas del Narceo o Tineo y a las zonas de costa como Luarca, Navia, Tapia y Castropol.

De pronto, una piedra impacta en la frente de la chiquilla, que rueda sobre sí misma cayendo de lado. La pobre se incorpora a cuatro patas para ver cómo sus verdugos la martirizan una vez más.

—¡Hija de puta, hija de puta! —corea al unísono una pequeña banda formada por cuatro pilluelos mejor vestidos que ella. Creen que por tener una familia son mejores que una pobre huérfana que trabaja como criada de sol a sol en una posada.

—¡Tu madre era una zorra, una fulana! —grita uno de ellos, el cabecilla. Se llama Tomás y su padre es cordelero en la calle del Postigo. Es el más alto de todos, un matón. Lleva una bosta de vaca sujeta con un trapo y se dirige hacia ella con la intención de arrojársela.

—Llénala de mierda, Tomás, es escoria —grita otro de los desalmados animando al jefe.

Julia apenas sabe reaccionar. Baraja levantarse y correr hacia el interior de la posada, pero, por otra parte, si aquel cabestro mancha el porche de mierda de vaca, su patrona le dará una buena tunda. Son unos segundos preciosos y el otro es más rápido, decidido y cruel que ella.

Pero, en ese momento y por una vez, se produce un milagro. Una sombra se interpone entre los dos. Es algo más bajo que Tomás y lleva gorra. Está de espaldas. Si mediar palabra se planta ante él y alza la mano derecha como indicándole que se pare.

—¡Vaya! ¿Y quién es éste? ¿Otro pordiosero? Pues para ti la mierd...

Cuando el matón hace ademán de echar el brazo hacia

atrás para dar impulso al proyectil, el recién llegado le propina una patada en los testículos que le hace doblarse como un fardo. En ese momento y sin dudar un segundo, el desconocido, apenas otro crío, coge con la zurda el pelo de su víctima que se agacha sin resuello y con la diestra saca un puñetazo de abajo arriba que hace que Tomás caiga hacia atrás desplomado como un peso muerto.

Parece inmóvil y tiene la nariz deformada. Le sangra. Está como ido.

Entonces los otros tres se lanzan a por el misterioso desconocido, un mendigo, que de un salto gana el porche y coge la escoba de Julia. Al primero que viene le rompe el palo en la cara, por lo que el atacante sale despedido con las manos en el rostro. Los otros dos dudan. Se paran. El salvador de Julia tiene dos fragmentos del palo de escoba en cada mano. Están astillados.

—¿A quién queréis que raje primero? —dice con una frialdad que produce miedo. Está claro que es capaz de hacerlo.

Antes de que Julia, a cuatro patas, pueda esperar una respuesta, los dos matones han salido corriendo. El otro, el de la cara rajada, ha saltado la valla de madera, y Tomás se retuerce de dolor frente a ellos tumbado en el suelo.

El desconocido se acerca al jefe de los matones y le dice:

—Tú, media mierda, ¿cómo te llamas?

—Hijo de puta, las pagarás...

Un puñetazo en la nariz rota le hace aullar de dolor.

—Te he hecho una pregunta que no voy a repetir.

—Tooo... Toomás.

El desconocido agarra al muchacho por el pelo y le retuerce la cara sobre la bosta de vaca. Cuando ve que su presa se ahoga, le dice muy serio, con calma:

—Mira lo que te digo, cobarde. Si algo le pasa alguna vez

a esta chica… o alguno de ésos, o tú, os asomáis por aquí, te juro que te mato, esa misma noche y en tu propia cama. ¿Entiendes?

—Sí… Sí…

—Cuando la veas por la calle, cruzas de acera. Si alguna vez te veo caminar por la misma calle que ella, te mato. ¿Mensaje recibido? ¿O necesitas otro apretón en la nariz?

—Sí, sí, entendido, entendido.

—Bien, pues ahora corre como lo que eres, un cobarde. Ah, y ve al médico. Tienes rota la nariz.

Entonces, el salvador se gira y Julia comprueba que es, en efecto, un pilluelo. Sucio y desarrapado, con la cara llena de roñetes y hollín —quizá del trabajo en la mina— que la mira con unos ojos grandes, hermosos y negros y una gran sonrisa en la cara. Le parece guapísimo. Su caballero andante.

—¿Cómo te llamas? —acierta a balbucear.

—Eduardo —dice él ayudándola a levantarse galantemente—. ¿Y tú?

—Julia.

14

Víctor Ros aguarda sentado en la sala para visitas. A su lado, en sendas sillas descansan el juez Casamajó y el alguacil Castillo. Cuando José Granado entra en el cuarto va esposado y es acompañado por los dos guardianes de antes. Ros ni levanta la mirada de sus notas y le ordena:

—Siéntese.

—¿Le quitamos las esposas? —dice uno de los guardias.

Ros levanta, ahora sí, la mirada, y con aire despectivo contempla al reo añadiendo:

—¿A quién? ¿A éste? Ni se les ocurra.

Granado es un tipo recio, más bien alto y de cuello ancho. Se nota que se ha ganado la vida ejerciendo trabajos duros, sus manos le delatan.

—Siéntese, Granado, siéntese —dice el detective con un tono muy distinto al de la entrevista anterior.

—¿Nos vamos? —pregunta el otro guardia.

—Ni se les ocurra, es posible que les necesite. Igual tienen que darle un repaso a este tipo si no colabora.

Los dos guardianes se miran extrañados. El detective parece otra persona comparado con el tipo amable y solícito que entrevistó al preso anterior.

—Veamos —dice Víctor mirando unos papeles—. Según consta aquí, usted se hacía llamar Alberto Castillo Baños, ¿correcto?

—Sí, señoría, y bien que lo lamento. Ése es el motivo de que esté aquí.

—No soy autoridad pública, no me vuelva a llamar así. Si acaso, don Víctor. No va usted a olvidar mi nombre, ¿comprende?

El otro asiente mientras que el miedo se lee en su rostro. Es en ese momento cuando Víctor, en un gesto lento y efectista, saca un paño de su maletín. Lo extiende y sobre él quedan dispuestos un destornillador, unos alicates, astillas de madera, una caja de cerillas y unos fragmentos de cristal.

—Espero no tener que utilizarlos. —Y guiñando un ojo con disimulo al alguacil, añade—: Castillo, ¿ha ordenado usted que me traigan el delantal de mi posada? No quisiera mancharme el traje nuevo.

El policía queda, por un momento, parado, pero enseguida contesta ágilmente:

—Sí, sí, claro, ya lo traen. Las manchas de sangre luego no hay forma de quitarlas, ¡que se lo digan a mi mujer!

Víctor sonríe para sus adentros. Castillo es un tipo bragado y le ha seguido bien el juego.

—No vaya usted a mearse encima —dice mirando al preso—. No hemos empezado aún y luego recordará esta fase del interrogatorio con nostalgia. ¿Por qué usaba un nombre falso?

—Para conseguir un trabajo, todo el mundo recuerda el crimen que cometió mi hermano y por eso tuve que salir de la ciudad y buscarme la vida. Comprobé que con otro nombre me contrataban y estuve trabajando en Mieres. Luego me salió la oportunidad de trabajar en Casa Férez y no me lo pensé.

—¿Y qué me dice de esto? —apunta Víctor levantando con su mano el *Manual del buen revolucionario*.

El preso se pone pálido y ladea la cabeza. Sabe que aquello empeora su situación.

—Nada.

—¿Cómo que nada? ¿Pertenece usted a algún grupúsculo clandestino?

—No, no. ¡Por Dios!

—Ya.

—No, yo le juro… Mire, cuando sucedió lo de mi hermano me vi convertido en un apestado. Esta sociedad te condena ya por el hecho de haber nacido pobre, ignorante o minero. ¿Acaso eso es justo? Yo he vivido en mis propias carnes lo que es estar condenado sin haber hecho nada. Mi hermano cometió un crimen execrable, pero yo no soy mi hermano y no me pueden culpar por lo que él hizo, no es justo. Siempre fui honrado, nunca cometí delito alguno y nadie me daba trabajo. ¿Dónde está demostrado que se herede la tendencia al crimen? ¿A qué tanto prejuicio? Por eso empecé a leer textos radicales, revolucionarios, porque creo que todo esto debe cambiar. Pero no, no pertenezco a ningún grupo revolucionario, no quería problemas.

—¿Y cómo consiguió este libro?

—Fui a la librería y lo compré.

—Estas cosas no están en el escaparate, no me tome por idiota.

—Un día escuché a unos mineros, en un lagar. Eran socialistas. Me dijeron que en la imprenta Nortes se podía comprar literatura prohibida y allí que me fui.

—Ya —vuelve a repetir el detective con aire escéptico—. Vamos a lo que me interesa. Desabróchese la pechera.

—¡No! ¡No! —grita el otro, desesperado.

—¡Sujétenlo! —ordena Víctor.

Los dos guardias han de emplearse a fondo para sujetar a aquel mozo, hasta que Víctor logra colocarle el fonendoscopio en el pecho.

—Tranquilo, esto no le va a doler. ¿Comprende?

El preso, que apenas si puede mover la cabeza al hallarse sujeto por los guardias, mueve los ojos de lado a lado y asiente como buenamente puede.

—¿Se llama usted Alberto Castillo?

—No.

—¿José Granado?

—Sí.

—¿Es usted de Oviedo?

—Sí.

—¿Estaba usted en la noche de autos en su cuarto?

—Sí.

—¿Escuchó algo raro en las caballerizas?

—No, dormía.

—¿Acaso quieres hacerme creer que mataron al señorito en el cuarto de al lado y que removieron la paja de medio establo para ocultar la sangre, y que tú no escuchaste nada?

Casamajó se percata de que Víctor ha pasado directamente al tuteo para intimidar cada vez más al interrogado.

—Así fue, se lo juro. Yo dormía, me aticé una botella de aguardiente y casi perdí el conocimiento.

—Esto dice que mientes —apunta Ros señalando al estetoscopio—. Y esto no se equivoca.

El preso mira aquel instrumento demoníaco que lee las mentes y añade:

—No, no. ¡Yo dormía, no pude oír nada!

—Mientes y lo sabes. Hacían falta al menos dos personas

para asesinar y transportar un cuerpo hasta el camino. Y si mientes es porque estás implicado.

—No, no, ¡eso no es verdad! ¡Lo juro!

—Tenías problemas con el señor Férez.

—Le juro por Dios que no maté al señorito, de verdad. Mucha gente tenía problemas con don Reinaldo, pregunte por ahí.

—¿Dónde está la niñera?

—Pues en la casa, vive allí.

—La niñera ha desaparecido, ¿te acostabas con ella?

—¡No!

—¿Sabes dónde está?

—No, lo prometo, no sé nada de ella. Apenas si me dirigía la palabra, era una dama.

—Ya. No vas a salir de ahí, ¿no?

—Tortúreme si quiere, pero soy inocente. Mi único crimen fue cambiarme el nombre y me arrepiento, pero no he hecho nada malo. Leer esos libros si acaso, y no me arrepiento, dicen verdades como puños.

Víctor queda pensativo por un momento. En el rostro del reo se lee el terror a la tortura. Su cara evidencia que le han tratado con dureza desde su detención.

—Llévenselo, he averiguado lo que necesitaba. No es necesario perder más el tiempo —sentencia Ros—. Y usted, amigo, o nos cuenta lo que esconde o lo llevan al garrote, que lo sepa, y yo no podré hacer nada por salvarle.

—¿No tienes padres? —pregunta Eduardo a Julia mientras le tiende una pera que saca de su bolsillo. Ambos están sentados en la baranda de madera del pequeño porche que hay en la parte trasera de la casa, con los pies colgando.

—No.

—Yo tampoco —responde él sacando otra pera que guardaba para sí.

La niña muerde la fruta y apunta:

—Está dulce.

—Las robé en un huerto viniendo para acá.

Los dos críos permanecen en silencio, por un rato, mirando al infinito. La tarde es fresca pues el día es gris y el cielo amenaza lluvia.

—Me pregunto qué debe de sentirse —dice ella.

—¿Qué debe de sentirse? ¿Dónde? ¿Cuándo?

—Teniendo padres. Viviendo en una casa normal donde alguien se preocupa por ti y te cuida.

—Debe de ser algo maravilloso —responde el crío pensando en Víctor Ros y su nueva familia. No puede evitar el recuerdo de otra vida y otra ciudad, Barcelona, cuando cada día era una dura prueba para sobrevivir, comer algo, lo que fuera, y salir adelante—. ¿Tu padre murió? —pregunta a la niña.

Ella ladea la cabeza, avergonzada.

—No lo conocí.

—Vaya, lo siento. ¿Y tu madre?

—Era una descarriada. Murió. Creo que estaba loca, por la sífilis.

Eduardo asiente, un chico criado en la calle como él sabe que en las últimas fases de la enfermedad el afectado queda senil pues el cerebro se ve degradado por la infección.

—Ella me abandonó en la puerta del Hospicio —relata Julia, apenada—. Las monjas me entregaron hace tres años a mi patrona, para que tuviera un hogar.

—Y te explota, claro.

La niña asiente. No hace falta decirlo, pero ella no será la primera ni la última. Esa arpía de doña Angustias está acostumbrada a hacerlo; cuando necesita una nueva fregona, acude al Hospicio y se lleva una niña. Le sale barato, por la manutención y un cuchitril donde dormir tiene una empleada a tiempo completo. Las jóvenes, a la mínima, se fugan con algún cliente por escapar de aquella situación. Según cuenta la propia doña Angustias, todas esas descarriadas terminaron mal por ser unas ingratas. Es una amargada que advierte continuamente a Julia del peligro que supone entregar la honra a un cliente. La cría no sabe siquiera qué es eso. No se atreve a preguntarlo pero debe de ser algo muy grande.

—¿De dónde eres? —pregunta ella.

—De Barcelona.

—¿Y qué haces tan lejos de allí? ¿Es bonita?

—Hago lo que quiero, vivo la vida y voy de aquí a allá. Y sí, es bonita, y fea. Depende de si tienes dinero y de dónde vives.

—¿Y no te da miedo ir de aquí para allá así? ¿Solo?

—No, en absoluto, sé cuidar de mí mismo.

La niña sonríe y asiente. A pesar de los roñetes que casi le ocultan la cara, ahora aclarados por los regueros que dejaron las lágrimas, es muy guapa. Envidia la suerte de Eduardo, poder viajar de aquí para allá, ser independiente, valiente y saber luchar. Ella no puede escapar del lugar donde vive, pero le encantaría. Si él quisiera sacarla de allí se iría sin dudarlo; aunque es un desconocido, confía en él. Es valiente y decidido.

—Sí —dice—. Te he visto despachar a esos idiotas como si fueras un guardia.

Eduardo sonríe. Algún día lo será, policía. El mejor, o eso pretende Víctor.

—¿Y cómo sobrevives?

—Pues voy de aquí para allá, trapicheo...

—¿Y la comida?

—Pues compro algo con mi dinerillo, si lo tengo. Cuando no hay nada, pues algo me agencio…

—¿Agencio? Dirás que robas.

—Sí, claro.

—Eso está mal.

—Robar para comer no es robar. Lo decía mi padre.

Ella asiente como si Eduardo, su héroe, tuviera razón en todo. Entonces queda mirando al frente, como ida.

—¿Te pasa algo? —pregunta él.

—No, sólo es que tú te irás y ellos volverán.

—Has visto cómo han huido, además, me aseguraré de que no te molestan.

—Lo hacen continuamente, todo el mundo sabe lo de mi madre y me tratan con desprecio. Como si yo fuera culpable de la vida que llevó.

—¿La recuerdas?

—No.

—Lo siento.

Ella sonríe con cierta amargura en el rostro.

—No tienes que preocuparte, yo estoy aquí para protegerte.

Julia no parece muy convencida, así que Eduardo da un paso más para tranquilizarla. Le parece un ángel y nadie va a maltratarla más mientras que él esté cerca.

—Julia, ¿te cuento una cosa?

Ella le sonríe y dice que sí.

—Yo no soy un mendigo.

—¿Cómo? —apunta ella señalando sus ropas, la suciedad, el pañuelo andrajoso anudado al cuello.

—Sí, sí, sé lo que parezco. Pero esto es un disfraz.

—No te entiendo.

—No debes decir nada. Estoy en una misión, ¿comprendes?

Ella asiente.

—Mira, fui adoptado por un gran hombre, se llama Víctor Ros. Era policía y me sacó de las calles. Él, de niño, era como nosotros, pobre, era un delincuente en Madrid, en la Latina, pero un sargento de policía, don Armando, le ayudó a convertirse en policía. Ahora es detective privado y estamos aquí investigando un caso.

—¿El del asesinato de la Casa Férez?

—Sí. Y no debes decir nada. Yo me visto de esta forma, como hacía antes, y me muevo por la ciudad, ayudo a mi padre.

—¿Te tratan bien?

—Sí, muy bien. Estudio en un colegio interno y paso con ellos las vacaciones, tengo un cuarto para mí solo y trato de cuidar de mis dos hermanos pequeños.

—Tienes suerte.

—Sí, mucha, lo sé.

—¿Y qué hacías por aquí? ¿Por la posada?

—Vine a hacer unas averiguaciones. Y ahora me alegro por ello. Ya sabes, nos hemos conocido.

Ella se pone colorada.

—¿Qué clase de averiguaciones?

—Sobre el afinador de pianos.

—Dicen que es el culpable, que él lo mató. Dicen que eran… novios. ¿Te das cuenta? ¿Dos hombres?

—Es inocente.

—¿Cómo lo sabes?

—Lo sé. Créeme.

—A mí me cae bien, me da pena que esté preso. Siempre me trataba con cariño, no como si fuera escoria. Me parece un buen hombre.

—¿Quieres ayudarle?

—Sí, claro.

—Bien, supongo que conocerás a todos los huéspedes de la posada.

—Por supuesto.

—¿Has visto algo raro?

—¿Como qué?

—Mira, Navarro está en prisión porque encontraron una nota en uno de sus chalecos. Una nota en que el muerto le citaba en la puerta de su casa justo a la hora en que fue asesinado, ¿me sigues?

—Claro, todo el mundo sabe eso.

—Pues la nota es falsa.

La chica exclama sin poder contenerse.

—¡Vaya, entonces es inocente!

—Exacto, eres lista.

—Pero ¿y cómo sabes que la nota es falsa?

Eduardo explica a Julia qué es la grafología, la existencia de Clara Tahoces y su informe.

—Ya —dice ella pensativa—, tiene sentido.

—Por eso sospechamos que alguien puso esa nota en su bolsillo.

—Ese alguien es el asesino.

—Correcto.

—Pues ¿sabes? Hace cosa de unas semanas, no estoy segura del todo, pero debió de ser más o menos cuando se produjo el crimen…

—¿Sí?

—Ocurrió una cosa rara.

—¿Qué cosa?

—Iba yo a hacer las habitaciones de los huéspedes de la planta baja cuando, al entrar en el pasillo donde están las mismas, me encontré con un tipo raro que salía.

—¿Raro?

—Sí, tenía mal aspecto. Muy malo. Me pareció extraño pues ésa es una zona privada, y de hecho él dijo: «Perdona, niña, creo que me he perdido», y salió a toda prisa de allí.

—¿Y era un huésped?

—No, no lo había visto en mi vida.

—¿Y venía del cuarto de Navarro?

—Eso no lo puedo saber. Yo lo vi en el pasillo. Pero me extrañó porque a esa parte de la casa sólo acceden los huéspedes, en el comedor sí que suele haber desconocidos porque aquí también se sirven comidas, pero en las habitaciones de abajo y arriba sólo entran los clientes que se alojan en la posada.

—Ya. Igual era una visita.

—No, eso seguro que no. Navarro no estaba, había dos habitaciones vacías y los otros dos huéspedes no tienen a nadie. Uno es un señor mayor, de Burgos, que pasa aquí largas temporadas y que es un huraño, y el otro, un viajante de comercio que estaba fuera.

—¿Y cómo era, el tipo ese?

—Feo, raro, parecía un pirata.

—¿Un pirata?

—Sí, llevaba el pelo algo largo y en la oreja...

—¿Sí?

—... en la oreja tenía un aro.

15

A las nueve de la noche, El lagar de la Fea, situado en la Puerta Nueva, está repleto. Víctor y Eduardo, ya limpio y con sus nuevas ropas, hacen su entrada y Agustín Casamajó se acerca a ellos celebrando su llegada:

—¡Ya era hora! He tomado un par de culines mientras os esperaba. Ahora me llevaréis ventaja y tendré que salir a orinar primero.

Eduardo mira a Víctor poniendo cara de no entender el comentario del juez, así que contempla a su hijo y, sonriendo, aclara:

—Mira, Eduardo, cuando se entra en un lugar de éstos a beber unas botellas de sidra se paga un tanto, creo que aquí, una perrona, ¿no?

—Exacto —dice el juez.

—Bien —continúa el detective—. El caso es que por ese precio uno puede beber toda la sidra que quiera.

—¿Todo lo que uno quiera? Vaya chollo —responde el crío.

—Bueno, bueno —apunta el juez—. Hay truco: todo lo que uno pueda beber sin salir de la tasca y, claro, como aquí no hay excusado, cuando uno sale a orinar a la vuelta tiene que volver a pagar.

Eduardo sonríe sorprendido por el sistema que emplean en los lagares.

—Por eso se dice: en ese lagar cuesta «a perrona la meada», quiere decir que por una perra gorda puede uno beber tanta sidra como aguante tenga sin salir a orinar.

Los tres estallan en una carcajada y se acercan a la barra donde el tabernero, Paco Escribano, escancia sidra a discreción. Lleva el pelo largo y peina canas, pero Víctor reconoce a un viejo amigo a pesar de que el propietario del lagar pasa ya de los sesenta.

Mientras Víctor apura su primer trago de sidra, el juez comenta a Escribano:

—¿Recuerdas a este buen amigo, Paco?

El tabernero, que en ese momento escancia un nuevo vaso de sidra para el juez, se queda mirando al recién llegado y ladea la cabeza:

—Me suena su porte, pero no sabría…

—Escribano, no te acuerdas de los viejos amigos, será la edad. ¿No te acuerdas de Víctor?

Entonces el tabernero, extendiendo el índice, dice:

—Ros, Víctor Ros.

El detective asiente.

—Claro, claro. ¡Menuda liaste aquí! Se te ve algo más recio pero te conservas bien. Antes no llevabas esa barba, ¿verdad?

—Exacto. —Entonces, mirando a Eduardo, Víctor apunta—: Después de infiltrarme en la célula radical y durante los días que duró el juicio, venía aquí con el bueno de Agustín casi todas las noches. Hace muchos años de eso, ¿verdad?

—Tu padre es un tipo muy listo —dice el dueño de La Fea, y tiene un par, ojo. No sólo acabó con aquella banda que tenía en un puño a la ciudad con sus secuestros y extorsiones, sino que siempre se ha enfrentado a los abusones y a los delincuentes. Lo digo por experiencia. ¿Recuerdas, Víctor, el incidente con Ramón Aliaga? Fue aquí mismo, ahí, donde estáis apoyados.

—¿Lo de la sardina? —pregunta Víctor.

—Fue un arenque —dice el tabernero.

—Calla, calla, qué tontería —contesta el detective agitando la mano.

—No, no —apunta Agustín—, estuviste sembrado.

—Pero ¿qué pasó? —pregunta el crío.

—Mira, guaje —dice Escribano—. Es muy habitual que por los lagares pululen matones, gente sin una perra y a menudo borrachuzos que se aprovechan de los demás, pululan por aquí y por allá, pasando de un grupo a otro y al menor descuido le quitan el vaso a alguien por la cara para beber gratis. Suele salirles bien porque la gente los conoce y no se les enfrenta, les tienen miedo. Yo, cuando tengo por aquí a uno de ésos, intento echarlo porque, no creas, gente así te espanta a la clientela y no interesa que acudan a tu negocio. El caso es que había un tipo, Ramón Aliaga, que solía acudir por aquí a beber por la cara, un tipo grande, mal encarado, que se gastaba malas pulgas.

—Y Paco me lo comentó a mí para que hiciéramos algo —añade el juez—. Yo se lo conté a Víctor y me dijo: «Descuida, que eso lo soluciono yo».

—El caso es que tu padre llegó a la tarde siguiente con, aquí, don Agustín, y yo les señalé con las cejas al tipo en cuestión que se daba muchos aires. Entonces, Víctor tomó un arenque que yo tengo en esos tabales, en mitad de la barra y lo limpió metiéndolo un momento en su bolsillo, yo pensé que estaba loco. «¡Otra botella!», gritó bien alto para que el otro le oyera. Aliaga giró la cabeza y se acercó para aprovecharse. Le sacaba dos palmos a tu padre, no creas. Sirvo el primer vaso y tu padre le da un trago y lo deja sobre la mesa. Sirvo a don Agustín y vuelvo a servir a tu padre. Éste deja el vaso en la mesa, sin tocarlo. Una tentación para el matón, que lo cogió y se lo bebió de un trago. Entonces tu padre, muy serio, se encaró con él afeándole su conducta y no creas, que el otro no se achantó sino que se puso farruco. En ese momento veo que Víctor saca algo plateado del bolsillo y, haciendo el ademán de apuñalar, da uno, dos, tres golpes en la barriga del matón. El otro, creyendo que le acababan de apuñalar, salió del lagar con las manos en la barriga dando gritos y pidiendo un médico.

—Sí, sí, gritaba: «¡Me han rajao, me han rajao!» —explica el juez.

Todos estallan en carcajadas.

Escribano, secándose las lágrimas con el delantal, continúa con el relato:

—Cuando llegó a la calle, lo recuerdo como si hubiera ocurrido hoy mismo, el tipo se paró y entonces, quitándose las manos de la barriga, se dio cuenta de que no, que no le habían rajado. En ese momento, lo sigo viendo, el tipo se gira y mira hacia aquí, a Víctor, y éste, sonriendo, le enseña el arenque que agitaba sujeto con el índice y el pulgar como diciendo «¿ves?, te engañé». Todo el mundo comenzó a reírse de aquel matón que, avergonzado por su cobardía, salió por piernas y no se le volvió a ver por aquí.

—Vaya —exclama Eduardo—. ¡Qué buena historia!

Víctor mira a Escribano y le dice:

—Anda, ponle un culín de sidra a Eduardo que la pruebe.

—¿Puedo?

—Pues claro, pero sólo un traguito.

Escribano escancia con habilidad un poco de sidra en el vaso y el crío se moja los labios como con miedo:

—Está buena —dice con aire sorprendido.

—Pues claro, guaje, ¿qué te pensabas?

—¿Y cómo se te ocurrió lo del arenque? —pregunta el chaval mirando a su padre con admiración.

—Ya te he dicho muchas veces que la violencia es el último recurso. A veces tenemos que usar la fuerza en nuestra lucha contra los delincuentes, sí, pero debe ser lo último que hagamos. Esto —dice Víctor señalándose la sien con el índice— es lo único que de verdad te puede sacar de apuros. La inteligencia, hijo, y una buena formación han de ser nuestras mejores armas.

—No te falta razón, amigo, no te falta razón. Paco, pon un poco de ese queso que éstos en Madrid no lo ven ni en pintura —ordena el juez al instante.

El ambiente en el lagar es agradable y relajado. A Eduardo le llama la atención el olor ligeramente agrio del lugar, los inmensos toneles y el sonido de la sidra que cae escanciada por aquellos taberneros que llevan a cabo el ritual con mucha facilidad. La mayor parte de los clientes, asturianos de pura cepa, saben hacerlo y se sirven a sí mismos y a sus acompañantes.

—¿Cómo ves la cosa? —pregunta Casamajó mirando a Víctor.

—¿El caso? Pues la cosa está muy complicada, para qué mentirte. Ya te dije que habiendo transcurrido tanto tiempo desde el crimen la cosa se complicaba. El afinador es inocente, eso seguro.

—¿Y el otro?

—Pues sabemos que miente, cuando le pregunté si había escuchado algo en las caballerizas en la noche de autos lo negó y yo sé que mentía. Hay muchas posibilidades de que participara en el crimen.

—Pero tuvieron que ser varios. Quizá ahí entre la criada.

—¿Ves? Otro señuelo. Lo lógico es pensar que ayudó al caballerizo y que al ver que éste era detenido y que seguro cantaría, decidió suicidarse. El anillo del finado es la prueba de que participó en el crimen, pero...

—Tú crees que la suicidaron.

—Exacto. Eso nos debe hacer pensar que nos las vemos con gente muy peligrosa e inteligente. Éste no es un crimen cometido en un arrebato, no. Y el autor o autores saben lo que hacen. Mira, primero casi condenan al pobre afinador con una nota falsificada y bien falsificada, ojo. Mi amiga Clara descubrió el engaño, pero aquí coló. Cuando se comprobó la letra del finado con la de la nota encontrada en el bolsillo todos la disteis por buena.

—¡Es que las letras eran idénticas!

—Para los profanos en grafología, sí. Luego podemos deducir que alguien estuvo entrenando, imitando la letra del muerto durante bastante tiempo como para poder engañar a un alguacil, al juez, al fiscal... ¿Ves?, eso requiere planificación. Y casi consiguen su propósito. Y una vez que decidís reclamarme aquí para que ayude a la ciudad, ¿qué ocurre? Que justo cuando descubrimos dónde mataron de verdad al pobre chaval, se suicida la criada.

—Y con el anillo robado en una mano.

—Exacto, todo resuelto. Es decir, alguien se empeña en darle todo mascado y bien mascado a la policía y al juez instructor. De no ser...

—Por ti.

—Espero ser el factor que no han tenido en cuenta. Pero, ojo, no desveles ni una sola de mis sospechas. Es más, estoy barruntando...

—¿Sí?

—Ya hablaremos. Y además súmale el asunto de la niñera

desaparecida, de su hermano el malaspulgas y no te hablo ya del vecino rencoroso que juró vengarse.

—Y los de los cerdos —apunta Eduardo.

Víctor asiente sonriendo y pone cara de armarse de paciencia:

—¿Veis? Otro frente abierto que no podemos desdeñar. Además, con respecto al asunto de la nota, Eduardo ha dado con algo. Un tipo con un aro en la oreja estuvo pululando por las habitaciones de los huéspedes de La Colunguesa en los días del crimen. Creo que pudo ser quien deslizó la nota en el bolsillo del chaleco de Carlos Navarro.

—¿Un tipo con un aro en la oreja, dices?

—Sí. ¿Te suena alguien así? Esto es casi un pueblo y os conocéis todos.

—No, no recuerdo a ningún varón en Oviedo que lleve algo tan raro.

—Es cosa de marineros. Quizá venga de Gijón o de cualquier pueblo costero. Le he dicho a Eduardo que recorra toda la ciudad buscándole, que pregunte. Al parecer es un tipo con mala pinta y lleva el pelo largo.

—Esto es muy complicado, Víctor.

—Y no hemos hablado del libro hallado en el cuarto del caballerizo.

—Socialistas —dice Casamajó.

—Otra posible vía de investigación —contesta el detective con cara, ahora, de preocupación.

—La imprenta Nortes —Casamajó.

—La imprenta Nortes —Víctor.

—¿Vas a enviar al alguacil Castillo?

—No, iré yo en persona.

—¿Estás seguro, amigo?

—Estoy seguro, hay que tener valor para enfrentarse al pasado, no queda otra. Eduardo, hazme el favor, acércate al final de la barra y dile a Escribano que cuánto se debe. Luego te sales fuera. ¿Tienes sed?

—Sí, padre.

—Bien, pues echa un trago en la fuente que hay donde se junta esta calle con la otra Puerta Nueva.

—¿Cómo?

—Sí, hijo, a ésta le llamamos Puerta Nueva, pero se llama Puerta Nueva Alta, vete donde se junta con la que llamamos Puerta Nueva Baja y verás la fuente: el caño de la Capitana. Nada más salir te toparás con ella.

—De la Capitana.

—Sí, hijo. ¿Sabes por qué se llama así?

El crío niega con la cabeza.

—Porque dicen que fue costeada por una viuda de posibles, la que fue mujer de un capitán de los Tercios de Flandes. La construyó en su memoria aprovechando las aguas procedentes del acueducto de Pilares.

—¿Cómo sabes todas esas cosas, padre?

—Trabajé aquí, ¿recuerdas? Cuando uno llega a un lugar, cuantas más cosas sepa del mismo, mejor. Hay que leer todo lo que se pueda y más, hijo. Y ahora espérame fuera. —Aprovechando que el crío se ausenta, Víctor baja el tono de voz—: ¿Sabes, Agustín? Volviendo al asunto de la imprenta: durante todos estos años supe que había dejado aquí una cuenta pendiente. Lo sabía y no lo quería ver, o mejor dicho, lo apartaba a un lado cada vez que lo recordaba.

—Cumpliste con tu deber, Víctor.

—No, Agustín, fui un miserable.

—No podías actuar de otra forma.

—Eso es otra cosa. Pero eso no me exime de culpa. No fui ni a verla a la cárcel, a interesarme por ella, ¿y sabes por qué?

—¿Por qué, Víctor?

—Porque me ocurría lo que ahora, no tenía valor a ponerme delante de ella. A que me mirara con esos ojos tan hermosos que tenía y me dijera: eres un traidor. No quería sentir su desprecio, Agustín.

—No debes pensar así, tú estabas haciendo tu trabajo.

—Demasiado bien, ¿quién me mandaba meterme en líos?

—Si no te hubieras infiltrado no habrías llegado a ser el subinspector más joven de la historia del cuerpo, Víctor. La idea fue tuya. A nadie se le había ocurrido hacerlo hasta entonces. No estarías donde estás ahora.

—O sí. Quedándome en mi sitio y haciendo mi trabajo con cabeza entre tanto cabestro habría ascendido tarde o temprano. Pero me podía la ambición, amigo. Quería ser el mejor policía de España.

—Y lo conseguiste.

—Sí, pero ¿a qué precio?

16

Cuando Víctor se encuentra con doña Mariana Carave queda impresionado por la belleza de la señora de la casa. Es rubia y lleva el pelo suelto pues disfruta de una mañana soleada en su jardín, mientras vigila a sus dos hijos pequeños. Está sentada en una silla de mimbre junto a una mesa redonda sobre la que descansan una jarra de limonada y dos vasos. Frente a ella hay una silla vacía. Lleva un traje negro por el luto pero ligero, con encaje en los antebrazos que se ajusta a sus brazos largos, moldeados y perfectos. La señora le saluda con una voz dulce, suave y aterciopelada. Sus ojos son de color miel y destacan cuando el sol los ilumina.

—Buenos días, soy...

—Sí —dice ella esbozando una sonrisa—, es usted el detective, Víctor Ros.

—El mismo que viste y calza. Me dijo su marido que podía venir hoy a verla.

—Sí; de hecho, le esperaba.

—En primer lugar querría presentarle mis condolencias por la muerte de su hijo Ramón.

—Hijastro.

—¿Cómo?

—Que Ramón no era mi hijo. Era el fruto de un matrimonio anterior de mi marido. Su madre murió en el parto. Al año de aquello nos casamos y casi enseguida tuve a Enriqueta, así que se puede decir que lo crié como una madre, desde el añito de edad, más o menos.

—Vaya, desconocía ese dato. ¿Y la primera esposa de su marido se llamaba? —pregunta Víctor mientras saca su libreta de notas.

—Eva Adán.

—Bonito nombre.

—Sí, siempre me lo pareció —responde ella mirando al infinito con cierta amargura.

Víctor intenta retomar la conversación. No le agrada que su interlocutora le haya sorprendido con un dato que no conocía. Está acostumbrado a llevar la voz cantante en los interrogatorios y se siente en desventaja.

—¿Cree usted que Ramón tenía algún enemigo?

—No, en absoluto, era un joven adorable, sensible, apreciaba la buena poesía y leíamos juntos. No creo que pudiera hacer mal a nadie y menos que nadie quisiera causarle mal a él.

—¿Le vio usted discutir alguna vez con el caballerizo o con la criada que se suicidó?

—Creo que nunca le vi discutir con nadie, excepto…

—Con su padre.

Ella asiente con aire apesadumbrado. Víctor se encuentra algo turbado por la belleza de la señora. Por un momento se siente transportado en el tiempo y recuerda las sensaciones vividas con Lucía Alonso, cuando investigaba el sumario que la prensa bautizó como «El caso de la Viuda Negra». Recuerda cómo aquella mujer jugaba con él en sus conversaciones, sabedora del poder que le otorgaba su extraordinario atractivo. ¿Será consciente doña Mariana del efecto que causa en él?

—Discutía mucho con don Reinaldo, ¿era por... sus inclinaciones?

—En efecto, mi marido pretendía que volviera a lo que él llamaba «el buen camino». Era muy duro con él.

—Y usted piensa que se equivocaba.

—Es usted muy perspicaz, don Víctor. ¿Piensa introducir una cuña entre mi marido y yo? ¿*Divide et impera*? Sé que lo hizo usted en el caso del «Estrangulador de Sevilla» y en «El robo del diamante Felguera».

Víctor queda parado y encaja el golpe. Aquella mujer le conoce bien.

—Sí, no ponga usted cara de tonto, cualquier aficionado al mundo del crimen lo sabe todo sobre usted, ha salido más en los papeles que la reina de Inglaterra, ¿de qué se extraña?

Aquella mujer vuelve a hacerlo. Le quita el control de la conversación como y cuando quiere.

—Vaya —se escucha decir—. Es agradable que alguien aprecie tu trabajo.

—No, es usted el mejor, de eso no hay duda.

—Favor que usted me hace.

—Y aclarará las circunstancias de la muerte de Ramón, seguro.

Víctor percibe que la dama lo dice con una mezcla de miedo y amargura. ¿Por qué no habría de querer que se aclarara todo?

—Dice usted, doña Mariana, que su marido trataba con mucha dureza al joven.

—Sí, bajo mi punto de vista no se puede luchar contra la naturaleza. No nos engañemos, las inclinaciones de Ramón eran las que eran y no se podía pretender que sentara cabeza y se casara con una joven y tuviera hijos. Él mismo me confesó que la idea de estar con una mujer le repugnaba.

—¿Y qué se debería hacer, en su opinión?

—Pues dejarle estar. No totalmente a su aire, claro, pero respetar cómo era. Explicarle muy claramente que debía evitar escándalos y que debía vivir su vida compartiéndola con quien quisiera pero, eso sí, con discreción.

—¿Pudo su marido matar al chico?

—Es impensable. Mi marido adoraba a Ramón.

—Ya.

Se hace un silencio entre los dos y la dama avisa a los críos para que no se alejen tanto pues hay muchas avispas junto a las flores.

Víctor retoma el diálogo:

—¿Tenía enemigos su marido?

—Sí, claro, ese Antonio Medina…

—Su vecino.

—En efecto, no quería que su hijo se casara con mi Enriqueta, ya ve usted, como si fuera un mal partido. Creo capaz a ese hombre de cualquier cosa; fíjese que, incluso, llegó a recibir en su casa a ese periodista.

Víctor da un respingo en su silla.

—¿Periodista? ¿Ha dicho periodista?

—Sí, Vicente Hernández Gil. Vino de Madrid.

—Por los crímenes.

—Ojalá. Llegó después de lo de Ramón, sí; pero es un agitador, un socialista. Alguna vez le vi hablando con mi cochero, le llenaba la cabeza de pájaros.

—¿Cómo ha dicho?

—Sí, ese Vicente Hernández Gil, creo que le envía el *Heraldo*, se supone que vino a Asturias a hacer una serie de artículos sobre las condiciones de vida de los obreros. Para mí que viene a agitar más que otra cosa. Ha pasado varias veces por la fábrica de mi esposo a revolucionar a los trabajadores. Cuando se produjeron los roces con Antonio Medina me consta que éste lo recibió en su casa, no quiero imaginarme el propósito de dicha entrevista.

—Pero esto que usted me cuenta es muy interesante, ¿y sabe usted dónde se hospeda ese periodista?

—Ni idea. Pregunte a la policía.

Víctor se queda con la boca abierta. En cinco minutos de conversación aquella mujer le ha aportado más información que el resto de implicados en varios días. Entonces decide arriesgarse un poco:

—Un último detalle, es sobre la institutriz...

—Dígame. —Víctor percibe que ella se incorpora un poco y aprieta los labios. Es evidente que se ha puesto alerta.

—¿Por qué cree usted que se marchó?

—Ni idea.

—¿La despidió usted?

—No, ni se me ocurrió.

Víctor sabe que miente.

—¿Qué motivo empuja a una joven responsable como ella a desaparecer de ese modo con su hermano? —pregunta el detective.

—Qué se yo. Igual surgió algo urgente, algún familiar enfermo. Además, ¿cómo sabe usted que se marchó? Igual la han matado también.

Víctor no sabe muy bien a qué atenerse. Cuando ha pronunciado la última frase, Mariana Carave ha alzado algo la voz. Es evidente que odiaba a la joven.

—Yo sé, doña Mariana, que Cristina Pizarro se fue por propia voluntad.

—¿Y cómo puede saberlo?

—Si ha seguido usted mi trayectoria sabrá que desvelar mis procedimientos resta vistosidad a mi trabajo.

—¿Es usted un engreído?

—No, es por eficacia. Provoca desasosiego en los testigos creer que lo sé todo.

—¿Y no es así?

—No. ¿Por qué no le gustaba la niñera?

—Me gustaba. Era una buena institutriz para mis hijos.

A Víctor se le hace evidente que miente. Faustina, la criada, tenía razón. ¿Habría algo entre la institutriz y el señor de la casa? Todo apunta a que sí.

Víctor percibe que la dama está enfadada y decide dar por terminada la conversación que, por otra parte, ha sido fructífera.

—¿Y sus otros vecinos, los de los cerdos?

—¿Los Ferrández? Son inofensivos —dice ella sonriendo, más relajada—. Me llevé un disgusto con lo de mis margaritas, sí, pero son un par de locos, un matrimonio de vejetes que tratan a sus cerdos como si malcriaran a sus nietos. Nunca tuvieron hijos, ¿sabe?

17

Víctor está parado frente a la imprenta Nortes. El trasiego de paisanos en la calle Cimadevilla es incesante. Mujeres con cestas, peones y algún que otro caballero pasan por delante, pero él no los ve. La calle no es muy ancha y él está parado en la acera de enfrente, ocultando a los posibles clientes el escaparate de una mercería. Mira hacia el interior de la imprenta pero no ve nada, los cristales de las ventanas reflejan la luz devolviéndole su propia imagen: un tipo bien vestido, con sombrero bombín y un bastón en las manos. Adivina su barba bien recortada y conviene que en los últimos meses ha logrado perder algo de peso para deshacerse de aquella «curva de la felicidad» que no era sino un lastre para ejercer su oficio.

Se ve a sí mismo hace muchos años, delgado, sin barba y ataviado como un obrero. Camisa blanca, pantalón gris dos tallas más grande que la suya y una correa de cuero que lo sujetaba al cinto. Alpargatas mugrientas y una gorra de mezclilla. El perfecto disfraz para un traidor. Era muy joven, muy valiente y, a qué no decirlo, un poco insensato.

En el fondo se arrepiente.

¿Estará ella dentro?

Seguro.

¿Se atreverá a dar unos pasos y recorrer la distancia que les separa? ¿Será capaz de girar el picaporte y abrir la puerta haciendo sonar la campanilla que tantas y tantas veces escuchó cuando era un simple aprendiz?

Sus manos aprietan el bastón con fuerza, con mucha fuerza, hasta que siente que la madera está a punto de crujir, de romperse. Entonces se gira y vuelve sobre sus propios pasos. Espera comer con Eduardo y acudir a la mina de los Férez a hablar con don Reinaldo.

—Pues claro que sabemos de su existencia —dice el alguacil Castillo apurando su copa de coñac—. Vino de Madrid a hacer unos reportajes sobre las condiciones de vida de los obreros asturianos para el *Heraldo* y, de hecho, ya se han publicado algunos de sus artículos. En principio no llamó nuestra atención, pero luego, poco a poco, supimos que se estaba reuniendo con ciertos grupos que están intentando organizarse.

La sobremesa en la posada de Víctor es un buen momento para poner en común los avances de la investigación. Eduardo ataca un arroz con leche y Víctor se mesa la barba mientras apura su café.

—¿Qué clase de grupos? —pregunta el juez Casamajó.

—Socialistas. Tanto en Gijón como en Oviedo. Pero no hay nada ilegal en ello.

—Por supuesto que no lo hay —apunta Víctor muy vehementemente—. ¿Y dónde para ahora este pollo?

—La verdad, no lo sabemos. Se mueve por la provincia, va de aquí para allá preguntando, tomando notas y, a qué negarlo, poniendo nerviosos a los empresarios. Pasó por varias minas y escribió un artículo sobre la situación de trabajo de los hombres, mujeres y niños en los campos. Pasó un día trabajando con ellos y escribió sobre su experiencia.

—Ese tipo sabe lo que se hace —dice Víctor.

—Sí, la verdad es que leí el artículo y era bueno. Como ustedes comprenderán, hay personas a las que no agrada que todo eso se haga… público.

—Los empresarios —Víctor.

—Exacto —continúa el alguacil Castillo—. Pero hasta ahí el hombre no había hecho nada malo. El problema se nos planteó cuando comprobamos que allí por donde había pasado el tal Vicente Hernández Gil los obreros estaban levantiscos, comenzaban a organizarse e incluso llevaban a cabo algún tipo de plante. Ahí se produjeron quejas y mis superiores dieron orden de investigar sus actividades.

—¿Y no saben dónde está? —pregunta Casamajó.

—No tenemos gente para seguirle fuera de la ciudad; además, este maldito crimen nos ha trastocado todos los planes y vamos muy liados.

—¿Y no sabían ustedes que se había entrevistado con Medina, el vecino de los Férez?

—Algo sabíamos pero no le dimos importancia. Uno de nuestros hombres, que seguía a Hernández Gil, recogió en un informe que los había visto coincidir por los campos. El periodista es, al parecer, un enamorado de la naturaleza y Medina, muy aficionado a la geología. Sabíamos que había estado en casa del terrateniente, pero pensamos que era una entrevista más de carácter científico que otra cosa.

—Ya, pues me temo que no —dice Víctor.

—De hecho… —añade el alguacil.

—¿Sí? —responde Víctor.

—Ayer hubo ciertas tensiones en la mina de Férez.

—¿Cómo?

—Parece ser que los obreros se organizaron y se han plantado. El dueño llegó a llamar a la fuerza pública. Hoy mismo se planteaban nuevas acciones.

—¿Cómo lo sabe?

—Infiltramos un policía en las reuniones de los obreros.

—Vaya, creo que deberíamos darnos una vuelta por allí, ¿no? —dice Víctor.

—Si usted lo cree necesario.

—Sí, quiero entrevistarme con Reinaldo Férez. Si le parece, Castillo, iremos usted y yo, quiero ver cómo están las cosas allí. Por cierto, Eduardo, ¿has adelantado algo con el asunto del tipo del pendiente?

—De momento ni rastro, pero lo encontraré.

—Bien, seguiremos esperando —dice el detective—. He enviado varios telegramas para comprobar las referencias que presentó la niñera. Convendrán conmigo que su desaparición es bastante rara.

—Nada es casual —dice Castillo.

—Siempre he pensado lo mismo —abunda Víctor—. No creo en las casualidades. Es evidente que el crimen se produjo en la propia casa y que hubo gente de la misma implicada: el caballerizo nos miente y anda metido en líos de asociaciones obreras, creo que a la criada «suicidada» la utilizaron como señuelo y la desaparición de la niñera apunta en una clara dirección.

—¿Piensas que José Granado estaba asociado con Cristina Pizarro, la niñera? —pregunta el juez.

—Creo que por ahí van los tiros, más o menos.

—Hemos emitido una orden de búsqueda y captura para la niñera y su hermano; si los capturamos, igual avanzamos algo —sostiene Castillo.

—De momento no podemos contar con ello —dice Víctor,

que baja el tono de voz como el que hace una confidencia—. Creo que la niñera podía tener un *affaire* con el señor de la casa.

—¡Cómo! —exclama Casamajó.

—No me sorprendería —afirma el alguacil—. Era una moza muy hermosa y me consta que se veía asediada por multitud de pretendientes, algunos de ellos de lo más granado de Oviedo, pero ella no parecía interesarse en ninguno y es cosa extraña en una joven en edad de merecer.

—Y tan guapa —añade Casamajó.

—Por cierto, Castillo, ¿sabía usted que don Reinaldo tuvo otra esposa?

—Sí, era la madre de Ramón, el joven asesinado. Se dice que murió de tuberculosis.

—¿De tuberculosis?

—Sí.

—¿Cómo sabe usted eso?

—Hace años, cuando don Reinaldo vino a vivir aquí, se lo comentó a mi comisario.

—¿Está usted seguro de eso?

—Hombre, hace tiempo ya, pero yo diría que sí.

—Interesante —dice Víctor—. Interesante.

—Hay una cosa que quería comentarte, Víctor —apunta Casamajó con cierta desgana.

—Dime, amigo.

—Me presionan desde arriba para que procese a alguien. Quieren resultados, dicen que es malo que pase el tiempo y que no tengamos sospechoso.

—Los tenemos, demasiados.

—Ya, pero quieren tranquilizar a la ciudadanía: el gobernador, el alcalde, el regente, todos me están presionando para que acusemos ya formalmente a Navarro o a Granado. Quieren que me ponga de acuerdo con el fiscal para iniciar el proceso contra uno de los dos y que comience a tomar declaraciones a los testigos en la Audiencia.

Víctor queda pensativo, por un momento.

—Podría ser una buena maniobra de distracción, sí.

—¿Cómo?

—Sí, ya sabes, los testigos pasando a declarar, la expectación… Acusa a Navarro.

—Pero ¿estás loco? ¡Tú mismo dices que es inocente!

—Así lo creo, sí.

—¿Entonces?

Víctor se incorpora un poco en su asiento y mira fijamente al juez:

—Verás, Agustín, es evidente que nos las vemos con criminales de altos vuelos que han sabido crear tal maraña en torno al crimen que lo hace difícil de resolver. No sabemos si es un asunto de socialistas, un crimen pasional o un asunto de chantaje, por no hablar de una venganza personal de Medina o incluso de aquellos locos de los cerdos. Sabemos que no es negocio llevado a cabo por un solo criminal. Que volvieron a actuar contra la criada fallecida cuando nuestros dos detenidos estaban en la cárcel y lo sabemos porque la pobre Micaela no se suicidó. Es probable que la niñera y su hermano, un tipo violento y conflictivo, estén metidos en el asunto, y por otra parte, cabe la posibilidad de que sea un negocio llevado a cabo por agitadores como nos demuestra el hallazgo de ese libro en el cuartucho de Granado. En suma, que cuanto menos mostremos nuestras cartas, mejor. Yo le pedí a Carlos Navarro que aguantara, le pediré que lo haga un poco más. Si los facinerosos que han hecho esto creen que tenemos a otro culpable se relajarán y quizá cometan un error. Por el contrario, si procesamos al caballerizo y descubren que hemos encontrado el buen husmillo, pondrán pies en polvorosa.

—Tiene sentido eso que dices, sí —replica el juez.
—¿Y usted qué opina, Castillo?
—Que me parece buena idea. Es una estratagema brillante.
—Bien, Agustín, encárgate de hablar con Navarro para tranquilizarlo.
—Mañana mismo lo haré.

Entonces Víctor retoma la palabra para dar por terminada aquella conversación:

—Bueno, pues ahora vayamos a cumplir con nuestro deber: tú, Eduardo, a lo tuyo; Castillo y yo nos vamos a la mina y tú, querido Agustín…
—Me voy a echar una siesta, que creo me merezco.

Todos estallan en una carcajada.

18

El coche de punto guiado por el Julián que traslada al alguacil Castillo y a Víctor Ros hace su entrada en el patio de la explotación minera de don Reinaldo tras atravesar un portón sobre el que un cartel enorme dice:

PROSPECCIONES CARBONÍFERAS FÉREZ

Al momento, el coche se detiene con brusquedad y se escuchan gritos fuera, por lo que Castillo echa un vistazo:

—La cosa está movida aquí, quizá deberíamos volver en otro momento —dice el aguacil volviendo a meter la cabeza en el interior del coche.

Víctor hace otro tanto y comprueba que el patio, amplio y rodeado de diversas construcciones, se ve ocupado por dos centenares de mineros que se acompañan de sus mujeres e hijos. Al ver el uniforme de Castillo alguien grita:

—¡Policía!

Y la multitud comienza a rodear el carruaje de manera amenazante. El cochero fustiga al caballo y la gente se aparta permitiendo que el coche alcance la seguridad tras una barricada donde aguardan varios números de la Guardia Civil.

Uno de los agentes, el hombre al mando, un cabo, se acerca a la portezuela y dice:

—¿Qué hacen ustedes aquí? Tenemos dentro al propietario y esta gente está levantisca.

Castillo se identifica y en un momento se ven trasladados al interior del edificio más amplio del recinto entre gritos e improperios de los manifestantes. No tardan mucho en llegar a una amplia estancia en la segunda planta. Don Reinaldo, acompañado por su abogado y dos empleados de la oficina, contempla el patio con preocupación.

Cuando escucha los pasos que resuenan en la puerta, se gira y mira a Víctor y a Castillo como con fastidio. Su mirada denota lo que piensa, pero disimula e intenta esbozar una sonrisa para parecer amable:

—Vaya, don Víctor, menudo día ha elegido usted para venir a mi mina. No crea, esto es la primera vez que pasa. Alguien los ha estado agitando.

—¿Quizá ese periodista?

Férez mira al detective con odio.

—Vaya, está usted bien informado. Me temo que sí.

—¿Y qué es lo que ocurre aquí?

—Piden un aumento de salarios, como siempre. Nunca tienen suficiente.

—Pues parecen bastante enfadados —apunta Víctor.

—Los obreros son gente semianalfabeta, espíritus sencillos e impresionables; si alguien les llena la cabeza de pájaros, llegarán a pedir ganar lo mismo que el patrón.

—¿Y cuánto ganan? —pregunta Víctor.

—Lo justo, ni una peseta más ni una peseta menos.

Víctor echa un vistazo al exterior y ve a una masa famélica, mal vestida, los hombres con la piel negruzca por el trabajo en el carbón, muchos niños sin calzado y mujeres con críos de pecho en los brazos. Parecen desesperados. No cree al propietario.

—Si sabe usted lo que se lleva entre manos, debería mejorar sus condiciones —dice de pronto.

—¿Cómo?

—Lo que ha oído. La gente se echa a la calle cuando ve que peligra el pan de sus hijos. No hay nada más peligroso que un hombre desesperado.

Férez le mira con cara de pocos amigos.

—Ya me advirtieron contra usted. Es, en el fondo, un socialista. Convivió con ellos y ha terminado por asumir su ideario.

Víctor suspira con cara de cansancio. Está acostumbrado, los sectores más extremistas de la izquierda le tildan de reaccionario y los reaccionarios del régimen caciquil en que viven le toman por un radical. Eso quiere decir que está en el punto correcto, quiere cambiar la sociedad en la que vive, sí, sabe que es necesario que aquello termine: que unos pocos vivan como reyes a costa de unos muchos es algo injusto que debe ser abolido pero tiene que hacerse poco a poco. De no ser así, el ejército, la banca, la Iglesia y los grandes terratenientes darían un golpe de mano si se vieran profundamente amenazados que daría al traste con cualquier avance conseguido.

—Pero creo que no habrá venido a hablar de cómo llevo mi negocio, ¿verdad? —apunta Férez con retintín.

—Sí, sí. Perdone, tiene usted toda la razón —contesta Víctor volviendo a la realidad desde sus ensoñaciones—. El alguacil Castillo y un servidor tenemos que hablar con usted un momentito, si no es molestia.

—En absoluto. Acompáñenme a mi despacho.

—Yo debería estar presente —apunta el abogado de Férez.

—No, Joaquín, no es necesario —dice el dueño y señor de todo aquello.

Castillo y Ros toman asiento en dos butacas frente a la enorme mesa de despacho. La estancia está decorada de manera demasiado suntuosa: cortinas de terciopelo rojo, mullidas alfombras, una inmensa chimenea y multitud de libros de ingeniería en repujadas estanterías dan la impresión de que el dueño de la mina nada en la abundancia.

—«De sangre roja del minero está hecho el oro del patrón» —murmura Víctor para sorpresa de Castillo.

—¿Cómo dice? —pregunta Férez, que no ha podido escuchar pues estaba ordenando coñac para tres a una joven secretaria demasiado joven y hermosa a ojos de los investigadores.

—Nada, nada —farfulla Víctor—. Recitaba unos viejos versos, cosas de juventud.

Y dicho esto los tres esperan a que la joven haga los honores sirviendo el coñac para salir del cuarto seguida por la mirada lujuriosa del empresario.

—¿Y bien? —dice éste echándose hacia delante en su silla y entrelazando sus manos.

—Como le he dicho, quería hacerle un par de preguntas, si no es molestia.

—Lo que sea necesario.

—¿Qué piensa usted de la desaparición de su niñera?

—Pues que el hermano, que, dicho sea de paso, era un loco, habrá hecho alguna de sus trastadas y ella, abrumada por la vergüenza, se habrá visto obligada a huir con él.

—¿Eran buenas sus referencias?

—Ya le dije que sí.

—¿Las comprobó?

—¿Cómo?

—Sí, que si telegrafió usted a sus anteriores señores para comprobarlas.

—Pues no, hubiera sido descortés. Portaba dos cartas con letras distintas, en papeles diferentes y con tintas de distinto color. Las firmas parecían auténticas; haber abundado en el asunto no creyéndola hubiera sido un acto de descortesía enorme.

—Perdone, sobre su primera esposa, ¿de qué murió? —Víctor, cambiando de tema radicalmente.

—En el parto de Ramón —contesta rápidamente el otro.

—¿No era de tuberculosis?

—¿Cómo?

—Sí, cuando usted llegó aquí dijo que su esposa había fallecido de tisis.

Don Reinaldo se pone colorado e intenta disimular una mirada de ira que atraviesa al detective. Esboza una sonrisa falsa y forzada.

—Ah, eso… ya, ya. Sí, en principio fue eso.

—¿Fue eso? ¿El qué?

—Sí, sí, tuberculosis, murió de tuberculosis.

—No le entiendo.

—Sí, ella estaba tísica, muy débil, el embarazo fue difícil y murió durante el parto. La enfermedad la había debilitado y no pudo superar el trance.

Don Reinaldo sonríe ahora ufano. Parece haber solventado la papeleta con cierta solvencia. Entonces Víctor, sin previo aviso, de sopetón, espeta a su interlocutor:

—¿Cuál era exactamente la naturaleza de su relación con su niñera?

—¿Cómo? —contesta el otro, incrédulo.

Víctor mira a don Reinaldo con dureza y repite sin ceder un ápice:

—Ya me ha oído, que cuál era la naturaleza de su relación con su niñera.

El industrial se queda parado por un segundo. Mira hacia abajo ocultando el rostro a sus interlocutores y aprieta los puños. Parece a punto de estallar. De pronto levanta la cabeza y, totalmente rojo de ira, grita:

—¡Fuera, fuera de aquí! ¿Cómo se atreve?

—Sólo le he hecho una pregunta —Víctor, impertérrito.

—¡Salgan de aquí, fuera! ¡Fuera he dicho! Sus superiores sabrán de esto. No creerán que van a irse de rositas. ¡Cómo se atreven!

Víctor hace como don Reinaldo, se pone de pie y mira a Castillo sin poder disimular una enorme sonrisa de satisfacción:

—Castillo, creo que don Reinaldo quiere quedarse a solas —dice al tiempo que salen a toda prisa del despacho.

Una vez en el patio, y mientras el alguacil Castillo intenta evaluar las consecuencias que, sobre su carrera, tendrá aquello, Víctor se dirige directo hacia la barricada.

—¿Adónde va ese loco? —escucha decir al cabo de la Guardia Civil.

Una vez frente a los obreros que le increpan, Víctor, totalmente tranquilo, pregunta:

—¿Quién está al mando, compañeros? Tengo que hablar con él.

Todos señalan a un tipo recio, alto, de poblada barba que da un paso al frente.

—Un servidor —dice el minero.

—Víctor Ros, detective privado. Necesito hablar con un amigo vuestro: Vicente Hernández Gil. ¿Serás tan amable de decirle que necesito verle? Me hospedo en Oviedo, en la posada La Gran Vía, está en el Campo de la Lana. No tiene pérdida.

—¿Sólo eso?

—No; mucha suerte, compañeros. ¡No os rindáis! —grita Víctor, que sube al coche de punto jaleado por los manifestantes.

Castillo percibe que don Reinaldo lo ha visto todo desde su inmenso ventanal. «De ésta te quedas sin trabajo», piensa para sí.

19

Menos mal que has accedido a venir —dice Casamajó mientras que ambos amigos caminan bajo la entrada de la plaza del Fontán donde el juez ocupa una amplia vivienda con su esposa e hijos.

—Sabes que no me agradan estas cosas, Agustín.

—No cuesta trabajo quedar bien con las autoridades. Mira, Víctor, hubo un momento en este caso en que llegué a la conclusión de que no íbamos a poder resolverlo solos. Por eso entendí que tu participación en la investigación era imprescindible, ¿entiendes?

—Sí, claro.

—Pero para ello necesito conseguir la autorización de mis superiores; por tanto, tenemos que rendirles cuentas, te guste o no. Es otro favor que te pido, Víctor. Como sabes, esta mañana he inculpado oficialmente al afinador, Carlos Navarro.

—Ya, no se habla de otra cosa.

—Y de tu visita ayer a la mina de Férez, se dice que alentaste a los huelguistas —apunta el juez mirando de reojo a su amigo con cara de pocos amigos.

—Tonterías. ¿Y qué vas a hacer con el caballerizo?

—Pues de momento retenerle por lo del nombre falso, pero había pensado...

—¿Sí?

—Soltarlo y seguirle sin que se dé cuenta.

Víctor se para en seco, están a la altura de la calle del Hierro y el trasiego de ovetenses que salen a pasear al frescor de la tarde noche es elevado:

—Vaya, vaya, amigo. No dejas de sorprenderme. Te estás convirtiendo en un investigador de primera.

Agustín se toca el ala del sombrero como saludando a su amigo y apunta:

—Pero he pensado que eso deberíamos intentarlo como último recurso; no en vano, podría escapar. De momento, seguiremos como estamos.

—Bien hecho. La prensa no sabe nada.

—Ni mis superiores. Salvo Castillo, el propio Navarro, tú y yo, nadie sabe que creemos inocente al afinador. Así la treta tendrá efecto.

—Bien, bien —contesta Víctor mientras que los dos amigos reanudan su paseo por la concurrida calle Cimadevilla.

—Aunque esta mañana he tenido una entrevista con el abogado de Carlos Navarro, Pedro Menor. No creas, es bueno. Sabe que, en realidad, no tenemos nada contra su cliente.

—Él no sabe que la nota es falsa.

—De momento, pero como el afinador no confesó alega que todo es circunstancial. Me he visto obligado a decirle la verdad, que creemos que su defendido es inocente y que lo hemos inculpado de manera provisional, mientras cazamos a los culpables. Se ha puesto hecho un basilisco, no te imaginas.

—¿Y?

—Yo le he hecho ver que si soltáramos a Navarro sin haber

cazado a los verdaderos culpables, su cliente quedaría estigmatizado para siempre.

—Ya está estigmatizado, Agustín, todo el mundo sabe que es homosexual y ha salido en la prensa. Lo sabe toda España, no habrá nadie que quiera contratar sus servicios, así es este país: un pozo de prejuicios y envidia. Más le vale irse a América cuando todo esto acabe. Pobre hombre.

—Bueno, pues ha colado. El abogado ha accedido a guardar silencio con tal de que al final se restaure el buen nombre de su defendido. Además, he oído por ahí que le ha salido un pleito muy jugoso en Lugo, así que no me extraña que le venga bien ausentarse de momento.

Apenas si tardan cinco minutos en llegar al Casino situado en el Palacio del Marqués de Valdecarzana, en la misma plaza de la Catedral. Casi ha oscurecido.

A la entrada les aguarda un ujier vestido con uniforme azul marino con llamativos botones dorados que les lleva de inmediato a un salón privado donde ya les esperan el alcalde y el gobernador degustando un vino.

—¡Vaya, vaya, nuestro hombre, al fin! —exclama don Antonio Marín, un hombre hecho a sí mismo, amante de la buena mesa y que se aferra a la alcaldía para mantener aquellos contactos que tantos y tantos beneficios le reportan.

—Encantado de conocerle —dice otro tipo que resulta ser el gobernador. Eduardo Martínez Osorio es alto, delgado y viste un elegante traje gris. De sienes plateadas y cabello abundante, parece un dandi inglés sacado del más tópico de los folletines. Su corbata es casi escandalosa y luce unos gemelos quizá demasiado llamativos.

Sin más preámbulos se sientan a la mesa donde son servidos con diligencia por dos camareros que permanecen atentos a las más nimia necesidad de los comensales.

—Bueno, bueno, don Víctor —dice el gobernador mientras le sirven el primer plato, un consomé—. Ya era hora de que pudiéramos echarle el ojo. Se hará usted cargo de que este negocio nos tiene muy preocupados. No en vano la ciudad anda agitada, no sé cómo decirlo, pero las clases más... desdichadas se encuentran algo levantiscas por el asunto.

—Sí, don Críspulo y sus partidarios —apunta el alcalde, que ya se ha manchado una solapa de consomé—, entre los que se encuentra el Oviedo más pío, defendieron a ese invertido.

—Se llama Navarro, Carlos Navarro —le corrige Víctor.

—Sí, sí —dice el alcalde—. Y claro, al ser el otro inculpado de clase trabajadora, pues la gente humilde se ha volcado con él. Además, ha trascendido lo del libro y eso ha enfurecido a los partidarios de las asociaciones obreras.

Víctor mira con cara de malas pulgas a Agustín y dice con mucho retintín:

—Sí, aquí se sabe todo.

—Me parece muy bien que haya decidido usted procesar a ese vicioso, don Agustín —dice el gobernador mientras el alcalde hace señas a los sirvientes para que vayan trayendo el segundo plato.

Víctor aún no ha comenzado con el consomé.

—Entonces —abunda el gobernador—, podría decirse que dan ustedes por cerrado el caso.

A Víctor casi se le sale el vino de la boca.

—¿Cómo? —pregunta haciendo sentir su malestar.

—Sí, claro —dice el alcalde—. Que si tenemos a un individuo inculpado, el caso está cerrado.

Víctor y Agustín se miran con cara de sorpresa. Claro, no habían pensado en ello. Si hay un inculpado oficialmente, el caso está cerrado.

—Sí, sí —contesta el juez. Se nota que está pensando en cómo arreglar la nueva contingencia que ha surgido.

—Pues me alegro. Porque la cosa se estaba poniendo caliente con los socialistas que, dicho sea de paso, están demostrando ser muy activos últimamente, demasiado quizá —explica el gobernador—. Ahora podré dejar pasar unos días y entonces, ¡zas!, emplearme con ellos con dureza. A esta gentuza no hay que dejarla organizarse.

En todo momento, el prócer no deja de mirar al detective de reojo. Los sirvientes traen el segundo plato, una ternera lechal que, según dicen los presentes, se deshace en la boca. Un ujier aparece con un sobre con una nota para el gobernador, que éste lee sin evitar el esbozo de una enorme sonrisa. Contesta sobre la misma esquela y devuelve el sobre al empleado del Casino atusándose el bigote.

—Entonces, don Víctor, ¿para qué ha venido usted? —pregunta algo insolente el alcalde—. Aparte de dar alas a los obreros en sus locas reivindicaciones, claro está.

Agustín se da cuenta de que no ha previsto las consecuencias de procesar a Carlos Navarro y que aquellos dos van a continuar atacando a Víctor. Sabe que el detective es hombre muy orgulloso y teme que, en un momento dado, pueda echarlo todo a perder. Ros no es paciente con la petulancia de los poderosos.

—El señor Ros ha venido a aclarar las dudas que teníamos sobre el caso —dice Casamajó justo cuando el detective iba a abrir la boca— y ha empleado para ello las técnicas más modernas conocidas. Además, ahora se va a quedar unos días por aquí, recordando viejos tiempos, ¿verdad, querido amigo?

Víctor mira al juez sonriendo; ha comprendido.

—Sí, sí, por supuesto. Quiero disfrutar de las bondades de esta tierra, ya saben: sus gentes, la gastronomía y el aire puro.

—Claro, claro, ¿y cuánto nos va a costar que este individuo venido de Madrid nos cuente lo que ya sabíamos?

Agustín busca una respuesta en su mente, pero Víctor ya ha saltado:

—Lo mismo que les va a costar a ustedes dos lo que he averiguado sobre ambos, nada. Absolutamente nada.

—¿Y qué ha averiguado usted sobre nosotros dos, si puede saberse? —pregunta con retintín el gobernador.

—Pues que usted es un mujeriego impenitente, que tiene una cita con una dama, esta misma noche, y que aquí, el alcalde, padece gota, sufre el martirio de las hemorroides y, probablemente, tenga lombrices.

—¡Cómo! —exclaman los dos prohombres al unísono.

Casamajó ladea la cabeza y se golpea la frente con la mano.

—¿Acaso me equivoco? —pregunta Víctor, desafiante.

Los otros dos quedan en silencio, por unos segundos.

—Vaya —dice el gobernador, que es quien parece llevar la voz cantante—. Quizá le habíamos subestimado.

—Dígale a su amiga que no impregne tanto las notas con perfume, se podía percibir desde aquí. Y lo digo como un consejo de amigo, por su bien.

—¿Y dices que no vas a cobrar nada por esto? —interrumpe Casamajó.

Víctor le mira con cara de pocos amigos y dice remarcando cada sílaba:

—¿Mientras que el culpable sea el mismo que vosotros habíais detenido? Por supuesto que no. Otra cosa bien distinta sería, claro está, que yo descubriera que el asesino es otro; pero, tranquilos, no va a ocurrir.

Los dos prohombres estallan en una carcajada. Parece que han aprendido la lección. Desde que conoce a Víctor, Agustín sabe que éste lee en las personas como en un libro abierto y que hace uso de ese poder. El mensaje recibido por los dos prebostes ha sido claro: «Si en apenas unos minutos he averiguado esto sobre vosotros dos, qué no haría si me empleara a fondo durante días». Y en una ciudad tan pequeña como Oviedo, todo el mundo tiene sus secretos.

20

Cuando los dos amigos salen de la cena, ya en el pasillo, un ujier que les interrumpe el camino dice:

—Un socio querría hablar unos minutos con don Víctor, ¿me acompañan al gabinete rojo, si son tan amables?

Agustín, socio del Casino desde hace muchos años, explica a Víctor que el gabinete rojo es lugar de lectura, una zona tranquila donde los hombres más acaudalados de la ciudad leen la prensa o charlan sin estridencias.

Cuando entran en dicha estancia, un amplio salón presidido por una enorme chimenea, un señor de aspecto distinguido se levanta al instante. La sala está casi desierta, sólo un tipo canoso y medio calvo dormita al fondo, sentado en un sillón del rincón con un libro sobre el regazo.

—Don Víctor Ros, soy Antonio Medina, creo que quería usted hablar conmigo.

—Vaya —responde el detective—. Encantado. Pues sí, el otro día mandé recado a su casa y, a decir verdad, llevaba días esperando su respuesta.

—He sabido que cenaba usted en esta casa y pensé que igual le apetecía una copa de coñac.

—¿Nos acompañas? —dice Víctor mirando a su amigo Casamajó.

—Por supuesto —contesta éste—. Pero, si me lo permiten, antes voy a saludar a mi antiguo jefe.

Mientras Agustín saluda al caballero que lee en el sofá del fondo, Víctor se sienta en una mesa con Medina. De inmediato traen tres copas de coñac. Víctor lo prueba y certifica que es bueno. Las clases altas de Oviedo siguen sabiendo cuidarse, no hay duda.

—Usted dirá —señala Medina para romper el hielo. Se conserva bien, debe de rondar los sesenta y es delgado, lleva el pelo muy corto, casi como un militar, y usa unas gafitas redondas que le dan un cierto aire intelectual.

—Bien —dice Víctor paladeando el coñac—. Según parece, usted tenía una severa animadversión hacia su vecino.

—Y la tengo.

A Víctor comienza a gustarle aquel tipo, parece sincero.

—Sus discrepancias surgieron ante el noviazgo de sus hijos.

—En efecto.

—Usted cortó radicalmente aquella relación.

—Así es.

—Y provocó un conflicto.

—No me arrepiento en absoluto.

—Pero ¿por qué no le gusta la joven?

Antonio Medina mira con sorpresa al detective, con los ojos muy abiertos sonríe y exclama:

—¿Que no me gusta la chica? ¡Si es un ángel caído del cielo!

Víctor pone cara de no entender.

—¡El que no me gusta es el padre! —añade Medina.

—¡Cómo! ¿Don Reinaldo?

—Pues claro, ¿se sorprende de ello? ¿Acaso no sabe usted

que Enriqueta es una joven encantadora? Como su madre, por otra parte.

—¿Entonces?

—Ese tipo es un libertino, no comparto en absoluto su forma de actuar y no quería que mi hijo emparentara con él.

—¿Por qué?

—Ya se lo he dicho, es un individuo amoral, un persigue faldas y un explotador. Creo que los que hemos tenido la suerte de ser bendecidos con una fortuna debemos emplear mejor nuestra situación de poder.

—Don Antonio…

—¿Sí?

—No quisiera meterme donde no me llaman, pero aun siendo verdad eso que me comenta, ¿qué tiene que ver con su hijo o con usted? Una vez casados, su hijo y la chica harían su vida, ¿qué importa cómo sea el padre?

—No quiero que mis nietos tengan un abuelo así, no me veo de compadre con dicho tipejo.

—¿Y no se da cuenta usted de que, así de paso, destroza usted la vida de su hijo?

Don Antonio cierra los ojos, baja la cabeza y se frota la parte alta de la nariz con el índice y el pulgar, como el que sufre un gran dolor de cabeza.

—Pues claro, ¿se cree que no lo he pensado cientos de veces? Pero decidí actuar de esta manera y así seguiré. No quiero que mi hijo se vea atado de por vida a esa familia. ¿No ve lo que ha ocurrido? El hijo ha sido asesinado. Usted mismo dijo que los asesinos son gente de dentro.

—Vaya, ¿cómo sabe usted eso?

—Don Víctor, por Dios, esto es Oviedo. ¡Todo se sabe aquí!

—Sí, tiene usted razón, ya no recordaba cómo son estas pequeñas capitales de provincia.

Los dos hombres quedan en silencio durante unos segundos.

—Y usted, ¿no tuvo nada que ver en el asesinato?

Don Antonio alza la vista y mira con entereza al detective:

—Nada —responde.

Vuelven al silencio embarazoso.

—Mire, don Víctor, es cierto que mis relaciones con Férez no eran buenas, cierto es que pronuncié aquella maldita frase, de la que ahora me arrepiento, y dije que «alguien debía dar su merecido a ese mariquita». Sé que fue un error y no lo pensaba, de veras, lo dije en un momento de enfado. Yo me hice a mí mismo y aprendí a respetar a la gente por lo que es, no por lo que tiene.

—Sí, en las colonias, era usted de clase trabajadora y su esposa murió dejándole con un niño de pequeña edad, por eso, como había hecho dinero con el asunto de la minería, se vino a España.

Don Antonio da un respingo diciendo:

—¡Cómo sabe usted todo eso!

Víctor sonríe condescendiente.

—Es simple observación, no crea que nada extraordinario. Cuando se explica pierde su gracia.

—Por favor.

Víctor accede, aquel hombre le gusta.

—Bien, querido Antonio, bajo la manga derecha de su camisa, a la altura de la muñeca asoma un tatuaje con las iniciales R. A., no es habitual observar tatuajes en individuos que provienen de la alta sociedad. Así que eso me hace deducir que usted fue, en el pasado, pobre.

—Simple, pero demoledor.

—Su tez demuestra que ha pasado usted muchos años a la intemperie, muy probablemente en el trópico donde el sol cae a plomo, y es evidente que es usted hombre rico que no dispone de fábricas, minas o explotaciones agrícolas, podemos deducir que es rentista. Dado que no tardó mucho en volver de las colonias y que es inmensamente rico, y tras observar sus manos, robustas y acostumbradas a trabajar en un oficio enormemente duro, todo apunta a que usted descubrió alguna mina de valor, quizá de plata. Compraría usted una licencia y tras trabajar con sus propias manos durante los primeros tiempos, dio con el filón que le hizo rico.

—Podía haber tenido una plantación.

—Los colonos nunca trabajan en sus propias plantaciones, la mano de obra es muy barata en aquellas tierras pero es habitual que los mineros comiencen trabajando ellos mismos en su mina ya que nunca se sabe si va a dar beneficio a corto plazo y no hay banco que dé un préstamo como para poder contratar trabajadores en dicha actividad. Una plantación es otra cosa porque el banco sabe que el empresario recogerá beneficios en la siguiente cosecha.

Don Antonio Medina mira a Víctor sonriendo.

—¿Y lo de mi mujer?

—El segundo apellido de su hijo es Alemán, luego R. A. son las iniciales de su finada esposa. La sobreprotección a que somete usted a su hijo demuestra que le crió a solas desde niño y que usted amó mucho a su esposa. El nombre es cosa más difícil, acaso Ramona, Raimunda o Ruth.

—Ramona.

—Pues eso.

—Es usted bueno.

—Hago mi trabajo y pongo mucho interés, sólo eso.

—Usted resolverá este caso, ¿no es así?

—Hay un inculpado.

—¿El afinador? No haría daño ni a una mosca, pero lo han procesado por maricón, es evidente.

Víctor sonríe sin responder.

—¿No ve cómo funciona esto? Se busca un cabeza de turco, se le apaliza y éste confiesa. Pero el afinador no lo ha hecho. A esta gente le da igual, ¿no ve que a mí apenas me molestaron cuando pronuncié una frase que me hacía harto sospechoso? ¿Sabe por qué?

—Porque es usted rico.

—En efecto, y porque invierto el dinero del alcalde en bolsa. Sí, esa comadreja y un servidor somos socios en mis inversiones bursátiles. Es por eso que ni me molestan. Toda esa gente me da asco, créame.

—¿Por eso se junta usted con socialistas?

—¿Cómo?

—Sí, usted recibió en su casa a cierto periodista.

—Sí, claro, me lo encontré por esos caminos, él es muy aficionado a la naturaleza y yo andaba recogiendo feldespatos. Hablamos y me acompañó a casa donde le enseñé mi colección de muestras geológicas. No crea, es agradable encontrar de vez en cuando a alguien que comparte tus aficiones.

—¿No hablaron de cómo vengarse de Férez? Me consta que Hernández Gil ha estado revolucionando a sus obreros.

—Pues no, no hablamos de eso; si quiere, pregúntele a él.

Víctor se queda un momento en silencio, examinando a su interlocutor:

—¿Sabe, don Antonio? Debería usted replantearse lo de su hijo y Enriqueta Férez, puede usted destrozar dos vidas.

El otro permanece también en silencio por un rato y contesta:

—Esperaré a que resuelva usted esto y entonces, veremos.

—Me deja usted más tranquilo.

Víctor avisa entonces a Casamajó, que acude a acompañar

a su amigo al exterior. A su conversación con el tipo de pelo blanco se habían incorporado otros dos señores.

—Van a hacer los cuatro una partida. Ni he podido probar el coñac.

—Estaba muy bueno.

—¿Qué tal te ha ido?

—Bien, creo que es inocente.

—Pues uno menos, ¿no?

—Sí, uno menos. ¿Quién era ese caballero con quien has charlado tan animadamente? ¿Decías que fue tu jefe?

—Sí, fue regente de la Audiencia después de irte tú, no es amigo de trasnochar pero tenían acordada una partida de cartas, se llama Víctor Quintanar.

Don Agustín Casamajó recoge los documentos que quiere llevarse a casa y reordena su siempre caótica mesa. Es la hora de comer y está satisfecho. La entrevista de Víctor con el alcalde y el gobernador salió bien. Dentro de lo que cabe, claro está, y teniendo en cuenta lo que se puede esperar del detective en asuntos como aquél. Además, su mujer ha preparado cordero asado, que le encanta, y eso le hace feliz.

Le preocupaba mucho la reacción de Víctor al entrevistarse con los dos hombres más importantes de la ciudad pues conoce bien al detective; siempre ha sido un hombre de carácter fuerte, desde muy joven, y una palabra a destiempo podía dar al traste con todo el trabajo realizado si hacía enfadar a sus dos interlocutores.

Aun así, a pesar de esa pequeña victoria parcial, hay algo en su mente que le hace sentirse preocupado: el caso es una auténtica maraña de intereses, mentiras y sospechosos varios que va a ser difícil de desentrañar. Si alguien puede hacerlo ése es Víctor, no le cabe duda, pero comienza a pensar que el tiempo transcurrido desde el asesinato hasta que le avisaron ha podido ser crucial. Podría ser un asunto de conspiraciones socialistas, le consta que Víctor ya se vio en algo parecido con los icarianos cuando investigó la desaparición de don Genaro Borrás en Barcelona en el caso que la prensa local bautizó como «El Enigma de la calle Calabria», pero, por otra parte, don Reinaldo Férez parece un tipo con vuelta, un mujeriego y un mal hombre, un tipo ladino que atormentó a su hijo por su condición sexual cuando, a todas luces, él hace gala de una más que cuestionable doble moral. La desaparición de la niñera, Cristina Pizarro, apunta a que bien podía tener un «asunto» con ella. El hermano de la joven, Emilio, era un tipo de mal carácter, violento. Otro posible sospechoso. Igual los dos hermanos decidieron hacer chantaje a Férez y aquello precipitó ciertos acontecimientos. ¿Quién simuló el suicidio de la criada? ¿Quién escribió la nota falsa? ¿Quién es el tipo del pendiente que entró en la pensión a deslizarla en el chaleco de Navarro? ¿Por qué miente José Granado, el caballerizo? ¿Participó en el asesinato? Además, tenía un manual para hacer la revolución.

Otra vez volvía al mismo asunto, los socialistas. Aquello era una suerte de batiburrillo en el que uno volvía una y otra vez al mismo lugar sin aclarar nada. Quizá la idea de inculpar al afinador para que los verdaderos culpables se confiaran no era tan buena porque, a fin de cuentas, no tenían ni idea de quiénes eran. ¿Y si habían escapado? ¿Y si no realizaban ningún movimiento? ¿Y si seguían viviendo en Oviedo bajo una fachada respetable para siempre? ¿Quién o quiénes habían matado a Ramón Férez? ¿Por qué?

—¿Interrumpo? —pregunta una voz que le hace levantar la cabeza.

—¡Hombre, Castillo! ¿Qué tal vamos?

—Perdone, don Agustín, veo que ya se iba, pero querría hablar con usted unos minutos, si me permite.

—Claro, claro, siéntese y diga, diga.

—Se trata de su amigo, don Víctor —dice el alguacil—. No es que yo no le tenga fe, y ojo, sé que son ustedes uña y carne, pero comienzo a estar preocupado.

«Yo también», piensa para sí el juez, pero afortunadamente el policía continúa:

—El asunto ese de los obreros, el que se mostrara tan claramente partidario de su causa es algo que nos perjudica. Ya me han llamado la atención al respecto porque avisaron de lo sucedido desde la comandancia de la Guardia Civil.

—Me hago cargo. No estuvo afortunado, pero es un civil y puede hacer los comentarios que quiera.

—Estoy preocupado por el pan de mis hijos, y además, esta mañana…

El alguacil queda un momento en silencio, no se atreve a hablar.

—Diga, Castillo, diga.

—Pues esta mañana vi a don Víctor paseando y no sé decirle por qué, le seguí de lejos. Fue a la calle Cimadevilla y vi que se situaba frente a la imprenta Nortes.

«Ella», piensa el juez.

—Entonces, por un momento, pareció que iba a entrar, pero no. Se quedó quieto observando la puerta y entonces, de pronto, se giró y entró en la mercería que hay enfrente.

»Cuando salió, volvió a mirar la puerta de la imprenta, se paró unos segundos, y entonces siguió su camino enérgicamente. Yo, por mi parte, entré en la mercería y hablé con doña Patrocinio, la dueña. "¿Qué quería ese caballero?", le he preguntado directamente. "Pues una cosa muy rara, me ha enseñado una liga azul marino y me ha preguntado si tenía una como ésa", me ha contado la señora. Según dice ella le ha contestado que "dicho artículo no se vende por unidades sino por parejas", a lo que él ha replicado que "si había venido alguien a comprar una como aquélla o acaso un par".

—Qué raro.

—La mujer le ha dicho que no y nuestro amigo ha salido de la tienda dándole los buenos días. Y yo me pregunto: ¿no estará loco don Víctor? ¿Por qué hace esas cosas tan raras? ¿Por qué acude a comprar una prenda tan íntima de mujer? ¿Y una sola liga, además? ¿Quién compraría una sola liga? ¡Es absurdo!

Casamajó se queda pensativo por un instante y entonces, con aire reflexivo, junta las manos haciendo que las yemas de sus dedos se toquen:

—Mire usted, Castillo, si algo he aprendido de Víctor a lo largo de estos años es que su mente nunca descansa. Podríamos decir que nuestro hombre no da puntada sin hilo. Por alguna extraña razón él va siempre dos pasos por delante de todos nosotros y eso es lo que le hace único en su oficio. Si actúa así, algo bulle en su mente; no tema y déjele hacer, nos llevará a la solución del caso, cuando actúa de forma más extravagante es cuando ha encontrado el buen camino, créeme. De momento, sigamos con nuestra pequeña farsa.

21

Julia está limpiando las habitaciones de los huéspedes, apenas si ha tenido tiempo para comer. Toma la palangana con agua sucia donde se lava la cara don Cosme, el viajante, y sale al patio para tirar el agua y volver a colocar el recipiente en su sitio.

Cuando hace el ademán de lanzar el líquido hacia el pequeño huerto, la palangana resbala entre sus dedos y se le escapa impactando con el suelo para romperse en mil pedazos con estrépito. La cría se queda parada por un instante:

—¡Juliaaaaa! —escucha gritar a la dueña.

Los pesados pasos de doña Angustias, que corre hacia el lugar, resuenan sobre el suelo de madera de la posada. Julia, agachada para recoger los pedazos, ve aparecer a la dueña bajo el dintel de la puerta y, como temía, comprueba que lleva la vara de olivo en la mano.

—¿Qué has hecho, desgraciada? —grita a pleno pulmón.

—La palangana, se me ha resbalado y yo...

—¡Es de porcelana! —grita la arpía dando un paso al frente. La niña sabe que esta vez el castigo va a ser duro. El tipo que visita a su dueña todos los jueves por la noche no se presentó anoche y eso depara una doña Angustias más insoportable que nunca. Ya lo ha experimentado otras veces.

Cuando la dueña de la posada descarga el brutal golpe de su vara, Julia aprieta los labios para aguantar mejor el dolor. Pero no.

No siente nada. ¿Qué ha ocurrido?

Entonces levanta la vista y ve que el brazo echado hacia atrás de doña Angustias ha quedado paralizado, sujeto en el aire, sí. Al final de la vara hay otra mano que la retiene con fuerza y que ha impedido a su patrona descargar el golpe. Es la mano de Eduardo, que sujeta la rama de olivo, tira de ella y desarma a esa malnacida.

—Pero ¿tú quién te crees que eres? —grita totalmente fuera de sí la dueña de La Colunguera.

—Eduardo, me llamo Eduardo Ros.

—¡Devuélveme la vara!

—No —responde él muy serio—. No volverá a pegar a Julia con ella. Y no se lo voy a repetir más veces.

La niña vuelve a verlo muy guapo, es como un caballero andante, otra vez. El crío, apenas un vagabundo, se comporta con nobleza y valentía. Se enfrenta a aquella bruja como si no le temiera, como si no fuera nadie. Entonces toma la vara con ambas manos y la parte en dos haciéndola chocar con su rodilla.

—¿Cómo? —dice doña Angustias lanzando un guantazo al crío que éste esquiva ágilmente para empujar a su rival con la cadera y hacerla caer de boca en el suelo.

—¡Socorro! —comienza a gritar—. ¡Vagabundos! ¡Auxilio!

En ese momento, Eduardo, muy lentamente, se acerca a doña Angustias y, mientras que la ayuda a levantarse, le susurra al oído:

—No le interesa llamar la atención o todo el mundo sabrá lo de don Olegario que, por cierto, ayer no pudo venir a verla, ¿verdad?

La cara de la arpía queda demudada. Está blanca como la cera. Es como si el comentario del crío hubiera hecho blanco hundiendo a la mujer en lo más profundo.

—¿Ocurre algo, doña Angustias? —dice uno de los huéspedes que acaba de aparecer en la puerta.

—No, no, nada, nada, que me he caído y este joven me ha ayudado a levantarme. Estoy bien, gracias por interesarse. No pasa nada —miente la dueña de la posada, que no logra reponerse del inesperado zarpazo. ¿Quién es ese guaje? ¿Cómo sabe de don Olegario?

Eduardo espera a que el huésped desaparezca y ayuda a la señora a sentarse:

—Escuche bien lo que le voy a decir, so bruja, porque sólo lo voy a decir una vez. Esto se ha terminado, va usted a tratar con dignidad a Julia. Esto va a dar un cambio radical, ella irá por las mañanas a la escuela a partir de septiembre y por las tardes cumplirá con sus tareas aquí en la posada. Se han terminado los golpes, los exabruptos y los insultos. La primera vez que le hable usted mal o levante la voz, se encontrará con una inspección de Abastos por rebajar el vino con agua. A la segunda no seré tan benévolo y todo el mundo sabrá lo de don Olegario, ¿entendido?

La mujer mira al crío con la boca abierta, no sabe qué decir. Realmente aquello la supera, con creces.

—¿Hace falta que le recuerde que, aunque entrado en años, es hombre de Iglesia? —insiste ese niño mostrando un inusitado dominio de la situación para su edad.

La arpía queda callada por un instante, ¿cómo sabe aquel vagabundo todas esas cosas? Parece cosa del diablo.

—Sí, se pregunta cómo sé todas esas cosas, y le diré, aún sé más. Sólo hay que observar y moverse por las calles, tener oídos. Si le parece podría hablarle de la carne en mal estado que compra a Gilberto el carnicero; hasta el momento ha tenido usted suerte, pero no debería comprar esas piezas que ya nadie quiere mientras que usted se sopla sus buenos filetes, ¿sigo?

—No, no, no es necesario. Si yo siempre he tratado a Julia como una hija, ¿verdad, bonita? —La voz de doña Angustias suena falsa y quebrada por los nervios. Es evidente que Eduardo la intimida pese a su corta edad.

Julia no se atreve ni a mirar a su jefa, que parece otra persona.

—Recuerde, señora: ése es el trato, ni se le ocurra incumplirlo. Ahora ella y yo nos vamos a dar un paseo, llegará para la cena. Si hace o dice algo que me moleste, esparciré por Oviedo mil de éstas, recuérdelo.

Y dicho esto, el chaval que viste como un sucio vagabundo coge a la fregona de la mano y se pierden tras los manzanos. Doña Angustias lee una pequeña esquela hecha en imprenta que dice:

> Sepan todos ustedes que don Olegario, coadjutor de la parroquia de San Isidoro, visita todos los jueves por la noche a doña Angustias Cárceles, dueña de La Colunguesa. Pocos saben que esta arpía actuó como ama de llaves en el anterior destino de tan santo varón en Cuenca y que éste fue quien puso los dineros para que ella comprara la posada que regenta desde que llegaron a Oviedo. La próxima semana les hablaré de otros secretos sobre la adulteración de alimentos en la posada de la susodicha.
>
> La Mano Negra

Víctor Ros se ha acercado caminando hasta la vivienda colindante con la finca de los Férez. Quiere visitar a la pareja de ancianos que intimidara a doña Mariana por el asunto aquel de las margaritas y los cerdos. Todo apunta a que son una pareja encantadora de ancianos pero amenazaron con llamar a un familiar de Gijón, un marino, y bien podría ser el tipo del pendiente que Eduardo tanto ha buscado estos días sin éxito por Oviedo. Le consta que el crío no ha dejado taberna ni sidrería por visitar, pero no hay ni rastro de alguien así en la pequeña ciudad.

—Buenos días —dice saludando al abuelo, un tipo rechoncho, calvo y con el pelo que queda a los lados de las sienes y en la nuca, demasiado largo, blanco y enmarañado—. ¿Es usted el señor Ferrández?

El abuelo anda enfrascado con una tomatera, así que intenta ponerse recto haciendo que crujan todos sus huesos y provocando en Víctor una mueca de dolor y desagrado. Junto a él, aquí y allá, pulula libremente una piara de cerdos que no asaltan el pequeño huerto de los viejos porque está protegido por una valla.

—¿Quién lo pregunta? —dice el vejete, que parece un verdadero cascarrabias.

—¿Quién es, Remigio? —pregunta una abuela que aparece en la puerta de la casa.

Se parece a su marido como si fueran hermanos y aparenta tener peor carácter aún que su esposo.

—No sé, Nicolasa, ahora te digo.

—Perdonen, me llamo Víctor Ros y vengo de Madrid, soy detective privado e investigo...

—¡Codringtooooon! ¡Salte de ese *sembrao* a la de ya! —grita el vejete fuera de sí a uno de los cerdos tras el que ya corre la abuela con una agilidad pasmosa.

Una vez espantado el gorrino, los dos se giran y vuelven a prestar atención al detective.

—¿Decía usted? —apunta la vieja.

—El Collingwood parece que se está quedando en los huesos —dice entonces el abuelo mirando a uno de los cerdos. Es como si Víctor no existiera.

—¿El Collingwood? —pregunta Víctor sorprendido.

—Sí, es ése, el de la mancha negra en los cuartos traseros —dice la anciana muy orgullosa—. Estaba muy hermoso pero últimamente está mustio. Lo lleva loco la Haargod.

—Una cerda —responde Víctor.

—Pues claro —dice el abuelo mirándole como si fuera tonto—. ¿Qué iba a ser si no? ¿Una marquesa?

Los dos abuelos estallan en una carcajada por la ocurrencia.

—¿Y todos sus cerdos se llaman así? —pregunta Víctor perplejo. Aquellos dos son, sin duda, digno objeto de estudio.

—Claro, ése es el Nelson, el más gordo, y aquél es el Richard King y ésa la Hope.

—Pero ésos son nombres de capitanes de barco ingleses en Trafalgar... —dice Víctor sorprendido.

—¡Pues claro! —responde el viejo.

—Mira el joven éste qué listo nos ha salido, uno que al menos conoce la historia —dice ella.

—Ya, ya —apunta Víctor—, pero ¿por qué les llaman así?

—¡Porque odio a los ingleses! Y porque un servidor quiso ser marino pero mi padre no me dejó, ¡por eso!

Víctor sabe que tiene que ocultar su admiración por Inglaterra y sus avances si quiere sacar algo en claro de aquellos dos locos, así que disimula.

—Sí, sí —se escucha decir—. Esa pérfida Albión.

—¡Exacto! —exclama el abuelo.

—El caso es que investigo la muerte del hijo de los Férez —dice cambiando de tema.

—¡El invertido! —grita la abuela.

—Ya, bueno, sí. Pero yo querría hacerles unas...

—¿Quiere usted un té? —grita el viejo, que parece medio sordo. Es imposible hablar con aquellos dos. Tener una conversación medianamente normal con ese matrimonio es una tarea numantina, es obvio que no se puede conseguir. ¿Cómo iban a hilvanar un plan como el que desarrollaron los asesinos para acabar con Ramón? ¿Cómo iban a falsificar nada aquel par de locos o «suicidar» a la criada? Está claro que son inofensivos.

—Perdonen —se escucha decir a voz en grito—. Tienen ustedes un sobrino marino en Gijón, ¿verdad?

—¡Sí, señor, y muy buen mozo que es! —grita ella.

—Ya, ya, me lo imagino. ¿Y por casualidad no llevará un aro en la oreja?

—Pero ¿qué dice? ¿Un aro? ¡Ni que fuera una mujer! Eso es cosa de afrancesados o de piratas. Antes se hacía, sí, cuando se bordeaba el cabo de Hornos, pero ahora no. Aquellos marinos, ¡los de mi época!, ésos sí que tenían cojones —dice el viejo, que vuelve a alterarse sin motivo aparente.

—Entonces ¿no lleva un pendiente? —insiste Ros.

—Pero ¿no le ha dicho mi marido que no, hombre de Dios? ¡Estos jóvenes de hoy en día son todos lentos de entendederas! —clama al cielo la mujer entre aspavientos.

—Sí, claro, perdonen, estoy un poco tonto. Bueno, pues voy a seguir con mi camino, ¡a la Paz de Dios! —grita Víctor a los abuelos a modo de despedida, pero éstos ni le ven, enfrascados ahora con algo que un cerdo se ha metido en la boca.

—Jesús —se escucha decir a sí mismo mientras retoma el camino para volver.

22

Justo cuando pasa por delante de la casa de los Férez, Víctor se encuentra con que doña Mariana Carave le está esperando. Lleva su pelo rubio recogido en un larga cola de caballo y resplandece hermosa al sol pese a vestir de luto. Cuando el detective llega a su altura, la mujer le recibe con su mejor sonrisa.

—¿Ya ha hablado con ellos? —dice sin llegar siquiera a saludar.

Víctor asiente y se quita el sombrero diciendo:

—Buenas tardes, doña Mariana.

—Buenas tardes. ¿Qué le han parecido?

—Pues, si se me permite decirlo, están como una cabra, pero me temo que esos dos son, a buen seguro, inofensivos.

Ella sonríe.

—¿Sabía que han bautizado a sus cerdos con nombres de capitanes británicos que lucharon en Trafalgar? —apunta el detective.

Ella estalla en una carcajada.

—No, no lo sabía —contesta.

—No son las personas que buscamos.

—¿Y cómo son esas personas, las que buscamos?

Víctor se lo piensa, por unos segundos, mientras que juguetea con su sombrero entre las manos turbado como un adolescente, entonces habla:

—Sabemos que hay más de un asesino, como mínimo dos personas. Uno al menos debía de pertenecer a su casa, sino los dos. Prepararon el asesinato con tiempo, a sangre fría y son gente inteligente que supo desviar la investigación hacia Carlos Navarro, el afinador.

—¿No cree que él sea el culpable? Mi marido está exultante al ver que lo han procesado.

—Sí, es una posibilidad —comenta Víctor como pensando en otra cosa.

—¿Sabe? —dice la dama—. Me alegra que esos vejetes, «mis enemigos», parezcan inocentes a sus ojos. Creo, como usted, que son inofensivos. Debo confesar que cuando sus cerdos atravesaron el seto que separa nuestra finca de su terreno y se comieron mis margaritas monté en cólera. Las había cuidado con esmero durante mucho tiempo y estaban hermosísimas, ya se hará usted cargo: echar margaritas a los cerdos…

—Sí, es un mal negocio, no hay duda.

—Pero a raíz de lo de mi hijo comprendí que había cosas más importantes y que esto era una nadería. Son dos pobres viejos que no hacen mal a nadie, bueno, a mis margaritas, sí, claro, así que decidí que era mejor cambiarlas de sitio. Empezaré de nuevo en el punto más alejado de su cerca, allí.

—Buena decisión. Parece usted una mujer muy razonable.

—Gracias.

—No termino de verla con su marido.

—¿Cómo dice?

—Sí, don Reinaldo no es precisamente hombre de buen carácter: según veo, ha tenido problemas con Medina, con su propio hijo, con sus mineros... No parece hombre sociable y tiene muchos enemigos. ¿Cómo ha soportado usted todos estos años?

—Porque quiero a mi marido, don Víctor. Está usted casado, ¿verdad?

—Pues claro.

—¿Y acaso no tiene su mujer pequeñas imperfecciones?

Víctor piensa en la obsesión de Clara por el sufragismo y los muchos líos en que le ha metido por ello.

—Sí, pero muy pocas. Nada comparado con las mías.

No se atreve a decirle que los pocos defectos de su esposa no son nada comparados con la conducta inmoral de que hace gala su marido tanto como padre, marido o empresario.

Ella sonríe.

El detective la mira detenidamente y repara de nuevo en que su pelo, dorado, brilla espléndido al sol; sus hermosos ojos entre verdes y marrones, quizá color miel, y su boca, grande y perfecta, ejercen un influjo hipnótico sobre él. Decididamente algunos no se merecen la suerte que tienen. Por un momento, duda si hablar con ella de lo que ha averiguado esta mañana, vía telégrafo, sobre el pasado de la familia. Pero seguro que ella lo sabe. Decide probar en otra dirección.

—¿Sabe usted dónde puede haber ido su institutriz?

—No tengo ni idea. Según creo era de Logroño.

—Sí, claro, es lo más lógico que haya vuelto a su tierra. Bueno, si me permite, tengo que volver a mi posada. Buenas tardes, doña Mariana.

—Buenas tardes, Víctor —dice ella volviendo al interior de su parcela.

Cuando Víctor llega a la posada La Gran Vía, se encuentra con un tipo que le espera en la puerta. Es de estatura mediana, delgado y viste como él: polainas, pantalón color caqui y chaqueta de cazador. Lleva un sombrero de ala ancha color verde y parece un excursionista. Al verle llegar, el desconocido se quita el sombrero y pregunta:

—¿Don Víctor Ros?

El detective mira a los ojos del desconocido, entre verdes y azules, llamativos, y contesta:

—Supongo que es usted don Vicente Hernández Gil, ¿no?

—Para servirle —responde el otro.

—Pues precisamente estaba muy interesado en hablar con usted —dice Víctor, mirando su reloj—. Aún queda un poco para la cena. Pero pase, pase y tomaremos un orujo. Un reconstituyente viene bien después del ejercicio.

Una vez sentados a una mesa de la posada y mientras espera que Eduardo vuelva, se lave, se vista y le informe durante la cena, Víctor aprovecha para hablar con el periodista frente a las dos copas de licor:

—Usted dirá, don Víctor. Aquí me tiene a su entera disposición.

—No ha perdido usted el tiempo en su visita a Asturias, don Vicente.

—Para eso me paga mi periódico.

—Sí, para escribir pero no para agitar.

—He oído que cierto detective arengó a los huelguistas de la mina de don Reinaldo. No creo que sea usted el más indicado para hacerme ese tipo de reproches.

—*Touché* —dice Víctor.

—Todo el mundo sabe que usted simpatiza con nosotros —prosigue el periodista, seguro del terreno que pisa. Víctor sabe por experiencia que los plumillas están siempre muy bien informados, no en vano es su trabajo saberlo todo. Algunos de ellos, en Madrid, valen más por lo que callan que por lo que en realidad cuentan en sus periódicos.

—Un momento, amigo —dice el detective levantando la mano—, que yo simpatice con ciertas ideas, que no le diré que no, no quiere decir que esté dispuesto a cambiar las cosas por medio de una revolución, ¿me entiende? Las bombas, los atentados y la violencia no son mi camino.

—Sí, comprendo, es usted un moderado —responde Hernández Gil con cierto desprecio.

—Mire, pollo, no me venga con aires de revolucionario. Yo he hecho más por cambiar esta sociedad en que vivimos durante años de lo que usted va a hacer en toda su vida, pero conozco España, querido amigo, y las fuerzas de la reacción son aquí muy poderosas. Tenemos que hacer los cambios gradualmente, desde dentro. Los intentos de revolución no hacen sino fortalecer la postura de los terratenientes, de los sectores más conservadores del clero y del ejército, ¿comprende?

—No sé, soy partidario de la acción directa.

—Como asesinar al hijo de un propietario que maltrata a sus mineros.

Vicente Hernández Gil estalla en una carcajada. Entonces, con semblante reflexivo, saca algo de su bolsillo.

—Mire —dice arrojando un billete de tren a su nombre sobre la mesa—. Nadie se ha parado a comprobar que llegué el día después del asesinato.

Víctor se queda parado y con cara de sorpresa.

—Vaya, ¿no lo sabía? —El periodista parece divertido—. Creo que deberían ser ustedes más meticulosos con su trabajo.

Es la segunda vez que aquel tipo le enmienda la plana, así que el detective contesta visiblemente molesto:

—Me llamaron más de dos semanas después del crimen, no hice el trabajo previo de campo. Éste es un dato que no se me hubiera escapado. Pero, aun así, se le ha visto a usted en casa de Medina. ¿Tramaban algo?

—Mire, don Víctor, yo no sabía nada de la animadversión entre don Reinaldo y don Antonio. Simplemente me encontré a Medina por el campo recogiendo feldespatos. Hablamos de fósiles y de minerales y me invitó a ver su colección, ya está. No hay más.

Víctor comprueba que, al menos, las versiones de ambos coinciden.

—¿Conoció usted al caballerizo de don Reinaldo?

—¿A quién? —contesta el periodista con cara de no saber de quién le hablan.

—El caballerizo de la casa de los Férez es uno de los sospechosos del crimen. Mataron al joven en las caballerizas, a un par de metros de su cuarto y dice no haber escuchado nada.

—Verá, don Víctor, sé que ese asesinato tiene en ascuas a toda la ciudad de Oviedo, pero debo confesarle que no me he interesado por el tema porque desde que llegué aquí no he parado. He venido a trabajar y estoy recorriendo la provincia de cabo a rabo, escribiendo mis artículos y hablando con la gente. No conozco los pormenores del caso.

—Ese caballerizo se escondía bajo el nombre falso de Alberto Castillo, aunque su verdadero nombre es José Granado, ¿le suena?

—No, en absoluto.

—¿No le pasó usted un libro, un manual revolucionario, impreso en la imprenta Nortes?

—¿Cómo dice? No, si no sé de quién me habla.

—Pero conoce la imprenta.

—Pues claro, es el primer lugar al que me dirigí al llegar

aquí. Allí tomé contacto con los compañeros de Oviedo. Pero no conozco a ese… José…

—Granado.

—Eso, Granado. Puede preguntar en la misma imprenta. Allí me reuní con tres o cuatro compañeros de aquí; don Pedro Alarcón, que es profesor de la Universidad, podrá ratificarlo.

—Le conozco. Es hombre cabal.

—Pero no he conocido a ese caballerizo y mucho menos le he suministrado ningún libro, tiene mi palabra. No sé si habré hablado con él en algún momento en alguna taberna, pero he hablado con mucha gente aquí, es mi trabajo, preguntar, indagar, en cierto modo como el suyo.

Se hace un pausa en el diálogo que Víctor aprovecha para llenar de nuevo los vasos. Entonces añade:

—Ha estado usted sublevando a los mineros de don Reinaldo.

—¿Y?

—Que parece usted tenerle cierta tirria.

—No es nada personal. No es el único con el que me he enemistado por aquí. Mire, Víctor, el *Heraldo* me envió para escribir una serie de artículos sobre Asturias. ¿Por qué cree que ésta es la zona de España donde más están enraizando las ideas de Carlos Marx?

—Por las condiciones en que viven sus trabajadores.

—Exacto. Y no sólo me he movido por las minas, he escrito sobre la salubridad de las infraviviendas en que viven los trabajadores, sobre las condiciones que imponen los grandes terratenientes a sus arrendatarios y sobre lo dura que es la vida de los pescadores, ¿comprende? La mía es tan sólo la obligación del notario de la actualidad, del escribiente que refleja lo que sucede para que quede constancia de ello y para que personas de Madrid, de Barcelona o Valencia sepan cómo se vive aquí.

—Y organizar el embrión del partido socialista en Asturias.

—No le negaré que aquí los compañeros ya están bastante bien organizados, pero mire, le comentaré algunos detalles de mi próximo artículo. ¿Sabe usted cuánto ganan los picadores en la mina de ese explotador de don Reinaldo?

—Pues no.

—Cinco pesetas. ¿Y las mujeres? Uno cincuenta. ¿Y los niños, los guajes, como les llaman aquí, que deberían estar en la escuela? Uno veinticinco. Todos ellos viven en unas viviendas que alquila el patrón y que están a dos o tres kilómetros de la mina, infraviviendas. La habitación de cuatro departamentos les cuesta nada menos que diecisiete cincuenta, y el jabón, que es imprescindible para quitarse la mugre de la mina, está a cero ochenta el kilogramo. ¡Y necesitan mucho! Los productos alimenticios, que han de comprarse por fuerza en el colmado del patrono, son carísimos y hay un desequilibrio entre el jornal percibido y el coste de la vida que empuja a los mineros a la miseria. ¿Sabe cuántos días laborables tienen al año si quitamos las fiestas religiosas?

—No, no lo sé.

—Doscientos ochenta y cinco. He hecho todos los cálculos. Digamos que una familia integrada por un varón, una mujer y un niño, trabajando los tres en la mina, ganarían al año unas dos mil cuarenta y seis pesetas. ¿Y sabe cuánto importan los gastos?

—Usted dirá.

—¡Dos mil trescientas ochenta y siete pesetas!

Víctor no se puede contener y exclama:

—¡Miserables! Acaban el año debiendo dinero al patrón.

—¿Ve? Y no he tenido en cuenta otros gastos como ropa,

calzado (muchos niños van descalzos), el carbón o la luz. O sea que trabajando en un oficio espeluznante, horrible, y que algún día el ser humano habrá de abolir, cada familia acaba el año con un déficit de...

—Unas quinientas pesetas —sentencia Víctor.

—En efecto. ¿Y todavía cree usted que soy demasiado radical? ¿Acaso no es eso esclavitud encubierta? ¿Qué digo encubierta? ¡Esclavitud! Sé que se dice por ahí que he venido a agitar, pero no es así, créame, sólo quiero que esto se sepa en Madrid.

Víctor se queda en silencio y vuelve a servir dos copas más de orujo. Necesita un trago. Decididamente, a veces no le gusta el país en el que vive. Vicente Hernández Gil, un buen tipo, toma de nuevo la palabra:

—Pasado mañana me han invitado a visitar una mina, por dentro; voy a escribir un artículo al respecto. ¿Querría usted venir?

—Por supuesto —contesta rotundo el detective.

23

Eduardo y Julia corretean por Oviedo durante toda la tarde. Ella se siente libre, apenas si puede salir de la posada más que a hacer algún que otro recado y la ciudad le parece populosa y llena de colores. Es distinto cuando se recorren las calles sin nada que hacer, jugando, corriendo y disfrutando de los olores, de los rincones de aquel hermoso lugar. Al menos cuando no llueve y el sol brilla colándose entre los soportales de la plaza del Fontán, por donde los dos críos pululan entre los puestos de los paisanos que venden leña, grano, loza, zapatos y cerdos. Cada plaza de la ciudad tiene su cometido y las mercancías han de venderse donde corresponde.

Eduardo, acostumbrado a una ciudad tan grande y avanzada como Barcelona, se ha hecho con Oviedo en apenas un par de tardes. Toma a la niña de la mano y a todo correr la lleva a la calle de los Huevos, junto a la plaza de Trascorrales, muy concurrida pues la gente comienza a salir a pasear. Allí compra dos huevos a los que hacen un agujero para sorber su contenido con fruición. Les saben como si fueran un auténtico manjar.

Nadie repara en dos niños que pasean solos por la ciudad, hay multitud de pandillas de críos que recorren las calles arriba y abajo o que se acercan a los campos y huertas que circundan Oviedo para vivir aventuras, jugar a piratas o a la guerra. El chico, que dispone de algunas monedas, compra un cuartillo de leche que los dos beben manchándose el bigote de blanco.

—¿De dónde sacas todo ese dinero? —pregunta ella mientras caminan ya por la plaza de la Catedral.

—Me lo da mi padre, para que pueda hacer averiguaciones, ya sabes. A veces hay que engrasar la maquinaria —dice él con toda naturalidad.

Ella no ha entendido que es eso de «engrasar la maquinaria», pero no pregunta por no parecer demasiado tonta.

Se acercan caminando a La Picota, junto a la Universidad, donde se vende sidra, ropa y muebles viejos, y se pierden entre los artículos para sentarse en dos sillas muy altas de las que les cuelgan los pies. Están frente a frente y sus rodillas se tocan.

—¿Cómo supiste todo eso?

—¿El qué? —responde él.

—Lo de mi patrona, lo del hombre ese que viene a verla, y lo de la carne, y…

—Chis —chista él poniendo su índice en los labios de la niña. Son rosados, grandes y hermosos.

—Eres muy guapa, Julia.

—Tengo la cara sucia.

—Y a mí no me importa —dice él.

—¿Cómo lo supiste?

—Sé muchas más cosas de la gente de Oviedo. Los críos como nosotros, los guajes, como les llamáis aquí, somos invisibles para los adultos. En cualquier pueblo de España hay niños en la calle, mendigando; mi padre dice que todos deberían estar en la escuela y que el día que ocurra, éste será un gran país.

—Tu padre debe de ser un gran hombre.

—Lo es.

—Pero ¿cómo te enteras de todas esas cosas?

—Es fácil, hay que saber moverse por los ambientes adecuados, poner la oreja…

—¿Poner la oreja?

—Sí, Julia, escuchar. Entrar en las tascas, en los cafés o aquí, en las sidrerías, hacerse el despistado como que vas mendigando. Por ejemplo, de limpiabotas se entera uno de todo. Sólo hay que estar atento.

—¿Y has averiguado todo eso por mí?

—Por ti haría lo que fuera —se escucha decir él.

Entonces se miran a los ojos y acercan sus cabezas, muy despacio, poco a poco.

Y se besan.

Eduardo cierra los ojos y desea que el tiempo se pare en aquel mismo momento.

Querida Clara:

Te escribo desde nuestras habitaciones en mitad del silencio de la noche, disfrutando de las frescas noches de Oviedo y mientras escucho a Eduardo roncar rendido en su cama. No creas, se está haciendo un hombre y me es de mucha ayuda. Creo que se ha enamorado de una cría de aquí, algo me ha contado de que corretean por las calles aunque la niña es explotada en una posada de la zona por una arpía que, a tal efecto, la sacó del hospicio. Parece ser que es huérfana, como él, y han hecho muy buenas migas.

Por lo demás todo sigue enmarañado como te conté en mi carta anterior. Hemos llevado a cabo una treta, que Casamajó inculpe al afinador de pianos, Carlos Navarro, para que los verdaderos culpables se sientan tranquilos y cometan algún error al verse libres.

Te echo mucho menos y sobre todo necesito el enfoque que siempre das a mis casos, tu punto de vista me ayuda en muchas ocasiones a dar con el quid de la cuestión y es que, aunque he encontrado varios hilos que parecen interesantes, no consigo hacer que todas las piezas encajen.

Comenzaré por enumerarte los sospechosos que me parecen, sin ninguna duda, inocentes: primero están los vejetes de los cerdos, dos locos incapaces de llevar a cabo un plan tan maquiavélico. Luego el afinador, si alguien se tomó tantas molestias para inculparle parece evidente que es inocente. Además, pasó mi prueba de «detección de mentiras» perfectamente. En mi carta anterior te hablé de un periodista, Vicente Hernández Gil, que ha resultado totalmente ajeno al crimen también, o eso me parece. Nadie se había molestado en comprobar hasta ahora que llegó a Oviedo el día después del asesinato. Así son las cosas en un lugar pequeño y provinciano como éste. Un lugar seguro, agradable para vivir pese a la lluvia, pero propenso al chismorreo, a la acusación fácil y a destiempo, a la falacia. Ha cambiado un poco pero la encuentro muy parecida a la ciudad que conocí cuando era joven e inexperto. Aquí da la sensación de que nunca pasa nada. A pesar de ello soplan vientos de cambio: los obreros, agricultores y pescadores comienzan a revelarse contra las condiciones de vida que imponen su patronos, para los que trabajan en régimen de semiesclavitud. A veces me arrepiento de haber desarticulado aquella banda en mi juventud; sí, bien es cierto que eran unos radicales que atentaban, robaban y secuestraban, pero es que clama al cielo ver cómo viven los trabajadores aquí.

He averiguado algunas cosas que mañana pondré en claro con Casamajó y Castillo. Detecté una pequeña mentira de la familia Férez sobre la muerte de la primera esposa de don Reinaldo, así que telegrafié a Alicante a un amigo de la policía, Paco Rodríguez, que me contestó esta mañana. La mujer de Férez no murió como había contado la familia de tuberculosis, sino demente en un manicomio. Los dos hijos que siguieron a Ramón, el joven asesinado, murieron de niños y el propio chaval era débil y enfermizo. Tengo una idea al respecto que debo confirmar.

El cabeza de familia es hombre libertino y sin escrúpulos, trata a sus trabajadores como a escoria y es, con toda seguridad, un mujeriego impenitente. Su mujer, una auténtica belleza, vive todo esto con resignación pero me consta que no soportaba a la niñera. Todo apunta a que el dueño de la casa tenía un *affaire* con la misma, Cristina Pizarro, una joven bella e inteligente cuyo hermano —un verdadero botarate— vivía en una casa aislada dentro de la enorme finca de los Férez. La desaparición de la niñera apunta en esa dirección: a buen seguro que se veía con el señor y fueron descubiertos o él la sobornó para que se esfumara. Me parece lo más lógico teniendo en cuenta que a mi llegada los detalles de su idilio bien podían salir a la luz. ¿Tiene esto algo que ver con la muerte del chico? Podría ser.

Por otra parte, sé que el caballerizo miente, en la noche de autos dice no haber notado nada mientras dormía en las caballerizas y asesinaban a su señorito. Yo sé que es falso. ¿A quién encubre? ¿Quiénes eran sus cómplices? Bien podría ser la criada que se suicidó, oportunamente, y con el anillo del muerto en la mano. Supe desde el primer momento que alguien la había matado. Es evidente que nos enfrentamos a personas que operan desde dentro de la casa. Todo apunta a la niñera, una mujer dócil, eficiente y responsable pero que desapareció en el momento crítico. También he pedido ciertos informes respecto a ella que están tardando más.

Estoy realizando ciertas gestiones para determinar si el caballerizo participó en este negocio por asuntos de faldas o bien por ideología, no en vano hallamos un texto revolucionario en su cuarto. Creo necesario hacerlo porque hoy por hoy es nuestro principal sospechoso. No olvido que el patriarca, don Reinaldo, guarda también secretos inconfesables que, a buen seguro, le habrán producido graves problemas en el pasado. En suma, que he descartado algunos sospechosos pero esto sigue muy, muy liado. Hemos hecho ver que me quedo en Oviedo disfrutando de unos días de asueto. No sería mala idea que te reunieras conmigo. Pasaríamos una semana de luna miel. Ya me dices.

Tuyo afectísimo,

Víctor Ros

PD: Eduardo sigue buscando con denuedo al tipo aquel que deslizó la nota inculpatoria en el bolsillo de Navarro. Ese hombre, el del aro en la oreja, bien que podría darnos el nombre de los verdaderos culpables.

24

Patro, la cocinera de los Férez, se sorprende sobremanera cuando ve aparecer en la cocina a ese detective del que todo el mundo habla. Está pelando patatas para el guiso de la comida y de pocas se corta un dedo al ver entrar a tan distinguido caballero. Se dice por ahí que lee el pensamiento de la gente, que no se le puede mentir, así que, sin quererlo, se pone nerviosa. Ella apenas si sabe leer y teme que las preguntas del recién llegado puedan ponerla en un aprieto. Lleva sirviendo desde niña y sabe, por experiencia, que cuanto menos se cuente sobre la familia a que una sirve, mejor.

—Buenas —dice el caballero—. Es usted doña Patrocinio, ¿no?

—Sí, sí —contesta ella muy azorada—, pero llámeme usted Patro, señorito.

—Pues llámeme usted Víctor y no señorito, ¿de acuerdo?

La mujer asiente e invita al detective a tomar asiento frente a la enorme mesa de cocina.

—Usted dirá, don Víctor.

—Patro, lleva usted mucho tiempo al servicio de sus señores, ¿no es así?

Ella asiente.

—Desde que vivían en Alicante, ¿no?

—En efecto, entré a servir en esta casa con veinte añitos.

—Bien, bien. Es usted la más antigua del servicio.

—Y los señores me lo agradecen mucho. No tengo queja ninguna.

—¿Recuerda usted la noche del crimen? ¿Qué hizo usted?

—Sí, me acuerdo muy bien. Me fui pronto a la cama, todos los días me levanto a las cinco y media para ordeñar las vacas y comenzar a preparar los desayunos y eso me hace tener que acostarme muy pronto.

—Ya, ¿se durmió usted enseguida?

—Suelo hacerlo, llego muerta a la piltra.

Víctor sonríe por el lenguaje de la sirvienta.

—Supongo. ¿Escuchó usted algo aquella noche? Ya sabe, gritos, golpes, algo que se saliera de lo normal. Estamos en mitad del campo y esto debe de ser muy silencioso.

—No, nada, suelo dormir como una ceporra. Ésa es mi vida, don Víctor, trabajar como una burra y dormir, trabajar como una burra y dormir, y así *ende* que me recuerdo.

Víctor pone cara de pensar, está valorando cómo acometer el asunto que, de verdad, le ha llevado allí.

—¿Conoció usted si el caballerizo tenía amoríos?

—Es buen mozo, supongo que algo tendrá.

—Ya, pero, ¿le consta a usted?

—No sé nada de eso. ¿En la casa?

—Sí, usted lo ha dicho: es buen mozo y aquí había dos criadas y una institutriz. No hubiera sido raro que se entendiera con alguna de las mozas que tenía alrededor.

—No, no, eso le habría costado el despido —contesta Patro con rotundidad.

—Ya. Y... ¿con otras?

—¿Conmigo? —dice ella haciéndose la ofendida.

—No, no, mujer, con usted, no. Bien a la vista queda que es usted una persona decente. Con otras...

La mujer queda pensativa por un instante y entonces abre los ojos como platos:

—¿La señora? —Se santigua—. Quite, quite, ¡es una santa! La señora nunca haría algo así, esté usted seguro. Sólo piensa en sus hijos y en su marido, como debe ser.

Nuevo silencio.

—Usted se encarga también de la colada, ¿no? —pregunta el detective cambiando de tercio.

—Sí, así es.

—Ésta es una pregunta delicada pero debe usted contestar; un detective es como un médico o un cura, siempre hay que decirles la verdad, ¿comprende lo que le digo, Patro?

—Sí, claro.

—El secreto profesional me obliga a no desvelar nada de lo que me cuentan, ¿entiende?

—Por supuesto.

—¿Alguna de las damas de la casa ha perdido en los últimos tiempos una liga?

Patro pone mala cara. Está incómoda, es evidente. Víctor la recrimina con la mirada y guarda silencio, espera que ella ceda y cuente lo que sabe:

—Sí —dice Patro.

—¿Quién?

—La joven dama, doña Enriqueta.

—Vaya, la hija de don Reinaldo. Ahora encaja todo.

Víctor vuelve a quedar pensativo por unos instantes y termina preguntando:

—Patro, ¿por casualidad no recordará usted de qué color era la liga?

—No lo sé, creo que azul, a lo mejor granate.

—Piense Patro, piense. Es importante.

—No lo sé, era de un color oscuro, seguro.

—¿Y cómo se dio cuenta?

—Pues cuando fui a lavar vi que sólo había una liga, no un par, me dirigí a la señora pero no eran suyas, así que me envió a la señorita, que buscó y rebuscó pero no halló la otra. Ahora que lo dice usted... se puso muy colorada, si se me permite decirlo.

—Vaya.

Víctor nota que la mujer se siente incómoda, no quiere desvelar nada que perjudique a sus señores. Debe andarse con tiento.

—La anterior esposa de don Reinaldo... —comienza a decir.

—¿Sí?

—Murió.

—Dios la tenga en su gloria.

—En un manicomio —dice el detective de pronto.

La cocinera queda parada, con los ojos muy abiertos:

—¿Cómo sabe usted eso?

—Es mi trabajo, y recuerde que, si me miente, lo sabré. Podría procesarla por entorpecer a la Justicia.

La pobre cocinera siente que le tiemblan las piernas. Es verdad lo que se dice, aquel hombre lee las mentes de la gente. Es algo antinatural y da miedo. No debe engañarle.

—Usted dirá —dice muy resuelta a contar lo que sabe.

—Ramón, el joven asesinado, fue siempre un niño enfermizo, ¿verdad?

—Sí, costó mucho sacarlo adelante.

—¿Hubo más hijos de la primera esposa?

—Sí, fallecieron tres criaturas. Antes de nacer, otras tres.

—Vaya, tres abortos. No contaba con eso también. Veamos, Patro, yo le diré cómo fue la infancia de Ramón: tenía siempre como mocos, una solución nasal acuosa, erupciones en las plantas de las manos, como ampollas que se extendían a las manos, unas manchas con color de cobre en las plantas de los pies, a veces tenía fiebre y en sus primeros años no ganaba casi peso, ¿correcto?

—¡Jesús, María y José! —exclama la cocinera santiguándose—. Pero ¿cómo puede usted saber todo eso? ¡Ni que hubiera estado usted allí!

Víctor sonríe satisfecho.

—Bien, bien, me es usted de mucha ayuda.

—Y yo que me alegro.

—Otra cosa, la criada que se suicidó, Micaela…

—Usted dirá.

—¿Sabría usted decirme si tenía problemas?

—Que yo sepa, no.

—¿Amoríos? ¿Podía haber entablado relaciones con el caballerizo?

—No, se llevaban bien, eso sí. Pero él era muy correcto con nosotras, nada más.

—¿Sabe usted si la joven llevaba un diario?

—Creo que sí.

—Interesante. ¿Lo ha vuelto a ver tras su muerte?

—El señor de la casa me dijo que había mandado enviar sus cosas a su familia.

—Ya. —Víctor sabe por la otra criada, Faustina, que el diario de la criada no estaba entre los enseres que se enviaron a la familia de la finada.

—¿La observó usted triste en los últimos tiempos?

—Todos estábamos muy afectados por la muerte del señorito y supuse que era por eso, pero, la verdad, desde que ocurrió lo de don Ramón, estaba muy rara. La vi llorar varias veces e incluso creo que bajó a Oviedo a confesar.

—¿A confesar? ¿Sabe usted con quién? —Víctor da un respingo en su silla.

—Sí, con don Celemín, un cura joven de San Isidoro que confiesa igual a criadas que a señoras, dicen que es hombre muy liberal.

—Es suficiente, gracias.

Cuando se levanta, antes de irse, se gira y, mirando a los ojos a la pobre mujer, Víctor Ros añade:

—Patro, una cosa más. Usted ahora tiene…

—Cuarenta y nueve.

—Cuando era joven y entró al servicio de esta casa. ¿Fue usted molestada por su señor?

La mujer mira al suelo avergonzada.

—Sabe que no puede engañarme.

El silencio se hace, ahora más que nunca, embarazoso.

—Se metía en mi habitación todas las noches —dice ella totalmente colorada.

—Muchas gracias y descuide, su secreto está a salvo conmigo.

Son más de las ocho de la tarde cuando Víctor hace entrada en el Café Español donde Casamajó le aguarda con una buena copa de coñac.

—Otro para mí —indica el detective al camarero tomando asiento.

—¿Haces avances? —dice el juez a su amigo sin apenas saludar.

Víctor lo mira sonriendo:

—Pues sí y no, averiguo cosas pero todo me parece más enmarañado.

—No te sigo.

—Sí, a cada gestión que hago para avanzar, me encuentro con un nuevo dato que no hace sino enmarañar aún más la madeja. Te juro que este caso agota a cualquiera. Algo avanzo, sí, pero muy lentamente: telegrafié a Alicante, el lugar de residencia de Reinaldo Férez antes de mudarse aquí. Quiero hacer unas comprobaciones de rutina sobre una idea que me ronda la cabeza.

—¿Y por qué?

—Bueno, digamos que observé ciertas cosas que no me terminaban de gustar. Don Reinaldo parece un mujeriego sin remedio, me temo que el asunto de la desaparición de la niñera bien puede estar relacionado con ese tema.

—O desapareció porque ella y su hermano eran los cómplices de José Granado, el caballerizo.

—Es una posibilidad. ¿Seguimos sin tener noticias de ellos? —pregunta Víctor.

—La policía me dice que es como si se los hubiera tragado la tierra y eso que hasta la Guardia Civil está sobre aviso. No hay camino seguro para esos dos. Pero ¿no los habrán quitado de en medio?

—No, no, ella se fue por su propia voluntad.

—¿Y cómo puedes saberlo? Nunca te sigo, amigo.

Víctor suspira con paciencia, mira al juez, da un trago de coñac y dice:

—Mira, sabemos que Cristina Pizarro salió de casa de los Férez por propia voluntad y, eso sí, con mucha prisa.

—¿Y cómo se puede saber eso?

—Que la partida de la institutriz fue repentina lo sabemos porque no hizo siquiera un pequeño hato que pudiera despertar sospechas, dejó sus ropas, sus cosas, todo, y luego vimos que en casa del hermano, éste había dejado la comida a medio comer, eso demuestra que ella se presentó de improviso y que hubo algo que les obligó a quitarse de en medio.

—De acuerdo, eso lo entiendo, pero ¿no pudo ser raptada?

—No, no, está descartado. Mira, Agustín, ¿recuerdas que cuando llegué inspeccioné su habitación? Pues sobre su mesa había una tenue capa de polvo que se veía al incidir la luz de la ventana sobre la misma. En esa capa había una discontinuidad, un espacio rectangular sobre el que no había polvo, ¿me sigues?

—Sí, claro.

—Bien, eso quiere decir que en ese punto había depositado un objeto que evitó que esa zona se impregnara y siempre estaba situado en el mismo sitio. Era un libro por el tamaño y forma, no hay duda, pero ¿qué libro? Un volumen importante para ella pues era lo único que se había llevado en su huida. Por eso pregunté a la criada, Faustina, si Cristina Pizarro era religiosa. Y me dijo que no.

—¡Acabáramos!

—¿Y qué libro puede llevar consigo una dama que pernocta siempre en sus habitaciones junto a ella si no es una Biblia?

—Su diario.

—Me sigues, correcto. Y si una joven sale de improviso y no vuelve y se lleva su diario es: a, porque no piensa volver y b, porque lo ha hecho por su propia voluntad.

—Eres un genio. Absolutamente brillante.

—Pero ahora viene el quid de la cuestión. El asunto que de verdad me intriga: ¿por qué huyeron ella y el hermano?

—¿Porque están implicados en el crimen?

—No vas mal encaminado, querido Agustín; pensemos, pensemos... Siempre debemos decantarnos por la hipótesis más lógica, no falla. Yo veo dos posibilidades: la primera la acabas de comentar y me parece la más probable, sabemos que el crimen se cometió desde dentro, alguien ayudó al caballerizo, si fue él, o a lo sumo sabemos que al menos fueron dos los implicados. Son necesarias como mínimo dos personas para transportar el cuerpo de Ramón Férez y no te digo ya para ahorcar a la criada. Bien. Y da la casualidad de que, cuando la investigación prospera, esa niñera desaparece. La otra sería que mantuviera una aventura con su jefe y que éste les pagó para que desaparecieran ante el temor de que todo fuera descubierto.

—Está implicada. Para mí no hay duda.

—Yo creo que todo apunta a que sí. Tengo que hablar con José Granado. Pero la cosa es más complicada. ¿Recuerdas que en el cuarto del caballerizo hallamos una liga azul marino?

—Pues ahora que lo dices, ni me acordaba de eso.

—Pues yo sí. He acudido a la mercería de la calle Cimadevilla y pregunté si alguna dama había ido a comprar una liga similar. No creas, pasé vergüenza porque no es apropiado que un caballero compre o pregunte por ese tipo de artículos. Me dijeron que no y que esas prendas se venden por parejas, claro está. Quería identificar a una posible amante del caballerizo. Imagínate que me hubieran dado en la mercería una descripción que cuadrara con la niñera. Ya tendríamos cerrado el asunto. Pero no.

—Bueno, eso no quiere decir nada. Una mujer perdió la liga en el camastro de José Granado y no ha comprado otra. Tendrá otras, ¿no?

—Pero es que ahí la cosa se lía más.

—No te sigo.

—Sí, me entrevisté con la cocinera. Un alma cándida. Después de apretarle las clavijas y averiguar lo que venía a contarte, le pregunté haciéndome el despistado si alguna mujer de la casa había perdido una prenda, una liga. Y me dijo que sí, y además creía recordar que era de color azul.

—¡La niñera! —exclama Casamajó señalando con el índice.

—No. Enriqueta Férez.

—¡Qué me dices! ¡La hija mayor!

—Exacto.

—¡Rediez! ¿La hija mayor de los Férez teniendo una aventura con el caballerizo? ¡No me lo creo! ¡Qué escándalo! Pero ¿no andaba en amoríos con el hijo de Antonio Medina?

Casamajó ordena que traigan más coñac, esta vez la botella entera.

Tras atizarse un buen trago, continúa:

—Pero esto se embrolla y se embrolla por momentos, Víctor. Esa casa es un antro de perdición, no me extraña que mataran al pobre chico.

—Por eso te decía que el asunto es feo. Quizá por eso miente Granado, porque estaba con su señorita en la cama.

—Dirás su camastro. ¡Qué vergüenza! No, no puede ser.

El juez saca un habano para calmarse. Parece alterado.

—¿Quieres fumar?

—No, gracias —responde el detective.

El juez enciende el puro y expulsa el humo con delectación, es obvio que necesita relajarse.

Entonces retoma la palabra.

—¿Y qué era eso que querías contarme? ¿Más complicaciones?

Víctor sonríe, parece disfrutar dando disgustos a su amigo:

—Agárrate a la silla. Esa familia esconde muchos secretos. He averiguado algo.

—¿Algo más? ¿Complica el caso todavía un poquito más?

—No, creo que eso sería imposible a estas alturas. Como

te decía, he telegrafiado a Alicante, a un amigo de la policía. He averiguado algo y luego lo corroboré con la cocinera. Sabemos que don Reinaldo es hombre sexualmente voraz pero he sabido que su primera mujer no murió durante el parto de Ramón ni de tuberculosis.

—¿Cómo murió?

—Demente, en un psiquiátrico. Una casa de reposo, si quieres utilizar un eufemismo.

—Vaya, vaya —dice Agustín, pensativo—. ¿Y eso? Han mentido, es normal que sientan vergüenza de contar que la primera mujer del cabeza de familia murió loca. No es tan raro.

—Hay más.

—No sé por qué pero me lo imaginaba —dice el juez con cara de fastidio.

—¿Has visto esas manchas que tiene don Reinaldo en las manos? Son como cicatrices.

—Pues no. Confieso que no me fijo tanto como tú, gracias a Dios, por otra parte.

—Yo sí. Parecen pequeñas señales de viejas lesiones cutáneas. Supe que la mujer de Férez, la primera, tuvo otros tres hijos que no sobrevivieron a la infancia. Sufrió tres abortos también y Ramón fue un niño débil y enfermizo que tenía la nariz sin en el característico puente nasal. Y luego la madre murió demente, ¿me sigues? Está clarísimo.

—Ni idea.

—¡Sífilis!

—¿Cómo?

—Sífilis congénita.

—Chisss. ¡Qué dices! No levantes la voz, esto es Oviedo —murmura Casamajó, muy apurado.

—Don Reinaldo tuvo sífilis, un porcentaje muy pequeño

de enfermos la superan, consiguen inmunizarse, pero las marcas de las manos son la prueba. En aquella época la transmitió a su primera mujer y sus hijos tuvieron sífilis congénita. La mayor parte de los embarazos no llegan a término y los individuos que la padecen de nacimiento tienen los síntomas que la cocinera recuerda tuvieron los pequeños. El propio Ramón podía ser portador de dicha dolencia. ¿No lo ves claro? La mujer murió demente. Ésa es una característica del estadio final de la enfermedad.

—No sé, no soy médico, tú lo ves muy claro pero yo no tanto. Hablas de siete criaturas contando a Ramón.

—Don Reinaldo y Mariana Carave se llevan veinte años. Probablemente cuando su mujer estaba demente, doña Mariana ya fuera su amante.

—Pero eso que apuntas es un secreto familiar, digamos… a tener en cuenta.

—¿Pues qué te he dicho nada más llegar?

—¿Y no puede ser que la niñera los descubriera e hiciera chantaje a la familia?

—No lo descarto. Es evidente que hubo algo entre la niñera y su señor. No imagino a ese sátiro dejando tranquila a una joven que, según decís todos, es tan bella. Doña Mariana no la podía ver y cuando le saqué el tema a él, montó en cólera. Es probable que el propio Férez haya pagado a la joven y a su hermano para que se quiten de en medio. Si tuviéramos acceso a su contabilidad igual podríamos ver adónde la ha enviado, pagará un alquiler.

—Puedo averiguar qué posesiones tiene —apunta el juez—. No te extrañe que tenga alguna casa de campo, igual en otra provincia donde la joven se habrá ocultado.

—Sí, sí, eso nos sería útil.

—Me llevará días, tal vez semanas.

—Hazlo, no perdamos tiempo.
—¿Y esto no te hace ver a doña Mariana como una posible sospechosa?
—Totalmente, amigo, totalmente. El joven asesinado no era su hijo, no lo olvides. No hay nada más peligroso que una mujer despechada. Esa mujer sabe muchas cosas...

25

Eduardo llega vestido ya como un niño normal a la sidrería donde se encuentra con Víctor y Casamajó.

—Nos has encontrado —dice el detective—. Te dejé recado en la posada.

—Sí, me he aseado, cambiado y venido para acá.

—¿Qué tal tus pesquisas, hijo? —pregunta Casamajó.

—Mal, Oviedo es muy pequeño y no doy con un tipo con un pendiente. He removido cielo y tierra, me paso el día vagando por ahí, observo, pego la oreja. ¡Me estoy enterando de cada cosa! Pero nada. Del marino ni rastro.

—Igual vino de fuera sólo a colocar la nota en el chaleco del afinador —apunta Víctor.

—Tiene toda la pinta —añade Casamajó que, tras buscar la aprobación de Víctor con la mirada, sirve un culín de sidra al chaval. Han dejado los coñacs del Español y beben algo más suave para cenar en el lagar.

Eduardo parece taciturno.

—¿Qué te pasa, hijo, es por tu dama? —pregunta su padre.

—No, no —responde el chaval con una sonrisa en los labios—. Eso va fenomenal, es que me desanima mucho no poder ayudarte, padre. Pensé que sería más fácil dar con el tipo del aro en la oreja. Total, esto no es Barcelona ni Madrid, es una ciudad pequeña y parece como si a ese tipo se lo hubiera tragado la tierra.

—No desesperes. Si no obtenemos resultados te pondré en otra cosa. El asunto anda embrollado —dice Víctor tranquilizando al chaval.

—¿Una dama? —pregunta el juez, intrigado—. ¿Qué es eso de una dama? ¿Es del caso?

Víctor estalla en una carcajada.

—Sí, es una niña que conocí, huérfana, trabaja en La Colunguesa; la arpía de la dueña la explota, no va ni a la escuela. Ya le he parado los pies.

—¿Cómo?

—Pues digamos que ha empleado los métodos de su padre —dice Víctor sonriendo con orgullo mientras le alborota el pelo a Eduardo con su mano.

De pronto, el crío levanta la mirada. Lo hace como un perro de presa, con los ojos fijos en un objetivo. No dice nada pero ha visto algo brillar, al fondo, en la barra. Un objeto que brilla cerca de la oreja de un tipo que charla animadamente con otros dos. Entonces se levanta como hipnotizado, sin mediar palabra, y se dirige hacia el lugar. Se acerca y mira al tipo, tiene el pelo largo, recogido en una cola y en la oreja luce ¡un aro de color plateado!

No puede disimular su excitación. Está nervioso. Vuelve sobre sus propios pasos y se encuentra a Víctor y a Agustín bromeando. Al ver al crío tan serio, inmóvil y con cara de pasmo, interrumpen la conversación.

—¿Qué pasa, hijo? —pregunta Víctor con tono condescendiente—. ¿Estás bien? ¿Te estás poniendo enfermo?

Eduardo, sin apenas moverse, arquea las cejas señalando a su espalda.

—El hombre… —murmura— el hombre.

—¿Qué dices, hijo? —pregunta el juez.

—¡El hombre del aro, el de la nota! —exclama el crío intentando que los demás no le oigan.

Víctor se incorpora sin levantarse de la silla. Alza la cabeza y otea alrededor del café.

—¿Dónde? —dice muy serio.

—Detrás, junto a esos dos tipos. Uno lleva una camisa raída de cuadros, él va de gris.

Víctor, disimuladamente, mira al lugar.

—Es alto —dice— pero no parece muy fuerte. ¿Qué hacemos?

—¿Llamo a la fuerza pública? —pregunta Casamajó.

—Sí, no tardes. Eduardo y yo cubrimos esto.

El juez sale a toda prisa del lugar y Víctor ordena a Eduardo:

—Hijo, ponte en la puerta principal. Si hicieran ademán de ir a pagar, obstaculiza su huida lo que puedas. Pero recuerda, con disimulo, y en ningún momento te pongas en peligro. ¿Entendido?

—Entendido.

El crío se dirige hacia la puerta de salida.

¿Tardará mucho Casamajó con los guardias? Víctor, a pesar de la experiencia, nota que el corazón le bulle en las sienes. Puede ser la única oportunidad que tengan de cazar al tipo que bien podría ser la clave del caso. El hombre que deslizó aquella maldita nota en el chaleco del pobre Carlos Navarro.

Entonces ocurre lo inevitable, el tipo del aro en la oreja alza el brazo derecho pidiendo la cuenta.

Se van.

Víctor se levanta de un salto, tiene que ganar tiempo.

Cuando llega a la altura de los tres hombres dice:

—Perdona, tú eres el Ñordas, ¿no? —Es lo primero que se le ha ocurrido.

El del aro se gira y responde:

—Perdone, caballero, pero no me llamo así. Se equivoca.

Víctor, imitando el acento murciano del que fuera su mentor, don Armando, dice:

—¡Sí, coño, Ñordas! De Puente Tocinos, en Murcia. Yo soy el hijo de la Blasa.

Los tres tipos miran a Víctor como con sorpresa:

—No he estado en Murcia en mi vida.

Víctor piensa que los alguaciles tardan demasiado. ¿Dónde se mete Casamajó?

—Sí, hombre, te llamábamos así porque te caíste en medio de una porqueriza y te pusiste de mierda de cerdo hasta el cuello: ¡el Ñordas! ¡Te invito a una ronda, pijo! ¡Y a tus amigos también! ¡Por el Ñordas!

Los otros dos comienzan a carcajearse por la anécdota.

—¡Que os digo que nunca estuve en Murcia, hostias!

—Bueno, bueno, no hace falta ponerse faltón —dice Víctor, que comprende que debe mantener al tipo allí como sea y una pelea puede ser la mejor forma de que todos acaben en el cuartelillo y él consiga capturar al tipo—. Aquí somos gente educada, Ñordas.

—¡Que no me llames más así, petimetre! —exclama el tipo del aro empujando a Víctor.

—Pues entonces, ¿cómo te llamas, chulito? A ver si te voy a dar un sopapo y te pongo mirando para Cuenca —contesta Víctor devolviendo el empellón.

—Me llamo Nicolás y soy de Luanco.

—Mientes —dice Víctor.

Los dos compañeros del marino emiten una exclamación como de fastidio. La pelea es inminente y es evidente que no tienen ganas de bronca. Antes de que puedan darse cuenta, el tipo del aro, Nicolás, lanza un directo que Víctor esquiva ágilmente. A la vez que se agacha, el detective golpea con su puño en la boca del estómago del marino que se dobla como un junco.

Uno de los compañeros del marino toma una botella vacía e intenta golpear a Víctor con ella, pero éste, con el antebrazo derecho, frena el impacto. Justo en ese momento el tercero en discordia le da un puñetazo en la cara que hace que Víctor salga despedido hacia atrás cayendo de espaldas en mitad de una mesa repleta de vasos, botellas y platos de comida, a la vez que hace rodar por el suelo a sus cuatro ocupantes.

—¡Quietos, policía! —grita Víctor.

Los dos acompañantes de Nicolás, al oír aquello, se encaminan hacia la puerta donde Eduardo intenta pararlos viéndose arrollado.

Cuando Víctor quiere darse cuenta, Nicolás, que no ha huido, se le echa encima con una navaja en la mano. Está claro que es un camorrista, en lugar de huir pretende vengarse del tipo que le ha golpeado. Lanza un zarpazo que Víctor esquiva. Le arde el costado. Sabe que ha sido alcanzado. Dejó el bastón en su mesa y ahora lo lamenta. No lleva el revólver. La parroquia se hace a un lado. Aquello va a terminar mal. Al caminar hacia atrás el detective resbala con la sidra del suelo y cae de espaldas. Queda inerme. Nicolás, un tipo de envergadura, da dos pasos navaja en mano para terminar la faena, pero justo cuando va a apuñalar a Ros algo negro y pesado vuela por el aire impactando en la cabeza del matón, que sale despedido hacia delante cayendo de boca.

La mente de Víctor no tarda en comprender que es un taburete que Eduardo ha lanzado a la testa de Nicolás.

—¡Alto a la fuerza pública! —se escucha en la puerta.

Todos miran hacia allí y ven a Casamajó con cuatro guardias.

Nicolás, que se ha levantado tambaleándose, se mira la mano, está manchada de sangre. Antes de que los demás puedan hacer nada, sale corriendo y se pierde por la puerta que da al patio trasero.

Los guardias corren tras él tropezando con taburetes, mesas volcadas y botellas que ruedan por el suelo. Eduardo tiene la navaja del agresor en la mano y Víctor comienza a sentirse mareado. Necesita comprobar hasta dónde ha llegado la herida.

Enriqueta Férez se sorprende cuando Faustina, la criada, le dice que ese detective de Madrid quiere verla. Cuando llega al salón principal de la casa lo encuentra sentado en el sofá. Al verla aparecer en la escalera se levanta, galante, pero emite un quejido de dolor.

—¿Está usted bien? —La joven es hermosa, se parece a su madre, aunque es morena y algo más menuda que ella.

—Sí, sí, es sólo un rasguño. Anoche tuvimos un encuentro con los malos y el peor parado fui yo. Pero no tema, apenas son unos cinco puntos de sutura.

—Vaya —dice ella tomando asiento—. ¿Té, pastas, quiere un café? ¿Quizá limonada?

—No, gracias. He aprovechado que a esta hora su padre está en el trabajo y que su madre había salido a pasear por el campo con sus hermanos pequeños, porque tengo que hablar con usted de un tema algo delicado.

—¿Delicado?

—Sí, me temo que mucho. Este asunto de la muerte de su hermano no es ni mucho menos sencillo.

—Pero han inculpado al afinador, a su… «amigo».

—Es nuestro deber escudriñar hasta el último resquicio, investigar al máximo para asegurarnos de que no llevamos al garrote al tipo equivocado. Algo así sería muy grave y es mi responsabilidad, se hará usted cargo.

—Me parece lógico —responde ella. Parece segura de sí misma.

—Quiero que sepa, en primer lugar, que no albergo ningún tipo de animadversión hacia usted ni hacia nadie, ¿comprende?

—Perfectamente.

—¿Estaba usted muy unida a su hermano?

—Mucho, era una persona sensible que sufría mucho. Mi padre le hacía la vida imposible debido a su condición y él se desahogaba mucho conmigo.

—¿Era muy infeliz?

—Pues imagínese lo que tiene que ser sentirse como una mujer y vivir atrapado en el cuerpo de un hombre.

Víctor recuerda entonces a Bárbara Miranda, el único rival que junto con Alberto Aldanza, había logrado, en cierta medida, superarle. Eso era Bárbara, un hombre que poco a poco fue sintiendo que su personalidad femenina le desbordaba.

—Me hago cargo —se escucha decir—. ¿Tenía enemigos su hermano?

—¿Aparte de mi padre? No.

Víctor repara en que todos los que rodean a Reinaldo Férez tienen un mal concepto de él. Incluso su propia familia.

—¿Vio usted algo raro en los últimos tiempos en relación con su hermano? ¿Le vio discutir con alguien? ¿Sabe si le preocupaba algo fuera de lo normal?

—No, que yo sepa. De todas maneras él siempre estaba deprimido, odiaba a mi padre y mi padre a él. Digamos que no podía vivir la vida como hubiera querido, pero se había ido haciendo a la idea.

—Ya —dice Víctor, que parece, de pronto, pensativo.

La joven se queda mirándole en silencio. Parece intrigada. El detective retoma la palabra:

—Verá, Enriqueta. Hay un asunto espinoso…

—Diga, diga, aclarar la muerte de Ramón es lo primero.

—Sabe usted que su caballerizo fue detenido. Se ocultaba bajo un nombre falso.

—Sí, lo sé, por supuesto.

—El crimen se cometió en las caballerizas, a un paso de su cuartucho. Pero él insiste en que no escuchó nada.

—¿Y?

—Miente.

—¿Cómo lo sabe?

—Es mi trabajo, ya sabe usted, descubrir cuándo la gente me miente o me dice la verdad. —Víctor repara en que Enriqueta comienza a moverse inquieta en su silla.

—Bueno, pues digamos que miente y usted le considera sospechoso, ¿qué más? —Es evidente que la joven ha dejado de sentirse cómoda.

—Encontré algo en su cuartucho.

La joven permanece en silencio.

Él insiste:

—Es algo delicado.

—¿Y? —dice ella.

—Me veo obligado a mostrárselo.

—¿A mí, por qué?

—¿Puedo hacerlo? Me refiero a enseñarle dicha prueba.

—Pero ¿qué prueba? ¿Es necesario? —dice, visiblemente nerviosa.

—Es imprescindible que lo haga y creo que será mejor que sus padres no estén delante.

—Adelante, entonces —conviene la joven. Para entonces está totalmente colorada. A pesar de ello, parece resuelta, una dama valiente.

Víctor, con parsimonia, jugando con el efecto que va a provocar, y sin dejar de mirar el rostro de la chica, saca de su bolsillo la liga azul marino y se la tiende a Enriqueta.

La chica se queda lívida, los labios apretados, de color morado. Sujeta la prenda con las manos, la mira, la remira, llega a bizquear por un segundo y, entonces, se desmaya.

Víctor da la voz de auxilio y al instante entre él y Faustina que acude rauda, tumban a la joven en un diván donde se recupera gracias a las sales.

—¡No, no! —dice gimiendo Enriqueta.

—¿Está usted mejor?

—Sí, sí, la liga…

—¿Seguro? ¿Se encuentra bien?

—Sí, sí —contesta—. Faustina, déjanos a solas.

La joven lucha por incorporarse y llega a sentarse al lado de Víctor, los dos están juntos en el diván de tapizado salmón. Sus rodillas casi se tocan.

—Veo por su reacción que la liga le es familiar.

—Sí, lo es, pero no me explico cómo pudo acabar en manos del caballerizo. Se lo juro, tiene mi palabra.

—Pero Enriqueta, ¿se da cuenta de que esta prenda estaba en poder de su sirviente?

—Sí, sí, y sé lo que parece, pero no tengo explicación para ello.

—No tendría usted nada que ver con él.

—¡Cómo!

—Entiendo que se enfade y le pido disculpas de antemano si cree que pongo en entredicho su virtud, pero es mi trabajo preguntarlo, ¿comprende?

Ella se queda pensativa. El rubor ha vuelto a apoderarse de su rostro. Es obvio que está enfadada.

—Le juro por mis hermanos pequeños que yo no le di la liga a ese tipejo, y que ni mucho menos he tenido nada que ver con él. Mi corazón es de Fernando. Tengo que hablar con él, debo aclarar una cosa —dice la joven muy resuelta.

—Acudí a la mercería de Cimadevilla a ver si alguien había querido comprar una liga suelta, pero no hubo suerte. Quería identificar a su posible propietaria.

—Yo las compré en otra mercería, está situada en el Estanco de Atrás.

—Sí, conozco la calle, pero se hará usted cargo de que esto nos coloca a usted y a mí en una difícil situación.

—Don Víctor —dice ella tomando las manos del detective—, yo le aseguro que no hay nada de eso, confíe en mí, por favor. Deme un par de días. Todo se aclarará. Cierto es que yo perdí una liga, pero sé dónde está. O creía saberlo. Le juro que nada tiene que ver con su caso; ayúdeme, por favor, sólo dos días.

—Dos días, entonces. No puedo darle más tiempo. Tengo su palabra, jovencita.

26

Víctor y Vicente Hernández Gil aguardan junto al minero que les va a hacer de Cicerone, Manolo. Aún es de noche, ni siquiera ha amanecido y aquella gente ya está luchando por ganarse el pan arrancando ese sustrato negro e ingrato a las entrañas de la tierra que constituye su sustento.

De la caseta de provisiones sale el intendente que les da tres monos de trabajo y tres lámparas. Se los colocan sobre la ropa que llevan puesta y Manolo ordena:

—Vamos.

Han decidido visitar la mina a esa hora para evitar que don Reinaldo Férez tenga conocimiento de aquello. El artículo que prepara Hernández Gil se leerá en toda España, quiere que la gente sepa cómo malviven aquellos mineros y el dueño de la mina montará en cólera cuando compruebe que todo el mundo sabe que es un explotador. Como tantos.

Comienzan a caminar ladera arriba mientras se resbalan debido a la oscuridad, a lo irregular del terreno y al barro que lo inunda todo. Después de ascender durante unos veinte minutos, llegan al lugar desde el que parten las vagonetas. Allí dos chiquillos y una mujer se hacen cargo de que los vagones vuelvan a entrar en una abertura en mitad de la tierra de la que parten tenues luces. Los tres hombres, tras saludar, suben a un pequeño convoy que va tirado por una mula repleta de cascabeles para avisar de su llegada en la oscuridad del tajo subterráneo. Apagan los últimos cigarros y se agachan para entrar en aquel lugar donde tantos y tantos hombres se han dejado la salud y la vida. Van en cuclillas. Víctor se siente embargado por una mezcla de pena, indignación y solidaridad. Todo está negro durante un buen trecho y se escucha la respiración de los tres hombres que no alzan la cabeza para evitar golpearse con algún travesaño o un fragmento de roca saliente.

De vez en cuando se cruzan con algún que otro minero que les saluda. Parecen hombres del inframundo, completamente cubiertos de negro. Algunos de ellos, sabiéndose lejos de los lugares de peligro, fuman incluso, mientras esperan la llegada de vagonetas repletas de hulla.

El guía les hace ver lo peligroso que es el grisú, y que las explosiones se llevan a muchos hombres pese a que se intenta que tomen las máximas precauciones. Víctor se hace un idea de lo horrible que debe de ser pasar diez o doce horas al día allí, lejos de la luz del sol, con aquella sensación de ahogo, el calor y sudando a mares en el trabajo más duro que existe.

Al final llegan a un punto en que es imposible seguir y bajan para continuar a pie. La pizarra, el carbón, el agua y el fango se mezclan haciendo el terreno impracticable. Los tres hombres caminan con dificultad. Ni Víctor ni el periodista osan abrir la boca. Aquello no les gusta y están impresionados.

Mientras caminan, siempre hacia abajo, siempre hacia abajo, el detective intenta volver a su caso para evitar que aquello le siga afectando tanto.

¿Cómo pudo ocurrir lo de Enriqueta? ¿Cómo puede una joven de buena familia que está enamorada de un joven de posibles, liarse de aquella manera con el caballerizo, un tipo extraño, solitario y dado a la bebida? Ella dijo que tenía una explicación, que las cosas no eran lo que parecían, pero si Víctor tuviera un real por cada vez que ha oído esa frase en su trabajo, sería millonario.

Al fin se oyen voces y llegan a encontrar gente trabajando. Les advierten que tengan cuidado con los pozos que se abren a izquierda y derecha, auténticas trampas mortales. Allí hay hombres picando y, al fondo, varios se afanan en abrir una oquedad en la que situar unos barrenos.

Hay muchos agujeros que sirven para hacer que el carbón vaya cayendo a niveles inferiores, luego lo recogerán en vagonetas y lo llevarán al exterior.

Para continuar avanzando tienen que echarse al suelo; van arrastrándose sobre los codos y Víctor comienza a sentir que le falta el aire, se agobia. No está hecho para eso y siente como si se fuera a desmayar. Siente claustrofobia. «Aguanta», se dice a sí mismo. Al fin llegan a otra zona donde muchos hombres pican en pequeños túneles laterales, son tan estrechos que no se puede picar de pie. Unos lo hacen tumbados boca arriba; otros, encorvados y con cuidado, porque tras ellos se acumula el carbón que puede hacerles caer por las bocas de los peligrosos pozos de carga.

Continúan bajando y al fin llegan a una explanada más ancha. Es el final de la galería, allí se va acumulando el carbón y se sientan a descansar un rato hasta que su guía les lleve arriba.

—Ahora podemos fumar —dice Manolo—, aquí no hay ningún peligro. —Los tres hombres, en cuclillas, echan un pito.

—Les ha impresionado lo que han visto, ¿eh?

Víctor y Vicente Hernández Gil asienten sin mediar palabra. Manolo sigue hablando:

—Esos hombres que han visto picando trabajan doce horas, a veces por sólo doce reales. Los que cargan las vagonetas menos y, ojo, pueden quedar soterrados por las descargas de los cargaderos. Las mujeres que trabajan en el plano inclinado con las mulas o en los lavaderos, menos aún, y los guajes que hacen de guardagujas, menos todavía.

El periodista no deja de tomar notas.

Víctor está deseando que ese artículo vea la luz.

Una vez terminado el pito, comienzan a caminar hacia arriba, por otro túnel. Más de un kilómetro a pie, manchándose de barro y empapados por las gotas que rezuman del techo. No es agua clara, viene manchada de pizarra y hollín. Apenas si ve lo que alumbra la lámpara que cada uno porta. Cuando salen al exterior, ha amanecido y Víctor da gracias a Dios por respirar aire puro. Acuden a la casa del intendente donde el jabón, artículo de primera necesidad para los mineros y que el patrón cobra a precio muy elevado, les ayuda a quitarse la mugre.

—¿Y bien? —dice Vicente Hernández Gil mirando a Víctor. No ha abierto la boca en toda la visita.

—¿Sí? —Víctor.

—¿Se alegra de haberme acompañado?

—No sabe usted cuánto.

—¿Y?

Víctor queda pensativo por un instante y entonces mira al periodista y contesta:

—Siga usted con su trabajo, amigo. No se rinda nunca.

Cuando Víctor hace su entrada en la sala para visitas, percibe que José Granado da un respingo en su silla.

Está esposado y le vigilan los dos guardias de la otra vez.

El detective no va a tener que esforzarse por hacer el mismo papel que interpretó en su anterior visita: tiene sueño, madrugó demasiado para ir a la mina y aquel maldito caso comienza a producirle jaqueca.

—Salgan —ordena mirando a los dos guardias con cara de pocos amigos—. Déjennos solos. ¡Ahora!

Ruiz y Martínez hacen lo que se les dice y el rostro del reo queda demudado.

—Creía que yo era inocente —se atreve a decir—. Han procesado al bujarrón ese.

Víctor Ros le propina un bofetón que le hace caer de espaldas con silla incluida.

—Levántese o le pateo hasta reventarle la cabeza —dice el detective con extrema dureza—. No quiero volver a oírle a hablar en esos términos de don Carlos Navarro.

José Granado no sabe bien a qué atenerse, su abogado le había prometido que en breve estaría en la calle, que el mariquita había cargado con el muerto y que no tenían nada contra él. Por otra, parte de los rumores de la calle llegan a la cárcel y todo el mundo sabe que el detective llegado de Madrid lee el pensamiento, sí, pero se dice que es hombre poco amigo de violencias.

Granado se sienta de nuevo como puede. Lleva las manos esposadas a la espalda y aquel tipo puede dejarle realmente mal parado. ¿Qué está pasando allí? No termina de calibrar lo que sucede.

—Bien, quiero hacerle unas preguntas sobre Micaela y usted me las va a contestar.

—Se suicidó.

—¿Por qué?

—¿Y yo qué sé? Yo ya estaba detenido cuando ocurrió eso, ¿comprende? Era muy buena chica, yo me llevaba muy bien con ella, supongo que no pudo soportar lo ocurrido. No sabe usted lo que hay en esa casa…

—Creo que lo sé perfectamente.

—Era una moza muy vital, con ganas de vivir; sinceramente, no entiendo por qué hizo aquello.

—¿Tenía usted una relación con ella?

—¿Yo? ¡No, por Dios! Yo a las compañeras del servicio las he tratado siempre con respeto. Demasiado tenían las pobres con soportar al señor.

—¿Tenía ella mucha relación con la niñera?

—No, que yo sepa.

—¿Y con el hermano?

—¿Con esa mala bestia? Ni hablar. Micaela era muy buena, creyente, su idea era casarse y vivir en su pueblo. Ahorraba para ello.

—Ahorraba.

—Sí, claro. —Víctor repara en que cuando Faustina le habló de los efectos personales de la criada enviados a su pueblo, nunca habló de ahorros.

Entonces deja pasar unos segundos. Se levanta y pasea arriba y abajo por el cuarto; quiere hacer que el reo piense, que dude sobre si le va a caer otro bofetón de un momento a otro.

Se acerca a él de nuevo, se sienta acercando su silla a él y percibe su miedo.

—Cuénteme lo de Enriqueta Férez —dice el detective mirándole a los ojos como si fuera a comerle el corazón.

—¿Qué?

—Sí, ya sabe de qué le hablo.

—No, no sé de qué me habla.

Otro bofetón.

—Mire, mire… —comienza a decir el caballerizo entre

sollozos—. Yo sólo estoy aquí porque cometí el error de cambiarme el nombre, se lo juro. Por favor, cálmese. Por favor. Le diré todo lo que sé, pero primero dígame de qué se trata, qué me pregunta, necesito saber sobre qué me pregunta porque yo, se lo juro, ahora mismo no sé de qué estamos hablando.

Víctor saca la liga de su bolsillo y la pone sobre la mesa.

El reo se queda mudo, pálido.

—Ya, es eso… —acierta a balbucear.

—¿Desde cuándo se veía con Enriqueta?

Granado mira al detective con estupor, los ojos muy abiertos y la boca también. Es obvio que la sorpresa del momento le supera.

—Pero, don Víctor, ¿se da cuenta de lo que me dice? La señorita Enriqueta es la hija de mi amo, es una cría y además tiene un pretendiente de muy buena familia. Todo el mundo sabe que se quieren y hasta usted conocerá los problemas que surgieron entre Medina y Férez.

—¿Y qué hacía su liga en tu cuarto? —dice Víctor pasando directamente al tuteo.

Granado mira al suelo.

—No te lo voy a volver a preguntar —le advierte Víctor, haciendo amago de levantarse.

—No es suya.

El detective mira al reo con cara de pocos amigos.

—¿Cómo?

—Que no es suya.

—¿Me tomas por idiota?

—No, señor, todo lo contrario.

Víctor hace una nueva pausa, también estudiada, como siempre. Saca el tabaco, el papel de fumar y lía un cigarrillo. Percibe que el otro se muere por echar una caladita. Con parsimonia lía el pitillo, lo sella de un lametazo y lo enciende.

Disfruta de la sensación del humo que entra en los pulmones y se encarga de devolverlo a la cara del detenido.

—No es suya, dices... —comenta.

—Así es, lo juro.

—Entonces es de otra dama.

—En efecto.

—Una criada, la que se mató, Micaela... Te visitó en tu cuarto.

—No, nunca he llevado a ninguna mujer allí, es de una mujer que me la dio. Como... recuerdo.

—¿Te la dio? ¿Quién?

—Bueno, yo se la pedí, ya sabe, como una prenda. Una tontería de esas que hacemos los hombres. Ahora me arrepiento.

—Veamos, veamos. Sostienes que esa liga no es de doña Enriqueta sino de una dama que te la entregó, supongo que en su casa o donde sea que os veíais.

—Sí, así es, justo como usted lo ha dicho.

—Yo te creería, José —dice Víctor, apurando otra calada—, pero hay dos fallos en tu teoría.

—¿Sí?

—Uno, ¿dónde está la liga que le falta a doña Enriqueta?

—Ni idea, la perdería.

—Y dos, ¿cómo se llama esa dama con la que tenías un «asunto»?

—No lo puedo decir.

—¿Por qué?

—Usted es un caballero, ¿y me lo pregunta? Esas cosas no se pueden contar.

—¿Está casada?

—No puedo hablar.

—Ya. —Víctor mira al techo haciendo ademán de pensar

mientras continúa fumando—. Cuando yo te pregunté si habías escuchado algo desde tu cuarto la noche de autos dijiste que no. Era imposible pues estabas al lado de donde se cometió el crimen y además supe que mentías. Ahora veo claro por qué mentiste, en efecto, estabas nervioso porque ¡no estabas en tu cuarto la noche del crimen!

El reo asiente y Víctor prosigue:

—Y no estabas porque te encontrabas en casa de esa misteriosa mujer.

—Usted lo ha dicho, no yo.

Víctor mira a la cara a Granado de nuevo.

—¿Te das cuenta de que esa mujer podría darte la coartada para que dejaras de ser sospechoso?

—Sí, lo pensé desde el principio.

—¿Y? ¿Vas a quedarte aquí? ¿Vas a arriesgarte a que te caiga incluso el garrote?

—¿El garrote, a mí, por qué?

—¿Era la niñera?

—No.

Víctor sigue pensando.

—Un momento, el libro. ¿Quién te dio el libro?

—Lo compré.

—No, te lo dio la dueña de la imprenta Nortes, está soltera. ¿Acaso no es ella? ¿Con quién estabas esa noche?

—Don Víctor, usted no parece querer comprender. Yo la quiero, nunca haría nada que pudiera ensuciar su buen nombre.

El detective queda mirando al detenido con una mezcla de rabia, odio y piedad.

—Bien, tú lo has querido. Lo averiguaré yo solo.

Y sale de allí a toda prisa.

27

Reinaldo Férez espera al detective de mal humor, no le gusta nada ese petimetre engreído y no sabe cómo ha podido enterarse de que se encuentra en el Casino disfrutando de su momento favorito del día: allí toma café siempre que puede a primera hora de la tarde, lee la prensa y charla con otros ilustres del Oviedo más granado sobre política, economía o finanzas. Echa un vistazo al *Comercio* y se anima un tanto al ver que las acciones del Banco de España se pagan a 294 y los Billetes Hipotecarios de Cuba a 97,50. Al menos algo le sale bien. No tiene noticias de la niñera, Cristina, y eso le quita el sueño. Decide tomar el diario de Oviedo, el *Carbayón*, y le echa un vistazo.

—Vaya, ¿lee usted folletines? —pregunta una voz que le hace levantar la cabeza.

Es ese maldito detective.

—Pues sí —contesta—, están publicando por entregas *Cántico de Navidad*.

—De Charles Dickens —dice el detective—. Me agradan muchos los autores ingleses, monsieur Dumas también es genial, pero disfruto mucho con autores tan celebrados como el propio Dickens, Stevenson y el más grande, Wilkie Collins.

Férez, para disimular que no conoce a este último, dice:

—Donde esté nuestro Benito Pérez Galdós...

—En efecto, en efecto. ¿Podríamos hablar en un lugar más privado? El otro día observé que tienen ustedes unos cuartos pequeños que jalonan el pasillo principal.

—Sí, no hay problema. ¿Quiere usted tomar algo?

—No, no será necesario.

En unos segundos ambos caballeros se ven en un cuarto más pequeño con el suelo tapizado por una mullida alfombra, decorado con cierta sobriedad y en el que destacan sendos butacones.

—¿Quiere usted fumar? —pregunta Férez.

—No, gracias. —Víctor está empeñado en dejar claro que la visita no es, precisamente, amistosa.

—Usted dirá —dice el empresario tomando asiento y cruzando las piernas.

Víctor, con cara circunspecta, mira a su interlocutor y le dice:

—Lo que tengo que preguntarle no le va a gustar.

—Vaya, ¿va a seguir importunándome? No sé por qué, pero no me sorprende. Me matan a mi primogénito y usted no tiene otra cosa que hacer que buscarme las cosquillas y faltarme al respeto. Además, ya hay un culpable: el afinador de pianos.

—Sí, sí, claro. Pero como usted comprenderá, cuando se produce un suceso de estas características, la investigación que le siga puede levantar cierto revuelo. Ya sabe, hay que hacer preguntas y se descubren ciertas cosas.

—¿Qué está insinuando, pollo?

—Al grano, ¿ha sufrido usted alguna suerte de chantaje por parte de su niñera?

—En absoluto. Ella sería incapaz de algo así.

—¿Y por parte de su hermano?

Don Reinaldo hace una pausa para encender un habano y, muy tranquilo, dice:

—Mire, don Víctor, no le negaré que ese tipejo nunca me gustó. Mientras que la hermana era, a qué no decirlo, un ángel, no se explica uno que unos mismos padres hubieran podido dar la vida a un tipo tan malencarado y desagradable como aquél. Pero de ahí a que intentara hacerme chantaje media un abismo. Yo le traté bien y le permití vivir en la casita junto al río. Además, ¿con qué iba a chantajearme?

Víctor mira a su interlocutor con ojos de lince. Junta las yemas de sus dedos mientras le observa detenidamente.

—Don Reinaldo, ¿no animó usted a la joven a abandonar esta ciudad al comprobar que la investigación iba en serio?

—Le digo que no.

—Mire, le hablaré de hombre a hombre, no tengo otro interés que averiguar quién mató a su hijo.

—El afinador.

—Ya, sí. Ésa es la versión oficial. Pero insisto. No quiero que se sienta usted agredido, sé que no es usted un hombre muy sociable, he podido comprobar en los escasos días que llevo en Oviedo que tiene usted muchos enemigos. Repito, no quiero importunarle, pero sé que tenía usted un *affaire* con la niñera.

—¡Cómo!

—No se esfuerce, lo sé.

—¡No le consiento! Cristina es un ángel, una dama que acogí en mi casa y cuyo buen nombre y virtud no pueden ser puestos en duda por el primer petimetre que...

—No siga por ahí. Yo no le he insultado.

—Usted asegura que yo engañaba a mi mujer con la chica que instruía a mis hijos.

—Y con muchas más. No hace falta ser un lince para darse cuenta de ello.

—No voy a seguir hablando con usted, es la segunda vez que insinúa lo mismo —dice el empresario haciendo ademán de ponerse de pie.

Víctor no se inmuta y permanece sentado.

Entonces dice sin moverse:

—No lo insinúo, lo afirmo. Y dé gracias a que sólo lo comento con usted, aquí, en privado.

—Diga lo que quiera, me voy.

—¿Sabía ella lo de su sífilis? ¿Le chantajeó por ello?

Férez se queda parado justo en el umbral de la puerta, de espaldas. El temblor que inunda su cuerpo parece a punto de hacerle explotar.

—Pase de nuevo y siéntese. No se lo diré dos veces.

Férez hace lo que Víctor le dice y va directo hacia él.

—Maldito hijo de puta, te voy a partir el alma.

Víctor se incorpora ágilmente y golpea con sus nudillos en la nuez del empresario, que cae de rodillas haciendo esfuerzos por no ahogarse.

Antes de que Férez pueda darse cuenta, el detective ha cerrado la puerta y le ha empujado de nuevo al pequeño butacón.

—Beba agua, ande, y déjese de bravuconadas conmigo. No se lo voy a repetir.

Férez tose y le falta el resuello. Su mente no termina de procesar lo que está ocurriendo. Bebe y mira a Víctor a través del cristal del vaso. Parece asustado.

—Sé lo de su enfermedad, lo sospeché cuando vi esas manchas blanquecinas de sus manos. Su primera mujer murió demente en un hospital y sé que tuvo tres abortos. Perdieron ustedes tres criaturas por sífilis congénita y el propio Ramón era un joven débil y enfermizo. La naturaleza es, a veces, injusta y lamento que un miserable como usted superara la enfermedad mientras que era el culpable de que su familia sufriera aquella maldición. Pocos son los que logran curarse.

—¿Se cree que no lo he pensado miles de veces? Al menos tuve una segunda oportunidad con Mariana, con mis nuevos hijos.

—¿Lo sabía su amante? ¿Quería hacer públicos los detalles de la muerte de su primera esposa? ¿Fue el hermano?

Es evidente que Reinaldo Férez está acorralado. De pronto mira a un lado, a otro, y comienza a gritar:

—¡A mí! ¡A mí! ¡Ayuda!

Tres ujieres irrumpen en el pequeño cuarto pensando que ocurre algo.

—Acompañen a este caballero a la calle. Éste no es lugar para violencias —ordena don Reinaldo. Víctor se pone de pie. Lamenta no tener su bastón a mano y no sabe cómo va a ponerse de difícil la situación aunque sabe que los subalternos del Casino no pueden dar un espectáculo violento en aquella casa.

—Ni se me acerquen, ya me voy —dice mirando a Férez—. Nos veremos, querido, nos veremos.

Reinaldo Férez siente que un escalofrío le ronda la espalda; ese hijo de puta lee la mente de las personas, parece cierto lo que todo Oviedo murmura ya sobre el detective madrileño.

Eduardo y Julia charlan animadamente en el Salón del Bombé, un hermoso paseo situado en la zona norte de Campo de San Francisco.

—Mira —dice él mostrándole un anuncio publicado en el *Carbayón*—, «Colegio de Nuestra Señora de Covadonga en

Oviedo, terminado el período ordinario de estudios del presente curso, continúan en este colegio las lecciones de primera y segunda enseñanza, aplicación al comercio y clases de adorno conforme lo establecido en el artículo 28 del reglamento, preparándose a sus alumnos para el curso siguiente para el conocimiento adelantado de las asignaturas en que hayan de matricularse. El prospecto, reglamento y cuantas noticias puedan convenir a los interesados se facilitan en el mismo establecimiento (Fuente del Prado)».

—Pero ¿qué dices? —responde ella—. Si apenas sé leer.

—Por eso estas lecciones veraniegas te vendrían de perlas para poder aprovechar el curso que viene. Doña Angustias debería dejarte asistir a clase por las mañanas y tú tendrías que cumplir con tus obligaciones por la tarde.

—No sé, no lo veo claro —dice la niña.

—¿Acaso no viste cómo reaccionó cuando le dije todo lo que sabía? No tiene opción.

—Eso es chantaje.

—Eso es justicia. Tú vas a seguir trabajando como una negra, pero por la mañana irás a tus lecciones. Es lo justo, lo quiera o no.

—¿Y quién va a decírselo?

—Mi padre, descuida, hablaré con él y todo se arreglará, confía en mí. Y en él.

Ella sonríe ilusionada.

—Cuando seamos mayores... —dice él—, no tendrás que trabajar como una fregona.

Ella lo mira con cara de no creerle. Nadie se interesa por una pobre huérfana, hija de una prostituta, una niña estigmatizada para la sociedad. ¿Es que Eduardo, con todo su mundo, sus viajes y su experiencia, no sabe que los pobres mueren pobres y los ricos viven siempre como ricos?

—¿Por qué me miras así? —dice él.

—Porque las cosas no cambian, Eduardo.

—Sí cambian, mi padre me lo enseñó, sólo hay que trabajar, ser listo, formarte y ser valiente. Yo seré el mejor policía de España, te lo prometo, y tú, si quieres, mi mujer.

Ella sonríe haciendo que a Eduardo le parezca que tiene mariposas en el estómago.

—¿De verdad te casarías conmigo?

—Ahora mismo —responde él.

Ella le da la mano y dice:

—Prométemelo.

—Te lo juro —responde Eduardo, que se escupe en la mano y la tienda a la niña. Ésta, con cierta cara de asco, acepta el apretón de manos que sella el trato.

—Tengo que irme ya —dice Julia.

—Te acompaño —responde él. Comienzan a caminar hacia el Campo de la Lana sin darse cuenta de que cuatro sombras furtivas les espían ocultas tras un inmenso enebro.

Cuando don Celemín sale de la parroquia comienza a oscurecer. Allí mismo es abordado por un tipo bien vestido, elegante y de buen porte al que todo el mundo conoce ya como el «detective madrileño».

—Perdone —dice el recién llegado tendiéndole una tarjeta—. Me llamo Víctor Ros e investigo la muerte de Ramón Férez. ¿Es usted don Celemín?

—Sí, señor, yo soy.

—¿Podría hacerle unas preguntas?

—¿A mí? —El cura, un joven asturiano recio y de considerable altura, parece desconcertado—. ¿Por qué?

—Sobre Micaela, la joven criada que se suicidó.

El cura se santigua con cara de pesar.

—Pues mire —añade—, ahora mismo voy camino del Hospicio donde colaboro con las monjitas, así que tendrá que ser en otro momento.

—¿Junto a la carretera de Grado? Si no le importa le acompaño, me gusta pasear.

El joven sacerdote comprende que no puede negarse y accede sin más remedio.

—Usted dirá.

—Mire, don Celemín, sé que era usted el confesor de Micaela.

—Y, como tal, sabe usted que me está totalmente prohibido hablar sobre mis confesiones con ella o con cualquiera otra de mis feligresas.

—¡Por supuesto, por supuesto! Pero hay algunas preguntas que querría hacerle que no afectan a ello de ninguna manera.

—Proceda, hijo.

—¿Cree usted que Micaela se suicidó?

—Es evidente, la hallaron colgada.

—Ya, ya, pero todo apunta a que era una joven vital, sin mayores complicaciones. No casa mucho con su forma de ser, sus proyectos, con ese desenlace.

—El alma humana no deja de ser un misterio tan sólo descifrable para nuestro Creador.

Víctor intenta disimular su cara de hastío, se las ve con uno de esos fanáticos que tanto abundan en la Iglesia española y que tan poco le agradan.

—Ya, ya, pero, ¿estaba metida en asuntos turbios?

El cura se para, le mira muy serio y da por toda respuesta:

—Secreto de confesión.

—Perdone, pero no lo veo yo así. Me consta que hubo algo que la turbó y que provocó que viniera a verle a usted. Es probable que esté relacionado con los verdaderos asesinos y, créame, son gente peligrosa. ¿Fue así? ¿Vio algo?

—Secreto de confesión.

—Verá, y esto se lo digo en tono absolutamente confidencial, sospecho que la mataron, es más, estoy en condiciones de decirle que no se suicidó. ¿Le parece correcto que el cuerpo de una joven no pueda estar enterrado en sagrado y tenga que morar en el infierno por un pecado que no cometió? Fue asesinada.

Don Celemín se para. Víctor sabía que ese argumento podría minar la voluntad del cura.

—Si es como usted dice, cosa que dudo pues se suicidó, sí, me apenaría que no pudiera estar enterrada como Dios manda. Pero ¿qué pruebas hay de ello?

—Se ahorcó de una viga demasiado alta. No llegaba.

—Usaría una silla.

—La silla estaba en el otro extremo del cuarto.

—La golpearía con los pies al saltar y saldría despedida, ¿y usted se dice detective?

Víctor aprieta los puños. Está acostumbrado a comprobar que en España, los curas más jóvenes son casi siempre los más cerrados de mollera. Está claro que el país no avanza.

—Don Celemín, a Micaela la mataron y sospecho que le confesó algo a usted que puede ser la clave. Puede haber más muertes. Ayúdeme, por favor.

—Secreto de confesión.

—¿Se da cuenta de que los asesinos sabrán que era usted su confesor? ¿No se da cuenta de que usted mismo corre peligro?

—Nuestro destino no depende de nosotros, querido amigo, no todo es razón y ciencia, sino también Fe, y lo digo con mayúsculas. Lo que tenga que ser, será, y ahora le ruego que me deje caminar a solas. No quiero hablar con usted y si sigue molestándome hablaré con el magistral, don Fermín, para que ponga estos hechos en conocimiento del obispo.

Víctor queda parado mirando cómo aquel tipejo, un engreído, camina a paso vivo. Su capa flota al viento y se cree en la cima del mundo. Gracias al secreto de confesión, muchos desaprensivos como él mantienen a pueblos enteros en el puño. Esa abominación acabará algún día, o eso quiere creer. Don Celemín está en peligro y no quiere darse cuenta.

Entonces mira alrededor. No ve a nadie. Quizá los asesinos no sabían de la existencia del confesor, igual el propio Víctor los ha puesto sobre su pista. Pero ¿qué iba a hacer? Tenía que preguntarle, hablar con él. Hablará con el cochero, el Julián; parece un tipo resuelto y le encargará que sea la sombra del curilla. Igual así aparecen los verdaderos asesinos de Ramón Férez.

Víctor decide irse a descansar, tiene demasiado que hacer.

28

Después de preguntar aquí y allá, hablando con medio pueblo, el Julián localiza la casa del tipo del aro en la oreja, Nicolás, el que escapó en la riña en la taberna y que probablemente pueda identificar a los verdaderos culpables. Casamajó ha tardado varios días en dar con la propiedad familiar en Luanco porque está a nombre de un tío segundo de la madre del marino; además, la casa está lejos del pueblo, hacia el oeste, aislada, algo separada del mar y en mitad de una arboleda.

Nicolás Miñano tiene antecedentes policiales, dos condenas: una por agresión y otra por robo, y se ha pasado media vida embarcado. Cuando bajan del coche, el alguacil Castillo y Víctor sacan sus revólveres. El policía lleva una cachiporra en la zurda. Casamajó no va armado y el Julián porta una enorme tranca. Víctor hace un gesto al alguacil que va a cubrir la parte trasera de la casa por si el fulano intentara escapar. Casamajó se acerca a llamar a la puerta; Víctor se queda pegado a la derecha, con el arma lista, y el Julián aguarda dos pasos más atrás. No quieren que el tipo escape.

—¡Abran a la fuerza pública! —grita el juez tras propinar varios mamporros a la humilde puerta de madera. La casa está destartalada y la pintura, raída por el salitre, deja asomar unos ladrillos feos y oscuros. Hay tejas desprendidas del techo de la vivienda aunque sale humo de la pequeña chimenea.

—¿Quién es? —una voz, es de mujer, mayor.

—Buscamos a Nicolás Miñano, les habla el juez Casamajó, de Oviedo.

—¡Mi hijo no está!

—Abra la puerta, señora, o entramos. Vamos armados.

Al momento se escuchan unos pasos, son unos pies que se arrastran. Un cerrojo chirría y se abre la puerta. En ella aparece una mujer delgada, macilenta y que peina canas. Parece una anciana pero debe tener poco más de cincuenta años.

Víctor observa que Castillo ya se ha deslizado por una ventana que da a la parte trasera. La casa apenas si es un cuarto amplio con cocina, una gran mesa de madera y un par de camastros.

—Perdone, señora, me llamo Víctor Ros y soy detective. Buscamos a su hijo, ¿sabría dónde para?

—¿Qué ha hecho esta vez? —dice la mujer con gesto cansado.

Los recién llegados se miran.

Víctor toma la palabra:

—Veamos, no es nada grave. Si colabora con nosotros ni siquiera irá a la cárcel. Deslizó una nota, una prueba falsa en el bolsillo del chaleco de un hombre. Sólo queremos saber quién le hizo el encargo y cómo localizarlo. Si nos dice lo que sabe, tiene usted mi palabra de que le dejaremos cambiar de aires. Por cierto, ¿cómo se llama usted?

—Helena, con hache.

—Un nombre precioso. ¿Nos ayudará?

La mujer pone cara de pensárselo.

—¿Sabe usted? Estuvo aquí hará cosa de cuatro o cinco días, pero me dijo que iba a Oviedo por unos asuntos. Siempre fue muy inquieto, como su padre, aunque mi Gerardo era muy trabajador y éste ha salido a mi tío Matías que fue un golfo toda su vida, un culo de mal asiento. Ya de crío sólo me daba quebraderos de cabeza. No saben las veces que hemos tenido que ir al cuartelillo a por él y la de palizas que le han dado. Cada vez que se embarcaba yo respiraba tranquila, pero últimamente va a lo fácil.

—Después de Oviedo… —dice el juez—, ¿adónde iba?

—Me dijo que iba a cobrar un buen dinero y algo comentó de no sé qué barco en Gijón que partía la semana que viene para América y que necesitaban gente.

Los cuatro hombres se miran. Si Nicolás Miñano escapa será muy difícil dar con los verdaderos asesinos.

Víctor mira a la mujer y vuelve a hablar:

—Mire, Helena. Su hijo hizo un encargo para unas personas muy peligrosas. Han matado a dos personas ya.

—No será el asunto ése del hijo del propietario de Oviedo.

Víctor asiente y sigue hablando:

—Nicolás les echó una mano en hacer que un inocente pareciera culpable. Él conoce la verdadera identidad de esos facinerosos; si dice usted que comentaba que iba a hacerse con más dinero, me temo muy mucho que pensara en pedirles más dinero o, a lo peor, chantajearles. Son gente inteligente, retorcida y a los que no tiembla el pulso a la hora de eliminar a los demás. Necesitamos encontrar a su hijo antes de que lo hagan ellos. Piense, por favor, piense, ¿dónde puede estar? ¿Dónde conoció a esa gente? ¿Le comentó algo al respecto?

La mujer se mira las manos encallecidas, producto de años y años de zurzir redes para salir adelante, y niega con la cabeza.

—¿Podríamos al menos echar un vistazo a sus cosas?

—Pasen —dice ella haciendo un gesto con la cabeza—. Ahí tienen su arcón.

Mientras Víctor echa un vistazo a los objetos personales de aquel tipo, la señora se empeña en preparar un té a los caballeros. El detective no encuentra gran cosa. Recuerdos de viajes, anzuelos, un par de collares que parecen de la Polinesia y folletos de compañías navieras. Hay uno más reciente. «TOMÁS E HIJOS, NAVIERA», reza la cartulina. «Gijón. Se buscan hombres para el *Aguamarina*.»

—La fecha de partida es pasado mañana —dice Víctor.

—No perdemos nada por intentarlo —apunta el juez.

Entonces, como el que no quiere la cosa y mientras anda enfrascada con la tetera, la mujer dice:

—¿Saben? Mi hijo tiene una novia en el pueblo.

La Manolita es una tasca mugrienta, situada frente al mar y ocupada sólo por un par de marineros demasiado viejos como para salir a faenar y de ojos vidriosos. La barra, de roble, parece haber vivido tiempos mejores y huele a sidra y vino. Apenas unos arenques y botellas de vino, poco más puede ofrecer aquella tasca a sus clientes. Víctor y sus acompañantes entran causando cierto revuelo en el local semivacío.

—¿Victoria González? —pregunta el juez.

—¿Quién lo quiere saber? —contesta una moza bien dispuesta, guapetona y muy alta.

—Agustín Casamajó, juez, y este que me acompaña es el alguacil Castillo. Va usted a contestar a unas preguntas, aquí o en el cuartelillo. ¿Qué prefiere?

—¡Vale, vale! —responde la moza alzando las manos con mucho desparpajo—. ¿Qué tripa se les ha roto?

Lleva el pelo largo y sus ojos, gatunos, son muy hermosos. Se nota que está acostumbrada a tratar con el público por su oficio.

—Este señor es el detective Víctor Ros, va a hacerle unas preguntas. Si miente lo sabrá, así que de lo que usted declare depende que se venga presa o no, ¿entiende?

La joven ladea la cabeza como dando por hecho que aquello le da igual.

—Es por el asunto del asesinato de Oviedo, el de la Casa Férez. Habrá oído hablar de él, ¿verdad? —dice Víctor de pronto.

La cara de la joven comienza a cambiar, así que el detective sigue a lo suyo:

—No hace falta que le diga que un asesinato es asunto de altos vuelos y que el muerto era joven adinerado. Hay intereses de Madrid en que el crimen se solucione y no vamos a parar hasta llevar al garrote a los asesinos… —entonces, tras dejar pasar unos segundos, añade—: y a sus colaboradores.

La joven traga saliva. Parece menos resuelta ahora.

—Yo… si puedo ayudar en algo…

—Nicolás —dice Víctor—. ¿Dónde para?

—Lo vi hace unos dos días. Me dijo que se había metido en un lío en una taberna de Oviedo —Víctor se toca el costado recordando la pelea— y que quería quitarse de en medio. Me dijo que iba a pedir más dinero a «la mujer».

Los cuatro hombres se miran.

—¿Qué mujer? —pregunta Víctor.

La joven mira a los lados, arriba, abajo, no sabe dónde meterse.

—¡Diga! —exclama el juez.

—No… no puedo…

—Castillo, saque los grilletes —dice muy serio Casamajó.

—¡Un momento, un momento! —interrumpe ella alzando las manos—. No sé gran cosa. Hace unas semanas Nicolás me dijo que le había salido un trabajo fácil, un chollo, se ganó unos buenos dineros por hacer apenas un recado con muy poco riesgo.

—La nota —apunta Víctor mirando a sus amigos.

Ella continúa:

—Según parece, el asunto le surgió en Oviedo; una mujer muy guapa, de posibles, le hizo el encargo y le pagó muy bien.

—¿Y?

—Hasta ahí, bien. Pero el otro día vino muy azorado. «Me buscan», me dijo, «y es por lo de esa arpía.» Entonces me comentó que si él caía la arrastraría a ella. Creo que iba a pedirle más dinero y luego poner tierra de por medio.

—Embarcándose en el *Aguamarina* —apunta el Julián.

—¿Cómo? —pregunta ella.

—Sí —dice Víctor—. Se iba a embarcar en Gijón dentro de dos días, en un barco, el *Aguamarina*, va a América.

—¡Hijo de puta!

Los cuatro amigos se miran, la camarera parece colérica.

—¡Y me dijo que vendría a buscarme! Que nos iríamos a Huelva, que allí había trabajo para gente de mar como él. ¡Cuando le ponga la mano encima…!

—¡Victoria, Victoria! ¡Cálmese! —dice Víctor intentando poner orden—. ¡Escuche! Esa gente es peligrosa. ¿Cómo la conoció? Me refiero a esa mujer. ¿Cómo era? ¿Rubia? ¿Morena? ¿Era joven, de mediana edad?

—No sé, creo que fue en una taberna, pero no me la describió. Dijo que era muy bella pero no me habló de edad ni de color de pelo.

—Es de vital importancia que encontremos a Nicolás antes que esa mujer y sus compinches. Su hombre va a una muerte segura, ¿entiende? Hágame caso. Haga memoria.

Ella pone cara de no saber de qué le hablan. Está enfadada,

colérica, Nicolás la ha engañado y poco más sabe del asunto. Es una mujer de carácter, parece muy evidente.

—No... No sabría decirle. Él nunca me contaba todas sus cosas, siempre andaba metido en asuntos turbios y decía que cuanto menos se cuente, mejor.

Castillo da un paso al frente.

—Intente usted hacer memoria y si recuerda algo importante, por amor de Dios, hágamelo saber a través de su alcalde de barrio. Igual llegamos a tiempo de salvarle la vida.

—De momento, vigilaremos el barco —dice Víctor.

—Si llega a cogerlo con vida —sentencia Casamajó.

—Una mujer muy bella... —musita el detective.

—¿Podría ser Mariana Carave? —pregunta el juez pensando en voz alta.

Antes de volver a Oviedo, el Julián les ayuda a localizar al alcalde de barrio. Justo Fernández resulta ser un tipo sencillo, achaparrado y que comenzó sus días como simple pescador para llegar a ser uno de los hombres mejor situados del pueblo. Según parece posee tres barcos de pesca y da de comer a varias familias.

—Ustedes dirán —dice mientras da órdenes aquí y allá a sus hombres, que están repasando el casco de uno de sus pesqueros—. Perdonen que no me entretenga, pero durante el tiempo que tengo un barco en tierra, dinero que pierdo.

Casamajó hace las presentaciones y pregunta por Nicolás Miñano.

El pescador escupe a un lado al oír ese nombre.

—Yo fui amigo de su padre. Uña y carne —dice juntando los dedos índices—. Para mí no era mal tipo pero la bebida se lo llevó por delante. Por eso, cuando el guaje empezó a despuntar, lo empleé en uno de mis barcos, varias veces estuvieron a punto de partirle la crisma por su chulería. Bebía y le gustaba el juego. Ya saben ustedes, malas compañías. Había días en que ni se presentaba a trabajar porque la noche antes se había acostado tarde y borracho como una cuba. Un día lo detuvieron por robar unas gallinas, el muy imbécil. Al día siguiente le di el finiquito y no lo quise volver a ver por mi empresa. Y no crean, se fue jurando en arameo. Que si me iba a rajar... que si ya me pillaría en un camino a solas...

—¿Y no tuvo usted miedo? —pregunta el juez, hombre tranquilo y poco amigo de violencias.

Justo mira a Casamajó con aire divertido y dice:

—¿Miedo a ese petimetre yo? Estuve en las guerras carlistas, y ésta siempre me acompaña. —El hombre palmea una navaja cabritera enorme que ciñe a su inmensa tripa.

—¿Le conoce usted algún escondite? —apunta Víctor—. Aparte de la casa de su madre o de la tasca donde trabaja la novia, ¿hay algún lugar donde usted sepa que pudiera esconderse?

—No, la verdad que no. Paraba poco por el pueblo. Éste es un lugar tranquilo, no hay delitos y cualquiera que viva de ese asunto destaca mucho. Lo mismo ocurre en el resto de pueblos de la comarca, así que los mangantes como Nicolás han de moverse mucho e intentan perderse entre Oviedo y Gijón. Y cuando lían una gorda y tienen que quitarse de en medio una temporada, ya sabe usted, se embarcan a las colonias para poner tierra por medio.

—Ya —contesta Víctor—. Si hiciera aparición por aquí avísenos, por favor, no exagero si le digo que es cuestión de vida o muerte.

—Descuide que así se hará.

29

Víctor y Casamajó llegan rendidos a la posada La Gran Vía. La casa duerme y todo está a oscuras, pero el patrón les habilita una mesita con una pequeña lámpara de gas y los deja a solas junto a una botella de brandy y dos copas.

—Ese tipo se ha esfumado —dice el detective.

—No desesperes —contesta el juez—, Castillo y su gente no cejan en la búsqueda, terminarán encontrándolo.

—No, amigo, no. Esto no tiene buena pinta. Oviedo es una ciudad muy pequeña y nadie ha visto a un tipo de sus características. El pobre Eduardo, que duerme rendido como un bendito, se ha pateado toda la ciudad una y mil veces; los alguaciles, alcaldes de barrio de poblaciones cercanas e incluso la policía de Gijón está sobre aviso. Y nada. Se lo ha tragado la tierra. No se ha inscrito como tripulante en el barco en el que pensaba escapar.

—¿Y?

—Que creo que Nicolás Miñano está muerto. Y no suelo equivocarme en este tipo de cosas.

—No puedes afirmar eso con tanta rotundidad, Víctor. A veces eres demasiado pesimista.

—Un pesimista no es sino un optimista bien informado.

—Aguarda, aguarda, ten paciencia. Ya verás como aparece, algún golpe de suerte debemos tener.

Víctor Ros paladea el coñac y lo hace girar en la copa, lo mira a través de la luz de la tenue lámpara que los ilumina y dice:

—¿No te parece curioso?

—¿El qué?

—Que después de un asesinato, un supuesto suicidio, una niñera desaparecida, cerdos, margaritas, un marido mujeriego y ex sifilítico que dejó morir a su mujer en un manicomio, una historia de Romeo y Julieta entre los hijos de dos propietarios, la liga azul y movimientos obreristas, sólo dependemos de un marino pendenciero que, por lo que veo, es el único que puede llevarnos a los verdaderos culpables. Y eso me parece muy triste.

—Bueno, bueno, no lo des todo por perdido.

—Quizá tengas razón, Agustín, pero este maldito caso no me deja avanzar. Todo forma una maraña, una especie de bosque que no me deja ver el camino.

—Sí, te entiendo, es como si fueras por un barranco, en plena guerra y no supieras de dónde te pueden venir los tiros.

—Más o menos, sí. ¿Y sabes? Entre tanta mentira, intereses creados e influencias, sólo sé una cosa segura: Nicolás Miñano cobró un dinero de una hermosa mujer por meter la nota en el bolsillo de Carlos Navarro, el afinador. Y esa mujer y sus amigos no son otros que los verdaderos asesinos. Miñano se ha visto precisado a huir y parece ser que ha entendido el porqué de la misión que le encomendaron. Es evidente que va a pedirles más dinero y todos los que han tenido relación directa con esos tunantes han muerto. Mira el pobre Ramón Férez, para empezar por alguien.

—Sí, una lástima. Pobre chaval. Una persona desgraciada de principio a fin y con una vida corta.

—Y ni siquiera sabemos cuál fue el móvil. Después de tantas vueltas y revueltas, de tantos testimonios y entrevistas, ¿qué sabemos sobre el motivo de su muerte?

Agustín pone cara de pocos amigos y cae en la cuenta:

—Pues ahora que lo dices, nada. Es cierto.

—¡Nada! Eso es. ¿Lo mandó matar ese padre miserable que tenía porque había descubierto su «secreto familiar»? ¿Fue un asunto de amoríos? Navarro parece descartado, pero ¿y si había otro? ¿Fue el caballerizo? ¿Está implicada la niñera y su hermano? No tenemos ni idea de por qué le mataron.

—Ya.

—Sólo tenemos a Nicolás Miñano. Punto. Y ahora, para rematar, aparece el asunto de la liga. Por un lado podría exculpar al caballerizo, aunque por otro podría pertenecer a la niñera, que, dicho sea de paso, ha desaparecido de forma harto sospechosa.

—¿Y si es de la hija, Enriqueta?

—Sí, sí, ahora iba con eso. La joven se puso lívida cuando se la enseñé, insiste en que no es suya, pero ¿qué iba a decir?

—No me cuadra, Víctor. ¿Por qué iba una joven de buena familia, tan enamorada de su galán, a enredarse con un caballerizo de esa forma? Según creo, ella y Fernando Medina están hechos el uno para el otro, no hay duda. ¿Por qué iba a liarse con José Granado?

—Sí, sí, es raro. Pero el bello sexo no es fácil de entender, querido amigo. Luego está lo de la mujer hermosa que pagó a Nicolás. Mariana Carave es hermosa. ¿Quiso vengarse de su marido matando a su primogénito? No olvidemos que no era hijo suyo. ¿No podría haber sido ella? No la hemos considerado sospechosa y si algo hemos aprendido de esa maldita casa es que cualquiera puede ser culpable.

—La niñera, Cristina Pizarro, también es muy hermosa.

—Sí, y Enriqueta Férez.

—Estamos perdidos.

—Creo que Mariana Carave puede ser la mujer en cuestión. Parece lista y es hermosa, no hay duda. No sé —apunta Víctor—. Debería alejarme, ya sabes, tomar cierta distancia, empezar de cero. Le he mandado un telegrama a Clara para que venga a pasar unos días conmigo.

—Buena idea.

—No creas, la mantengo al día, por carta, y lo ve todo tan oscuro como nosotros. ¿Y Micaela? ¿Por qué se mató?

—¿La criada? Bien pudo ser un suicidio de verdad.

—¡Que no, que no! Recuerda la escena, Agustín.

El otro cierra los ojos como recordando.

—Había una sola silla en la habitación y estaba en el otro extremo. ¿Cómo iba a subirse a la silla, dejarse caer y luego volver a colocarla en el rincón si estaba ahorcada? Además, había otro punto en que la viga era más baja.

—Igual la ayudaron.

—Tú lo has dicho, «la ayudaron». Y ocurrió cuando todos os personasteis en la casa para decirle a Férez que me queríais en el caso. ¿Qué te hace pensar?

—Que los asesinos son gente de la casa.

—Sí, eso ya lo sabemos. Pero actuaron con precipitación, son gente meticulosa, mira si no lo de la nota. Lleva mucho tiempo imitar la caligrafía de alguien; en cambio, ahorcan a la criada y no caen en el detalle de acercarle una silla…

—Tenían prisa.

—Claro, claro.

Entonces Víctor se queda pensando un momento.

—¿Qué pasa, amigo?

—No, no es nada, es una tontería… pero si alguien ahorcó a la pobre Micaela cuando mi nombre salió a colación, ¿no te parece que puede indicar que me conocen?

—Toda España te conoce.

—No, no. Me refiero a que ¿no parece posible que ya me las puedo haber visto con ellos anteriormente y quisieran eliminar cualquier pista que me pudiera guiar antes incluso de mi propia llegada?

—Podría ser —dice Casamajó cavilando.

Víctor sigue pensando.

—Hay una cosa…

—¿Sí?

—Sabes que enviaron el arcón de Micaela a su casa, al pueblo.

—Sí, claro.

—Por mis conversaciones con Faustina, Granado y la cocinera, pude averiguar que la joven llevaba un diario y que ahorraba para volver a su pueblo y supongo que casarse algún día con un joven de allí.

—Lógico. ¿Y?

—Cuando hablé con Faustina sobre el contenido del arcón en ningún momento me mencionó los ahorros y dijo explícitamente que no había diario alguno en dicho cajón.

—Ya. Sí. Igual se quedó con los dineros de su compañera.

—No, no la creo capaz. Además, don Reinaldo dijo que se habría enviado el diario a casa de la finada.

—¿Piensas que lo tiene él?

—No. Creo que no quiere que se sepa siquiera que existía, probablemente lo buscó y lo sabe perdido. Si fuera sólo lo del diario no sospecharía, pero lo de que los ahorros no fueran enviados a casa me hace sospechar que…

—¿Qué? No te sigo.

—Que Micalea debía de tener algún escondite secreto en su habitación. Allí pueden estar su diario y su dinero.

—Lo veo muy traído por los pelos.

—No pierdo nada por echar un vistazo.

—No, en efecto, nada pierdes.

—¿Te das cuenta de que ese diario puede ser la clave? ¿Por qué la quitaron de en medio? No la veo participando en una conjura de esas características, era una joven pía y responsable. ¿No será que vio algo?

—Puede ser.

Los dos amigos quedan en silencio de nuevo, meditando. Víctor vuelve a tomar la palabra y piensa en voz alta.

—Ya no sé qué pensar, a veces me replanteo incluso el asunto de los cerdos y las margaritas.

El juez estalla en una violenta carcajada.

—¡Esos locos!

—Sí, amigo, no te rías, pero no sabes lo que daría por una buena pista.

—Alguna tienes.

Víctor levanta el rostro y mira a su amigo.

—No has ido a la imprenta Nortes.

El detective asiente.

—Sí, tienes razón, lo he estado retrasando. Quería averiguar si José Granado tenía amistades que le ligaran al socialismo. Pensé incluso que Vicente Hernández Gil era quien le había dado el libro, pero todo hace pensar que no.

—¿Por qué no mandas a Castillo?

—No, uno debe hacer las cosas por sí mismo.

—Va a ser difícil para ti, Víctor.

—Nada es fácil en la vida, amigo. Cuando inicié aquel camino sabía a lo que me atenía.

—¿Seguro?

Víctor vuelve a quedar pensativo, mirando a la lámpara de gas. Ladea la cabeza.

—No, seguro, no. A veces uno no sabe adónde le van a llevar sus propias acciones. Cuando llegué a la imprenta como un joven aprendiz y pedí trabajo a don Paco, había cosas que no sabía que iban a suceder.

—No la conocías a ella.

—No sabía ni que existía. Él era un buen hombre, creyó mi historia: ya sabes, un pequeño raterillo que huye de Madrid para iniciar una nueva vida en provincias. Un joven que quería aprender a ganarse la vida de manera honrada, con sus propias manos, un chaval perdido en busca de un oficio y de un padre. Me trató como tal. Fue comprensivo con mi falta de habilidad, me enseñó el oficio y, además, se ocupó de instruirme, de hacerme leer cosas que expandieran mi mente.

—Pensaba que tú ya venías instruido.

—Sí, claro, yo venía preparado, pero él a su manera quiso guiarme hacia unos ideales que hacen al hombre grande.

—¿Y no fue ésa una forma de manipulación?

—No, en absoluto. Él quería ayudarme, hacerme ver que este mundo es injusto y que debemos cambiarlo. Él no era violento, pero su imprenta era el lugar donde podíamos tirar del hilo para lograr infiltrarme. El juez no me hizo caso, debían de haberle liberado.

—No quiso colaborar con la Justicia, Víctor.

—¡Yo le traicioné!

Los dos amigos se quedan en silencio.

Entonces Víctor vuelve a tomar la palabra:

—En cualquier caso no me queda otra, tengo que ir a la imprenta Nortes y hablar con ella, puede ser una de las últimas pistas que nos queden.

30

La campana de entrada suena y el aprendiz de la imprenta Nortes levanta la cabeza. El chaval rebusca en un mar de caracteres tipográficos ataviado con la típica visera, delantal y protectores negros en las mangas.

El recién llegado queda parado, como petrificado, mientras mira a la puerta del despacho donde ha aparecido la dueña de la imprenta, doña Esther.

Ella hace otro tanto. Aquellos dos se miran el uno al otro, de pie, quietos, muy quietos, y sin mediar palabra.

—Hugo —dice finalmente Esther Parra—, que nadie nos moleste. Y tú, Víctor, ¿te vas a quedar ahí todo el rato?

—No, claro —contesta el desconocido, que entra en el despacho con el sombrero en la mano. Esther cierra la puerta tras él y echa las cortinillas de los amplios ventanales que jalonan el lugar en que trabaja la dueña de la imprenta Nortes.

—Toma asiento —dice ella, muy fría.

—Yo, Esther... —contesta él de pie. No sabe si abrazarla, estrecharle la mano o ponerse de rodillas pidiendo perdón. Ella ya ha rodeado su mesa para sentarse en su butaca. No va a darle esa posibilidad.

Víctor se sienta como si fuera una visita más mientras echa

un vistazo en derredor. Recuerda sus largas conversaciones, allí mismo, con el padre de la joven, Paco, en torno a una botella de orujo y hablando de proclamas, socialismo y trabajadores.

—Has tardado muchos años en venir a dar la cara —dice ella mirándole con dureza.

Está muy guapa. Es mucho más mayor que cuando la conoció, rondará los cuarenta, pero se conserva bien y sigue teniendo aquellos ojos de mora en los que él acostumbraba a perderse. Sus dientes siguen siendo blancos y perfectos y se mueve con parsimonia, con una tranquilidad extrema, algo que encantaba a Víctor, siempre hiperactivo y tres pasos delante de los demás, de los acontecimientos, de la vida. Llegó a pensar que era la mujer perfecta para él. Pensaba que eran el uno para el otro.

—No me he atrevido a venir, tienes razón. Soy un cobarde.

Ella mira hacia su regazo, se nota que le cuesta hablar, que le odia. Entonces levanta la mirada con dureza, con determinación.

—No sabes la de años que he esperado esta conversación —dice con un deje de amargura en su voz—. Al principio en la cárcel. No sabía lo que estaba pasando, supe que habían detenido a todo el mundo, incluido mi padre y, fíjate que idiota, en el primero que pensé fue en ti. No quería que te torturaran, que te hicieran daño. Te amaba, Víctor. Más que pensar en mí, en mi seguridad, en la de mi padre o en mis compañeros, sólo rezaba para que tú estuvieras bien. Me hubiera dejado matar por ti, por que no sufrieras daño alguno. Así te quería. Luego, poco a poco, fui dándome cuenta de lo que había, un carcelero me contó que eras policía pero no quise creerle. Me pusieron pronto en libertad pero mi padre seguía encarcelado. Yo me decía «vendrá, vendrá». Era vox pópuli que no estabas detenido y eso sólo podía significar que eras un chivato. Luego resultó peor, eras uno de ellos, uno de sus perros, un policía. Aun así no podía dejar de quererte, ¿sabes?

Las lágrimas asoman a los ojos de Esther Parra y Víctor le tiende su propio pañuelo.

—No —dice ella con desprecio sacando el suyo de la manga derecha.

Mientras se seca las lágrimas hay una pausa; él intenta excusarse:

—Yo… Me obligaron a ir a Madrid, no me querían en Oviedo, hice todo lo que pude. Luché por vosotros dos, en mis declaraciones quedó claro que no estabais implicados en los atentados, que la imprenta sólo era el lugar de reunión de un grupo de personas de ideas abiertas que se hizo muy grande y que sólo algunos de ellos terminaron formando una facción armada.

—Pues pagamos justos por pecadores.

—Lo sé —reconoce Víctor, ladeando la mirada, no tiene valor para mirarla a los ojos—. Al menos conseguí que te liberaran.

—¿Y mi padre?

—No pude, lo intenté, hablé hasta con el ministro, no pude… no quisieron.

—Murió en la cárcel.

—¡No pude!

—Pasaba los días aquí mismo, sentada, esperando que esa maldita campana sonara y aparecieras tú para ayudarme, para estar conmigo. No sabía cómo funcionaba el negocio y veía a mi padre consumirse día a día en la cárcel. Era viejo, estaba enfermo, ¿has visto esas celdas? Pero ¿qué digo? ¡Si eres uno de ellos! Contrajo la tuberculosis y era obvio que si seguía en la cárcel se moría. Él, que nunca hizo mal a nadie, un socialista utópico, él que consagró su vida a luchar por los desposeídos.

—Lo sé.

—Él que te acogió en esta casa pensando que eras un don nadie, que te enseñó un oficio, que te trató como se trata a un hijo y que permitió que entablaras relaciones con su única hija. ¿Crees que merecía morir así? ¿En una celda fría y húmeda? Como un perro, solo, tirado y sin asistencia médica.

—Lo siento. —Hay lágrimas en los ojos de Víctor.

—No, no lo sientes. El ascenso te vino muy bien. He seguido tu trayectoria en la prensa: rico, famoso y aceptado en sociedad. Uno de ellos.

—No, Esther, las cosas no fueron así…

—Todos estos años esperé y esperé. Y, ¿sabes?, me despreciaba a mí misma porque a pesar de lo que nos habías hecho, a pesar de lo de mi padre, a pesar de tu traición a la clase trabajadora, yo, Esther Parra, te quería y te seguía creyendo. ¿Habrase visto algo igual? —dice dando un puñetazo en la mesa.

—Yo te quería.

—¡No digas eso! —exclama ella poniéndose de pie a la vez que le señala con el índice.

Los dos permanecen en silencio, el aire se puede cortar y Víctor mira hacia el suelo. Se miran sin medir palabra durante minutos.

Ella continúa:

—Soñaba con que vendrías a contarme que te habían obligado, que tú creías en nuestros ideales y que no habías podido hacer otra cosa y que me pedirías que nos fuéramos de aquí a Cuba, a México, qué sé yo. A vivir una vida nueva y feliz lejos de esta locura.

—Y así fue, en cierta medida…

Ella levanta la mirada de nuevo y le fulmina, directamente.

—Mira, Esther —comienza a decir Víctor con el tono más suave que puede—, sé que no es fácil de creer pero las cosas no son blancas o negras. Ahora soy más viejo, sé más cosas y veo en perspectiva lo que ocurrió. Me arrepiento, sí, mucho, me arrepiento todos los días. Y me arrepiento porque no supe, no pude, no fui capaz de ver que mi ambición me cegaba. Te juro que mis intenciones eran buenas, pero…

—¿Intenciones? ¿Introducirse en casa de un hombre ímprobo y deshonrarle a la hija, enamorarla con bonitas palabras, hacerle creer que la querías y luego dejarla tirada?

—Déjame hablar, por favor. No te pido siquiera que consideres lo que voy a decir, yo mismo no me perdono, pero sólo te pido una cosa y es que me dejes hablar. Nada más.

Ella lo mira con odio de nuevo así que Víctor asume que le está dando, al menos, unos minutos más.

—En efecto yo llegué a Oviedo como agente de policía y la situación era confusa, sabíamos que la contratación de matones y pistoleros por parte de la patronal había provocado que los elementos más radicales de la izquierda comenzaran a dar sus propios golpes. En Madrid ya se conocía a la Banda del Rentero.

—Fue ahorcado, por cierto, a unos pasos de aquí. Por tu culpa.

—Lo sé. ¿Puedo seguir?

Ella asiente.

—Bien. Yo era joven y tenía demasiada ambición, ahora lo sé. Siempre me gustó mucho leer cosas sobre Gran Bretaña, la ciencia, la industrialización y supe por cosas que leí en periódicos ingleses, ayudándome a duras penas con un diccionario, que allí habían comenzado a vestir a policías de paisano. Policías de un cuerpo realmente de élite, Scotland Yard. La reacción de la gente de la calle no fue buena. ¿Cómo iba a ser policía un tipo vestido con traje que se sienta a tu lado en el tranvía? Aquello parecía una locura, una violación de los derechos más básicos de los ciudadanos. Pero el caso es que funcionaba. La eficacia de la medida hizo acallar las críticas y yo tomé nota. Una vez aquí y dado que los desmanes del Rentero y su gente iban a más, decidí intentarlo.

—Un traidor.

—¿Hace falta que te recuerde que dejaron morir de hambre al hijo de Jonás Gutiérrez, el armador?

—Eso fue una desgracia. El único tipo que sabía en qué cueva se escondía al crío cayó muerto en una emboscada. No pudieron encontrarlo.

—Pues te recuerdo que nosotros sí. Dos meses después la criatura fue hallada, atado de pies y manos y muerto de hambre, frío y sed en una cueva de los Picos de Europa. ¿Lo recuerdas? ¡Un niño de nueve años!

—¡Su padre era un animal!

—No voy a entrar ahora en cuestiones de justicia social, Esther, sólo te estoy mostrando cuál era el contexto en que nos encontrábamos en los primeros días de mi llegada a Oviedo. Esto era un polvorín. Planteé mi idea a las autoridades y, en principio, no me hicieron mucho caso, pero un joven fiscal...

—Casamajó.

—Casamajó, sí. Me apoyó. Me presenté en la imprenta y tu padre, Paco, me dio trabajo, sí. Me enseñó el oficio. Yo era, y lo sigo siendo, un moderado. Por supuesto que simpatizo con las ideas de los socialistas, por supuesto que quería construir un mundo mejor, pero siempre he pensado que los que creemos en un ideal así tenemos un enemigo: los exaltados.

Éste no es un país cualquiera, aquí la Ilustración o la actual Revolución industrial pasan si hacer mella, sin dejar su impronta. ¿Acaso no te das cuenta que seguimos viviendo en el mismo régimen caciquil que hace cuatro siglos? ¿Crees que va a ser fácil cambiar eso? La Iglesia, el capital, el ejército y la oligarquía dominante se apoyan en el daño que causan los más exaltados para aplastarnos como a cucarachas. No. Las cosas hay que hacerlas despacio, con calma, desde dentro. Por eso me hice policía y por eso creía que la banda del Rentero debía ser neutralizada. Luego, y tengo que reconocerlo así, hay muchas cosas que se me fueron de las manos.

—¿Como el qué?

—Primero, me enamoré de ti.

Ella ladea la cabeza, como negando.

—Sí, sí, ya sé, no me crees. Pero piensa, todas esas cosas, esos momentos que vivimos, no podían fingirse.

—¿Y por qué no me dijiste la verdad? Podías haber dejado la policía.

—Pensé hacerlo, pero cada vez me acercaba más a ellos, iba ganando confianza poco a poco. Todo el mundo me conocía. Lo tocaba con la punta de las manos y me sobró ambición, pensé que a ti y a tu padre nada os pasaría.

—Pensaste en ti mismo.

—Sí. Bueno, no. Creía que podría controlar aquello. Iba a conseguir algo grande, un hito histórico en la labor policial en España, pero la cosa se me fue de las manos. Luego, cuando os detuvieron, lo intenté todo. Quise venir a verte, pero mis superiores no me dejaron. Llegué a escaparme pero me cogieron en el mismo Madrid cuando subía al tren. El juez me impuso arresto domiciliario hasta que saliera el juicio.

—Pues bien que te condecoraron.

—Sí, lo sé. Hice lo que pude, era un crío, ahora lo veo. Un

don nadie, un hijo de la Latina que había logrado lo que no habían podido conseguir todas las autoridades de Oviedo en años. No pensé en ti, en las consecuencias que aquello podía tener. No estaba en condiciones de poder siquiera hacerme una idea de que mis actos...

—Pues me destrozaste la vida.

—Lo sé.

—Y ni un carta. Se te da muy bien salir huyendo.

—Comencé a escribirte cientos de veces. Pensé en venir incluso, pero siempre me faltaba el valor. En realidad encontraba una u otra excusa, un caso aquí, un delito allá. En fin, que poco a poco llegué a la conclusión de que uno debe intentar enterrar las cosas malas que hizo, es imposible vivir con ellas, tuve que mirar hacia delante.

—Eso es de cobardes.

—En efecto. Pero no podría mirarme al espejo si no lo hiciera así. Yo traicioné a mis compañeros. No lo vas a entender, pero yo, cuando entré por esa puerta —dice señalando la entrada a Nortes— era un policía joven y ambicioso, y unos meses después era uno más de vosotros, un socialista, un convencido. Y luego llegó la realidad, traicioné a tantos y tantos amigos... Y no creas, los de la banda del Rentero me dan igual, pero había otros que no merecían la cárcel.

—No queda nadie, ¿sabes? El que no está muerto huyó a las colonias.

—Lo sé.

31

Entonces ella, como si aquello no le importara lo más mínimo, da un inesperado giro a la conversación y dice:

—Pero supongo que no estarás aquí para hablar de mis fracasos amorosos, no te creo tan valiente como para venir a hablar de ello. Llevas ya bastantes días en Oviedo y al fin te has atrevido a pasar por aquí. Te trae algún asunto oficial, ¿no?

Víctor mira de nuevo hacia el suelo, a sus zapatos. Comienza a hartarse y está a punto de estallar.

—Las cosas no fueron fáciles, Esther. Aunque yo era idiota, joven y ambicioso, lo preparé todo en mi mente. Os iba a avisar a ti y a tu padre unos minutos antes de la redada para que pudierais escapar, pero la cosa se complicó; una semana antes de la operación, uno de los nuestros me vio hablando con el comisario en el patio trasero de una tasca. ¿Te acuerdas de Emilio «el Calvo»?

—Claro.

—Él me vio, se quedó parado y al momento salió corriendo. Iba a dar el chivatazo y tuvimos que actuar esa misma noche. Se telegrafió a Madrid al momento y la orden partió del mismísimo Ministerio de la Gobernación. No tuve tiempo para más, todo se precipitó.

—Ya.

—Sé que con decir que lo siento no arreglo nada, sé que no me vas a perdonar y no espero que lo hagas, pero sólo quiero que sepas que las cosas no son…

—Sí, te escuché antes: ni blancas ni negras.

Víctor suspira un tanto desesperado. Entonces, más para romper el hielo que por otra cosa, apunta:

—No te casaste.

—Pues no. Soy lo que se dice una solterona. Tú, en cambio, sí lo hiciste. Te faltó tiempo.

—Sí.

—Y eres feliz con ella.

—Sí, mucho.

—Y es rica.

—No exactamente, pero si quieres verlo así, es de buena familia y podríamos decir que tenemos un buen pasar. Eso lo hace peor a tus ojos, claro.

Esther abre un cajón y extrae unos papeles que ojea intentando parecer ocupada:

—Bueno, Víctor, estoy hasta arriba de trabajo, ¿qué es eso que querías preguntar sobre tu caso?

El detective abre su pequeño maletín y extrae un libro que deja caer sobre la mesa de la dueña de la imprenta Nortes.

—Esto es vuestro —dice.

Ella toma el libro y sonríe. Lo sopesa, lo gira para examinarlo, abre la primera página y vuelve a cerrarlo.

—¿Por qué?

—Trabajé aquí, no me vengas con ésas. Es una pista fundamental en el asesinato de Ramón Férez. He intentado apurar otras líneas de investigación pero me veo obligado a preguntarte por él.

—No es nuestro.

—Sabes que yo sé fehacientemente que sí.
—Ya.
—Mira, lo encontramos en el cuarto del caballerizo.
—¿Y?
—¿Qué hacía allí?
Ella le mira con cara de malas pulgas.
—¿Y qué importa eso? Ya tenéis a un culpable: el afinador.
Víctor la mira a los ojos y vuelve a señalar el libro con el índice.
—El libro —insiste—, ¿cómo llegó a las manos de José Granado?
—Un momento —dice ella atando cabos—. No tenéis nada, es eso, ¿verdad? Si Navarro fuera el verdadero culpable no estarías aquí preguntándome por el libro. Estáis perdidos, no tenéis ni idea, como siempre.
Y estalla en una carcajada.
Víctor frunce el ceño. Aquello le gusta cada vez menos. Entonces, muy serio, apunta:
—Mira, Esther, lo que yo te hiciera en el pasado no te exime de responsabilidad civil o penal en este proceso. He venido yo personalmente y he evitado que acudiera a verte la policía para evitarte problemas. No voy a dejarme influir por el pasado o por las deudas pendientes que tengo contigo. Vas a decirme lo que quiero saber, este asunto es serio y yo voy a evitar que puedas volver a verte en una celda.
Ella queda en silencio. Es obvio que no se esperaba esa reacción en el detective.
—Hicimos una edición de trescientos.
—Bien, nos entendemos —dice él mirándola a los ojos; sigue pareciéndole bella, un ángel—. Ese José Granado... ¿pertenecía a algún grupo organizado?
—No, en absoluto.

—Nos consta que los grupos socialistas se están asociando con eficacia en Asturias.

—No, ese tipo no es de los nuestros.

—¿Era amigo de ese periodista, Vicente Hernández Gil?

—¡Qué va! Nunca he visto a ese Granado moverse en nuestros círculos y nunca asistió a reunión alguna.

—¿Y cómo es que tenía el libro?

—Yo se lo vendí.

Víctor se incorpora ligeramente.

—Cuéntame más.

—No hay nada que contar, hace un par de meses entró por esa puerta y me dijo: «Quiero leer». Yo le dije: «¿Sobre qué?». Él contestó: «Sobre nuevas ideas, sobre cambiar el mundo». Yo pensé que era un policía y le dije que no tenía nada de eso. Me insistió, me dijo quién era, dónde trabajaba y me pareció un tipo honesto. «Toma, lee esto», le dije y le entregué el libro que me pagó religiosamente. Ésa es su única relación con la revolución o con el socialismo.

—¿Ya está?

—Supongo que no podrás creerme, claro. A tus ojos debo de ser una revolucionaria, una radical, una loca dispuesta a hacer que descarrilen los trenes o muera gente.

—¿No sabes si se había reunido con gente de ideas avanzadas en alguna taberna? Quizá tenía amigos que le inculcaron nuevas ideas.

—Ese tipo vivía allí arriba, en Casa Férez, apenas bajaba al pueblo. Todo el mundo lo sabe. Además, se hacía pasar por otro, por lo del crimen del hermano. No, Víctor, te aseguro que no era de los nuestros. Me temo que tu investigación no va por esos derroteros. Éste no es asunto de movimientos proletarios ni de sociedades secretas ni venganzas al patrón. Puedes creerme.

—¿Puedo creerte?

—Nosotros somos los primeros interesados en que este asunto no levante más porquería. Ahora nos dejan movernos, nos organizamos, se instruye a los obreros, viene gente de Madrid y tenemos con nosotros a personas valiosas de la propia Universidad: profesores, tipos moderados como esos que a ti te gustan pero que quieren cambiar el mundo. No te haces una idea de la represión que sufrimos tras tu marcha. Ahora, después de años de persecución, podemos debatir, crear agrupaciones, foros ciudadanos y tertulias. Nuestras ideas van calando en los más desposeídos. Ésta es una región muy dura para un obrero.

—Lo sé.

—¿Acaso crees que estaríamos dispuestos a perderlo todo por un joven petimetre asesinado? Si tuviéramos algo que decir sobre el asunto ya habríamos ido a la policía.

Él la mira como hipnotizado. No puede evitar los recuerdos. Él amó a aquella mujer y quizá en cierta parte aún la ame. Era apasionada y cuando se amaban todo era maravilloso y perfecto. Tiene a Clara, a sus hijos, pero recuerda aquellos días con Esther y se siente rejuvenecido, lleno de energía. Él la desilusionó, le destrozó la vida y su padre murió en la cárcel por su culpa.

Ella nunca se lo perdonará y siente pena por ello. Por lo que fue, por lo que pudo haber sido, por cómo lo estropeó y por el sufrimiento que ha podido causarle. Se siente como el peor de los hombres del mundo y sabe que, para Esther Parra, lo es. Aún la añora.

Entonces se levanta y guarda el libro en el maletín. Toma el sombrero con la diestra y, sin atreverse a estrecharle la mano, dice:

—Bueno, pues muchas gracias, seguiré investigando.

—Espero que lo resuelvas y así tus amigos volverán a dejarnos tranquilos.

—Descuida, te prometo que lo haré.

—¿Tu palabra sigue valiendo tanto?

Él, ya de espaldas, encaja el golpe y responde:

—Sólo puedo decirte que lo siento. Cuídate mucho, Esther Parra.

Justo cuando va a cerrar la puerta del despacho le parece escuchar que ella musita:

—Yo te quería.

Víctor sale al exterior cabizbajo y embebido en sus propios pensamientos. Camina por la calle Cimadevilla y llega hasta la calle Nueva por la que ataja para llegar a la de la Picota. En el cruce de ésta con la de San Francisco, justo en la esquina de la Universidad, se para mirando al suelo.

Intenta pensar pero no puede.

Aquello no es asunto de revolucionarios, ¿quién es la mujer que dio la liga al caballerizo? Si diera con ella podría demostrar que el tipo era inocente, que tenía coartada porque estaba con una dama durante el asesinato. Aunque, ¿y si la liga pertenecía a la niñera? Quizá esa mujer lo urdió todo. Se acostaba con don Reinaldo Férez y dicen que era bellísima, bien pudo manipular a todos los hombres que tenía alrededor a su antojo. Y Enriqueta, ¿no sería suya la liga? Todo apunta a que sí. No termina de entender aquello.

De pronto, Víctor siente que una fuerza imponente le levanta dos palmos sobre el suelo y le hace volar por los aires perdiendo el sombrero para rodar con estrépito por el adoquinado.

—¡Maldito hijo de puta! —grita alguien fuera de sí.

Víctor Ros, boca arriba y tumbado en el duro empedrado,

apenas si acierta a ver que Fernando Medina, el novio de Enriqueta, se lanza sobre él como una fiera.

Entonces, con habilidad, apoya las palmas de sus manos en el pecho de su agresor que yace ya sobre él y con la rodilla le hace volar por encima de su cabeza. Cuando el otro va a levantarse tras la voltereta, aún a cuatro patas en el suelo, Víctor ya se ha lanzado sobre él clavándole la rodilla en la espalda. El detective ha hecho presa en sus manos y le retuerce los pulgares mientras que su frente presiona la nuca del agresor haciendo que éste muerda el polvo.

—¡Hijo de puta! ¡Suéltame! —grita el joven Medina.

Víctor percibe como muchos viandantes comienzan a pararse y les rodean mirando con curiosidad.

—Don Fernando —dice al oído del agresor—. Estamos dando un espectáculo, cálmese, por favor, hablemos en otro lugar…

—¡Suéltame y te mato, hijo de puta!

Víctor vuelve a acercarse al oído del joven que, inmóvil, lucha por sacudirse de la llave del detective.

—Mire, joven, no se lo voy a decir dos veces: si le suelto y viene a por mí, tendré que defenderme. Esto va a ser un espectáculo. Todo el mundo hablará de ello. Piense en Enriqueta, se lo ruego, piense en el buen nombre de esa joven. Hablemos.

El otro jadea. Apenas si puede respirar por la presión de Víctor, que añade:

—Le diré lo que haremos: le voy a soltar lentamente; nos pondremos de pie y nos daremos la mano como si esto fuera una broma de amigos, y luego, cogidos del brazo, nos iremos juntos. Permítame hablar con usted sosegadamente y si no queda contento con mis aclaraciones, tendrá usted una satisfacción en el momento, con los padrinos y armas que usted desee, ¿me sigue?

Fernando Medina asiente a malas penas, así que el detective se levanta dando un ágil salto y tiende la mano al joven terrateniente que se pone en pie sacudiéndose la ropa.

Entonces Víctor le estrecha la mano y le sacude con un fuerte abrazo. Mira a la concurrencia y dice entre risotadas:

—Son cosas nuestras, ¡cosas de nuestra amistad en Madrid! Hemos boxeado mucho juntos.

Los tres caballeros, la criada y las tres damas que miran el espectáculo sonríen dando por buena la versión. «Estos madrileños», piensan para sí. «El ardor de la juventud», musita una vieja.

Víctor toma al joven del brazo y lo saca a toda prisa. La Gran Vía está a un paso. Allí podrán hablar con calma.

32

Cuando llegan a la posada, Víctor indica al joven la entrada con la mano derecha.

—No, no —responde el otro visiblemente nervioso—. Creo que sería mejor caminar, no quiero que nadie nos oiga.

—Sí, es buena idea, paseemos por el campo, será mejor.

Víctor espera a haberse alejado unos metros del bullicio que siempre rodea al lugar donde se hospeda y entonces pregunta:

—Perdone, pero ¿se encuentra más tranquilo ya?

Víctor mira a su interlocutor. El joven Fernando es un hombre imponente, alto y de anchas espaldas. Su pelo moreno es abundante y tras el forcejeo el largo flequillo cae sobre una frente amplia y de noble aspecto. Los ojos son oscuros, casi negros, y tiene una boca grande, bien perfilada, con unos dientes blancos, sanos, de hermosa sonrisa.

—Pues no, no me he calmado. Me va usted a aclarar…

—Lo que usted me diga —le interrumpe Víctor.

—¿Cómo acude usted a importunar a mi Enriqueta de esa forma? ¿Con ese asunto soez y vulgar?

—Ah, está usted al tanto de lo de la liga.

—Por supuesto, ¿no iba a estarlo?

Víctor se queda parado por un instante. Él pensaba que la joven ocultaría el asunto a su prometido.

—Verá usted, don Fernando, encontré una liga azul oscuro en el cuarto del caballerizo y supe que en la casa se había perdido una liga similar y que pertenecía a su prometida, no podía sino preguntar y lo hice con la máxima discreción.

—¡Dudar de un ángel como ella!

—No, no, perdone, joven. No dudé —miente Víctor—, pero póngase en mi lugar.

—¡Ella es inocente! ¿Cómo iba siquiera a fijarse en ese tipo? Ella me quiere. Además, esa liga que encontró en el cuarto del caballerizo no era de mi Enriqueta.

Víctor, pese a que comprueba que el joven se ha parado y aprieta los puños, se arriesga a decir:

—No se ofenda, don Fernando, pero… ¿cómo puede usted saberlo?

—Hay cosas que un caballero no puede contar.

—Éste es un caso de asesinato, ¿comprende? Cuando el juez, el fiscal y no digo la prensa, se enteren del asunto, la honra de Enriqueta podría quedar en entredicho. Si sabe algo, dígamelo. Sólo quiero ayudarles, créame.

—Porque la liga…

—¿Sí?

—¡No puedo!

—Don Fernando, por favor, soy un detective profesional, todo queda entre nosotros.

El joven Medina lucha contra sí mismo. Es evidente que sopesa, de un lado, la defensa de la honra de su dama y, de otro, su obligación a comportarse con discreción. Víctor comienza a intuir lo que ocurre.

—Usted sabe dónde está la liga auténtica. La que ella perdió.

Fernando Medina se gira y Víctor se coloca, discretamente, en guardia, teme que aquel bigardo le lance un directo de un momento a otro.

Entonces el detective mira el puño cerrado del joven y percibe algo. Ve un anillo, discreto, de oro blanco. Un momento. Ella llevaba uno igual. Sí, claro, es eso.

—¡Usted tiene la liga!

—¡Yo siempre la he respetado!

—¡Y tanto, como que es su mujer! —exclama Víctor sonriente.

El otro da un paso atrás, parece encajar un golpe.

—¿Cómo? ¡Qué dice! Usted está loco.

—Claro, claro —dice Víctor lanzado—, por eso dice usted tener la liga de Enriqueta y defiende su virtud, por eso llevan ustedes esas alianzas. ¡Ustedes dos se han casado en secreto!

Fernando Medina se queda mirando a Víctor como si éste le leyera el pensamiento.

—¡Se han casado! —insiste Ros.

—Chisss —chista ruidosamente el joven.

—Sí, es eso, se han casado.

—Parece cosa de brujas, ¿cómo puede usted adivinar así las cosas?

—¡Enhorabuena, amigo, a mis brazos! —exclama el detective lanzándose a abrazar al otro, que no sabe qué hacer.

—No… No puede usted decir nada.

—Descuide, descuide, me quita usted un peso de encima. Tendré que mirar en otra dirección, pero ¡enhorabuena! Han hecho ustedes lo que tenían que hacer. ¿Cuándo fue?

—Hace cosa más o menos de un mes y medio. Cuando nuestros padres estaban tan enfrentados… Yo la convencí, fuimos a Contrueces, el cura de allí es amigo mío y nos casamos.

—Y son ustedes marido y mujer.

—Sí, mi padre amenazó con desheredarme si continuaba con ella pero me da igual, está consumado y cuando se lo comunique no podrá hacer nada para oponerse. Además, le conozco. Tengo unos valores en Chile que están al alza y no descarto que nos vayamos para allá.

—Su padre le apoyará, se lo aseguro.

—La liga la tengo yo. Tiene mi palabra de caballero, pero nunca le falté, todo ocurrió cuando ya éramos marido y mujer.

—No tiene usted que darme explicación alguna. Sólo un consejo.

—¿Sí?

—Bueno, dos: primero, aguarden un tiempo a decirlo. Déjenme unos días, en cuanto resuelva el caso hablamos y lo cuentan, ¿de acuerdo?

—Me parece razonable.

—Segundo.

—Le escucho.

—Trátela bien y hágamela muy feliz. Esa criatura ha nacido en una mala casa, se merece ser dichosa el resto de su vida.

—Descuide, don Víctor, que así se hará. Es usted un buen hombre.

El joven Medina estrecha entre sus brazos al detective, algo más menudo, y sale a paso vivo por el camino a Oviedo. Parece feliz. «Es usted un buen hombre», musita Víctor. Qué pena que no todos piensen igual, aunque sólo fuera Esther Parra.

Eduardo se entretiene lanzando piedras con su tirachinas a unas latas que ha dispuesto en hilera sobre un tronco en el Campo Militar a apenas unos metros del Hospital y el Manicomio. Sueña con el día en que le dejen empuñar un arma, ser un verdadero policía; así que mientras tanto se conforma con afinar su puntería con todo aquello que tiene a mano.

—¡Eh, tú, listillo! —dice una voz que le hace girar la cabeza.

Al momento comprende que está en una situación complicada. Cinco críos se dirigen hacia él. Van encabezados por Tomás, el hijo del cordelero, y está en clara desventaja.

Rápidamente su mente toma una decisión, tiene que lanzar dos, quizá tres proyectiles, confiar en su suerte de cara a hacer blanco y salir corriendo a todo lo que den sus piernas. Están en campo abierto y si tiene suerte no le alcanzarán. Intenta mantener la calma. Tira de la goma y lanza una piedra que impacta en el hombro de uno de los agresores, que cae de lado. Los otros siguen avanzando. «Dale al jefe, dale al jefe», le ordena su mente recordando las instrucciones de Víctor Ros, que le ha enseñado que al meterse en una pelea hay que ir siempre a por el más fuerte de los rivales. Eso puede amedrentar a los demás. El niño que ha sufrido el impacto ya se ha levantado y camina hacia delante apenas un par de pasos detrás de los demás.

Rápidamente Eduardo lanza el segundo proyectil. Tomás se aparta y la piedra zumba rozándole la oreja derecha. Están encima. Hay que salir corriendo, ya. Es entonces cuando Eduardo, acostumbrado a sobrevivir en las calles de Barcelona, percibe que dos sombras aparecen tras los árboles que quedan a su espalda, uno más hacia la derecha y otro hacia la izquierda. Es una emboscada en toda regla, lo han preparado bien y no tiene escapatoria.

—¡Vas a llevarte una buena! —exclama el jefe de aquellos desalmados, que lleva un tablón en las manos.

—Eso lo vamos a ver, tú vas a ser el primero en caer —contesta Eduardo, que se ha visto rodeado, cinco al frente y dos a sus espaldas. Lo tiene mal y lo sabe. Intenta ganar un tiempo precioso y otea alrededor buscando algo, un palo, una botella rota, pero no hay nada.

Los matones no le han atacado directamente, quizá tenga una oportunidad, eso demuestra que le tienen miedo y que esperan a que el jefe dé el primer paso. Si cae al suelo y queda inerme, entonces sí que se cebarán con él. Eduardo es consciente de que se va a llevar una buena tunda pero tiene que conseguir que los rivales queden mal parados, es la única garantía de que aquello no acabe demasiado mal.

—Te vas tú a reír... —dice Tomás descargando un golpe con el tablón a la altura de la cabeza de Eduardo. Éste se agacha e incrusta el hombro en el estómago del matón, que bufa de forma sonora por el golpe. El tirachinas ha caído al suelo, no importa, a esa distancia no le es útil. Entonces Eduardo hace lo que los otros no esperan; aprovechando que el líder está doblado por el impacto, salta sobre el más pequeño de los cinco que cubren el flanco frontal y lanza un puñetazo que impacta en su cara haciéndole levantarse medio palmo del suelo. Una vez conseguido un pequeño hueco en las filas rivales, corre a todo lo que dan sus piernas. Es obvio que sus rivales no esperaban que huyera en aquella dirección.

—¡Rápido, cogedle! —grita Tomás.

Eduardo corre todo lo que puede y escucha los pasos de sus rivales tras él. Hay dos que son bastante rápidos. Varias piedras y proyectiles vuelan sobre su cabeza. Una, que debe de ser de gran tamaño, le impacta en la coronilla y le hace trastabillarse. Queda medio conmocionado y se toca la cabeza; nota que hay líquido, sangre. Cuando acierta a mirarse la mano medio ensangrentada, dos rivales que vienen en carrera se lanzan sobre él arrollándole.

No puede defenderse, está medio mareado y son más; en apenas unos segundos le han inmovilizado. Está en el suelo, boca arriba y cuatro guajes le sujetan brazos y piernas.

Tomás se asoma caminando con parsimonia.

—Así te quería ver yo —dice sacando una navaja del bolsillo.

Los demás miran al jefe con cierta aprensión.

—Pero, Tomás —dice uno menudo y pelirrojo—, ¿qué vas a hacer?

—Grabarle algo en la frente a este hijo de puta, para que sepa cómo las gastamos aquí con los forasteros que se las dan de chulos y se juntan con las hijas de las zorras.

—Tus muertos —dice Eduardo—. Te juro que te cazaré como a una rata.

Uno de los compinches de Tomás le da una patada en la boca y Eduardo nota el sabor dulzón de la sangre.

Tomás clava una rodilla en el pecho de su víctima y le acerca la navaja a su cara.

—¡Sujetadlo, coño! —grita porque Eduardo mueve la cabeza frenéticamente. No puede resistirse, entre seis le sujetan piernas, brazos y tronco. Apenas si puede ya mover la cabeza.

Justo cuando el matón comienza a incidir con su arma en la frente del rival, algo impacta en la cabeza de Tomás salpicando de sangre la cara de Eduardo.

Tomás, que ha rodado por el suelo, se levanta tocándose la coronilla exactamente como había hecho Eduardo unos segundos antes. Dos de los rivales ya han soltado a la víctima y se separan. Otro de los matones cae doblado por una nueva pedrada en el pecho.

Eduardo lanza una patada y consigue zafarse. Antes de que sus rivales puedan reaccionar ya ha cogido el tablón de Tomás y lo descarga en los riñones del jefe de los matones, que mira a lo lejos buscando el lugar de donde vienen las piedras.

Cuando ven a su jefe doblar la rodilla, dos de los pilluelos salen corriendo.

Un tercero sufre otro impacto en la mandíbula y Eduardo golpea con el tablón en pleno rostro de Tomás, que se desploma hacia atrás. Se dirige hacia el que tiene más cerca y le propina una patada en la entrepierna. Con un golpe del madero en pleno cogote termina el trabajo.

—¡Fuera de aquí! ¡Fuera o llamo al alguacil! —grita una voz, fuerte, de adulto. Eduardo intenta levantar la vista nublada por la sangre y acierta a ver a su salvador. Allí, junto a los árboles y armado con el tirachinas que había perdido Eduardo, aparece imponente el Julián, el cochero que ya les ha acompañado varias veces por Oviedo y la comarca.

—¡Largo de aquí, guajes! —ordena muy seguro de sí mismo.

—¡Vámonos, Tomás! —grita uno de los miembros de la banda.

—¡No huyáis, cobardes! —protesta éste medio tambaleándose.

—No quiero el dinero de doña Angustias, quédatelo tú. —murmura otro que sale corriendo a toda carrera.

Eduardo, medio inconsciente por el impacto y la lucha, acierta a ver de reojo cómo sus agresores escapan penosamente corriendo hacia la zona donde cae el Hospital.

—Puedes estar tranquilo. Ya se han ido —dice el cochero que ha llegado a ponerse a su altura.

—Pero ¿usted? —pregunta Eduardo.

—Tu padre, guaje. Tu padre me encargó que cuidara de ti. Sabía que esos pilluelos volverían a por ti.

—¿Y el tirachinas? ¿Cómo tira usted tan bien?

—Yo también fui un crío, como tú ahora. Anda, vamos a la pensión que te limpien esa sangre.

33

Bueno, hijo. Supongo que habrás aprendido la lección —dice Víctor mientras Eduardo apura unos picatostes acompañados con un buen vaso de leche, ya en su mullida cama de la pensión—. No hay que enfrentarse abiertamente a una fuerza mayor, nunca, y si se da el caso, hay que tener los ojos permanentemente abiertos.

—Descuida, padre, he tomado nota. Pero ellos han salido peor parados que yo.

—Me consta —responde Víctor sonriendo—, pero de no mediar la actuación de aquí el Julián, ahora mismo llevarías la frente marcada para siempre.

—Es un as con el tirachinas —añade el crío mirando al cochero con admiración.

—Lo sé —apunta Víctor—. Y un tipo de fiar. Un ovetense que se cuenta ya entre nuestros amigos.

—¡De Gijón! ¿Eh? ¡Que soy de Gijón! —protesta el cochero al instante—. ¿Cómo que ovetense? ¡Soy de Gijón, de Gi-jón!

—De Gijón, de Gijón —rectifica Víctor inmediatamente—. Por supuesto. Parece ser que esa doña Angustias les había pagado, ¿no?

—Eso escuché decir —contesta el crío.

—Y yo —apunta el Julián.

—Bien, pues mañana mismo hablaré con ella y al padre de ese Tomás le enviaré a los alguaciles, vamos a darles un pequeño susto.

—Bien, bien —contesta Eduardo, más animado.

—Pero con esto descubrimos tu identidad como pilluelo. Ya no va a ser necesario que vayas por ahí con ropa de mendigo. Además, de Nicolás Miñano, el tipo del pendiente, no hay ni rastro.

—Sí, es como si se lo hubiera tragado la tierra —responde el chaval.

—Los hombres de Castillo están sobre aviso y se vigila el barco, las casas de la novia y la madre; supongo que tarde o temprano aparecerá —interviene el Julián.

—Me temo que no —dice Víctor, rotundo.

—¿Cómo? —preguntan los otros dos al unísono.

—Me lo jugaría todo a que el marinero que colocó la nota en el bolsillo de Navarro es hombre muerto, y desde hace días quizá.

Entonces se abre la puerta y entran en tropel el alguacil Castillo y dos de sus hombres.

—¡Don Víctor, don Víctor!

—¿Qué ocurre, ha aparecido Nicolás?

—No, no. Me dijo usted que vigilara a don Celemín, el cura.

—Sí, claro.

—Le puse a dos hombres de escolta, de paisano. Le seguían a cierta distancia para prevenir un atentado contra su vida. No quería arriesgarme.

—¿Y?

—Esta misma tarde ha celebrado misa, ha pasado por la

sacristía, se ha colocado los hábitos de confesar y se ha metido en su confesionario como todas las tardes. Mis dos hombres vigilaban, uno sentado en un banco y otro en un altar lateral. Ha confesado a un par de viejas con normalidad, luego han pasado unos diez minutos sin que acudiera nadie y cuando ha llegado una nueva penitente se ha arrodillado y tras unos segundos ha comenzado a gritar.

—¿Ella?

—Sí, mis hombres han acudido al instante y han mirado dentro: don Celemín ha muerto.

—¿Muerto? —Víctor.

—Sí, no hay signos de violencia.

—Tenemos que ir allí; no se le ha movido, ¿no?

—Conozco su forma de trabajar, don Víctor, nadie va a tocar el cuerpo.

—¿Lo sabe don Agustín?

—Le he mandado aviso, va para allá.

—Tú quédate aquí y descansa, Eduardo; lee un rato, que siempre viene bien. Los demás, conmigo, no tenemos ni un segundo que perder.

Cuando llegan a la parroquia de San Isidoro comprueban que, en efecto, ya es tarde. Pese a la vigilancia prevista, los desalmados que asesinaron vilmente a Ramón Férez y que simularon el suicidio de Micaela, la doméstica, han conseguido quitar de en medio a don Celemín. El cura, que parece dormido, permanece sentado en su confesionario y con la cabeza ligeramente ladeada. El confesor de la criada ya no podrá contar nada.

Allí aguarda Agustín Casamajó y un médico, un tal Miguel Gil, que tiene aspecto de pisaverde.

—Debe de haber sido un ataque cardíaco —dice el galeno emitiendo el diagnóstico con solemnidad.

—¿No cree que sería mejor esperar a la autopsia? —apunta Víctor introduciéndose en el confesionario—. Era un joven sano y vigoroso. ¿Un ataque al corazón? No creo. A ver, observen: tiene retraídas las comisuras de los labios, miren las orejas, como levantadas. Está cianótico, la musculatura respiratoria dejó de funcionar y se asfixió sin poder evitarlo. Observen otro detalle, ¡ya hay síntomas de rígor mortis!

—¿Y? —señala el médico, que no sabe muy bien hacia dónde apunta el detective.

—Que hay una sustancia que se caracteriza porque su intoxicación instaura el rígor mortis con gran celeridad y por todos estos síntomas que les apunto: la estricnina.

—Ha sido envenenado —Castillo.

—Con estricnina, claro —Casamajó.

—Bueno, bueno, habrá que esperar a la autopsia —aclara Víctor— pero no creo equivocarme, sí, parece estricnina.

—Lo han quitado de en medio —sentencia el alguacil Castillo.

—Esta gente es muy peligrosa, no sé cuándo va a acabar esto —señala el juez ladeando la cabeza con gesto de cansancio.

—Yo los cazaré, tranquilos. Está claro que puse en peligro a don Celemín al venir a verle. Debieron enterarse de que era el confesor de la criada y no han dudado en eliminarlo pese a que contaba con protección policial. Esta gente no se anda con tonterías y operan por aquí cerca.

—¿No serán la niñera y el hermano? —Castillo.

—Todo apunta a que sí —abunda Víctor—. Si este testarudo me hubiera contado lo que le dijo la joven criada, al menos su muerte no habría sido en vano. Cada vez que nos acercamos a la verdad, ocurre algo horrible. Además, fijaos, se encargan de que las muertes parezcan accidentales.

—Pero ¿cómo lo hicieron? —pregunta el Julián.

—El vino de la consagración —aclara Víctor—, cuadra perfectamente entre el tiempo transcurrido entre la misa y el deceso.

—Estos tipos no se paran ante nada ni ante nadie —dice Casamajó, que parece enfadado.

Entonces Víctor retoma la palabra:

—¿Seguimos sin rastro de la niñera?

—Ni del hermano —Castillo.

—¿Y Nicolás, el marino?

—Ídem de lo mismo.

Víctor chasquea los labios. El caso es complejo, de veras. Hay muchas variables, muchas posibilidades que explorar.

—Vámonos a descansar —ordena—. Aquí poco hacemos ya.

> Querida Clara:
> Te escribo, una vez más, mientras que Eduardo duerme y yo me encuentro vencido por el más absoluto y atroz de los insomnios. Hoy ha ocurrido algo desmoralizante: don Celemín, el confesor de la criada que aparentemente «se suicidó», ha aparecido muerto en su confesionario. Creo que ha sido envenenado. Es una confirmación más de que nos enfrentamos a rivales de enjundia, siempre van uno o dos pasos por delante nuestro y han desarrollado tal red de mentiras, confusión e infamias que es difícil distinguir el trigo de la paja. Don Reinaldo es un miserable que trataba mal a su hijo, estaba liado con la niñera que, me temo, no era tan angelical como podía parecer. Por si fuera poco, el muy miserable tuvo sífilis, que condenó a su primera mujer y a varios de sus hijos. Su mujer, Mariana Carave, es una gran dama. Soporta de manera estoica todas estas habladurías.

Al menos he descubierto algo interesante: Enriqueta y Fernando Medina ¡se casaron en secreto! He prometido no decir nada y haré todo lo posible por ayudar a la joven pareja. Gracias a eso he aclarado algo: la liga azul no era de ella. Luego, cada vez me parece más probable que el caballerizo estuviera, en efecto, con una mujer durante la noche de autos. Enriqueta me habló de otra mercería a la que acudiré a preguntar por si suena la flauta.

Mi mente, como siempre, no para de repasar esto y aquello, no me da tregua ni descanso. Te echo de menos y también a los niños. Ven a verme.

¿Por qué mataron a Ramón? ¿Quiénes son? Qué rivales más formidables me he encontrado en este rincón de España. ¡Qué raro! Gente así no abunda entre el mundo criminal. La verdad es que ahora que te escribo veo que en algunas cosas sí he avanzado; aun a riesgo de haberme equivocado, he averiguado las siguientes cosas:

- Carlos Navarro, el afinador, es inocente. La nota hallada en su bolsillo era falsa.
- José Granado, el caballerizo, podría ser culpable si estaba liado con la niñera, pero si se hallaba con otra mujer, probablemente de buena reputación, sería inocente al tener coartada.
- Enriqueta no era la dueña de la prenda y se ha casado con Fernando Medina.
- La criada, Micaela, fue ahorcada y algo vio o sabía porque acudió con mucha prisa a ver a su confesor, don Celemín.
- Éste ha sido asesinado, luego la criada sabía algo de valor.
- Hemos identificado al tipo que deslizó la nota en el chaleco del afinador, un elemento despreciable, Nicolás el marinero, que está siendo buscado por la policía.

— Los abuelos de los cerdos, el periodista y Antonio Medina quedan descartados por mí como posibles sospechosos.

— El libro que se encontró en el cuarto del caballerizo fue adquirido por él y me consta que no pertenecía a ninguna célula revolucionaria.

Ahora, en mitad de esta noche oscura como la boca del lobo comienzo a verlo claro. Tengo que intentar localizar el dinero y el diario desaparecido de la criada, Micaela. No lo enviaron a su casa. He decidido registrar su habitación, es probable que cayera en manos de sus asesinos, pero no pierdo nada por intentarlo.

Si te das cuenta, todo apunta a la niñera.

¿Acaso no es una gran casualidad que se volatilizara justo cuando llegué yo?

El nombre del hermano tampoco aporta nada, no constan registros criminales de tal tipo, igual es un nombre falso.

Estoy esperando que me corroboren que los informes de la joven eran reales, ya telegrafié a Logroño. Mañana lo haré otra vez. Todo apunta a ella, Clara, me parece obvio que extorsionaba a su señor, quizá por su relación ilícita y que el joven Ramón se vio involucrado de alguna manera. Don Reinaldo se comporta como un hombre acosado, tiene problemas con sus mineros, con su vecino, con su propia familia y ha contratado matones a sueldo que le acompañan a todos lados y que vigilan la finca. No descarto su posible implicación en los hechos de alguna manera, pues si el caballerizo es inocente necesito a alguien de dentro metido en el negocio para que me cuadren las cosas. No sé. De momento seguiré paso a paso. La verdad es que ahora que lo pienso he avanzado más de lo que creía en un principio.

¿Ves? Es hablar contigo, incluso así, por carta, y parece que avanzo.

Eres mi mejor consejera. Te necesito.

Por favor, no dejes de venir a verme. Ahora más que nunca te quiero aquí, Clara.

Dime cuándo llegas.

Cuento las horas, los minutos y los segundos.

Siempre tuyo,

Víctor Ros

34

El juez Agustín Casamajó y su buen amigo Víctor acuden a la mercería del Estanco de Atrás, situada a final de la calle Santa Clara, apenas son las diez de la mañana y deben de ser los primeros clientes.

Cuando suena la campanilla de la entrada, una mujer de unos cuarenta años y vestida de negro sale de la trastienda.

—Buenos días, ¿qué desean? —pregunta un tanto extrañada al ver a dos caballeros en su tienda.

Casamajó, que ya la conoce, toma la iniciativa. Ya ha advertido a Víctor que Rosario Isidro es una mujer peculiar, se fugó de casa siendo casi una niña con un trapecista de un circo que pasó por Oviedo. Durante años tuvo un espectáculo en el mismo como domadora de caniches, pero tras la muerte de sus progenitores volvió a Oviedo para hacerse cargo del negocio familiar y sentó la cabeza.

—Buenos días, doña Rosario. Éste es mi amigo Víctor Ros.

—Ah, sí, el detective.

—Exacto. Como ya sabrá usted, está aquí para esclarecer el asesinato de Ramón Férez.

La mujer se santigua y dice:

—Dios confunda a ese invertido.

—¿Cómo? —dice Víctor.

—Sí, el afinador de pianos. Esas cosas no son buenas a los ojos de Dios y claro, tanto vicio, tanto vicio, acaba mal.

—Ya, sí, claro —responde el juez intentando cambiar de tercio—. El caso es que tenemos una pregunta un tanto delicada que hacerle.

—Pero tienen el caso resuelto, ¿no? Carlos Navarro mató a su «amiguito».

—Sí, sí, evidentemente —miente Casamajó—. Pero mi amigo Víctor es muy puntilloso y estamos revisando los últimos detalles, ya sabe usted, esos flecos que a veces quedan por resolver pero que de cara a los procedimientos judiciales tienen su importancia.

—Claro, claro —responde la buena mujer sin entender lo que le están diciendo.

Víctor toma entonces la palabra sacando la famosa liga del bolsillo.

—Verá, doña Rosario, el caso es que esta prenda íntima de señora, guarda cierta relación con el sumario.

—Le hago a usted saber que al hablar conmigo, que soy juez, es como si estuviera usted ante un tribunal, ¿comprende? —miente de nuevo el bueno de Agustín—. Debe decirnos la verdad en todo momento.

—Sí, sí, descuiden.

—Bien —continúa Víctor—. Ya pregunté en la otra mercería, la de Cimadevilla, y no hubo suerte, y es por eso que consulto ahora con usted. Cierta dama ha perdido esta prenda —Víctor parece azorado al tratar temas tan delicados de lencería femenina— y querríamos saber si ha acudido alguien para comprar una liga como ésta y completar de nuevo el par.

—No, se venden a pares.

—Ya, lo imaginábamos —dice Víctor mirando a su amigo el juez.

—Pues no le robamos más tiempo, querida amiga, espero que el día le sea de provecho —contesta el juez.

Ambos se dan la vuelta ya para irse, saludando a la dama y colocándose los sombreros, cuando escuchan que doña Rosario dice:

—Pero puedo decirles quién compró ese par de ligas. Sé reconocer mi género y recuerdo que vendí dos iguales a cierta señora.

—¿Cómo? —dice Víctor girándose con cara de asombro.

—Que digo que recuerdo perfectamente de quién son, una buena clienta mía. Pero comprenderán ustedes que éstos son temas muy íntimos, no puede una ir divulgando cómo se visten en sus interioridades las damas de Oviedo. ¿Cómo quedaría yo ante mis clientas?

—¡Por supuesto! ¡Por supuesto! —exclama Casamajó—. Pero tenga usted en cuenta que al tratarse de una conversación con todo un juez y un detective, el secreto profesional nos obliga a guardar estricta confidencialidad sobre nuestras pesquisas y las declaraciones de los testigos…

—Sí, exactamente como un cura o un médico —abunda Víctor haciendo que la mujer ponga cara de pensárselo.

—Obviamente, insisto en que no puede usted revelar nada de esto a nadie —le recuerda el juez poniendo cara de solemnidad.

—Claro, claro. Me hago cargo.

En ese instante Víctor vuelve a la carga para obtener la información.

—Es más, puede que con esa información usted libere a un posible sospechoso, un inocente.

—¿El afinador? —dice ella con cara de desagrado.

—¡No hombre, no! ¡El pobre caballerizo! —responde Víctor entre aspavientos.

La mujer mira a un lado y a otro, como si mil oídos invisibles pudieran escucharle, y dice:

—Pues verán ustedes...

Julia y Eduardo juegan a las afueras de la ciudad, a la altura del Cellero, tirando piedras al arroyo. La tarde es agradable y no tardará en oscurecer. Ambos están felices, la visita del alguacil Castillo a la arpía de doña Angustias y al cordelero, el padre de Tomás, les ha liberado definitivamente del yugo de aquella banda de pilluelos que atormentaban a la pobre huérfana.

No es que la vida de Julia sea ahora de ensueño, pero al menos acude a clase por las mañanas y trabaja durante la tarde y parte de la noche. Después de los últimos acontecimientos e impresionada por la visita del alguacil, que dijo ir en nombre nada menos que del juez Casamajó, la dueña de la posada le ha dado incluso una tarde libre a la semana.

De pronto ella sale corriendo y Eduardo, más rápido, la persigue. Al fin la alcanza junto a un enorme enebro y ruedan por el suelo entre risas. Él queda sobre ella jadeando, se miran a los ojos y se besan sin malicia.

Entonces se escuchan unas voces.

—Chisss —le susurra el crío, cuyo instinto de perro callejero le mantiene siempre alerta.

Ella se queda callada y sienten los pasos de varios hombres que caminan a grandes zancadas.

—¿Y decís que está donde la fuente de Rogez?

—Sí, dice don Reinaldo que ha ido coger unas matas, se lo

han soplado en la casa donde se hospeda, los tiene sobornados —contesta el que parece ser el jefe.

Son tres tipos mal encarados, visten ropas humildes y uno de ellos lleva un inmenso sombrero chambergo, ya en desuso.

Los críos se miran con cara de susto.

—Ese periodista va a dejar de dar problemas —dice el tercero.

—Sí, el jefe ha encargado que le demos una buena tunda. Quiere que pase al menos un par de semanas en cama. Así se le quitarán las ganas de escribir más articulitos.

Cuando los hombres se pierden camino arriba, Eduardo se levanta de un salto.

—¡Vamos! —dice.

—¿Adónde?

—A avisar a mi padre, es urgente.

Víctor lee el *Heraldo* con cara de satisfacción sentado en el salón de la posada La Gran Vía. Junto a él Casamajó fuma un habano repasando los pormenores del caso. El silencio flota en el ambiente creando una atmósfera dulce y relajada.

—Este Hernández Gil los tiene bien puestos, menudo artículo ha escrito sobre la mina —dice el detective echando el periódico a un lado.

—Se buscará problemas —sentencia el juez lanzando un anillo de humo que se desvanece en su ascenso.

De pronto, unos pasos a la carrera y dos rostros infantiles aparecen en la puerta. Son Eduardo y su amiga, la niña que trabaja en la posada de esa arpía.

—¡Rápido, padre! Hay que hacer algo.

—¿Qué pasa, hijo? —responde Víctor poniéndose en pie alarmado—. ¿Han vuelto a molestarte esos desgraciados?

—No, no, su padre mandó a Tomás a Vigo a pasar lo que queda de verano. Es ese periodista.

Casamajó y su amigo intercambian miradas cómplices. Precisamente acababan de hablar del tema.

—¿Qué ha pasado? —pregunta don Agustín incorporándose un poco en su cómodo butacón.

—Hemos visto a unos hombres que van a por él.

—Sí, matones —dice la niña.

—Calma, calma, ¿cómo sabéis que iban a por él? —pregunta Víctor intentando quitar hierro al asunto.

—Porque han dicho que iban a buscarlo a la Fuente de Rogez, que estaba allí buscando plantas —dice el crío.

—¿Y de dónde os sacáis que son matones? —insiste el detective.

Julia, muy alarmada contesta:

—Porque lo han dicho: «Vamos a darle una buena», ha comentado el jefe.

—Sí, sí, los envía don Reinaldo.

Casamajó mira a su amigo como diciendo «te lo dije» y éste, a su vez, mira a la mesita donde descansa el *Heraldo*. Es evidente que el artículo del periodista no debe de haber gustado al dueño de la mina.

—¡Vamos, no hay tiempo que perder! Subo a mi habitación a coger una cosa y tú, Eduardo, ve a avisar a Castillo. Corred.

Casamajó se queda parado, está muy gordo como para salir a la carrera hasta un lugar tan lejano.

—Yo iré a avisar a la Guardia Civil.

—Perfecto —contesta Víctor, que vuela ya escaleras arriba.

Cuando el juez sale de la posada a toda prisa ve a los dos niños que corren a lo lejos. Al poco le adelanta a la carrera Víctor Ros; lleva una porra en la mano y le dice:

—Date prisa, por Dios, espero que no lleguemos tarde.

Agustín nota que le falta el resuello, lamenta haberse comido un plato de fabada y un arroz con leche. Quizá debería pensar ponerse a plan como siempre le recomienda su esposa.

35

¡Socorro, socorro! —grita una voz de mujer que hace que Víctor corra en su dirección. Tras pasar por la Quinta de Ríos se encamina hacia el lugar de donde vienen los gritos, está a unos metros de la Fuente de Rogez y se desvía ligeramente a una zona arbolada.

Allí, en un pequeño vado junto al arroyo, encuentra a una joven rubia, con aspecto de sirvienta.

—¿Dónde están? —pregunta sin siquiera presentarse.

—Allí abajo —dice la criada—. Mi señora, mi señora, ¡se ha desmayado! Corra que lo matan.

Víctor corre a todo lo que dan sus piernas, gira tras un repecho y ve a una dama vestida de oscuro que yace en el suelo, parece sin sentido. Al lado casi del arroyo, Vicente Hernández Gil yace a cuatro patas frente a sus agresores. Uno de ellos lleva una enorme tranca en la mano y el otro le propina un puntapié en la cara que le hace rodar por el suelo. El periodista tiene sangre en la cara y los ojos tumefactos. Víctor, sin pensarlo dos veces, se lanza a por el agresor, que se gira al oírle llegar. Antes de que el esbirro pueda reaccionar, el detective le da un golpe con la cachiporra en la barbilla que le hace caer hacia atrás mientras que varias piezas blancas vuelan en el aire. «Ahí van sus dientes», llega a pensar Víctor, que ve cómo el otro se lanza hacia él intentando darle un trancazo. Ágilmente, se agacha y esquiva el embite lanzando un puñetazo al estómago de aquel rufián. El agresor, doblado por el ataque de Víctor, levanta la vista y recibe un puñetazo con la zurda del detective que alza la cachiporra para rematar el trabajo. Entonces siente un enorme golpe en la cabeza y comprende, por unos segundos, que había un tercer asaltante y que debía estar oculto tras los árboles. Demasiado tarde. Todo se pone negro.

Cuando consigue volver en sí, su vista está borrosa. No sabe muy bien dónde está ni qué ha pasado desde que perdió el conocimiento. Entonces enfoca como puede la mirada, abre y cierra los ojos boqueando como un pez y acierta a ver cómo esos rufianes golpean en el estómago a Vicente Hernández Gil mientras que uno de ellos lo sujeta fuertemente por la espalda. La criada, valiente, lucha por que los hombres dejen de apalear al periodista, pero apenas si les causa molestias.

Víctor se levanta tambaleante.

Un disparo hace que todos se paren y vuelvan sus cabezas.

Víctor Ros ha tirado al aire.

—Se ha terminado —ordena el detective—. Apartaos de él u os dejo tiesos.

Los tres matones se miran entre sí, dudan.

El que sujetaba a Hernández Gil lo deja caer y la joven criada se acerca a atender al herido.

Entonces, el jefe de los asaltantes dice:

—No tiene huevos a usar eso, tranquilos.

—Ponedme a prueba —les advierte Víctor.

Parece que los tres tienen agallas porque comienzan a

acercarse a él peligrosamente. Decididamente don Reinaldo ha enviado a gente de cuidado.

El jefe queda a la izquierda, a apenas dos metros de Víctor, y los otros dos vienen por la derecha.

La cosa se pone fea.

—¡Cuidado! —grita la criada.

Víctor no lo duda, apunta con el arma hacia abajo y hace fuego. La rodilla de uno de los agresores vuela en mil astillas. Aprovechando la confusión, lanza el revólver al aire, lo coge por el cañón, da un paso lateral a la izquierda y descarga un culatazo en pleno rostro al jefe de la banda, que se desploma. Nota que le falta el resuello y se le empieza a nublar la vista, sin duda el golpe que le han dado en la cabeza hace su efecto. «Ahora no, Víctor, no te me desmayes», acierta a pensar.

—¡Alto a la Guardia Civil! —se escucha gritar a alguien.

Hay ruido de cascos de caballo.

Todo se funde en negro de nuevo.

Cuando Víctor vuelve en sí, cree haber muerto y estar en el Cielo: una dama de rostro angelical y hermosos ojos le atiende mojándole la frente con un pañuelo. Lleva el pelo recogido en una redecilla y le habla, aunque él, de momento, no escucha nada. Está conmocionado. Recuerda la pelea y a Vicente Hernández Gil.

—¿Está usted bien? —pregunta la joven señora.

—Sí, sí —balbucea—. ¿Y el periodista?

—Está bien —dice ella apartándose para que Víctor vea cómo Vicente Hernández Gil es atendido por la criada. Está sentado a la orilla del río y ella le lava la cara con agua fría.

—Gracias, don Víctor, no tema. Ni mil como ésos podrían conmigo —apunta el intrépido socialista, que tiene la cara tumefacta. Vicente Hernández Gil es un hombre valeroso, no hay duda.

—Se han escapado —dice una voz de hombre que queda algo a la izquierda. Es un guardia civil que ha bajado de su montura—. Deben de haberse escondido en el bosque. Menos mal que hemos llegado a tiempo, iban en serio. ¿Está usted bien, señora? ¿Mando avisar a su marido?

La dama, que debe de ser alguien bien importante, responde muy humildemente:

—No, no, gracias, estoy bien. No hace falta que lo alarmen. Mi criada, Petra, siempre lleva consigo las sales y me ha hecho volver en mí. Cuando vi cómo atacaban esos bandidos a don Vicente debí de perder el sentido por la impresión.

—Pero ¿qué ha pasado? —acierta a preguntar Víctor.

Ella contesta:

—Pues nada, que Petra y yo estábamos de paseo, disfrutando de la naturaleza, cuando nos encontramos con este caballero que se hallaba coleccionando plantas. Se presentó muy galantemente y nos dijo que era periodista, comenzamos a hablar y nos explicó algunos detalles sobre las muestras que estaba recogiendo. Es un auténtico experto.

—¡Qué va, qué va! —se excusa el periodista a lo lejos.

—El caso es que de pronto aparecieron esos tres animales y se lanzaron a por él. Ni siquiera pidieron la bolsa ni reclamaron el dinero.

—Iban a por mí —dice el periodista—. La bolsa era lo de menos.

—El artículo —responde Víctor poniéndose en pie despacio para no marearse.

—Despacio, despacio, ¿está usted bien? —pregunta la dama.

—Sí, sí, iremos a la Casa de Socorro a que curen a mi amigo y así me echan un vistazo, me han atizado duro en la cabeza —apunta el detective—. Y usted, don Vicente, debería cambiar de aires por una temporada, no vamos a poder protegerle permanentemente y don Reinaldo va a ir a por usted.

—Ah, pero ¿saben quiénes eran? —pregunta la criada.

—Sí, claro, es por un artículo que he publicado en el *Heraldo* —aclara el periodista.

—Debe de ser usted muy valiente —dice la fámula, que parece mirar con buenos ojos al plumilla.

—¿Les acompaño a la Casa de Socorro? —inquiere el guardia civil—. Mi compañero está inspeccionando los alrededores pero esos pájaros habrán volado.

—No —contesta Víctor—. Mejor acompañe usted a estas señoras a su casa. Don Vicente y un servidor nos llegaremos solos hasta allí. ¿Puede usted caminar?

El periodista contesta:

—Lo que no puedo es respirar, amigo. Me temo que me han roto alguna costilla.

Víctor sonríe y se acerca a tomar por el brazo al periodista. Antes de despedirse mira a la dama y dice:

—Por cierto, no nos han presentado, me llamo Víctor Ros.

—Sí, lo sé —dice ella que, pese a su belleza, parece exageradamente pálida—, y yo soy Ana Ozores, para servirle.

Al día siguiente, poco antes del mediodía, Agustín Casamajó y Víctor Ros se alejan de la ciudad, algo más allá de las fábricas de corchos y de cubiertos, un poco antes de Pumarín.

Allí se detienen frente a una casita hermosa, coqueta y rodeada por una valla de madera pintada de blanco. Atraviesan el pequeño camino jalonado de hermosos geranios rojos que da acceso a la vivienda y tocan a la puerta.

Al momento abre una señora, alta, rubia y hermosa, lleva una cofia blanca y les da los buenos días.

—¿Isabel Sánchez? —pregunta el juez.

—La misma, ustedes dirán.

—Soy el juez Agustín Casamajó y éste es mi amigo el detective Víctor Ros, tenemos que hablar con usted por un asunto oficial.

Ella pone cara de circunstancias y se hace a un lado dejándoles franca la entrada a la casa. Una vez dentro se instalan en el salón. La mujer les deja a solas un momento y se dirige a la cocina. Los dos amigos se miran y observan con detalle la estancia, limpia, pequeña y bien cuidada. Al momento Isabel Sánchez vuelve con un poco de queso y sidra acompañados de algo de pan.

—Lo hago yo misma —comenta sirviendo diligentemente a tan distinguidos caballeros.

El juez y el detective se ven obligados a probar aquello pese a que hace poco que han tomado un tentempié. Al fin, Casamajó se decide a hablar:

—Mire, doña Isabel, queríamos verle por un asunto, digamos... delicado.

Ella asiente. Víctor presiente que ella espera de qué le van a hablar.

—Sabemos que usted es una dama respetada, una mujer decente y viuda de un héroe de Filipinas, el teniente Marín.

Ella mira un daguerrotipo de su marido, un tipo de enormes y fieros bigotes, ataviado con el uniforme de caballería.

—Era un santo —dice con cara de pena.

Víctor observa en detalle a la dama; viste de negro y es atractiva, muy alta para ser una mujer, en torno a los cuarenta. A buen seguro que no le faltan pretendientes y más si el teniente le dejó un buen pasar, cosa muy probable con la paga que percibirá del Estado.

—Se trata del asunto de los Férez —apunta el juez.

—Sí —dice Víctor, que sin ningún miramiento saca la liga de la silla y la coloca sobre la mesita de café.

La dama la mira, pone los ojos en blanco y se desmaya sin llegar a mediar palabra.

—¡Se ha privado! —grita Casamajó cogiéndola en brazos—. Pero ¿estás loco?

—Voy a por agua —contesta Víctor encaminándose a la cocina.

36

Al momento, Víctor ha vuelto y ayuda a su amigo que ha colocado a la señora en un diván con los pies en alto y la abanica usando su pañuelo. Casamajó ha abierto la ventana de par en par para que corra el aire.

—¡Tú y tu falta de tacto! —recrimina el juez a su amigo—. ¿A quién se le ocurre? ¿No te han enseñado modales?

Ella tiene los ojos abiertos. Parece volver en sí aunque da la sensación de no saber muy bien dónde se encuentra.

—¿Está usted bien? —dice Víctor.

Ella sonríe.

—Sí, creo —responde.

—Tome, beba un poco de agua. Sólo un sorbito —ordena el detective.

La mujer hace lo que se le dice y señala un aparador.

—Coñac —solicita ella.

Al momento le sirven una copa y da dos pequeños sorbos. Poco a poco el color va volviendo a su rostro. Es evidente que la pobre se ha llevado una tremenda impresión.

Finalmente, la incorporan y queda sentada en el diván con Víctor a su lado. Casamajó acerca una butaca y se sienta justo enfrente.

No quieren que pueda caerse.

—Luego, es suya —dice Víctor señalando la liga con la cabeza.

Ella mira al suelo algo avergonzada.

Se hace un silencio embarazoso; parece obvio que la dama no sabe muy bien qué decir.

—Mire, Isabel —continúa el detective—. Éste es un asunto muy serio. Me he permitido la villanía de jugar esta baza, de sacar la liga de esta manera (si se quiere, a traición) para poder testar su reacción. Le pido disculpas pero me movían a hacerlo causas de fuerza mayor. Esto no es ningún juego. Necesitaba saber si era suya y si se lo hubiera dicho poco a poco, si la hubiera preparado, usted habría podido a su vez preparar las respuestas, reaccionar, engañarme. Y se trata de la vida de un hombre. Hay alguien que sigue detenido y aunque hemos hecho creer al vulgo que el acusado es el afinador, debería usted saber que José Granado puede verse seriamente implicado en este caso.

Víctor percibe que la mujer se ruboriza enormemente al escuchar el nombre del caballerizo. Temiendo que se prive de nuevo, le sujeta la mano con fuerza.

—¿Está usted bien? —pregunta solícito.

—Sí, sí, continúe.

Casamajó insiste en que Isabel beba de nuevo un trago de agua.

Víctor retoma la palabra.

—Esa liga fue encontrada bajo la cama de José Granado. Él dice que no escuchó cómo asesinaban a su señorito y sabemos que aquello ocurrió a unos tres metros de su dormitorio. Miente, y por eso continúa detenido. Yo le pregunté si había estado con una dama en aquel momento, aquello me daría una explicación a su mentira porque es del todo imposible que si se hallaba en el cuarto no escuchara nada. Si mentía era uno de los cómplices, eso está claro, porque sabemos que para trasladar el cadáver hacían falta al menos dos personas, ¿me sigue?

—Sí, perfectamente —contesta ella con entereza.

—Él, cuando vio la liga, me dijo que no delataría a la dama en cuestión y eso le honra, Isabel. Me parece loable que José quiera mantener su reputación sin mácula, pero usted verá; si él se hallaba con usted esa noche, tendría coartada y quedaría clara su inocencia. José Granado sería libre, quedaría totalmente exculpado.

Ella toma la palabra muy segura de lo que dice.

—Es un caballero, la gente no le conoce. Ha cargado toda su vida con la culpa de lo que hizo su hermano, al que Dios confunda. Acabó trabajando de caballerizo con un nombre falso, un hombre que merecía mucho más. No es justo lo que le está pasando.

Se hace un silencio, incómodo. Los dos hombres se miran.

Casamajó prefiere adelantarse a su amigo, al que teme en situaciones como aquélla.

—Entonces, doña Isabel, ¿podríamos concluir que don José Granado estaba con usted aquella noche? Y que conste que le pido mil disculpas por hacerle tamaña pregunta.

Ella mira al suelo de nuevo. No es poco lo que hay en juego, nada menos que su reputación como viuda y dama intachable.

—¿Me están ustedes preguntando si tenía relaciones íntimas con José Granado?

—Lamentablemente, sí. No nos queda otra, créame que lo siento profundamente —se disculpa Víctor.

Ella hace una pausa y suspira.

Toma aire de nuevo y se llena de valor, entonces habla:

—Él vino recomendado por los Pérez Guindos, una familia muy querida, para herrarme la yegua. Me cobró muy barato y fue muy amable conmigo. Desde el primer momento hablamos mucho, se siente una muy sola cuando se pierde al ser más querido. Alguna tarde, si iba a realizar algún trabajo por aquí cerca, se pasaba a saludar y yo le invitaba a pasar a tomar el té. Tengo que decir que siempre se comportó como un caballero, nunca me faltó al respeto ni me forzó a hacer nada que no quisiera.

—¿Y? —pregunta Casamajó, con los ojos muy abiertos.

La dama tiene las mejillas de color encarnado, casi incandescentes.

—No sé cómo ocurrió, la verdad. Quizá los dos nos sentíamos solos y buscábamos a alguien, pero el amor surge así, cuando menos lo espera uno. Y si lo que quieren es una respuesta, ea, la tendrán. Sí, la noche en que mataron a Ramón Férez, José estaba conmigo, aquí, en mi casa.

Víctor Ros suspira de alivio y el juez se pasa el pañuelo por la frente totalmente perlada de sudor.

Se hace un nuevo silencio.

—De momento, no hay cargos contra él. Oficialmente —dice el juez—. Lo he retenido por su filiación falsa y por un libro sobre revoluciones y socialismos, pero esos aspectos han quedado aclarados ya por mi amigo don Víctor Ros.

—Le dije que no leyera esas cosas, pero está resentido con la sociedad.

—Es lógico —apunta Víctor—. Es usted una dama muy valiente y debo darle las gracias, puede usted estar salvando la vida de un hombre.

—No me lo perdonaría si le ocurriera algo.

Casamajó se pone de pie y se estira la levita, colocándola en su sitio, como cuando quiere ponerse solemne.

—Señora —dice—, yo le doy a usted mi palabra de que esto no va a trascender. Puesto que los cargos no tienen nada que ver con el asesinato y ya que, por la coartada por usted ofrecida, sabemos que es inocente, pondré en libertad a su... a don José Granado, esta misma tarde. No se preocupe, que del asunto de la liga nada se sabrá.

Víctor, que también se ha levantado, agacha la cabeza y añade:

—Quiero pedirle disculpas de nuevo por mi comportamiento, a todas luces indecoroso con usted, aquí y esta tarde, pero así es mi trabajo. La verdad está por encima de todo y quería demostrar lo que ya intuía, que José Granado no participó en el asesinato del hijo de su señor.

—Queda usted disculpado y le estoy agradecida por ello. Aquí tienen su casa para cuando ustedes quieran menester.

—Bien —dice el juez—. Si nos permite, hemos de irnos, tengo papeleo que hacer si queremos que esta misma tarde pueda usted ver a cierto caballero en libertad.

Víctor espera sentado en el salón de La Gran Vía a su amigo Agustín. Hojea la prensa y fuma en pipa. Eduardo, por su parte, duerme arriba, en el cuarto. Pese a que Víctor le indicó que ya no era necesario que siguiera disfrazándose de pilluelo, él lo ha seguido haciendo con la excusa de que quiere ayudar a descubrir el paradero de Nicolás Miñano.

Víctor cree que el crío tiene miedo de presentarse ante Julia con sus nuevas ropas de niño rico y que ella se sienta intimidada por la distancia que les separa en una sociedad clasista y cerrada como la que viven. Él mismo sabe de qué habla. Recuerda cuando retornó a Madrid tras lo de Oviedo: un joven policía con una gran hoja de servicios y un brillante futuro por delante. Un joven perdido por la muerte del que fuera su mentor, don Armando. Se recuerda a sí mismo, enamorado como un idiota de una joven de buena familia, Clara Alvear, una locura que, inexplicablemente, llegó a buen puerto.

Quizá su sitio hubiera estado junto a una mujer de su clase, junto a Esther. No puede evitar el recuerdo de aquellos días en la imprenta, cuando por un momento llegó a olvidar su verdadera misión sintiéndose uno más de aquellos que luchaban por hacer la revolución. Recuerda los momentos felices vividos con Esther y cómo creía que iba a poder solucionarlo todo para salirse con la suya como los protagonistas de los folletines: cazar a los malos, obtener un ascenso y quedarse con la protagonista. Aquello no era, ni de lejos, posible. En el mismo momento que había utilizado un subterfugio para colarse en casa de la joven y entablar una gran amistad con su padre, había minado cualquier posibilidad de que su amor terminara en algo bueno. Él lo había viciado todo desde el inicio por obtener el éxito en su misión. Aquello era primordial para él, una idea brillante la de infiltrarse, sí, pero no había reparado en que podía dañar a terceras personas. Era joven y ambicioso, venía del arroyo y quería abrirse paso, ser el mejor detective de España.

Apura otro trago de coñac y piensa en ella, sigue siendo hermosa a pesar del transcurrir de los años y no se le ha vuelto a conocer relación alguna con el sexo opuesto. Víctor no sólo le hizo daño sino que, probablemente, la incapacitó para volver a tener una relación con un hombre: interesarse, flirtear, entablar un noviazgo, casarse y tener hijos. Algo tan sencillo como rehacer su vida, empezar de nuevo y olvidar. Pero no. Ella había quedado anclada en aquella época feliz de su vida que se truncó por la traición de Víctor. Una época breve, intensa y feliz, muy feliz, que quedó en el olvido como si nunca hubiera existido. Una pena.

—Un duro por tus pensamientos, amigo.

Víctor levanta la cabeza y se alegra al ver el rostro de su amigo Casamajó.

Con un gesto de la cabeza le indica la botella de coñac y una copa vacía que le espera. El otro se sirve y se sienta junto a él. Las noches de verano son frescas en Oviedo y la ventana permanece abierta de par en par. Ha llovido algo por la tarde, así que se percibe ese agradable olor a tierra mojada que en el lluvioso y largo invierno termina por resultar molesto y deprimente. Es una ciudad gris y triste en invierno, a veces demasiado aburrida y húmeda, más habitable en el verano. Un lugar cargado de recuerdos que provoca una sensación ambivalente en el detective. No le importaría vivir en un lugar así. Alejarse de Madrid y ver la vida pasar.

—No sabes lo que se agradecen estos momentos de paz —dice el juez—. Mi casa es una locura, conseguir que todos esos rapaces se vayan a la cama no es asunto sencillo. Afortunadamente, me he puesto serio, he tocado retreta y dormían todos antes de salir hacia aquí.

—Me alegra que nos hayamos vuelto a ver, amigo. Ya sabes, estar aquí contigo, de nuevo. Luchando codo con codo, como en los viejos tiempos. Cuando éramos jóvenes y queríamos cambiar el mundo.

—A mí también me alegra que estés aquí, Víctor. ¿No te arrepientes de haber venido?

—Ni un ápice. El caso ha resultado tan estimulante como me prometiste. De hecho, te recuerdo que no lo he resuelto aún.

—¿Alguna idea?

—Todo se reduce para mí a dos sospechosos: o la niñera o don Reinaldo.

—O los dos.

—O los dos.

—¿Sabes? Me consta que en Madrid, en el *Heraldo*, no ha sentado bien el asunto de la agresión a Vicente Hernández Gil. Castillo y su gente dieron con los tres agresores y fueron detenidos. Por cierto, has dejado cojo a uno de ellos.

—Para eso disparé a la rodilla. Un recuerdo para toda la vida —dice el detective sin un ápice de remordimiento.

—Iban a por él, de no ser por tu intervención podían haberle matado. En el mismo Ministerio el asunto no ha gustado, me consta.

—Lógico.

—Esta mañana se ha recibido un telegrama desde Madrid, el propio director del periódico dice que envía a su abogado para denunciar a don Reinaldo.

—Vaya, a nuestro hombre se le acumulan los problemas.

—Un mal bicho.

—En efecto. Creo, Agustín, que nuestros buenos y malos actos nos persiguen toda la vida, y don Reinaldo Férez ha cometido más de los segundos que de los primeros.

—Esta tarde ha salido libre José Granado.

—Me alegro. De veras.

—Lógicamente ni ha querido oír hablar de volver a su antiguo puesto, sé que iba directo a casa de Isabel Sánchez.

—Esos dos harían bien si se casaran —dice el detective.

—Estoy de acuerdo contigo.

Los dos amigos quedan en silencio y el juez mira a Víctor.

—Sé lo que piensas —dice Casamajó muy serio.

—¿Sí?

—Sí, no creas que eres el único capaz de leer la mente de los demás. Te conozco demasiado bien.

—¿Y en qué pienso, Agustín? —pregunta Víctor con aire divertido.

—En Esther Parra, en que te sientes como un traidor por todo aquello, y en el caso, en que no lo has resuelto. Estás acostumbrado a hacerte con los asuntos en un par de días, a resolver los sumarios más complejos como si nada, y éste es enrevesado. Pero hemos avanzado mucho más de lo que tú piensas.

—No sé qué decirte, amigo.

—Piensa, piensa: demostraste dónde se produjo el crimen, que fue cosa de gente de dentro. Que la criada no se suicidó.

—Que Carlos Navarro es inocente.

—Has podido descartar a Antonio Medina, a los vejetes de los cerdos y has conseguido saber que José Granado no estaba implicado.

—Eso tampoco son verdades absolutas, cualquiera de ellos podría sorprendernos, no creas.

—Todo apunta a la niñera, ¿no crees?

—Sí, en efecto, eso parece. Esa mujer y su hermano han desarrollado un papel decisivo, no hay duda, pero el asunto es, ¿cuál exactamente?

—Hasta que no demos con ellos no podremos saberlo. Igual a estas horas están ya en América.

Víctor niega con la cabeza.

—¿Recuerdas la muerte de don Celemín? Están por aquí cerca y se encuentran bien informados. Alguien les cobija, quizá el propio Reinaldo Férez.

—Pues tendremos que dar con el marino, Nicolás Miñano. Él podrá confirmarnos si fue ella quien le encargó que metiera la nota falsa en el bolsillo del afinador.

—Ese tipo está muerto, créeme.

—Pero ¿cómo puedes saberlo?

—Otros han muerto en este mismo caso por muchísimo menos, el muy imbécil iba a pedirles más dinero.

Entonces, como dando por buenas las palabras de Víctor, el alguacil Castillo irrumpe en el cuarto.

—Buenas noches —dice inclinando la cabeza con el sombrero en la mano—. Me temo que tengo malas noticias: creo que hemos encontrado a Nicolás Miñano.

—¿Cómo? —pregunta el juez poniéndose de pie de un salto—. ¿Está detenido? ¿Ves, Víctor? ¡Buenas noticias al fin!

Castillo niega con la cabeza.

—Pero ¿dónde está? Vayamos a interrogarlo —insiste Casamajó.

—Perdóneme usted, don Agustín, pero me temo que ese pájaro poco va a cantar ya.

Los tres hombres salen a toda prisa de la posada para subir al coche del Julián, que les espera presto para acudir al lugar en cuestión.

37

El coche de caballos vuela por la carretera de Castilla y atraviesa a toda prisa las cuatro casas que constituyen Los Arenales antes de llegar al cementerio. El Julián, Castillo, Casamajó y Víctor se apean del mismo y vadean la tapia del camposanto. El alguacil les guía con seguridad pues ya ha estado allí y sabe perfectamente adónde se dirigen.

Al fondo, tras doblar la primera esquina del muro, se adivinan unas luces. Hay varias lámparas de gas encendidas y allí aguardan dos policías y un médico.

Cuando Víctor llega al lugar ordena que todos se aparten. Como siempre hace, echa un vistazo a los alrededores sin mirar aún el cadáver. Intenta leer el terreno, ver huellas. Se comporta como un sabueso que olisquea los alrededores en busca de cualquier pequeña pista.

—Veo que han pisoteado ustedes esto a placer —dice vivamente molesto. De pronto se agacha y toma una colilla del suelo.

—Julián, si eres tan amable, ¿me traes mi maletín de tu coche?

Deja la colilla sobre una piedra y se acerca a unos arbustos donde apenas se adivina un cuerpo.

—Lo descubrieron unos guajes que jugaban a la pelota, de casualidad —aclara uno de los hombres de Castillo.

En cuanto se acerca al finado, Víctor tiene que colocarse un pañuelo en la boca. El hedor es insoportable.

—¡Luz! ¡Aquí! —ordena.

Mira el cuerpo, lo remira y lo empuja para observar la espalda, las piernas y se fija obsesivamente en las suelas de sus zapatos. Hace que le ayuden a quitarle una casaca fina que llevaba el finado y observa en detalle las heridas.

—Es obra del mismo tipo que mató a Ramón Férez, no hay duda, y fue también asesinado en otro lugar antes de ser trasladado aquí.

—Sí —concluye el médico—. Las heridas que sufrió son de mucho sangrar y no hay rastro alguno de sangre.

—¿No necesitarías otra vez a Minucias? —pregunta el juez.

—No, lo mataron lejos de aquí; ahí, en la arena, hay huellas de ruedas de un coche. Lleva muerto varios días.

—En efecto —corrobora el galeno.

—Puede que muriera antes incluso que don Celemín. En cuanto fue a pedirles más dinero lo quitaron de en medio. No se andan con chiquitas.

—¿Quién crees que lo hizo? ¿Los matones de don Reinaldo? —pregunta Casamajó.

—No, estos trabajos son, me temo, obra del hermanito de la niñera. Todo apunta a ellos. Este Nicolás era un desgraciado del que se sirvieron para inculpar a Carlos Navarro. De no haber venido yo y gracias a mi amiga Clara Tahoces, el afinador habría ido al garrote y ellos se hubieran ido de rositas. Las cosas no les han salido tan bien como ellos pensaban y han tenido que cometer tres crímenes más obligados por las circunstancias de la investigación.

—¿Y ahora? —pregunta el alguacil Castillo.

—Pues ahora, queridos amigos, estamos totalmente perdidos. Las únicas pistas que nos llevaban a los asesinos se han ido esfumando con estos últimos sucesos. Mañana iré a casa de los Férez, quiero hacer un registro del cuarto de Micaela, la criada. Necesitaré una orden, Agustín. Te advierto que es posible que tengamos incluso que reventar algún tabique, pero el dinero y el diario de la joven no aparecieron. Es mi única esperanza en estos momentos.

—No es mucho, que digamos —apunta el juez.

—No, que digamos —continúa Víctor—. Castillo, necesito que usted y sus hombres vigilen a don Reinaldo, con discreción, espero que si tiene alguna relación con los «hermanitos», nos lleve a ellos. Necesitaré también, Agustín, una relación de fincas y propiedades de Férez, no sea que los tenga escondidos en alguna de ellas.

—Cuenta con ello, amigo.

—Bien, pues aquí poco más nos queda por hacer. Esperemos al informe del forense. Que alguien avise a la pobre madre de este desgraciado.

A la mañana siguiente Víctor se presenta en casa de los Férez acompañado por el juez Casamajó, llevan una orden de registro y el detective porta un mazo de enormes dimensiones que alarma a la servidumbre al verles aparecer. Doña Mariana no se atreve a negarles la entrada y su marido se encuentra en Mieres por negocios, así que los dos amigos suben a la habitación de la criada suicida y se encierran en ella con entera libertad.

—Veamos, primero el colchón —dice Víctor sacando una navaja cabritera del bolsillo del chaleco—. Sujeta de ese extremo, Agustín, rápido.

En unos minutos el suelo del cuarto está totalmente cubierto de borra. Nada más. Los dos amigos se miran con perplejidad durante unos segundos y reanudan la tarea al momento.

Hacen otro tanto con los demás almohadones, sin éxito, e inspeccionan las paredes.

—Igual su arcón tenía algún compartimento secreto y está en su casa.

—No sería descabellado darnos el viaje —dice Víctor—. Cualquier esfuerzo me vale con tal de capturar a estos facinerosos.

Entonces, el detective coge el mazo del revés y comienza a golpear las paredes con el lado del mango. Lo hace con cierto tacto, para no romper la pared, pero el ruido resuena en toda la casa.

—¿Puede saberse qué haces, amigo?

—Busco oquedades en el muro, eso hago.

Después de un buen rato, Víctor se para. Vuelve a golpear la pared y se agacha. Entonces dice:

—Aquí.

En ese momento empuña la herramienta correctamente y, tras tomar impulso, la descarga con todas sus fuerzas sobre el tabique haciendo añicos la zona. Al momento, entre los restos de ladrillo y papel de la pared, aparece una oquedad.

—¿Y bien? —pregunta el juez.

Víctor mira dentro, apenas si es una pequeña discontinuidad en el muro, no hay nada.

El detective ladea la cabeza y arroja el mazo al suelo.

—¡Qué mala suerte! —exclama muy enfadado.

La puerta se abre de pronto y aparece doña Mariana.

—Pero ¿puede saberse qué hacen, hombres de Dios? ¿Qué escándalo es éste? ¡Van a tirar media casa! ¿Qué están buscando de esta manera? Me van a obligar ustedes a avisar a mi marido.

Víctor se sienta sobre el viejo somier y mira a su amigo derrotado, éste le entiende y acompaña a la dama afuera con buenas palabras y diciendo no sé qué de no interferir en una investigación.

El detective está harto, comienza a desesperarse. ¿Y si equivocó toda la cadena de razonamientos que le llevaron a ese punto? Todo el caso se desmoronaría. Todas sus deducciones parecen pender de un hilo muy fino. Sí, la criada llevaba un diario que no apareció entre sus cosas, y sus ahorros tampoco, ¿y qué? Bien pudo cansarse de llevar un diario íntimo y lo tiró, igual la otra criada o la cocinera, o sabe Dios quién, se quedó con las pocas posesiones de aquella desgraciada. Igual no había conseguido ahorrar nada para casarse. Todo son castillos en el aire y ahora comienza a darse cuenta.

—Ánimo, amigo —escucha decir a una voz desde la puerta. Es Casamajó.

Víctor tiene la cabeza apoyada en las manos, se echa el flequillo hacia atrás y resopla.

—¿Sabes, Agustín? Hemos conseguido, en efecto, poner un poco de orden en este caos y hemos aclarado algunas cosas para desgracia de los facinerosos que mataron a Ramón Férez. La red de confusión que rodeaba el caso no permitía que los árboles nos dejaran ver el propio bosque, hemos desbrozado la paja, sí, pero ¿y qué? Seguimos igual. No tenemos nada más.

—Tú mismo dices que todo apunta a la niñera.

—Sí, así es.

En ese momento, como un sabueso buscando una presa, el detective levanta la mirada. Sus ojos quedan fijos en un punto y Víctor permanece quieto, inmóvil. Ha visto algo interesante y Casamajó lo percibe.

—¿Ves eso? —dice señalando a un rincón.

—¿El qué?

—Ahí, ese zócalo de madera que sujeta el suelo, justo donde empieza la pared, es de color caoba y en esa esquina parece un poco más oscuro, levemente.

—Yo lo veo igual.

—¿Y mi navaja?

Casamajó rebusca en el suelo, entre la borra, y dice:

—Aquí.

Víctor coge la navaja que el otro le lanza y se arrodilla en el punto en cuestión.

—Hay una pequeña discontinuidad aquí, donde la madera cambia de color. Intentaré meter la navaja.

El detective introduce la hoja con cuidado y el fragmento de madera sale fácilmente.

—¡Estaba suelto! —exclama. Entonces se agacha totalmente y añade—: Hay algo. ¡Aquí dentro hay algo!

Mete la mano y saca una bolsa de tela.

—¿Qué es eso? —pregunta el juez.

Víctor la abre y saca un manojo de billetes de la misma.

—Los ahorros de Micaela y además… su diario.

Ros sonríe ufano con un pequeño librito de repujadas pastas en la mano diestra. Parece un niño.

—Ahora tenemos algo —apunta Casamajó.

—No me hago ilusiones, amigo, pero voy a leerlo. A mi posada.

Y los dos salen de allí a toda prisa sin dar explicación alguna de por qué han dejado la habitación casi destrozada.

Agustín Casamajó llega a la posada La Gran Vía visiblemente excitado. Tras el descubrimiento del diario de Micaela, Víctor ha permanecido encerrado en sus habitaciones con órdenes explícitas de no ser molestado. Al parecer quería examinar el documento a fondo. ¿Contendría aquel pequeño libro las respuestas que buscaban con respecto al suicidio de la joven? ¿Tenía razón Víctor al afirmar que la joven no se había suicidado sino que había sido asesinada?

Agustín sabe que Víctor no suele errar en cuestiones como aquélla. Además, la muerte de don Celemín, confirmada por los forenses como envenenamiento por estricnina, apunta a que el detective estaba en lo cierto.

El vulgo no ha sabido que la muerte del cura estaba relacionada en modo alguno con el caso, ya se ha encargado él de que así fuera. De momento todo el mundo debe pensar que ha sido una muerte súbita, extraña en un tipo joven y de constitución tan atlética como la del cura, pero no imposible. Nadie sabe, salvo ellos y Castillo, que las muertes de la criada y el cura no son lo que parecen.

El *Carbayón*, no podía ser de otra manera, se ha hecho eco de la aparición de un cuerpo sin vida, el de Nicolás Miñano, vecino de Luanca, muerto por apuñalamiento. Como se señala en el mismo texto de la noticia, era un tipo de mala vida, con antecedentes y que había protagonizado alguna pelea que otra en tabernas de la ciudad recientemente.

El juez no quiere ni imaginarse qué podría ocurrir en la ciudad si la gente supiera la verdad. ¡Un sacerdote asesinado en su propia iglesia! ¡Hallado muerto en el confesionario! Unos facinerosos matando a diestro y siniestro en una ciudad tan pequeña como aquélla.

Siguen manteniendo en prisión al pobre Carlos Navarro. El mismo juez se siente culpable por aquella estratagema y, de hecho, ha procurado que se le dé al preso una celda individual. No le falta de nada, ni tabaco, ni libros ni todo aquello que el afinador puede necesitar; pero aquella situación no debe mantenerse *ad aeternum*. En cuanto vuelva el abogado del reo, Pedro Menor, éste insistirá en que se ponga en libertad a su defendido. Bien es cierto que el propio Navarro entendió las razones de Víctor, pero ahora se hace evidente que los asesinos sabían que Castillo, Casamajó y Ros les seguían los pasos. La muerte de don Celemín es la prueba. ¿No será ya innecesario mantener a Navarro en la cárcel? Agustín Casamajó se consume en un mar de dudas. Por otra parte, poner en libertad al afinador volvería a agitar a la ciudad entera. Todo el mundo sabría que no tienen al culpable, que un crimen tan execrable ha quedado impune. ¡En Oviedo! Casamajó no quiere ni imaginar las reacciones de la prensa, el alcalde, el gobernador o el regente de la Audiencia. Imagina las reacciones de los otros socios del Casino.

No, no hay duda, no les queda otra que esperar.

El juez ha recibido una nota de Víctor diciendo que quiere verle, así que ha acudido a su encuentro con la máxima celeridad. Cuando llega al salón de la cómoda posada, el detective le aguarda. Las ojeras denotan que se ha pasado la noche entera sin dormir. Es evidente que ha estado examinando el diario a fondo.

Víctor se levanta y estrecha la mano de su amigo.

—¿Quieres un café?, yo ya llevo varios.

—Sí, por favor —contesta don Agustín.

—Fíjate que son las once de la mañana y me parece mucho más tarde, no en vano apenas dormí un par de horas y al alba volví a despertarme.

Tras servir una taza humeante a su amigo, Casamajó vuelve su atención al diario de la difunta criada y a unos pliegos de papel que descansan en la mesita de té que queda a su derecha.

—He tomado mis notas —aclara Víctor.

—¿Hay novedades? —pregunta el juez con ansiedad.

—Sí —Víctor.

—¡Bien!

—Vayamos por partes.

—Estás tardando demasiado en contarme, amigo.

—No te ocultaré que me ha resultado enormemente tedioso empaparme todo el diario de una fámula, no podemos decir que su vida fuera demasiado emocionante y la mayor parte de sus anotaciones son referentes a cosas cotidianas, qué ha hecho, cuánto ha ahorrado, en fin, asuntos de índole doméstica. Ni que decir tiene que me ha producido mucha pena leer aquellas anotaciones referentes a sus anhelos, al futuro, a la idea de volver a su pueblo y casarse con aquel joven que la pretendía, en fin, una pena. Por cierto, ¿hiciste que llegara el dinero a su familia?

—Esta misma mañana ha salido para allá.

—Bien hecho, amigo. Comenzaremos diciendo que la joven padecía, según parece, ciertos desarreglos…

—¿Sí? —responde Casamajó.

—En asuntos femeninos. Se trataba con un médico de Gijón y anotaba hasta cuándo, ya sabes, cuándo…

—Tenía el mes —dice el juez.

—Exacto, eso es, amigo. En suma, que el diario era riguroso pero demasiado práctico quizá, cosa que no ayuda mucho. Pero a pesar de eso hay varias anotaciones que son destacables. Tómalo.

El juez hace lo que le dicen y Víctor lee sobre sus notas mientras que Casamajó busca la página que le indica su amigo en el diario de la infortunada criada. ¿Lograrán salir de dudas al fin gracias al pequeño libro?

38

«Diecisiete de abril», ¿estás? —Víctor.
—Un, momento. Sí, ya —contesta el juez pasando las páginas a toda velocidad.
—Tras, «*he ahorrado dos duros más*», verás una anotación que me llama la atención. «*El poder de esa mujer sobre don Reinaldo es inmenso. Hoy mismo, su hermano ha sido sorprendido por el guarda cazando en los terrenos del señor, junto al arroyo. Lo ha traído detenido a casa y cuando el señor ha salido, una sola mirada de Cristina —yo me he dado cuenta— ha bastado para que don Reinaldo dijera que no pasaba nada, que él le había enviado a hacerlo y que se olvidara el asunto, no sin antes darle una generosa paga al guarda por las molestias.*» ¿Qué te parece?
—Significativo. Creo que estás en lo cierto sobre el asunto que llevaban entre manos esa mujer y su jefe. Estaban liados, no hay duda.
—Ahora ve al 29 de abril.
—Hecho.
—«*Ese papanatas del hermano de la niñera, Emilio, ha venido a la cocina y ha puesto los pies sobre la mesa. Es un tipo desagradable y su aliento olía a aguardiente. Sin pedir permiso se ha puesto a comer chorizos y beber vino. La cocinera ha acudido a avisar al señor y cuando éste ha llegado a la cocina bien parecía que iba a*

echarlo de la casa. Entonces, Emilio, con mucha caradura y poca educación, se ha permitido el lujo de decir al señor: "¿Qué, Reinaldo, te molesta que me dé una vuelta por aquí?". El señor parecía visiblemente molesto. Yo me temía uno de sus violentos ataques de ira, pero no, ha bajado la vista como un perro sumiso y le ha pedido al otro por favor que saliera de allí y que dejara a la servidumbre trabajar. Nos ha ordenado que llevemos a la caseta del río todo lo que aquel miserable nos pida para que esté bien abastecido.»

—Está muy claro —apunta Casamajó—. Este tipo extorsionaba a Férez.

—¿Y por qué?

—Porque tenía una aventura con su hermana, es la explicación más lógica, amigo.

—Bien dicho, Agustín. Ve ahora al día 15 de mayo, nos vamos acercando a la fecha del crimen. «*Hoy he hablado con el señorito Ramón. Estaba yo tendiendo y venía de dar un paseo por el campo con su amigo el afinador de pianos. No me importa lo que se diga en la casa sobre él, es un joven educado y sensible y trata muy bien al servicio, no como el miserable de su padre. Ha ocurrido algo curioso, me ha preguntado: "¿Cómo va todo?". Yo le he dicho que bien. Entonces me ha insistido: "El hermano de la niñera, ¿os importuna mucho?», me ha preguntado. Yo, para no echar más leña al fuego, he dicho que no, que apenas nada. Pero él no me ha creído. Me temo que el día que esa mujer entró en esta casa entró el mismísimo diablo. Yo he pensado que al menos desde que ella está aquí el señor no nos molesta a las demás, ni a mí ni a Faustina, y eso es de agradecer.*»

—Vaya, vamos avanzando. Menudo sátiro ese Férez.

—Sigue, 23 de mayo. Ojo que ésta es importante. «*Hoy he visto algo curioso. Doña Cristina venía de dar un paseo por el campo y el señorito Ramón, también. Llegaban de direcciones contrarias y se han encontrado en la misma puerta de entrada. Entonces, he visto que él le decía algo muy sonriente y la cara de esa mujer ha cambiado. Normalmente parece un ángel, nunca le he escuchado una mala palabra para con nadie ni la he visto alzar la voz, es la personificación de la dulzura. Pues bien, he podido comprobar cómo su cara cambiaba, se convertía en otra, un rostro horrible y maligno, embrutecido, como el de un hombre y con unos ojos que echaban fuego. ¡Ha llegado a lanzar una bofetada al señorito! Pero éste, más rápido, le ha cogido el brazo y han quedado forcejeando por unos segundos. Luego ella ha salido disparada hacia la casa. Su cara estaba roja de ira.»*

—Esto va poniéndose muy pero que muy interesante. Una bronca entre la víctima y la niñera desaparecida. Vamos avanzando —apunta el juez.

—Ahora ve más abajo, en el mismo día, donde dice: «*Tras la cena y cuando ya habíamos cerrado los postigos, he subido a mi cuarto a leer. Tenía el estómago algo revuelto así que he bajado a la cocina. Me he preparado una manzanilla y me he sentado en la mesa a beberla despacio. Entonces me ha parecido escuchar voces, he acudido al salón y allí estaba ella, en camisón, hablando con alguien a través de la ventana. Era el hermano. "Creo que el maricón lo sabe, nos ha descubierto", la he oído decir. "No pasa nada", ha contestado el hermano, "yo haré que no pueda contarlo". Entonces ha añadido: "Hace tiempo que no vienes a verme, yo tengo mis necesidades". Y entonces ella le ha sujetado la cabeza y ¡le ha besado lentamente! No como se besa a un hermano, no, sino como se hace con un amante. "Ten paciencia, José Antonio", le ha dicho. Entonces se me ha caído la taza al suelo y el ruido les ha hecho girarse, yo creo que me amparaba la oscuridad y he volado escaleras arriba. Espero que no me hayan visto, comienzo a tener miedo».*

—¡Madre mía! No es su hermano y se llama José Antonio.

—Está claro que estos dos actuaban conchabados desde el principio, es posible que conociendo el carácter mujeriego de don Reinaldo llegaran a la casa con el propósito de que ella tuviera una aventura con él y dominarlo.

—¿Cómo?

—Con el chantaje —señala Víctor.

—¿Y no habrá mandado él quitarlos de en medio?

—No; recuerda: ella salió de su casa por propia voluntad y avisó al hermano. Escaparon con prisas, creían que iban a ser descubiertos.

—¿Y cómo puede una mujer dominar tanto a un tipo como don Reinaldo? Es un mujeriego, no parece de los que pierdan el norte por una sola mujer.

—Algo le dará que las otras no, ¿verdad?

—Sí, Víctor, la dama debe de ser algo… especial en las artes amatorias.

—Por ahí iba yo. Vamos al 1 de junio, después justo del crimen. Leo textualmente: «*Tengo miedo, no sé si irme al pueblo. Han matado al señorito Ramón. Yo estoy segura de que han sido ellos. ¿Sabrán que fui yo quien les escuchó aquella noche en el salón? Me paso las noches en vela, llevo dos días sin dormir, apenas pego ojo y atranco mi puerta. He confesado con don Celemín, me aconseja que vaya donde la policía*».

—¡Madre mía! Son ellos, ¡son ellos!

—Ahora vamos al día 7 de junio. Leo: «*Han detenido al afinador, el amigo del señorito Ramón. Dicen que tenía una nota que demuestra que se había citado con él aquí mismo en la noche en que le asesinaron. No sé pero no me lo creo, es demasiada casualidad. Ya sé que es difícil de entender pero yo sé que el señorito y don Carlos Navarro se querían. Me temo que la mano de esta hija de Caín llega muy lejos. Cuando me cruzo con ella por la casa me mira y me sonríe con malicia. Creo que sabe que la vi besarse con ese desgraciado que no es su hermano*». Y ahora, Agustín, definitivamente, la página del día 9, no te lo pierdas, ojo: «*Ella lo sabe, ha venido a mí y me ha dicho al oído: "¿Acaso eres sonámbula? Micaela, cuando uno sueña ve cosas que no son reales, no te confundas o puede pasarte lo que al señorito". ¡Lo saben, lo saben! Saben que yo los vi y ahora está claro, ellos lo mataron. ¿Qué debo hacer? Al señor no puedo acudir, a doña Mariana, tampoco, traga con todo y se quitaría de en medio, hace oídos sordos a los líos de faldas de su marido y no tengo aquí quien me proteja. Han detenido al caballerizo, un buen hombre, que quizá habría podido protegerme. ¿Qué hago Señor, qué hago?».*

—Pobre jovencita.

—Y ahora, el remate final, 10 de junio: «*Se rumorea que quieren hablar con don Reinaldo para avisar a no sé qué detective de Madrid que lee los pensamientos. Esto se está complicando y tengo miedo. No duermo desde hace muchas jornadas y quizá la falta de sueño me hace ver lo que no es, pero esa arpía me sigue por toda la casa, no me dice nada, sólo me mira y me sonríe con aire maligno. Debo irme al pueblo*». Un par de días después fue encontrada en su cuarto, ahorcada.

—Me temo, Víctor, que tenemos el caso resuelto.

—Sí, más o menos, me faltan algunos flecos que aclarar pero el negocio es claro: el joven don Ramón descubrió el asunto de la niñera y de alguna manera se lo hizo saber, estos dos picaban alto, quizá querían sacar una buena cantidad a don Reinaldo y el hijo podía dar al traste con ese plan. Lo quitaron de en medio y también a la criada. Hay que capturarlos cuanto antes, sí, pero ¿dónde se han metido?

En ese momento la sirvienta de la posada entra en la estancia.

—Don Víctor, han traído una carta para usted.

—Muchas gracias —dice el detective tomando la esquela con la mano.

En cuanto sale la fámula, Casamajó pregunta:
—¿De dónde es?
—De Logroño, pedí informes a un antiguo compañero que ahora vive allí, Ginés. Quería saber si las referencias de la niñera eran correctas y si había forma de localizarla, ya que se supone que tanto ella como el hermano eran de allí. Pero veamos —añade Víctor leyendo en voz alta—. «*Logroño, bla, bla, bla, bla... querido Víctor... bla, bla... espero que estés bien...*», y aquí empieza lo bueno: «*No hay rastro alguno de la existencia en el registro ni en el censo de un mujer llamada Cristina Pizarro. Tampoco he hallado nada referente a un probable hermano llamado Emilio Pizarro. Acudí a las dos viviendas donde se supone vivían las familias que habían emitido los informes y toma nota: en una de ellas hay una pasantía y nunca ha sido habitada por familia alguna; la otra dirección es, en realidad, una tienda de comestibles. Tras hacer las averiguaciones pertinentes no he hallado en Logroño a ninguna de las dos familias en cuestión, por lo que podemos afirmar que las referencias que presentó tu sospechosa no eran sino una burda falsificación. Preguntando aquí y allá, a mis confidentes, a mis amigos, a algún que otro sacerdote e incluso a los dueños de todas las tabernas que conozco, no di con los dos hermanos. Hasta que un cura muy amigo mío me habló de una tal Cristina Pizarro que confesaba con él. Me dio muy amablemente su dirección y allí que me presenté por si averiguaba algo y, agárrate, es una dama de sesenta años. Pensé, será la madre, pero no, ha sido soltera toda la vida y no conoce ni a tu sospechosa ni al tal Emilio Pizarro. Es evidente que esos dos no han estado nunca en Logroño, pues se habrían inventado referencias de familias reales. Si el propietario de la casa que los contrató se hubiera molestado en telegrafiar a esas supuestas familias habría comprobado que todo era una treta. Cabe la posibilidad de que hayan pasado por aquí, pero si lo han hecho, tendrían otros nombres, claro. Si pudieras enviarme alguna fotografía estoy*

seguro de que serán conocidos míos. Ya sabes que en el mundo del delito y en una ciudad tan pequeña como ésta todos nos conocemos. En fin, que espero noticias tuyas por si me puedes enviar una fotografía de la joven o del hermano, y te pido disculpas por la demora pero me ha llevado bastante tiempo hacer las gestiones pertinentes. Me temo que esos dos son pájaros de cuidado. Siempre afectísimo, Ginés Cros».

Los dos amigos se quedan en silencio, pensativos.

—Feo asunto —sentencia el juez.

—Así es, pero me temo que la cosa queda aclarada, ¿no?

—En efecto, los susodichos Cristina Pizarro y su supuesto hermano Emilio son dos tunantes de cuidado que llegaron a la casa con la clara intención de sacar un buen provecho de su estancia allí. Es evidente que no son hermanos sino amantes y no me extrañaría que hubieran hecho esto otras veces.

—Estoy seguro de ello —dice Víctor—. Pero el caso es que sabes que dispongo ya de un nutrido archivo criminal y aquí, en España, no tengo registrado ningún caso similar, de ser así tendríamos algo, un nombre, un alias… Y los cazaríamos.

—Sí, es cierto, de momento sabemos que hasta sus nombres son falsos, tendrán otros documentos y la orden de búsqueda que hemos cursado va a nombre de los hermanos Pizarro, incluso aunque hayan sido preguntados por algún policía se habrán ido de rositas.

—Y con la descripción no nos basta. Es una pena que no tengamos fotografías.

—Desde luego.

Víctor continúa hablando:

—Esta pájara, que seguramente sabría ya de la afición del patriarca de los Férez por el mujerío, se lió con él de inmediato y al parecer le sorbió el seso.

—Como lo demuestran las licencias que se permitía el hermano.

—Es probable también que le hicieran chantaje. Tanto por el asunto de la infidelidad como por su historial médico: el asunto de la sífilis y la muerte de la primera esposa absolutamente demente.

—Sí, sí, por ahí deben de ir los tiros.

—Me parece evidente que el chaval, Ramón Férez, que no debía de ser tonto, al venir por vacaciones descubrió el *affaire* entre su padre y la joven niñera y de alguna manera se lo hizo saber a ésta.

—Probablemente con la idea de hacerla abandonar la casa.

—Exacto, y ésta, en lugar de ceder, preparó el asesinato del joven con su supuesto hermano; ojo, nos las vemos con alguien sin un atisbo de remordimientos, expeditivo y violento.

—O violentos.

—Sí, sí, claro, los dos. Pero me da, por los apuntes del diario de la criada, que el cerebro es la niñera y que él quizá sea la mano violenta que ejecuta.

—Sí, puede ser —apunta el juez.

—El caso es que eliminan a Ramón pero, eso sí, con inteligencia. Supongo que ella llevaba tiempo dedicándose a copiar la escritura del señorito para falsificar, y ojo, muy bien (esto nos hace pensar en personas que llevan ya su tiempo en el mundo del delito), la nota que inculpa al pobre afinador. Asunto resuelto: eliminan al testigo incómodo y las autoridades cazan al culpable. Pero no contaban con una contingencia, uno de esos imprevistos que dan al traste con el mejor de los planes: se descubre que el caballerizo se ocultaba con un nombre falso y la cosa se complica. Ya ves, una nadería les estropea el golpe perfecto.

—Claro, hay dos sospechosos y la ciudad comienza a agitarse. Entonces, debido al clima de histeria que se va desatando en la ciudad, decidimos llamarte.

—Deben de conocerme y saben que si interrogo a Micaela, la criada, caeremos sobre ellos, así que deciden que deben eliminarla también.

—Y montan el numerito del anillo de Ramón en su mano cuando se ahorca.

—Exacto, una excelente maniobra de distracción. Entonces llego yo y, fíjate qué casualidad, no logro ver físicamente a la niñera y además, cuando me hago cargo del caso, desaparece. Todo encaja. Y observa, se va precipitadamente, sólo se lleva su diario y poco más, pasa a avisar a su amante, que también se va con lo puesto, y escapan. ¿Qué te demuestra eso?

—¿Que te tienen miedo?

—No. Que yo los conozco. Seguro.

—¡Cómo! ¿Estás seguro? ¿No podría ser que estuvieran al tanto de tus logros y te tuvieran miedo?

—Sí, podría ser, pero cuando llegué la niñera estaba fuera, con los críos y desaparece justo el día en que yo había avisado que iba a ir a la casa para iniciar mis entrevistas con los miembros de la misma.

—Piensas que los conoces…

—Sí, probablemente me las haya visto con ellos en algún otro caso, pero ahora no recuerdo a ninguna pareja que hiciera algo similar. Debió de ser en otro tipo de delito: algún chantaje o un robo, no sé. Estoy en blanco al respecto.

El juez y el detective se vuelven a quedar pensativos.

—Bueno —dice Casamajó—. Al menos el caso está resuelto.

—¿Cómo dices, amigo?

—Sí, hombre, sabemos quién lo hizo y por qué, ¿qué más quieres?

—Cazar a los culpables.

—Eso parece difícil, ahora sí que deben de haber volado.

—Ya. Bueno, ha oscurecido ya, ¿te quedas a cenar?

—No, no, iré a casa. Al menos me quedo tranquilo, este caso me estaba complicando la vida. Pongo en libertad a Carlos Navarro, ¿no?

—Mañana mismo, ya no tiene sentido que siga en prisión.

—Aparte de la orden de búsqueda emitiré una de captura contra los dos hermanitos como sospechosos del asesinato de Ramón Férez.

—La prensa va a disfrutar con esto. Les encantan los detalles morbosos. Me imagino que todo saldrá en los papeles.

—Intentaré que no, pero ya sabes cómo es Oviedo, todo termina sabiéndose. Lo siento por la familia y por doña Mariana, pero ese don Reinaldo es un miserable. Su conducta inmoral, su lujuria desenfrenada, metió, como dice Micaela en su diario, al mismísimo diablo en casa.

—Vaya par de pájaros.

—No los vamos a encontrar.

—Bueno, nunca hay que darse por vencido. Yo mañana por la mañana telegrafiaré a Madrid, espero a Clara para pasar unos días con ella por aquí y remataré algún asunto que otro.

—¿Lo de la niña esa? ¿La amiguita de Eduardo?

—Sí, creo que sé dónde podría buscarle acomodo. También hay otro negocio que no te pude contar y que de momento no comentaré, relacionado con el joven Fernando Medina y Enriqueta.

El juez arquea las cejas como preguntando y Víctor alza la mano como indicando que sea paciente.

—A su debido tiempo lo sabrás, no es nada malo. Y ya de paso, haré alguna que otra gestión para ver si puedo identificar a Cristina Pizarro o a su hermano. No desisto aunque doy por hecho que nada conseguiré. Al menos que no se diga que no he puesto de mi parte todo lo que he podido.

—Bien hecho, amigo.

Los dos se levantan y se funden en un abrazo satisfechos por el deber cumplido.

39

Víctor está de buen humor: ha desayunado con Eduardo y el caso parece aclarado. Bien es cierto que siente una cierta amargura porque los dos asesinos se le han escapado pero ha cumplido con la misión que le trajo a Oviedo. Sólo queda esa espina, quizá una punzada, un golpe para su orgullo, porque esos dos han ido siempre por delante y han volado saliéndose con la suya. La verdad, le han vencido aunque no quiera reconocerlo. No sabe si habrán conseguido sacar un buen dinero a don Reinaldo pero, en cualquier caso, se lo merecía. Ha telegrafiado a Clara ya de buena mañana, espera su respuesta para ver cuándo llega y nada ansía más que pasar con ella unos días de relajo en Asturias. También quiere arreglar algún asuntillos de índole menor.

Piensa, por un momento, que quizá la vida sea eso: la perfección no existe y aunque ha conseguido desenmarañar la trama y exonerar de culpa a Carlos Navarro y José Granado, no ha podido entregar a los culpables a la Justicia. Siente no haber podido evitar dos muertes: la de don Celemín y la de ese desgraciado, Nicolás Miñano. Lamenta también el cruel asesinato de la joven criada, Micaela. Se encargará de que Casamajó haga las gestiones pertinentes para que sea enterrada, al menos, en sagrado. Una vez más lamenta el fanatismo de curas y beatas, si ese don Celemín hubiera hablado a tiempo…

Entonces levanta la vista y remira orgulloso a Eduardo. El crío devora con gusto su chocolate con picatostes. Se ha comportado como un gran detective, ha sido valiente, ha puesto en peligro su propia seguridad por una niña desvalida, la hija de una prostituta a la que todos despreciaban. Sí, Eduardo crece a marchas forzadas y lo hace en la dirección correcta. El año que viene deberá abandonar el internado y cursar estudios en Madrid, se ha puesto al día más que suficientemente.

Es entonces cuando escucha unos pasos y alguien que pregunta por él en voz alta. Mira hacia la puerta y ve aparecer al Julián, el cochero.

—¿Qué pasa, Julián? ¿Quieres desayunar?

—Don Víctor, tiene usted que venir a Casa Férez. ¡Rápido, es muy urgente que vea esto!

Cuando Víctor y Eduardo llegan a Casa Férez, justo en la verja de entrada se encuentran con Casamajó y el alguacil Castillo que, con dos de sus hombres, aguardan al detective. Es evidente que algo ha ocurrido y no bueno precisamente.

—¿Qué pasa? —pregunta Víctor bajando del coche de un salto.

—¡Ya estás aquí, gracias a Dios! —exclama el juez—. Ven, sígueme.

—Pero ¿qué ha ocurrido? —pregunta Ros intrigado—. Decidme.

—Tiene usted que verlo con sus propios ojos —contesta el alguacil, que parece consternado—. Es mejor que el crío se quede aquí.

El grupo rodea la casa por el lado izquierdo, justo entre la puerta de la cocina y las caballerizas, y llegan hasta una pequeña construcción hemisférica que queda detrás de la casa, es un horno de leña bastante grande. Allí aguardan Faustina, don Reinaldo, la cocinera y otro agente de Castillo.

—Buenos días —saluda Víctor tocándose el sombrero—. ¿Qué ha pasado?

Casamajó señala al horno de leña que todos miran como con temor y dice:

—Echa un vistazo.

Víctor se acerca a mirar y Patro comienza a hablar:

—Esta mañana me he levantado a las cinco y media para hacer el pan, como siempre. He preparado la masa, a eso de las seis he venido a encender el fuego y entonces he visto esas cosas horribles.

Lamujer se echa a llorar.

Allí dentro, entre cenizas, se adivinan algunos huesos humanos y dos cráneos incompletos debido a la combustión.

—Esto...¿desde cuándo está aquí?

—Ayer tarde no estaba, se lo aseguro. Yo misma estuve sacando cenizas —declara la cocinera.

Víctor mira alrededor. Don Reinaldo parece visiblemente nervioso.

El detective repara en un fragmento de cráneo que ha escapado a la combustión por hallarse muy cerca de la boca del horno. En él se conserva, parcialmente chamuscado, un fragmento de oreja, afortunadamente el lóbulo no se ha quemado. El detective lo toma con las manos.

—Aún está caliente —dice pensativo.

Con sumo cuidado, extrae un pendiente que cuelga del lóbulo aún intacto.

Es simplemente un gancho alargado, de oro, en cuyo extremo hay una piedra de color azulado.

—¿Alguien reconoce esto? —dice mirando a don Reinaldo y a las dos sirvientas mientras sujeta la joya entre el índice y el pulgar.

El dueño de la casa emite un extraño quejido, se lleva las manos a la cara y maldice.

—¡Eso era de doña Cristina, de la niñera!

Víctor queda parado, no esperaba algo así.

—¿De la niñera? —pregunta muy sorprendido.

—No puede ser. ¡Ahora sí que estamos apañados! —exclama Casamajó.

Todos se quedan paralizados, mirando al detective, que esta vez parece haber quedado como consternado, le han superado los acontecimientos.

—¿Está usted seguro, don Reinaldo, y usted, Faustina? ¿De la niñera?

La criada asiente muy segura y don Reinaldo añade:

—Sí, esos pendientes eran suyos. —Entonces se acerca discretamente a Víctor y sin que los demás le escuchen le dice al oído—: Se los regalé yo.

Y se dirige a toda prisa a la casa. Lleva lágrimas en los ojos. Es evidente que aquello ha supuesto un mazazo para el empresario.

Víctor sigue parado, con la boca abierta.

Entonces, de repente, parece como poseído por uno de sus ataques de actividad y dice a voz en grito:

—¡Rápido, traigan sábanas blancas! Tenemos que sacar los restos y examinarlos. Quiero aquí a Castillo, a sus hombres y el juez; el resto, todos fuera. Avisen al forense. ¡Venga!

Al momento se cumplen las instrucciones del detective.

Eduardo es enviado a la posada con el Julián, y Víctor, en chaleco y con las mangas de camisa arremangadas, comienza a extraer los restos de ceniza y huesos, aún calientes. Se ayuda de una pequeña pala y de unas pinzas y va escudriñando poco a poco cada pequeño fragmento, cada grumo, como si viera algo que los demás no son capaces siquiera de intuir.

Casamajó lo mira con ansiedad.

—¿Quiénes son? ¿Cuántos hay?

Víctor lo mira y le indica con la mano que espere.

—Pero ¿es verdad? ¿Crees que es ella, la niñera?

—Alberto Aldanza, que espero se pudra en el infierno, me enseñó lo que sé sobre huesos y ciencia forense. De momento te puedo decir que ese fémur que queda ahí es de hombre, por el tamaño, creo. Y que este fragmento de mandíbula y cráneo parece de mujer por su talla y el detalle del pendiente. Hay restos de dos personas aquí, dos cuerpos, uno más pequeño y otro más grande.

—La niñera y su cómplice.

—Eso parece, amigo.

—Pues lo que yo decía, estamos apañados —sentencia Casamajó con cara de circunstancias.

Tras una hora y media de concienzudo trabajo han conseguido separar los restos de lo que parecen dos seres humanos sobre dos sábanas. El forense ha llegado y, tras examinar los restos, ha hecho un aparte con Víctor y han hablado largo y tendido. Ambos han tomado sus notas y se ha ordenado el levantamiento de los cadáveres que han sido trasladados al juzgado para ser inspeccionados allí en más detalle.

Víctor y Casamajó se han alejado. Los dos se han quitado la chaqueta y se han sentado en una inmensa piedra, junto al arroyo de Pumarín. Víctor fuma una pipa y el juez un habano. Ambos miran con aire hipnótico el discurrir de las aguas por el pequeño arroyuelo.

—Te confieso que esto me ha dejado pasmado —dice Víctor.

—Sí, y ahora, ¿qué?

—Estaba convencido de que la niñera y el hermano eran culpables, y ahora... esto.

—Sí, ¿quién lo ha hecho? ¿Quién los mató?

—Y lo peor, querido Agustín, ¿cómo? Los restos que han quedado no nos permiten saber nada sobre cómo fueron asesinados, ni dónde ni con qué; ahora sí que se pierde el rastro de toda esta historia, me temo. ¿Quién está detrás de todo esto? Es como si un poder superior jugara con nosotros como si fuéramos marionetas. Ese alguien se ríe de nosotros. Nos lleva de aquí para allá, nos muestra señuelos y nos confunde como si fuéramos niños.

—¿En quién piensas, en don Reinaldo?

—Obviamente, sí. No veo otra posibilidad. Éstos le mataron al hijo, él lo sabía, los ocultó y les ayudó a eliminar a los testigos incómodos.

—¿Por qué iba a hacer algo así?

—Para evitar el escándalo. Que se divulgaran sus secretos. Supongo que al ver que habíamos identificado a los culpables, mandó eliminarlos.

—Pero ¿él solo?

—No, no, tiene hombres suficientes para hacer algo así.

—Pero los tipos que hayan hecho esto... lo saben.

—Es muy rico, los habrá enterrado en dinero y pasaportado a América para empezar una nueva vida, qué sé yo.

—¿Y no pudieran ser otros los culpables?

Víctor queda mirando al infinito, el sol se filtra entre las hayas, y parece pensar.

—Pues eso es, amigo, que a estas alturas puede haber sido cualquiera. Igual me equivoqué, todo apuntaba hacia ellos.

—Sí, ella estaba liada con don Reinaldo.

—Y sabemos que ejercía un gran dominio sobre él. El hermano campaba a sus anchas y el señor de la casa lo consentía. Ese tipo, bronquista, daba el perfil clásico del delincuente. Ella, en cambio, debió de ser de buena familia pues poseía modales e instrucción. Ahora se hace evidente que de hermanos, nada. Los informes eran falsos, no venían de Logroño, y sus nombres también eran falsos.

—Ramón Férez descubrió el *affaire*.

—Exacto, y tuvo sus más y sus menos con la niñera. El diario de la criada así lo indica, es evidente que se deshicieron también de la pobre Micaela. No sé, amigo, el caso estaba resuelto. Desconozco en qué punto nos equivocamos. Y sólo hacemos dar vueltas y vueltas a lo mismo, ¿te das cuenta?

—Parecían ellos —dice el juez mirando al suelo.

—¿Sabes? El razonamiento deductivo aplicado a la labor policial es una herramienta muy útil, pero en un caso como éste, si uno solo de los eslabones, una sola deducción que forma parte de la cadena, está mal, nos llevará por un camino equivocado. Tengo que ir a la posada, revisar mis notas de nuevo. Desde el principio. Debe de haber alguna falla, algún punto en el que me equivoqué.

—Pero ¿de verdad crees que puedes haberte equivocado? ¡No me digas eso a estas alturas, Víctor! —exclama Casamajó, incrédulo.

—Totalmente. No quiero ni pensarlo.

—Pero ¿entonces?

—Entonces me temo que he perdido el «toque», amigo. Todo puede estar mal. Desde el primer momento descarté a Navarro, exculpé a Granado, a los vejetes de los cerdos...

—No me digas que piensas que Navarro podría ser culpable a estas alturas.

—Te he dicho que cualquiera puede serlo. ¿Y si falsificó él mismo la nota y pagó a Nicolás para que la dejara en su chaleco y dijera que era un encargo de una dama muy bella? Eso nos habría llevado de cabeza a la niñera, ¿no?

—Sí, me temo, pero es muy rebuscado.

—No, no, piensa, él era amante de Ramón Férez, seguro que éste le habría contado su descubrimiento y las amenazas de la niñera. Igual habían discutido, Ramón pensaba abandonarle y Carlos decidió matarlo. Sabía que se descubriría lo de la niñera y maquinó el asunto de la nota para que pareciera que todo había sido una conspiración de Cristina Pizarro contra él.

—No sé, es complicado. Además…

—¿Sí?

—Puse a Navarro en libertad como acordamos.

—Ya.

—Se ha ido de Oviedo. Ha desaparecido.

40

Víctor se pasa la mano por la cabeza con desesperación alborotándose el pelo. Parece a punto de perder los nervios.

—Tengo que repasarlo todo, desde el principio. Telegrafiaré a Clara para que no venga —dice mirando a Casamajó.

—¿Y si el pendiente no es de la niñera?

—Cabe esa posibilidad, Agustín, lo sé. ¿Te das cuenta de que estamos como al principio?

—Sí, o peor.

—Después de un caso largo, una investigación compleja, después de desbrozar el trigo de la paja, de aclarar tantos y tantos malentendidos, de descartar sospechosos; llegamos a una conclusión que parece clara —dice Víctor repasando mentalmente.

—Y entonces nuestros principales sospechosos aparecen muertos y carbonizados.

Los dos amigos vuelven a quedar en silencio.

Casamajó arquea las cejas y apunta:

—Nosotros hicimos público que los culpables eran la niñera y el hermano, ¿no?

—Sí, claro, y liberamos al afinador.

—Pues entonces don Reinaldo, que por algún motivo sabe

dónde están, manda matarlos para vengar la muerte de su hijo y quemar sus restos en el horno. Por desgracia, no ha dado tiempo a que la combustión de los restos fuera total y la cosa ha quedado al descubierto.

Víctor mira a su amigo y contesta:

—Sí, tiene lógica. Pero ¿viste su reacción? ¿Te fijaste en lo que hizo cuando vio el pendiente? Ese hombre quería a Cristina, no me cabe duda. ¿No has observado sus lágrimas? Estaba ido, hundido, roto.

—Es un mal bicho, Víctor, fingía.

—No sé qué decirte. Para mí que era sincero, he visto en su cara la sorpresa, el horror y luego, la más absoluta de las tristezas.

—¿Cómo podría un hombre amar a la mujer que ha asesinado a su hijo?

—Algo debía de tener la dama, ya te dije que debía de tratarse de una mujer de una capacidad intelectual notable; si encima era bella, podría conseguir cualquier cosa de un hombre.

—Sí, es cierto, he tenido casos en el juzgado en que he visto cómo auténticos caballeros lo perdían todo por una mujer.

Los dos vuelven a quedar en silencio.

Habla Casamajó:

—Y ahora, ¿qué hacemos?

—Pues eso es, amigo, que no lo sé.

El juez Casamajó llega a la posada La Gran Vía a media mañana. Víctor, sentado en el porche, hojea tranquilamente el periódico.

—¿Cómo estamos? —pregunta don Agustín—. ¿Has dormido bien?

—No he pegado ojo, hasta las seis no he conciliado el sueño.

—Repasando tus notas.

—Cómo me conoces. He empezado y vuelto a empezar mil veces, he repasado todas mis anotaciones y analizado de nuevo cada paso, y ¿sabes?

—Tú dirás.

—No sé en qué punto me equivoqué. Creo que esos dos eran los culpables y ahora, fíjate, aparecen sus cuerpos carbonizados.

—¿Y si no son ellos? Los cuerpos, digo, podrían ser de otras personas.

—No creas, también lo he pensado. Pero me parece una hipótesis muy peregrina, de novela de intriga.

—Ya.

—Y encima, mira —dice agitando una pequeña esquela—. He recibido un telegrama de Clara, insiste en venir. Yo le dije que se había complicado la cosa, pero cuando se empeña, se empeña.

—Quizá te venga bien su compañía, ya sabes, enseñarle esto, llevarla a cenar o ir al teatro… Necesitas expansionarte. Por cierto, ¿y el crío?

—¿Eduardo? Por ahí andará, con esa niña. Creo que se ha enamorado.

—Qué buen chaval estás criando.

—Es todo mérito suyo, es listo como ninguno y obediente, muy obediente. Estoy orgulloso de él. Por cierto…

—¿Sí?

—No sé, por si nos hubiéramos equivocado, ¿has averiguado algo de Navarro?

—Me temo que el afinador se ha querido quitar de en medio, no hay rastro de él. En otras ocasiones dicto una orden para que el tipo en cuestión se presente en el juzgado o esté localizado, pero teníamos tan claro que esos dos, Navarro y Granado, no eran los culpables...

—No te calientes la cabeza, la culpa es mía. Di por hecho que teníamos a los asesinos. ¿Y de José Granado? ¿Sabemos algo?

—Sí, he hecho los deberes; Castillo lo tiene localizado, está en casa de la viuda, Isabel Sánchez. Lo vigilan con discreción, por si las moscas.

—Bien, bien. Al menos a ése lo tenemos controlado.

—¿Has decidido ya lo que vamos a hacer? —pregunta el juez.

—Pues no, la verdad, no sé por dónde tirar. De momento me acercaré a casa de los Férez, quiero volver a preguntar al servicio y a la gente de la casa si están seguros de que el pendiente era de la niñera.

—Si el propio don Reinaldo te dijo...

—Sé lo que dijo, pero el pendiente es lo único que nos lleva a la conclusión de que ese cuerpo es de la niñera, quiero asegurarme. Total, no tenemos nada a que agarrarnos, ¿qué más da?

—Bien, te dejo entonces, tengo la mesa llena de papeles. ¡Dichosa burocracia!

Cuando Víctor sale de la posada para encaminarse a Casa Férez haciendo un poco de ejercicio, queda parado.

Enfrente, en mitad de la calle, le espera Esther Parra.

—Hola —dice él tocándose con la diestra el sombrero tirolés que usa en sus excursiones campestres.

—¿Vas de caza? —dice ella.

—No, no. No me gusta disparar a nadie, salvo en caso de

extremo apuro; voy a casa de los Férez, y así aprovecho y paseo por el campo.

—Quería hablar contigo un momento, ¿puedo?

—Claro, por supuesto, Esther, por supuesto.

—¿Te importa si te acompaño un trecho y así charlamos?

—Sí, muy bien, de acuerdo —dice él comenzando a caminar.

Los dos van juntos, no demasiado lejos el uno del otro. Él, con las manos en la espalda y pensando que Esther está muy guapa con aquel vestido azul claro. Ella, que juguetea con su bolso entre las manos, parece nerviosa por el encuentro.

—Bien —dice ella—. Te preguntarás qué me ha traído aquí.

—Sí, más bien.

—Creo que el otro día fui demasiado dura contigo.

Él se para y la mira.

—No, fuiste justa, lo merecía y lo merezco. No hay noche que no me acueste sin que el recuerdo de tu padre me atormente. Sé que no me vas a creer, pero yo le quería. Me enseñó muchas cosas y me trató como un padre. No pude hacer nada por él, lo intenté, de veras. Desaparecer así no fue la mejor solución.

—Me hago cargo, Víctor —dice ella reemprendiendo la marcha—. Y te creo. Sé que no debió de ser fácil para ti. Nunca lo había visto desde tu punto de vista, lo confieso. Eras un traidor, un tipo que se había llevado mi virtud y que había engañado a mi padre; un policía, un perro de los poderosos infiltrado entre nosotros. Pero ¿sabes?, cuando viniste a verme el otro día me hiciste pensar. Vi, por un momento, las cosas desde tu perspectiva. Ha pasado mucho tiempo, una vida, y ahora veo lo jóvenes que éramos, que eras. Un don nadie abriéndose camino en la vida. Creías que hacías lo correcto infiltrándote en una red de revolucionarios y supongo que, a tu manera, llegaste a sentir algo por mí.

—¿Tienes dudas? ¡Estaba enamorado perdidamente de ti! Nadie te ha querido como lo hice yo, Esther Parra.

—¿Y por qué no viniste a buscarme? ¿Por qué no viniste a por mí?

—No pude. Y luego… no supe. No me atreví. Sabía que me odiabas, que no querías verme. Cuando me enteré de la muerte de tu padre, fui consciente de que nunca podría ponerme delante de ti.

—El otro día lo hiciste.

—Sí, lo hice. Miles de veces pensé en lo que iba a decirte si te veía y luego, no sé lo que dije, si acerté o no, si pude…

—¿Sí?

—Si pude hacerte comprender lo que me pasó. Me superaron los acontecimientos, es cierto. Yo lo preparé concienzudamente, os iba a salvar pero todo se torció, de veras.

—Te creo.

—¿Qué?

—Te he dicho que te creo.

Víctor suspira aliviado.

—No sabes lo importante que es eso para mí. Me haces sentir… como liberado. Si no me perdonas, lo entiendo, comprendo que no se puede perdonar algo así, pero al menos, si sólo me entiendes en una mínima parte, yo me doy por satisfecho.

—Sé que eras un crío. No te diré que te perdono, Víctor, pero comprendo que tú no querías que las cosas fueran así.

—Gracias, de verdad, gracias —dice él, que se ha parado y le toma las manos.

Esther Parra se sorprende al ver lágrimas en los ojos del detective.

—¡No sabes lo que he pasado todos estos años! —dice él—. Y sí, me hago una idea de lo mucho que has debido de sufrir, tú eres la víctima y no yo, pero es horrible sentirte consumido por este remordimiento. No te haces una idea.

—Tú siempre tienes que ser perfecto, ¿no?

—¿Cómo?

—Sí, eres el bueno del folletín, el protagonista. Siempre tienes que vencer a los malos, no ser débil, hacer lo correcto.

—Sí, más o menos así. Pero a veces no salen las cosas como uno quisiera.

—Debe de ser cansado.

—No te entiendo.

—Sí, ser tú, vivir en ese papel. En ese personaje que has creado. He seguido en la prensa todos tus casos.

Los dos han vuelto a caminar. Víctor, más sereno, comenta:

—Pues la verdad es que sí, a veces me canso de luchar contra el mal, contra los delincuentes, de no poder dar un paso en falso y tener que comportarme como un caballero andante. Y encima rodeado de corruptos, ladrones, prostitutas y políticos facinerosos, por eso dejé la policía. Descubrí, tras un caso en Barcelona…

—¿El de la calle Calabria?

—El mismo. Bueno, te decía que descubrí que todo estaba podrido, tuve miedo por mis hijos, por mi mujer, y decidí tirar la toalla. Trabajar por mi cuenta y montar mi propio gabinete. Así no tendría que aguantar órdenes de nadie ni participar en subterfugios o asuntos que no me parecieran limpios.

—Como un caballero andante, claro.

—Sí, más o menos. Qué tonto, ¿verdad? Es cierto que creé un personaje, «Víctor Ros, el hombre que lee las mentes», lo hago a propósito, me viene bien y lo reconozco. Así cuando llego a un lugar para una investigación todos se ponen nerviosos, se delatan. Y sí, sí, es muy cansado ser yo. Tan seguro de mí mismo, sí. Y ¿sabes? No soy infalible, me asaltan las dudas y mi mente me tortura cuando yerro. Tenía un caso resuelto después de una laboriosa investigación y me encuentro con que mis dos máximos sospechosos están muertos. A veces te juro que me gustaría haber llevado otra vida.

—¿Conmigo?

—Quizá, Esther, quizá. Lo he pensado muchas veces.

—Has dicho que me querías.

—Sí, es cierto.

—¿Y lo sigues haciendo?

Ella se ha detenido y él hace otro tanto. Se miran a los ojos y Víctor se ve transportado a su juventud, a sus primeros días de policía. La recuerda en la trastienda, tan dulce, tan feliz.

—Supongo que nunca se deja de querer a alguien de quien se ha estado enamorado, ¿no? —dice él.

Ella sonríe.

—Buena respuesta, Víctor Ros, buena respuesta. En fin, te tengo que dejar, hay mucho trabajo en la imprenta.

—Quiero darte las gracias, de corazón. Nunca podré agradecértelo lo suficiente, de veras.

—No hay de qué, supuse que debía decírtelo.

—No sabes lo mucho que acabas de hacer por mí, Esther, de verdad, gracias.

Se despiden cogiéndose las manos y se miran a los ojos.

Cuando echan a andar en direcciones contrarias ella se gira y dice:

—¡Víctor!

—¿Sí? —contesta él volviendo la cabeza.

—Yo sí sé la respuesta a la pregunta que te he hecho: yo aún te quiero. —Y dicho esto, echa a andar hacia la ciudad de Oviedo. Víctor se queda parado, viéndola alejarse y se lamenta por sus errores del pasado. Una vez más.

41

Cuando Víctor Ros llega a la casa de los Férez, se encuentra con que doña Mariana Carave sale con los dos niños pequeños de paseo. Parece que ha abandonado el luto, pues viste un fino vestido beige y porta una sombrilla del mismo color. Su pelo color trigo va recogido en un elegante moño tocado con una cinta de tul a juego con el conjunto. Está realmente hermosa.

—Buenos días, don Víctor, ¿qué le trae por aquí?

—Buenos días —dice él quitándose el sombrero—. Venía a hacer unas preguntas a los habitantes de la casa, ya sabe, sobre el pendiente hallado en los restos que encontramos en el horno. Quiero estar seguro de que pertenecía a esa mujer.

Mariana lo mira con una sonrisa en los labios y Víctor no termina de comprender cómo la dama soporta a un tipo como don Reinaldo. Así es la vida.

Ella entonces toma la palabra:

—Me dispongo a dar un paseo con los niños y soy habitante de la casa, ¿nos acompaña? Puede preguntarme a mí.

Víctor se lo piensa un momento y contesta tendiendo el brazo a la dama:

—Por supuesto.

Comienzan a caminar mientras juntos los críos corretean por delante de ellos. Poco a poco dejan a un lado la casa de Antonio Medina y doblan hacia la izquierda acercándose al arroyo.

—El acceso que hay desde nuestra casa es demasiado abrupto para los niños, hay mucha vegetación y aquí hay un pradito muy mono —dice la mujer a modo de explicación.

—¿Y su marido?

—En la mina.

—¿Cómo está?

—Hundido.

Los dos quedan en silencio. La situación es embarazosa.

—Sí —apunta ella—, sé lo que está pensando. Resulta muy esclarecedor comprobar que un hombre casado se desmorona por la muerte de otra mujer, ¿verdad? No pensé que le hubiera dado tan fuerte. No es la primera vez, ¿sabe?

—Pero usted… consiente.

—Éste es un mundo de hombres. ¿Qué iba a hacer? Esto no es Inglaterra ni Estados Unidos, donde la gente se puede divorciar sin más. No puedo irme con mis hijos, ¿adónde iba a ir? ¿De qué viviría? Usted sabe que una mujer sola y con hijos no tiene ni una mínima oportunidad de salir adelante.

—Ya.

—Por eso, durante todos estos años he hecho lo que hacemos todas, mirar hacia otro lado. —Entonces sonríe al detective con aire malicioso y añade—: Y usted, ¿nunca echa una cana al aire como todos? ¿No tendrá usted una mantenida en Madrid como hacen todos los caballeros de posibles? ¿Alguna corista quizá?

Víctor recuerda lo que acaba de sucederle con Esther Parra y contesta:

—No, no es mi estilo.

Ella lo mira sonriendo. Han llegado al pequeño prado y se sientan en una enorme roca mientras que los niños corren de acá para allá, se acercan al arroyo, se mojan las manos y ríen bajo la atenta supervisión de la madre.

—Es usted una mujer muy bella, doña Mariana —se escucha decir Víctor a sí mismo—. Me parece cabal y con la cabeza bien amueblada, es una buena madre. Quiero que sepa que lamento mucho que tenga que soportar esa carga que lleva. De veras.

Ella lo mira de nuevo. Sus ojos color miel ejercen un extraño influjo sobre él. Se siente como hipnotizado.

—¡Mami, mami, me hago pipí! —exclama la niña pequeña.

Ella mira hacia arriba y arquea las cejas como con desesperación.

—Acaba de hacerlo en casa. ¡Niños! Ven, cariño, ponte detrás de este arbusto, don Víctor no te ve, tranquila. —Mira al detective y aclara—: Disculpe usted esta inconveniencia, pero es muy pequeña y estamos en el campo, le faltan muchos años aún para ser una señorita.

—Descuide, descuide, yo también tengo hijos y estamos en plena naturaleza. No se apure.

—Venga, cariño, hazlo tú solita que ya eres mayor —dice doña Mariana ayudando a la niña a bajarse los patucos y subir la falda.

La pequeña se coloca detrás del inmenso lentisco y Víctor escucha el inconfundible sonido de alguien orinando. De pronto, doña Mariana exclama indignada:

—Pero hija, ¿qué haces así?

Víctor se asoma disimuladamente y ve a la niña a apenas un metro y medio de la madre.

—¡Así no lo hacen las señoritas! ¿Puede saberse qué haces?

El detective comprueba divertido que la niña está orinando de pie, subiéndose la falda y echando el cuerpo hacia atrás para poder orinar hacia delante.

—¡Así orinan los hombres! —grita doña Mariana.

—No, los hombres no —responde la cría.

—Los varones, ¡sí!

—Y doña Cristina.

—¿Qué? —exclama Víctor, que da un paso al frente sin reparar en que se inmiscuye en una situación demasiado privada—. ¿Cómo dices, niña? ¿Puedes repetir eso que has dicho, criatura?

La cría se baja la falda y contesta muy segura de sí misma:

—Sí, que doña Cristina lo hacía siempre así en el campo. De pie.

Mariana Carave y Víctor se miran con perplejidad.

Él tiene cara de pasmo, está lívido, como la cera. La dama teme que el detective vaya incluso a perder el sentido.

—Don Víctor, ¿está usted bien? —pregunta doña Mariana.

Víctor mira al frente, parece pensar, atar cabos.

—Claro, es ella… es ella. ¡Orina como un hombre! Nadie puede actuar de esta forma, ser tan maquiavélico… Jugar conmigo así… Es ella. Ha vuelto a España. ¡Está aquí! ¡Es ella! ¡Es ella!

—Don Víctor, no le entiendo. Me está usted asustando.

—¿Qué pasa, mami? ¿Por qué está mal orinar así? —pregunta la pequeña.

Víctor Ros sigue a lo suyo, hablando solo. Parece como ido, un loco.

Entonces mira a la dama y balbucea:

—Perdone… me tengo que ir. Es importante, puede que se me haya escapado ya.

Y sale corriendo prado arriba gritando:

—¡Es ella! ¡Es ella! ¡No podemos perder ni un segundo!

Doña Mariana piensa por un momento que, decididamente, es cierto lo que se dice del detective madrileño en Oviedo: está loco.

—¿Bárbara Miranda, dices? ¿Quién es Bárbara Miranda? —pregunta Casamajó a su amigo que parece haberse vuelto loco. Están en el despacho del juez. El magistrado y el alguacil Castillo permanecen sentados, pero Víctor, presa de una gran agitación, camina de un lado para otro.

—Bárbara Miranda es el rival más peligroso que he tenido, no conocí enemigo como ella, ni siquiera Alberto Aldanza.

—¿Y eso lo sabes porque la niñera orinaba de pie, como un hombre? —pregunta Casamajó con cara de incredulidad. Definitivamente, no termina nunca de acostumbrarse a esas reacciones tan extrañas de Víctor.

—Sí.

—¡Qué tontería! Eso son cosas de críos.

—No, no, es ella, lo sé.

—¿Una mujer?

—Sí, bueno, no. No es exactamente una mujer...

—¿Cómo? —pregunta el alguacil Castillo con cara de no entender aquello.

Víctor intenta explicarse:

—Bien, me encontré con ella en Barcelona, en aquel caso que la prensa bautizó como «El enigma de la calle Calabria». Esta mujer, peligrosísima, me tuvo en jaque, llegué a temer por la integridad de mis hijos, de mi familia, de Clara. Es una psicópata, un término definido por Pinel en 1801, una mujer sin atisbo de remordimiento, una criminal despiadada, capaz de los actos más viles, el mal en estado puro. No siente ningún complejo de culpa ante la posibilidad de herir, robar, matar o asesinar. ¿Comprendéis?

—¿Y qué hace aquí? ¿No debería estar en la cárcel? La detuviste, ¿no? —pregunta Casamajó.

—Pues eso es, amigos, que nuestro queridísimo Ministerio de la Gobernación llegó a un acuerdo con una asociación con la que yo colaboré durante un tiempo, el Sello de Brandenburgo, para que pasara a su custodia y que pudiera ser estudiada.

—¿El Sello de qué? —vuelve a preguntar el juez.

Víctor aclara:

—Ya, comprendo, es una historia larga: el Sello es una organización privada dotada de enormes fondos económicos que fue creada para perseguir, prevenir y erradicar el crimen. Está integrada por antiguos policías, psiquiatras, forenses y eminentes científicos que no sólo pretenden eliminar el mal, sino estudiar la mente criminal hasta tal detalle que ello nos permita prevenir el delito antes incluso de que se produzca.

—Una utopía —dice el juez.

—¿Una qué? —pregunta Castillo.

—Algo imposible, muy bonito, pero inalcanzable, Castillo —aclara Víctor—. Como os contaba, esta peligrosa mujer pasó a custodia del Sello de Brandenburgo para que fuera estudiada; no entraré en detalles de cómo se hizo, pero os adelanto que aquello me hizo abandonar la policía.

—Vaya —dice don Agustín.

—El caso es que la llevaron a Suiza, a un castillo que, creo, es inexpugnable. Allí pretendían estudiar su mente, diseccionar cada uno de sus pensamientos, de esos comportamientos que la llevan a ser lo que es. No sabían lo que hacían. Es como pretender entender por qué un león hace lo que hace. No te puedes acercar a él, no puedes darle un metro de ventaja. Ellos no entienden que está en su naturaleza, un león es un depredador y a la mínima que tenga una oportunidad te matará. No repara en si está bien o mal, fue creado así.

—¿Y Bárbara Miranda es como un león? —Castillo.

Víctor mira al alguacil, sonríe con cierta amargura y contesta:

—Ojalá, es peor. Como yo predije se les escapó llevándose a sus guardianes por delante. En su huida también eliminó a un pobre vecino de la zona. Es despiadada, y en un momento dado su fuerza y su aspecto pueden ser los de un hombre.

Casamajó se incorpora en su sillón.

—Has dicho que no era exactamente una mujer, me estás volviendo loco, Víctor. Me ayudaría que me aclararas esto, ¿qué es, exactamente?

—Bueno, es difícil de explicar; ella o él, si lo preferís, cree que es una mujer, pero es un hombre.

—¿Cómo? —dice don Agustín.

—Sí, sí, es una mujer encerrada en el cuerpo de un hombre. Se viste como una mujer, es bella, delicada, pero su cuerpo, su envoltura física es la de un hombre.

—Pero ¿tiene…? —comienza a decir Castillo señalándose la zona genital.

—Sí, tiene miembro viril.

—Yo esto no lo entiendo —protesta el juez.

—Veamos —explica el detective—. Bárbara, aparte de otros múltiples delitos, ejercía la prostitución en Barcelona. Hay hombres que buscan cosas, digamos, exóticas, y ella tenía mucho éxito.

—Pero ¿una mujer con…? ¿A quién le puede gustar algo así? —protesta Casamajó.

Víctor intenta aclararlo:

—No te haces una idea, querido amigo, de las cosas que

he visto persiguiendo el mal por esos burdeles de Madrid, hay tipos que piden cosas realmente raras.

—Pero, Víctor, sigo sin entender si es un hombre o una mujer.

—Mira, Agustín, Bárbara, cuando era un hombre, tenía una sexualidad ya muy abierta. Igual iba con hombres que con mujeres. Fue tras una sesión de espiritismo cuando comenzó a manifestar que él era en realidad una mujer, Ersebeht Bathory.

—¿Quién? —protesta el juez.

—Una condesa húngara que mató a más de seiscientas doncellas, una auténtica y despiadada asesina.

—¿Está poseída, entonces? —pregunta Castillo.

Víctor suelta una carcajada.

—No, no, no creo en cosas de espíritus. Para que lo entendáis, tiene como una doble personalidad: de un lado, un varón y, de otro, esa condesa que, según manifestó ella misma, fue poco a poco apropiándose de su yo por completo. Hasta creerse una verdadera mujer.

—Pero es un hombre —aclara Castillo.

—Físicamente sí, pero ojo, con el pelo largo y vestida de mujer da el pego, vaya si lo da. Y sabe cómo conquistar a un hombre, eso está claro.

—Entonces ¿don Reinaldo es invertido como su hijo? —apunta el juez.

—No exactamente —responde Víctor—. Podríamos concluir que le gustan las cosas fuera de lo normal.

—Pero, don Víctor, esa mujer está como una cabra —dice el alguacil.

—En efecto, Castillo, como una regadera. Y eso es lo que la hace peligrosa. Suele rodearse de cómplices varones a los que encarga el trabajo sucio, pero, cuidado, cuando se ve acosada o se le sigue la pista, se deshace de ellos con una facilidad pasmosa. No conoce los sentimientos. Luego, cuando lo cree oportuno, se corta el pelo, se pone un traje de varón y escapa.

—¡Menuda elementa! —exclama el juez.

—Debí intuir que su mano estaba tras todo esto, un caso tan enredado, pistas falsas, tipos inocentes inculpados, una auténtica maraña de mentiras… llevaba su marchamo. Pero claro, después de su fuga en Suiza pensé que pasaría a América o se quedaría en algún país europeo. Ni se me pasó por la cabeza la idea de que fuera tan inconsciente como para volver a España.

—Y, según apuntas tú, lo ha hecho —contesta Agustín Casamajó.

42

El alguacil Castillo toma entonces la palabra:

—Bueno, don Víctor, y suponiendo que ésa es la mujer que usted dice, está muerta, ¿no? Hemos hallado sus restos y los de su cómplice calcinados en el horno de la casa de los Férez.

—¿Bárbara Miranda? No, en absoluto, ahora no me cabe duda de que colocó el pendiente a propósito en esa oreja y dejó ese fragmento de cráneo a la entrada del horno, lejos de las llamas para que lo encontráramos. Ha querido borrar pistas, escapar. Ella quiere que la creamos muerta, la conozco.

—Me parece un poco exagerado, Víctor —rebate don Agustín.

—Créeme, sé cómo actúa —insiste el detective.

Los tres quedan en silencio, pensando en el asunto.

—¿Y qué se hace, entonces? —Castillo.

—Veamos —contesta Ros—. Si ese cuerpo no es el de ella y el otro no es el del cómplice, al que, dicho sea de paso, necesitó para quemar dos cuerpos y llevarlos al horno, tenemos que partir de la base de que tuvo que conseguir dos cadáveres. No sabemos de ningún asesinato más, ¿verdad?

—¡Lo que nos faltaba! ¡Otro asesinato más! —exclama el juez—. Pues no, gracias a Dios.

—Habrán conseguido los cuerpos en el cementerio —dice el detective mirando hacia la ventana muy pensativo—. Tengo que ir allí y examinar los registros, tengo que ver quién ha fallecido en los últimos días y...

—¿Y qué? —preguntan los otros dos al unísono.

—No adelantemos acontecimientos —responde Víctor—. Os dejo, no hay tiempo que perder.

—Como responsable del cementerio municipal quiero expresar mi más enérgica protesta —dice Remigio Martínez.

—Lo entiendo, lo entiendo —contesta el juez Casamajó.

—Mire, señoría, he venido a hablar con usted personalmente porque me parece una locura. Ese detective...

—Ros, Víctor Ros.

—...se ha presentado en mi cementerio...

Remigio percibe que el juez le mira con mala cara y cambia el tercio:

—En el cementerio municipal, quería decir.

—Mejor así. Continúe, señor.

—Bueno, pues ha llegado allí y ha insistido en mirar el registro. Ha estado hojeando los enterramientos de las últimas semanas. «Necesito cuerpos de fallecimiento reciente», ha dicho. A mí, si le doy mi opinión personal, me parece un loco.

—No le he pedido su opinión al respecto y le pongo en conocimiento de que habla usted de un amigo personal muy querido por mí desde hace años.

Remigio encaja el golpe cambiando la cara e intenta suavizar su discurso:

—El caso es que, después de enredarlo todo, se ha levantado y me ha dicho: «Probaremos con Micaela y don Celemín, si no son ellos habrá que ir a Luanca, a ver la tumba de Nicolás». Y yo le he contestado: «Perdone, señor, pero no le sigo, ¿a qué se refiere?». Y él: «¿Pues a que había de referirme si no? A exhumar sus restos». «Pero, hombre de Dios», le he contestado yo, «¿cómo se va a hacer eso? ¡Sería un escándalo! ¿Cómo vamos a exhumar los restos de dos cristianos de esa forma? ¡Y uno de ellos cura!» Entonces me ha dicho: «Sí, sí, tiene usted razón, se requiere una orden judicial». Y no crea, su señoría, que me he mantenido en mis trece y por eso estoy aquí. No me parece ni por asomo normal que se vaya por ahí molestando a los muertos, es indigno y poco cristiano. ¿Adónde vamos a llegar? Nunca se ha visto en Oviedo cosa así, aunque ya se comenta por la calle que este mismo individuo la lió buena aquí mismo cuando era joven.

—No estamos aquí para analizar eso. No siga por ahí que me está usted poniendo a prueba y no soy hombre paciente —amenaza el juez cuyo rostro comienza a adoptar una peligrosa tonalidad encarnada.

—Ya, ya, es su amigo, me lo ha dicho. Perdone usted, su señoría, no quería ofender. Pero hágase cargo, el cementerio es mi responsabilidad y ésta es una ciudad tranquila, no puedo permitir que algo así ocurra, ¿se da cuenta? Es inmoral. ¿Qué pensará la gente de mí si se permite en mi cementerio que se profane de esa forma el sagrado descanso al que todos tenemos derecho?

—No hay de qué preocuparse, Remigio. Además, no he recibido petición alguna para exhumar esos cuerpos, esté usted tranquilo.

En ese instante se abre la puerta y asoma la cara del secretario del juez. Parece preocupado.

—Es don Víctor, quiere verle. ¿Le hago pasar?

El juez pone cara de pocos amigos y parece quedar como traspuesto.

—¿Don Agustín? —insiste el secretario.

En ese momento, don Agustín Casamajó sabe que tiene un problema.

Víctor Ros se presenta en el cementerio acompañado por el juez Casamajó, el alguacil Castillo y dos de sus hombres. Es perfectamente consciente de que vive en un país de ignorantes donde todavía hay quien teme profanar el descanso de los muertos. Ya le ocurrió en Córdoba cuando investigaba el sumario que fue conocido por el vulgo como «El caso de la Viuda Negra» y quiso exhumar el cuerpo del marqués de la Entrada para comprobar un posible envenenamiento.

Agustín Casamajó está nervioso, siente que hace tiempo ya que aquello se le fue de las manos y empieza a pensar que Víctor ha perdido el norte. Ha ido siguiendo uno a uno todos los pasos de su amigo durante la investigación, pero cuando parecían tener dos culpables, éstos aparecen asesinados. ¿No se habrían equivocado? Ahora Víctor, por una tontería de una niña orinando de forma extraña, piensa que se las ve con una rival que, de alguna manera, le obsesiona. ¿No habrá perdido el norte? ¿Acaso no dejó la policía por evidenciar cierta fatiga mental?

Cuando entrega las órdenes de exhumación, el detective mira de reojo a su amigo el juez y percibe sus dudas. Le está apoyando, sí, pero es evidente que no ve claro el asunto, ni mucho menos.

El encargado les acompaña con dos sepultureros, tiene cara de pocos amigos y es evidente que todo Oviedo va a conocer en detalle lo que ocurra allí aquella mañana. Víctor cruza los dedos para no haberse equivocado.

Llega a la tumba de don Celemín. El ambiente podría cortarse con un cuchillo y la mañana ha amanecido fría y nubosa. Amenaza lluvia.

Los dos sepultureros comienzan a dar paletadas. La lápida no ha sido colocada aún, el marmolista debe de estar trabajando en ella todavía.

Poco a poco los dos hombres van profundizando. Víctor y Agustín apenas se miran, ambos están nerviosos, es evidente. Remigio permanece mirando fijamente a la oquedad con los brazos cruzados y el ceño fruncido. Incluso el alguacil Castillo parece algo nervioso.

Al fin, una de las palas contacta con algo duro.

—Ya estamos —dice uno de los paisanos.

Apartan con cuidado la tierra que falta y se acercan al ataúd.

Todos dan un paso al frente para mirar. Cuando tiran de la tapa, ésta parece atascada, así que uno de los operarios toma una palanqueta y la introduce por el lateral. Se escucha un chasquido y aquello cede. El otro sepulturero tira hacia arriba y descubre la caja.

La cara de sorpresa de don Agustín y Castillo es evidente.

—¡Don Celemín!

Una oleada de olor a putrefacción y humedad inunda el ambiente. Allí yace el cuerpo del cura en total estado de putrefacción, con su sotana y las manos al pecho. Es pasto de una legión de gusanos.

—¿Ven? —dice Remigio con retintín.

—¡Tápenlo de nuevo! —ordena el juez, que se cubre la boca con un pañuelo.

Víctor Ros mira fijamente al ataúd y murmura:

—No puede ser... no puede ser...

El juez Casamajó tira del brazo de Víctor y se lo lleva aparte.

—¡Es don Celemín! —le recrimina intentando no levantar la voz para evitar ser escuchados.

—Ya, lo he visto —conviene Víctor bajando la mirada.

—¿Y bien? ¡Decías que no estaría! ¡Dijiste que esa mujer y su cómplice habían robado dos cuerpos del cementerio para probar su muerte y tener la huida franca! Y don Celemín está ahí, pudriéndose. ¿Te das cuenta del lío en que estamos metidos? ¡Yo he firmado la orden de exhumación! Ahora me las tendré que ver con el obispo, con el regente y con media ciudad que me van a poner verde. ¡Don Celemín está en su tumba, por Dios! ¿Qué pensabas?

—Ya, pues me equivoqué, habrán cogido el cuerpo de otro varón, quizá Nicolás Miñano u otro tipo fallecido recientemente —insiste el detective.

Casamajó mira a su amigo como si éste hubiera perdido el norte.

—Víctor, ¿te das cuenta de lo que dices? ¿Te escuchas a ti mismo por unos instantes? Esto es una locura. Eres el tipo más terco que he conocido en mi vida. ¿Cómo que otro cuerpo? Esos dos del horno son la niñera y su hermano. El caso está cerrado, muerto.

—¿Bárbara Miranda y su cómplice? De eso nada —responde Víctor muy serio.

—Dirás Cristina Pizarro. Te recuerdo que es así como se llamaba la niñera.

—Es esa mujer, la conozco.

—Estás obsesionado con ella, si tan lista es no habría vuelto a España. Piénsalo bien, es lo más lógico.

Víctor ladea la cabeza como negando la realidad.

—Nos hemos equivocado y punto —dice el juez muy resuelto—. Nos vamos de aquí. Esto me va a costar caro.

—Un momento.

Don Agustín se gira porque siente que le agarran por el brazo. Es Víctor que le retiene.

43

—Y ahora, ¿qué? —don Agustín, con cara de cansancio.

—Exhumemos a Micaela, la criada.

—Pero ¿estás loco?

—No perdemos nada.

—Estás loco —repite Casamajó afirmando con la cabeza.

—Tú mismo lo has dicho, esto te va a costar caro, lo sé. Tenemos aquí la otra orden firmada por ti para exhumar a la criada, no podemos perder más.

—Sí, eso es cierto.

—Mira, si la pobre criada está en su ataúd será la prueba definitiva de que me he equivocado, lo reconoceré, asumiré toda la culpa y me iré a Madrid. No volveréis a tener noticias mías, lo juro.

Casamajó suspira y mira al infinito.

—Es lo último que te pido, lo prometo, amigo —dice Víctor.

El juez vuelve a pensárselo por un segundo, entonces murmura:

—¡Qué coño! De perdidos, al río.

Víctor le mira con gratitud y escucha a su amigo ordenar con voz alta y severa:

—¡Vamos, tenemos trabajo! ¡A la tumba de la criada!

Los allí presentes no pueden creer lo que acaban de escuchar, pero nadie se atreve a rebatir a todo un juez con mando en plaza.

Remigio les lleva a una zona donde abundan los nichos, allí yace Micaela. «Al menos será más fácil de exhumar», piensa Víctor intentando animarse.

Mientras que los operarios se suben a una escalera para quitar la placa del nicho, que está situado a una tercera altura, se escucha al juez murmurar:

—Hasta para morirse hay clases. Perra vida. —Es evidente que está de muy mal humor. La sonrisa del encargado, Remigio, le llega de oreja a oreja. Se hace evidente que un don nadie como aquél va a disfrutar con aquello de su minuto de gloria.

Los dos sepultureros bajan la lápida con ciertas dificultades y la depositan en el suelo. Ahora uno sube a la escalera y el otro permanece abajo para ir cogiendo el ataúd.

—Mi compañero necesitará ayuda ahí abajo —dice, y los dos agentes de Castillo se suman para echarle una mano.

El de la escalera comienza a tirar del ataúd, huele a humedad y moho. Los de abajo lo van recibiendo y Víctor siente que le da un vuelco el corazón cuando escucha decir al operario de abajo:

—¡Qué poco pesa!

A Víctor le parece que han dejado la caja en el suelo con excesiva soltura, quizá parece demasiado liviano, pero son tres hombres fuertes y la criada una mujer. No quiere hacerse muchas ilusiones.

Todos se acercan al ataúd. Los que pueden se colocan un pañuelo tapando la boca y la nariz. La sonrisa de satisfacción de Remigio es descomunal. El operario introduce la palanqueta y el encargado da un paso al frente.

—Déjame a mí —ordena—. Quiero darme ese gusto.

Remigio hace palanca y la caja se abre con facilidad.

—¡Está vacío! —exclama Casamajó.

Víctor Ros suspira aliviado mientras que los hombres exclaman asombrados. Aquello es increíble. ¡El ataúd de la criada está vacío! Remigio se queda descompuesto y su cara, pálida como la cera. No esperaba aquel golpe.

Víctor se aparta unos pasos, siente que le falta el aire.

—Pero ¡se la han llevado! ¡Se la han llevado! —exclama el encargado del cementerio—. No puede ser. ¡En mi cementerio! ¡En mi cementerio!

El detective se apoya en los nichos de enfrente. Siente que necesita un trago. Daría lo que fuera por una buena copa de coñac. Detrás de él se escuchan unos pasos.

—Eres un tipo afortunado. De verdad, no sé cómo lo haces, pero doy gracias a tu tozudez, si nos hubiéramos ido exhumando sólo a don Celemín, yo habría quedado como un imbécil. —Es Casamajó, que sonríe abiertamente a su amigo.

—Yo mismo tenía mis dudas —dice Víctor—. Mírame, estoy temblando como un colegial.

Don Agustín y su amigo se funden en un abrazo. Víctor Ros tenía razón, una vez más, y sus ojos parecen humedecerse.

—Hemos estado muy cerca de la catástrofe, Agustín —murmura al oído de su amigo.

—Lo has conseguido, Víctor, lo has conseguido. Tenías razón, han robado los cuerpos que hallamos en el horno. Bárbara Miranda está tras este asunto y está viva.

Entonces ambos se separan y el juez se palmea el pecho.

—Siento haber dudado de ti.

—¿Cómo no ibas a hacerlo? ¿No lo has visto? Me equivoqué con don Celemín.

—Sí, Víctor, pero has acertado con lo de la criada. Robaron su cuerpo. No tengo duda de que eran sus restos los que aparecieron en el horno. Pero esa mujer ¡es maquiavélica! Vinieron al cementerio y robaron un cuerpo para quemarlo, dejar el pendiente en la oreja y colocarlo en la boca del horno para hacernos creer que había escapado a la combustión y que la diéramos por muerta.

—Bárbara Miranda es capaz de cosas más retorcidas aún, créeme.

El encargado va ya camino abajo maldiciendo. Parece preocupado por que alguien le pueda robar los cuerpos de su cementerio. Ahora es él quien tiene un problema. Teme que su labor quede en entredicho para todo Oviedo.

—Perdonen usías —dice uno de los operarios—. ¿Qué hacemos con esto?

—Déjenlo así —ordena Víctor—. Luego traerán los restos que quedan en el depósito. Así podrá descansar en paz.

—¿Y qué hacemos ahora?

Víctor está mirando el nicho como hipnotizado.

—Claro, es más fácil —dice.

—¿Qué? —pregunta el juez.

—Sí, que es más fácil sacar un cuerpo de un nicho que extraerlo de la tierra como con don Celemín. El ataúd de Micaela fue trasladado hace poco, cuando se comprobó que no era una suicida y se la podía enterrar en sagrado. Seguro que la noche que vinieron a robar los cuerpos irían con prisa para no ser descubiertos. Un nicho es más fácil de asaltar que una tumba excavada en el suelo.

—Ya —contesta don Agustín.

En ese momento, Víctor mira a los operarios y dice:

—Ramón Férez…

—¿Sí? —contesta uno de ellos.

—¿Está enterrado en el piso o quizá en algún panteón?

—¡En un panteón! ¡Y bien hermoso! Lo encargó el propio don Reinaldo.

Víctor mira a su amigo y le dice:

—¿Te das cuenta? ¡Un panteón! Ahí no hay que cavar para sacar el ataúd.

—¿Y?

—¿No te das cuenta?

—Pues no, más bien, no.

—Tienes que redactar otra orden. Miremos el ataúd de Ramón Férez. Conozco a esa mujer, Agustín, es maquiavélica. Quiso vengarse de Micaela hasta el final y habrá hecho otro tanto con el pobre Ramón.

Don Agustín mira a su amigo, pero no se ve atisbo de duda en él.

—¡Rápido! —ordena a uno de los hombres de Castillo—. Avisad a mi secretario.

Una vez redactado el correspondiente documento y entregada la orden a Remigio, todo resulta sencillo. Entran en el panteón usando la llave que les ha dado el encargado, se dirigen directamente a la única lápida del mismo y la levantan. Dentro, en una oquedad bien tapizada de ladrillos, se encuentra el ataúd. Abren la tapa y comprueban que, en efecto, los restos de Ramon Férez no se encuentran allí. Ya saben a quién pertenecía el cuerpo del varón hallado en el horno. Bárbara Miranda ha usado para ello a su propia víctima, al pobre desgraciado a quien asesinó para ocultar toda la verdad o quizá para vengarse de don Reinaldo.

—¿Cómo puede alguien ser tan retorcido? —exclama Castillo—. En mi vida he visto una mente criminal como ésa.

Remigio y sus operarios se santiguan.

—Ha intentado borrar su rastro por cuatro veces y las cuatro las ha resuelto Víctor —apunta Casamajó—. Primero quiso inculpar a Carlos Navarro con la nota falsa y Víctor lo descubrió. Luego eliminó a Micaela haciendo que pareciera un suicidio, y mi buen amigo hizo otro tanto. Más tarde eliminó a don Celemín y a Nicolás Miñano de un plumazo para no dejar pistas. Y ahora exhumó dos cuerpos y los llevó al horno para que la creyéramos muerta, y aquí estamos.

—Sí, pero no sé por dónde seguir —reconoce el detective.

—Tengo que formular una disculpa —dice Remigio, que ha aparecido en la puerta y se acerca al detective.

—¿A mí? ¿Por qué? —pregunta Víctor.

—No le creí, pensé que estaba loco.

—Y era una locura, Remigio, y era una locura. Pero esa mujer está loca y es mi obligación, por duro que me resulte, hacer funcionar mi mente como si fuera la suya propia. Usted sólo hizo lo que creía conveniente, no se culpe. Y ahora, Agustín, vámonos a comer, tenemos ganado un buen merecido descanso.

Víctor disfruta del frescor de la noche sentado a una mesa en la calle, en la puerta de la posada La Gran Vía. Eduardo duerme y Agustín se marchó a casa hace rato, así que intenta relajarse leyendo *Armadale*, de Wilkie Collins. Sigue obsesionado con todo lo referente a Inglaterra, un país que se encuentra a la cabeza del progreso, de la Revolución industrial y a muchos años de ventaja de España. Sin embargo, no logra concentrarse en la lectura.

Los sucesos del día le han agotado y comienza a pensar en subir a dormir. Echa de menos a don Alfredo, su antiguo compañero en la policía. Desde que abrió la agencia de investigación le ha sucedido en varias ocasiones. Él le ayudaba mucho, a veces incluso sin saberlo. Era el contrapunto perfecto a Víctor, de personalidades radicalmente diferentes: el uno joven e impetuoso, el otro un viejo funcionario bragado en mil batallas que proporcionaba a su compañero la tranquilidad, la mesura y la paciencia necesarias en un oficio tan duro.

Se alegra por haber acertado en el asunto de los dos cadáveres. Ese tipo, el encargado del cementerio, Remigio, anda ahora avergonzado porque le han robado dos cuerpos en sus narices. Al menos le consuela que Agustín no ha quedado mal. Víctor repara en que se ha visto, una vez más, al borde del fracaso.

Piensa en la jugada, magistral, de Bárbara Miranda. Es atrevida y osada. ¿A quién se le ocurriría robar dos cuerpos, calcinarlos y colocarlos en el horno para que creyeran que eran ella y su hermano? Resulta brillante la treta del pendiente. Dejar unos restos cerca de la boca, de manera que pareciera que habían escapado casualmente a la combustión y con un pendiente suyo en la oreja, es algo que no queda al alcance de todas las mentes criminales.

Víctor cree muy probable que Bárbara Miranda haya volado ya. Sí, bien es cierto lo que apunta Agustín, Víctor ha descubierto todas sus añagazas; pero a fin de cuentas no la ha capturado. Se siente vencido por aquella mujer que siempre encuentra la forma de escapar. Maldita sea. Siempre se le escapa, siempre tiene la sensación de ir dos pasos por detrás de ella. ¿Dónde se esconde? ¿Quién es su cómplice? Esa mujer es maquiavélica y retorcida. Ni se le pasó por la cabeza que pudiera volver a España tras escapar de la custodia del Sello de Brandenburgo. Piensa en Lewis y en el Sello por unos momentos. ¿Debería avisarles? No, no le gustó la manera de actuar de dicha organización en el pasado, aunque llegó a desarrollar un gran afecto por el inglés. Recuerda que éste le pidió ayuda en Madrid para buscarla y se plantea si avisarle o no. Quizá ponga un telegrama mañana.

Espera la llegada de Clara, así que cuando acuda a recogerla aprovechará para telegrafiar al inglés. Puede que el Sello no sea una organización perfecta, pero sus medios son casi ilimitados y le vendrá bien su ayuda si quiere localizar a Bárbara Miranda. Quizá sea el momento de aparcar viejas rencillas personales y aunar esfuerzos. Ahora el objetivo prioritario es capturarla, cuanto antes. Hay que evitar que siga matando. Avisará a Lewis. Sí, eso hará.

Se levanta, estirando los brazos y haciendo crujir sus rodillas para dirigirse a las habitaciones que ha tomado para él y el crío, cuando escucha una voz:

—¿Don Víctor Ros?

Se gira y ve a un pilluelo con una nota en la mano.

—Sí, soy yo.

—Tengo un recado para usted. —El niño le tiende un papel.

Víctor lo acepta y le da una propina.

El crío parece contento y desaparece corriendo en la oscuridad, haciendo como si fustigara a un caballo imaginario.

El detective se acerca a la lamparita que hay en la mesa y lee la esquela:

> Víctor, ven a verme ahora mismo, es urgente. Te espero en la imprenta. Destruye esta nota, no quiero que me comprometas más. Esta noche, rápido.
>
> ESTHER

Víctor acerca el papel a la llama de la lamparita y contempla cómo arde. Tiene que acudir a verla, parece urgente. Luego piensa qué hacer con el libro. No sabe si subirlo a la habitación o dejarlo sobre la mesa. Pondera que si sube perderá mucho tiempo y le da miedo que se extravíe si lo deja allí en medio. Sin darse apenas cuenta comienza a caminar a paso vivo con él en la mano.

44

La nota dice que es urgente, así que Víctor camina a paso vivo. Apenas si tarda unos minutos en plantarse en la puerta de la imprenta Nortes. Empuja la puerta y suena la campanilla. Todo está a oscuras salvo el despacho acristalado de Esther.

—Pasa, pasa —dice la mujer, que parece buscar unos papeles en el archivador.

Víctor deja su libro sobre el archivador y se adentra en el despacho.

—¿Me querías ver? —dice acercándose a la butaca que hay delante de la mesa.

—Sí, quería hablar contigo. ¿Quieres tomar un café?

—Pues no te diré que no —contesta él que piensa que así matará el cansancio.

—¿Con leche, dos terrones?

—Sí.

—Como en los viejos tiempos —dice ella.

—Como en los viejos tiempos.

Esther sirve la taza a Víctor y éste comienza a beber a pequeños sorbos.

—Está muy bueno, ¿tú no tomas?

—No, ya tomé dos tazas y supongo que no pegaré ojo.

Víctor repara en que sobre la mesa hay una taza en la que se observan los restos del café que Esther ha tomado.

—Siempre estás trabajando. ¿No te cansas? —él.

—La imprenta es mi vida y era la de mi padre —contesta la mujer. Está hermosa, como siempre.

—Sí, es cierto.

Los dos se quedan en silencio. Se miran a los ojos. Él recuerda cuando ella lo miraba así y percibe que aún le quiere. Mañana llega Clara. Una vez le contó lo que hizo realmente en Oviedo cuando traicionó a su patrono y a la hija de éste. Su mujer no le hizo preguntas y así quedó enterrado el asunto. Clara es inteligente y sabía que su marido no se sentía orgulloso de aquello.

—Te preguntarás por qué quería verte.

—Sí, claro. Decías que era urgente y me he alarmado un poco.

—No, no, no es nada grave —dice ella, sonriendo.

—Bueno, bueno, entonces me dejas más tranquilo. ¿De qué se trata?

Ella hace una pausa y entrelaza las dos manos.

—Verás —comienza a decir—. He pensado que esta noche podríamos dejar el asunto zanjado, para siempre.

—Creí que ya lo estaba. El otro día...

—¡Digo para siempre!

Víctor siente de pronto que sus sentidos le alertan de algo. Ha visto el odio en los ojos de Esther. ¿Ha levantado la voz?

—Perdona, Víctor. Perdona mi vehemencia —se excusa suavizando el tono de voz.

—No pasa nada, conmigo estás disculpada.

Vuelven a mirarse a los ojos y Esther comienza a parecer la de antes, habla de nuevo con voz melosa:

—Verás, Víctor, yo he seguido... ¿cómo decirlo? No quería reconocerlo pero durante todos estos años en que te odié seguía, en el fondo, queriéndote.

—Ya. —Víctor se siente muy violento.

—Tú me hiciste una desgraciada. Nadie quiere casarse con una chica que ha sido deshonrada, ¿comprendes?

—Sí, perfectamente, y lamento muchísimo que las cosas sean así.

—No ha sido fácil para mí.

—Me imagino, Esther, me imagino.

—He tenido algunos amantes durante estos años, ¿sabes?

—Ya, bueno, no es necesario que entremos en detalles sobre tu vida íntima —contesta el detective algo sorprendido ante el giro que dan los acontecimientos.

—No, no, no me importa. Tú me conoces mejor que nadie. Muchos acuden, entran por esa puerta y piensan. «Esta mujer es hermosa y dicen que se acostaba con aquel novio que tuvo, voy a intentarlo yo», y ahí que me vienen con proposiciones; muchos, hombres casados.

—Lo siento, Esther, si de alguna manera yo...

—No he dicho que me importe. Si el caballero es de mi agrado no tengo reparos.

—Ya. —Víctor cada vez está más sorprendido.

Entonces ella se levanta y se acerca.

—Verás, Víctor.

Su mano derecha se posa sobre el hombro del detective y la izquierda llega a su nuca para comenzar a juguetear con su pelo.

—Ninguno de ellos es como tú.

Ella se acerca aún más haciendo que su vientre se roce con el hombro del detective.

—Cuando estoy con ellos pienso en ti. No te llegan ni a la suela del zapato.

—Me estoy mareando —dice él de pronto.

Ella se separa de un salto.

Víctor comienza a sentirse extraño. No puede ser que tenga tanto sueño. Acaba de tomar una gran taza de café. ¿Será por la tensión que ha aguantado esa misma mañana? Mira el cuadro que tiene enfrente, en la pared. ¿Está inclinado? Sí, parece totalmente torcido. ¿Estaba recto a su llegada?

—¿Qué me pasa? —se escucha decir. Su voz flota como un eco que se repite y repite hasta extinguirse.

—Ya está —dice ella.

Él gira la cabeza y mira hacia arriba. La cara de Esther es una máscara de odio mientras que a él todo le da vueltas. ¿Qué está pasando allí?

—Ya ha hecho efecto, ¡podéis salir! —dice Esther levantando la voz.

Víctor no termina de comprender. Mira hacia la puerta y comprueba que se acercan dos sombras desde la imprenta. Entonces entiende, mira a su taza y Esther sonríe hablándole con una voz amarga y dura que él nunca había escuchado:

—Sí, te he drogado. No eres tan listo, ¿verdad?

—¿Tú? —balbucea él señalándola con el dedo. Intenta ponerse de pie pero la pierna se le dobla y vuelve a caer hacia atrás en la butaca.

—Te dije que esta noche zanjaríamos cuentas y así va a ser, ¿qué te creías? —dice Esther, que gira la cabeza hacia la puerta, y añade—: Ahí lo tenéis, es todo vuestro. He cumplido con lo pactado.

Víctor mira hacia allí y ve a Bárbara Miranda sonriendo. La acompaña un tipo moreno, alto y fuerte. Lo reconoce de Madrid, José Antonio García Espada, un delincuente violento del que hace años no sabía nada.

Intenta hablar, pero le pesa la lengua y no puede.

—Volvemos a vernos, Víctor —dice Bárbara Miranda—. Y ya sabes, quien ríe el último, ríe mejor. Sabía que picarías el anzuelo si te escribía Esther. Siempre has sido un ingenuo. Tú siempre quieres quedar bien, ¿verdad? Ser el bueno. Me das asco.

Víctor comprende que ha llegado su fin. La droga surte su efecto y todo se oscurece a su alrededor. Justo cuando siente que la habitación se funde toda en color negro escucha a Esther que dice:

—Quiero que sufra mucho, me lo prometisteis.

Clara baja muy desilusionada del tren que la ha traído de Madrid. Víctor no ha acudido a esperarla. En su lugar se encuentra con Eduardo y el juez, don Agustín Casamajó, al que pudo conocer en su estancia en Madrid.

Tras fundirse en un abrazo con el crío, éste pregunta por sus hermanos menores:

—Están muy bien, Eduardo, preguntan por ti todos los días.

A pesar del cansancio del viaje, la dama destaca en mitad del andén pueblerino de aquella pequeña ciudad. Viste un traje azul celeste, con encaje blanco en los puños y el cuello rematado con un hermoso sombrero acabado en un pequeño velo. Es una mujer hermosa y llama la atención.

Casamajó se hace acompañar por un cochero, «el Julián», que parece dispuesto y muy amable a los ojos de Clara. Mientras que éste se hace cargo del equipaje, ella vuelve a mirar al juez y pregunta, no sin cierta desconfianza:

—¿Y dices que Víctor no ha podido venir porque está en Gijón?

—Sí, sí —apunta el juez visiblemente nervioso—. Es que

ha tenido que acudir allí para revisar unas cosillas, unos flecos del caso.

—Pero esa mujer anda suelta, ¿lo has dejado ir solo? Es muy peligrosa.

—¡No, no! Le acompañaban varios hombres del alguacil Castillo. Puedes estar tranquila, su seguridad no corre peligro alguno, nos hemos cuidado mucho de eso.

—¿Y cuándo dijo que volvería?

—No lo dijo, pero pronto.

—Y si no lo dijo, ¿cómo sabes que volverá pronto?

Casamajó se pone colorado, es evidente que está pasando un mal rato.

—Clara, mujer, si el asunto le fuera a llevar muchos días ya te habría telegrafiado inmediatamente para que no vinieras, ¿no?

—Sí, tiene lógica eso que dices. Vamos, Eduardo, tenemos que ponernos al día —contesta Clara dándose por contenta. No percibe que el juez suspira aliviado y saca el pañuelo para secarse el sudor que le empapa la cara, la papada, la frente y las patillas.

En el trayecto a la posada, don Agustín comprende que la dama es inteligente y que no se va a tragar sus mentiras fácilmente. Volverá a preguntar y entonces, ¿qué hará él?

Lo cierto es que Eduardo ha sido el primero en dar la voz de alarma aquella misma mañana: la cama de Víctor ha amanecido intacta. Es raro pues el detective no suele salir sin decir adónde va y menos en un caso como aquél y con Bárbara Miranda rondando por Oviedo.

¿Por qué se escabulló en mitad de la noche?

Nadie sabe adónde fue Víctor la noche anterior y Casamajó está preocupado. Castillo y sus hombres andan buscando por toda la ciudad, exprimiendo confidentes y preguntando en todas las tascas, cafés y sidrerías. Hay que encontrarlo lo antes posible.

El crío parece de confianza. Ha aceptado el encargo de distraer a su madre, de mentirle, y se pasa todo el viaje contándole cosas de Oviedo y señalando por la ventanilla del coche aquellos lugares de interés para el forastero. Clara parece distraída, de momento, pero el juez sabe que ha sospechado y teme que va a insistir. Seguirá preguntando, no hay duda. Es una mujer activa y brillante, muy leída, Víctor se lo ha contado. Don Agustín cree que Eduardo no dirá nada. Eso le permitirá, al menos, ganar algo de tiempo.

Cuando don Agustín, Clara y Eduardo llegan a La Gran Vía, tras la cena, ella dice de pronto:

—Agustín, quiero hablar contigo.

Él parece dar un respingo y contesta:

—Sí, claro, por supuesto, cuando quieras. Mañana por la mañana me paso y…

—No, ahora. Eduardo, cariño, sube a acostarte, ahora iré yo.

El tono de voz de la dama no ha dejado lugar a la duda, así que Agustín decide llevarla al salón de la posada donde tantas y tantas charlas ha mantenido con Víctor. Toman asiento junto a una mesa de camilla que hay en un rincón.

—¿Has disfrutado de la cena? —pregunta él, solícito.

—Sí. Éste es un lugar fantástico.

—Lo sé.

—Eres un hombre afortunado.

—No hay día en que no repare en ello, Clara.

En ese momento ella toma aire y de pronto dice a bocajarro:

—¿Qué ocurre con Víctor? Digo, realmente.

—Nada —miente el juez.

—No te esfuerces, no cuela.

—No, no, no ocurre nada, de verdad —contesta él con una risa nerviosa que sabe le delata.

—Agustín, no soy idiota. No sé el qué pero algo me ocultáis, Eduardo no hace sino intentar distraerme y tú evidencias un nerviosismo más que patente. Algo pasa.

—No es nada, Clara, te lo aseguro.

—Es muy raro que Víctor no haya acudido a esperarme a mi llegada. Yo le conozco.

—Era un asunto urgente.

—Si así fuera habrías ido con él a Gijón.

«Touché», piensa el juez.

—Mira, es que tengo mucho trabajo en el juzgado y no podía ausentarme.

—Paparruchas.

Casamajó sabe que se las ve con una mujer de armas tomar, una de las sufragistas más activas de Madrid, una luchadora que ha sido detenida en multitud de ocasiones y que no ceja en su empeño cuando defiende una causa que cree justa.

Lo tiene difícil si quiere engañarla.

Silencio.

—Verás, Clara…

—¡Lo sabía! Está herido, ¿verdad? ¡Dime que sólo es eso!

—No, bueno, no lo sé.

—¿Cómo?

—Clara, Víctor ha desaparecido.

45

Que ha desaparecido? ¿Y me lo dices ahora?

—Sí, bueno, no queríamos preocuparte. Ya lo conoces, igual está practicando una de sus tretas, una añagaza para hacer que sus enemigos le crean fuera del escenario.

—Si yo no estuviera aquí sería una posibilidad, no te digo que no. Pero él sabía que yo venía, que llegaba hoy. No es nada de eso y lo sabes.

—Ya.

—¿Desde cuándo?

—¿Cómo?

—Sí, que desde cuándo falta.

—Esta mañana Eduardo nos avisó, no durmió en su cama.

—No durmió en su cama...

Ella solloza, teme que Bárbara Miranda haya descargado un golpe fatal sobre Víctor. De pronto, la dama se recompone y alza la mirada.

—No hay tiempo que perder —se dice a sí misma.

—¿Qué dices?

—Sí, ha sido esa mujer, estoy segura. Tenemos que actuar rápido. Si no lo ha matado ya, claro... —dice ella perdiendo su mirada en el vacío.

—No, no, Clara, habrá ido a hacer algo, ya lo conoces: a veces encuentra una pista y se pierde, se olvida de que existe el mundo.

—No, hoy llegaba yo. No es eso. Ha sido ella, él me ha contado cómo es. No tenemos ni un segundo que perder. Dime, ¿quién le vio por última vez?

—La sirvienta de la posada le sirvió un café en las mesas de ahí fuera. Según dice, él se quedó solo leyendo y ella acudió a la cocina a fregar cacharros. Cuando salió, a eso de las doce, ya no estaba; así que supuso que se había ido a dormir.

—¿Y no avisó a nadie? ¿No dejó ninguna nota?

—No. Bueno, ahora que lo dices, la sirvienta afirma que encontró restos de un papel chamuscado.

—Un papel chamuscado... —repite ella—. Intentemos pensar cómo lo haría él. Un papel chamuscado, dices. ¡Una nota! Alguien le envío una nota, un aviso. Y él lo destruyó, pero... ¿por qué iba a hacerlo? Si le citaban para algo relacionado con el caso no hubiera ido solo, te habría avisado.

—Sí, eso que dices es lógico.

—Pero ¿qué otro tipo de asuntos podían llevarle a ausentarse así?

—Te juro que no lo sé. Estamos removiendo cielo y tierra; lo encontraremos, Clara.

—Ya —contesta ella. Es evidente que está pensando en el asunto.

—Ahora debes descansar.

—No voy a poder pegar ojo.

—Haré que te sirvan una tila.

—No, no. Al contrario, una jarra de café. Tengo que aprovechar bien el tiempo, actuar como lo haría él. Hay que hacer del vicio virtud; ya que no voy a poder dormir, repasaré todas sus notas.

—Debería echarte una mano.

—¿No te das cuenta? Es muy raro eso que me cuentas. Al menos en Víctor. ¡Ha sido ella! No tenemos tiempo que perder, nosotros somos su única esperanza.

Don Agustín piensa con un nudo en la garganta que, si la dama tiene razón, Víctor estará ya más que muerto y Bárbara Miranda se habrá esfumado para siempre.

—Don Agustín, malas noticias.

El juez levanta la cabeza de su mesa de despacho y ve al alguacil Castillo asomando por la puerta.

—Ah, Castillo, pase, pase. Yo también tengo malas nuevas: la dama lo sabe. Anoche me acorraló y tuve que decírselo. Pero, siéntese. Diga, diga.

—Vaya, eso no nos va a ayudar —dice el otro tomando asiento—. Bueno, pues el caso es que esta misma mañana ha venido a vernos el empleado que Esther Parra tiene en la imprenta.

—¿Y sabe usted algo de Víctor?

—No, del señor Ros sigue sin haber ni rastro.

—¿Y?

—Ayer no se abrió la imprenta.

—¿Cómo?

—Sí, que su patrona no se presentó y él acudió a su casa. Llamó a la puerta y no abrió. Pensó que igual estaba enferma pero tiene unas tías que viven en la ciudad, así que supuso que estaría con ellas. Esta misma mañana se ha presentado en el trabajo y doña Esther tampoco ha aparecido.

—Vaya.

—Ha venido a avisarnos. Está preocupado, teme que le haya ocurrido algo, un mareo, una enfermedad. Hemos ido a su casa y hemos forzado la cerradura.

—¿Y?
—No hay nadie.
—¿Nadie? ¿Han mirado ustedes en la imprenta?
—Deberíamos. Pero he pensado que...
—¿Sí?
—Que ya sabe usted, don Víctor y esa mujer estuvieron juntos en el pasado.
—¿Y?
—Se les ha visto paseando del brazo.
—¿Y?
—Pues que él ha desaparecido y ella, ahora, parece que también.
—¿Qué está insinuando, Castillo?
—Bueno, como la mujer de don Víctor llegaba ayer a Oviedo...
—Y piensa usted que se han fugado.
—Bueno, es una posibilidad, ¿no? En cuanto se sepa que ambos han desaparecido a la vez, todo Oviedo creerá que se han ido juntos. Ya conoce usted esta ciudad.
—¿En mitad de un caso? ¡No conoce a Víctor Ros!
—Pues es lo que va a pensar la gente.
—¡No diga tonterías! Además, no hemos mirado en la imprenta. Igual la pobre se desmayó y se golpeó la cabeza, estaba sola y nadie la ha atendido.
—Deberíamos echar un vistazo.
—Pues vamos allá. No hay tiempo que perder.

Clara Alvear está en la calle Cimadevilla, justo enfrente de la imprenta Nortes. Ha acudido allí movida por la curiosidad. Después de una noche entera en vela, repasando las notas de Víctor y temiendo por su vida, ha decidido echar un vistazo.

Sabe que es algo morboso, pero quería ver a aquella mujer de la que Víctor estuvo antaño enamorado. ¿Sería bella?

Víctor sólo le habló una vez del asunto, de cómo se sintió cuando traicionó a Paco Parra y de lo que hizo a su hija. Ella sabe que su marido se atormentaba con aquello, así que fue prudente y optó por no volver a hablar del asunto.

De pronto, ideas truculentas bullen en su cabeza, disparates. ¿Y si Víctor ha comprobado que sigue enamorado de ella? ¿Y si se han fugado juntos?

Le gustaría que Nortes no estuviera cerrada.

Lo tenía pensado ya desde Madrid, entraría un momento y haría unas preguntas sobre unas invitaciones de boda, ya está. Sería más que suficiente para verla, echar un vistazo. Pero no, la imprenta Nortes está cerrada.

—Perdone, caballero —pregunta a un viandante—. ¿Sabe a qué hora abren la imprenta?

—Ya debería estarlo, señora. Ayer tampoco abrió.

«Ayer tampoco abrió», piensa ella para sí.

De pronto, una voz conocida dice:

—Clara, ¿qué haces tú aquí?

Ella se gira y se da de bruces con don Agustín Casamajó, que va acompañado por varios agentes uniformados.

El juez le presenta a Castillo, da unas órdenes a sus hombres y la aparta un poco.

—¿Se puede saber por qué has venido? —pregunta Casamajó.

—Quería echar un vistazo, verla —responde ella.

—Pero ¿tú sabes...?

—Víctor me lo contó todo. ¿Sabes si la vio?

—Sí —Casamajó.

—¿Y? ¿Hay algo entre ellos? ¡Dímelo! Tengo derecho a saber la verdad —pregunta Clara muy azorada.

—¡Por Dios, Clara, éste no es momento!

—Dime, ¡dímelo! Estoy preparada para lo que sea. Tengo derecho a saber la verdad.

—¡No, no! Él vino aquí y se disculpó. Ella estuvo muy dura, no quiso perdonarle. Ya está.

—Ya.

—Luego ella fue a verle a la posada, él salía al campo y lo acompañó un trecho. Pareció entender sus razones y puede decirse que lo perdonó.

Ella suspira.

—Era importante para él —apunta la dama.

—Sí, ya conoces a tu marido, siempre debe actuar correctamente.

—¿Y volvieron a verse?

—Me consta que no, Clara, así que no te adentres en esos caminos. No van a llevarte a nada bueno y Víctor no es así.

—Tengo plena confianza en Víctor.

—Así ha de ser, bien entonces.

—¿Y puede saberse qué hacéis aquí?

Casamajó hace un gesto a dos de los hombres de Castillo que portan unas tremendas cizallas para que rompan los candados que aguantan los postigos. Mientras los hombres trabajan, el juez aparta a Clara aún más y le musita al oído:

—Debes irte. Ve a la posada, luego hablamos.

—No, no me voy. ¿Qué ocurre? ¿Está relacionado con Víctor?

—No, no sabemos nada.

—¿Y qué hacéis aquí?

Casamajó mira a uno y otro lado como queriendo escapar de aquella incómoda situación.

—Clara, haré que uno de los hombres de Castillo te acompañe.

—¡Ya está, señor! —grita uno de los agentes que ha logrado quitar los postigos.

—¡Ni hablar! —dice Clara levantando la voz—. No me iré de aquí. Formo parte de esto tanto como tú. No voy a quedarme de brazos cruzados mientras que vosotros lo hacéis todo.

—Ve con Eduardo, espérame allí.

—Eduardo está vestido de pilluelo, por esas calles de Dios. Busca a Víctor. Como tú, como yo.

El juez suspira y mira hacia la imprenta. La puerta está abierta y los hombres de Castillo van entrar. Los viandantes le miran. Clara va a montar un espectáculo, sin duda, así que decide hablar:

—Esther Parra no se presentó ayer al trabajo. En su casa no está, su empleado nos alertó al respecto. Así que vamos a echar un vistazo. Puede haberle ocurrido algo.

—Quiero entrar.

—Aguarda un momento, ¿quieres? No puedes interferir en una investigación.

Entonces la toma por el brazo y la acompaña a la puerta.

—Martínez —dice mirando a uno de los guardias—. Cuide de la señora. Que no pase hasta que yo le avise. No sabemos lo que vamos a encontrar.

Al momento se pierde en el interior de la imprenta junto a Castillo y tres de sus hombres. El revuelo es ya considerable en la calle Cimadevilla.

Apenas han pasado unos minutos cuando el juez asoma la cabeza.

—No hemos encontrado a nadie. Clara, puedes pasar.

Clara Alvear entra y se da de bruces con un espacio que en otro tiempo formó parte del pasado de Víctor. Con el alma encogida contempla la mesa con los tipos, al fondo, el añoso mostrador y el olor a tinta y a papel.

Castillo y sus hombres miran aquí y allá pero no hallan nada.

—No tengo ni idea de dónde puede estar esta mujer —dice Casamajó mientras que Clara se asoma al despacho de Esther Parra a echar un vistazo. Todo está en orden.

—No hay indicios de pelea —apunta Castillo—. Otra persona más que buscar.

Clara tiene que luchar para acallar los pensamientos que desbordan su mente. No sabe qué posibilidad es peor: que Víctor haya caído en manos de Miranda es una opción horrible, pero no quiere ni pensar en la posibilidad de que se haya escapado con Esther Parra.

—Vámonos, Clara. Nada hacemos aquí —dice el juez tomándola del brazo.

Justo cuando van a salir, al pasar al lado del mostrador, ella se para de golpe y dice:

—Un momento.

Todos contemplan cómo Clara Alvear se acerca a un libro que hay encima, lo toma y le echa un vistazo: Es *Armadale* de Wilkie Collins.

—Víctor lo estaba leyendo.

La dama abre la primera página y lee en voz alta un exlibris que dice:

—Este volumen pertenece a la biblioteca particular de Víctor Ros.

46

—¿Recibiste mi mensaje? —dice Agustín Casamajó sin siquiera saludar a Clara.

—Sí, Eduardo está ya acostado como me indicaste. Ha venido agotado, se ha pasado todo el día por ahí, disfrazado, para ver si escuchaba algo sobre Víctor. Ni siquiera ha comido.

—Es un buen chaval.

—Sí lo es, como su padre. ¿Quieres que te traigan algo? Yo voy a tomar una manzanilla.

—Si no te importa que beba, una copa de coñac.

—Faltaría más, Agustín; voy a avisar.

El juez toma asiento en una butaca junto a la que ocupaba Clara. Cuando ésta vuelve, se pone en pie de nuevo.

—Siéntate, siéntate. ¿Querías decirme algo? —pregunta ella.

Él toma asiento y le coge las manos.

—Clara, quiero que seas fuerte en estos momentos. Si supieras la de veces que he charlado con Víctor en estos mismos sillones. Casi todas las noches desde que llegó. Hemos hablado mucho, mucho. Momentos muy valiosos para mí.

—Estoy dispuesta a aguantar lo que haga falta, Agustín. Si el desenlace es fatal sé que me voy a desmoronar, pero de momento, mientras quede una sola posibilidad, voy a luchar hasta el final para encontrar a Víctor.

—Sabes que ésta es una ciudad pequeña.

—Sí, claro, por supuesto. Sé perfectamente que esto no es Madrid.

—Y provinciana.

—¿Qué pretendes decirme?

—Que todo el mundo sabe ya de la desaparición de Víctor y de Esther. ¿Te das cuenta? El mismo día. La gente comienza a murmurar… ya sabes…

—No. No sé.

—Todo el mundo piensa que han podido fugarse juntos.

—No contemplo esa posibilidad.

—¿Y si ha sido así?

—Si ha sido así, ¡lo encontraré para que me dé una explicación!

Los dos se quedan en silencio, momento en el que entra la fámula con las bebidas. Mientras las sirve se masca en el salón un tenso silencio. Cuando la chica sale, Clara Alvear toma la palabra:

—Mira, lo he pensado mucho y he llegado a una conclusión. Es muy raro que Víctor recibiera un soplo sobre el caso y se metiera en terreno peligroso sin avisar, ¿verdad? Víctor lleva muchos años en esto, es un profesional. Y más con Bárbara Miranda por medio.

—Sí, eso es cierto.

—Creo que recibió una nota y la quemó. La criada vio restos de un papel quemado, ¿me sigues?

—Sí, parece lógico.

—Ahora sabemos que esa nota era de Esther Parra, que le pidió que fuera a verla por algún motivo —afirma contundente Clara Alvear.

—¿Y por eso quemó la nota?
—Exacto.
—Sí, en eso todo el mundo estaría de acuerdo.
—Claro, Agustín. Víctor la quemó para no comprometerla. Si no se sintió amenazado ante su visita a la imprenta es porque pensaba que el motivo de su entrevista era meramente personal. ¿Me sigues?

El juez Casamajó comprende que aquello conduce en una sola dirección y no es muy positiva para su amigo. Esther Parra avisó a Víctor en mitad de la noche y éste acudió a verla en secreto. Luego desaparecieron; es evidente que juntos. ¿Cómo puede Clara negar la realidad de aquella manera? ¿Cómo ha podido Víctor hacer algo así?, comienza a pensar cuando ella le interrumpe en sus disquisiciones.

—¡Sólo hay una posibilidad! Esther Parra le tendió una trampa.
—¿Cómo?
—Sí, trabaja para esa mujer, Bárbara Miranda. Quizá la propia Bárbara se ofreció para que la otra pudiera vengarse. Víctor es muy listo, sí, pero en asuntos de mujeres todos los hombres sois medio idiotas. Acudió a verla empujado por su sentimiento de culpa y su caballerosidad le llevó a quemar la nota. Esa víbora utilizó a Esther Parra para poder capturarlo. Ahora está en manos de Bárbara Miranda.
—Vaya, hablas como Víctor.
—Llevamos muchos años juntos, no lo olvides.

Casamajó no quiere sacar a su amiga de su error, pero entiende que ha querido buscar la mejor forma de afrontar el golpe: su marido se ha fugado con otra y ella niega la realidad. Está claro. Por eso ha querido buscar la explicación más peregrina posible. Una explicación en la que su marido queda como un caballero, evidentemente. Siente pena por ella. Todo

Oviedo se deshace en murmuraciones y chismes sobre el asunto. Incluso han olvidado que una peligrosa asesina y su cómplice han logrado escapar indemnes. Pero en ese momento la prioridad del juez es otra: tiene que conseguir que el golpe sea lo menos severo para Clara. Poco a poco irá aceptando lo que hay. De momento, decide darle la razón.

—Sí, eso que dices tiene sentido.

—Seguro que Bárbara Miranda conocía la historia de Víctor y la imprenta en su juventud.

—Sí, claro, todo Oviedo lo sabe.

—Imaginó que Esther Parra debía de estar dolida y acudió a convencerla para que se lo entregara en bandeja.

—Tiene lógica eso que dices, sí —miente de nuevo el juez—. Pero ¿y ahora? ¿Qué hacemos?

—Quiero reflexionar, debemos actuar tal y como lo haría Víctor.

—Sí, exacto, ¿y cómo actuaría?

—Pues eso es, Agustín, que no lo sé.

Víctor abre los ojos y apenas distingue nada en medio de la oscuridad. Parece estar en un sótano oscuro, sombrío y muy húmedo. La boca le sabe a sangre y eso le hace recordar que ha sido capturado por Miranda. No se escucha nada, silencio. Se le hace evidente que deben de estar en mitad del campo, lejos de cualquier lugar habitado. Recuerda haber despertado por los golpes de José Antonio García Espada, un tipo enorme y despiadado que fue quedándose solo en Madrid porque era demasiado violento. Los delincuentes no son tontos y era un compinche demasiado agresivo, de esos a quienes gusta ensañarse. Gente así no depara nada bueno en el mundo del delito. Los golpes han de ser limpios, cuanto más mejor. Si hay víctimas la policía te persigue con más ahínco y, sobre todo, uno puede acabar en el garrote. Nadie quiere eso. Espada había terminado por ser un paria en el lumpen de Madrid, se había visto obligado a trabajar solo hasta que decidió cambiar de aires. Nadie preguntó por él.

Bárbara Miranda arrastra el peligroso honor de aliarse siempre con lo peor de cada casa.

Un momento, pasos.

Alguien baja por unas escaleras de madera que crujen como si fueran a partirse en dos de un momento a otro.

Es ella. No hay duda. Los ojos de Víctor se han acostumbrado a la oscuridad y percibe la delgada silueta de una mujer vestida de oscuro que enciende una lámpara de aceite que hay en la pared.

Sus ojos malignos se dirigen hacia él y sonríe.

—¡Está despierto! —grita acercándose a Víctor.

Es, sin duda, una mujer bella.

—Vaya, ya te has despertado. José Antonio te dio fuerte, ¿eh?

—No sé, no lo recuerdo bien.

El gigantón baja las escaleras a toda prisa y se dirige hacia el reo, pero ella le pone la mano en el pecho.

—No lo vas a tocar, de momento. Quiero disfrutar con esto, ¿comprendes? Está atado y no puede hacer nada. Vete, quiero hablar con él a solas.

Espada protesta pero hace lo que se le dice. Miranda siempre ha tenido un don para que los hombres hagan lo que ella quiere.

—Bien, ¿por dónde íbamos? —dice tomando una silla de un rincón para sentarse frente a su víctima. Se mueve con ademanes pausados, con calma, es evidente que se encuentra segura allí donde sea que se ocultan.

—¿Y Esther?

Bárbara Miranda sonríe.

—Era una ingenua.

—¿Está con vosotros?

Miranda vuelve a sonreír.

—Te has deshecho de ella. Claro.

—Es evidente, Víctor. No iba a dejar cabos sueltos.

—Pero ella te ayudó.

—¿De verdad crees que merece piedad una mujer que entrega a un hombre a sus verdugos para que sea torturado y asesinado vilmente?

—Eres una desgraciada, te haré pagar por esto.

—¿Sí? ¿Cómo?

—¿Sufrió? —pregunta Víctor con preocupación.

—No, tuve una deferencia con ella e hice que su final fuera rápido. No creas, José Antonio quería pasar un buen rato con la chica pero no le dejé. Nos había ayudado a capturarte y no soy una persona sin escrúpulos, al menos no del todo, me gusta tratar bien a la gente que me ayuda.

—¿Matándolos?

Bárbara Miranda suelta una carcajada y responde:

—Sí, a veces tiene una que eliminar a ciertos elementos para borrar su rastro. Y más si lleva detrás a un sabueso tan pesado como tú, querido Víctor.

—Nunca me rindo, lo sabes.

Ella suspira con aire cansado.

—¿Ves? Ese tipo de tonterías te llevan a donde estás, querido amigo. Veamos, si no hubieras aparecido por aquí, ese afinador habría cargado con las culpas y yo hubiera podido seguir con mi vida. Todo habría funcionado bien. Pero tuviste que empeñarte en venir, meter tus narices en todo, como haces siempre, e ir provocando la muerte de más personas. El asesino eres en realidad tú, no yo.

—Si el afinador hubiera sido ajusticiado no te habrías parado ahí. ¿Cuál era tu objetivo? ¿Seguir de niñera? ¡No! No creo. Convertirte en la esposa de don Reinaldo y manipularle, utilizar su fortuna para tus asquerosos fines. No, Bárbara, no. Habrías seguido matando. Una y otra y otra vez, porque es lo que te gusta. Matando hasta terminar con doña Mariana.

—Menuda pánfila.

—¿Por qué volviste a España? ¿Te gusta el riesgo?

—No, no soy imbécil. Vine para recoger un dinero que tenía oculto, pero me la jugaron, y como estaba sin una peseta, encontré este trabajo y supuse que este país sería el lugar en que menos me iban a buscar. ¿Cómo iba a pensar el Sello de Brandenburgo que se me podía ocurrir volver a España?

—Sí, eso está bien pensado.

—El caso es que tuve suerte porque comprobé que a don Reinaldo le gustaban ciertas «cosas especiales». Cosas que yo podía proporcionarle.

—Como ocurriría con tus clientes cuando te prostituías en Barcelona.

—En efecto, hay caballeros que buscan cosas exóticas.

—Sí, sólo que eres una asesina y todo el que se te acerca acaba mal.

—No me vengas con moralinas, tampoco es tan grave despachar a algún idiota que otro y hacer de éste un mundo mejor.

—Estás enferma, ¿sabes?

—Tonterías. Estoy perfectamente.

—Deberías estar recluida.

—No sabes lo que dices.

—Tú no eres Bárbara Miranda, mírate, con esas ropas. Sabes que eres un hombre, dejaste a tu mujer en Barcelona.

—¡Cállate! —grita Miranda abofeteando a Víctor.

Silencio.

Parece que la mujer se autocontrola por un momento. Aprieta los puños y alza la vista. Se serena.

—Nada queda de aquel imbécil ya. Tú eres el verdadero culpable de todo lo que ha ocurrido. Me obligaste a seguir actuando, a matar. Por ejemplo, a don Celemín.

Víctor niega con la cabeza.

—No tienes solución, Bárbara.

—Estás resentido conmigo porque siempre voy por delante de ti.

—No te negaré que has actuado brillantemente. Tu jugada de la nota en el bolsillo del afinador de pocas le lleva al garrote.

—Vaya, gracias.

—Pero no podrás decir que mataste a la criada por mi culpa.

Miranda sonríe y contesta demasiado amablemente:

—No, eso fue antes de que tú vinieras.

—Os descubrió, tengo su diario.

—¿Lo sabes todo? Sí, es cierto. Ese idiota, el hijo, Ramón Férez, nos sorprendió a su padre y a mí en el pajar. Reinaldo no se dio cuenta, pero yo sí. No sólo nos vio sino que pudo echar un vistazo a mi...

—A tu miembro.

—Exacto. Supe que si eso se descubría aquello me podía costar caro. El Sello de Brandenburgo sigue buscándome. Ese niñato me hizo la vida imposible, amenazó con ir a su madre con el cuento. Tuvimos que eliminarle. Utilicé a ese marinero, Nicolás Miñano, para deslizar una nota en el bolsillo del afinador, Navarro, y todo quedó encarrilado. Pero esto es un pueblo de cotillas y detuvieron al caballerizo. Entonces la cosa se complicó. Encima Micaela, la criada, nos vio a José Antonio y a mí.

—Lo sé. Supo que Espada era tu amante porque os sorprendió en el salón.

—¿Cómo sabes eso? —pregunta Miranda, sorprendida.

—Tengo el diario de Micaela. Te lo acabo de decir.

—¡Vaya! Eres bueno, Ros, muy bueno.

—Gracias, muy amable.

—La tuve que eliminar, así que simulamos su suicidio y le coloqué en la mano el anillo del muerto. Así pensarían que era cómplice del afinador. A aquellas alturas habían decidido llamarte. Cuando lo escuché estuve a punto de desmayarme, se me cayó lo que tenía en la mano. Temía haber llamado mucho la atención.

—Y cuando llegué tuviste que quitarte de en medio. Desaparecer.

—Sí, supe que habías llegado cuando retorné de una excursión al mar de un par de días con los niños. Tuve que salir a toda prisa.

—¿Y dónde os escondisteis?

Miranda no contesta.

—Vaya, aquí —dice Víctor.

—Cada vez ibas acercándote más y descartando a otros sospechosos. Debo confesar que llegué a confiarme cuando se acusó oficialmente al afinador, Navarro, pero enseguida comprobé que era un señuelo. Me consta que apretaste las tuercas a Reinaldo.

—¿Le has estado viendo?

—No, es un necio. No estaba complicado en esto, es un hombre con una debilidad y yo la aproveché.

—¿Ibas a hacerle chantaje con lo de la sífilis de su primera mujer?

—¡Bravo de nuevo! ¡Lo sabes todo!

—Es mi trabajo.

—No, ése era un as que decidí guardar en mi manga.

—Eres previsora. Otra virtud más —dice Víctor, irónico.

—Cuando te acercaste a don Celemín y a Nicolás Miñano tuve que actuar. Luego se supo que habíais averiguado que Espada y yo no éramos hermanos, así que tuve que actuar de nuevo.

—Y cogiste los cuerpos del cementerio.

—Sí, ahí no sabías aún que yo estaba metida en este asunto, sólo sabías de la supuesta niñera. Pensé que si nos daban por muertos nunca podrías averiguar que era yo quien había estado actuando en aquella casa. Por eso robamos los cuerpos y los colocamos en el horno, con mi pendiente bien a la vista en uno de ellos, claro.

—Brillante.

Entonces Bárbara Miranda mira con curiosidad al detective. Ambos parecen estar inmersos en un juego de cartas, cuando al final se descubren las artimañas de los jugadores. Parecen disfrutar averiguando cuáles han sido las jugadas brillantes del otro.

—¿Cómo supiste que se trataba de mí? ¿Que yo estaba aquí? Víctor sonríe.

—Fue una pura casualidad.

—Las malditas casualidades, lo impredecible, el factor sorpresa… el peor enemigo del delincuente refinado, del artista del crimen como una servidora. ¿Qué casualidad?

—Por la niña; escandalizó a su madre orinando como un hombre. Dijo que tú lo hacías así. ¿Te das cuenta? Dijo que te había visto orinar así en el campo.

—¿Ves? Una nunca puede descuidarse. Esto me ayuda a aprender. Fue un error de aficionada, debería haber cuidado hasta ese detalle. No hay que salirse del papel, nunca, ni siquiera delante de una niña de cuatro años.

Víctor repara en que aquella loca se toma aquello como si fuera un oficio, un trabajo más, un arte, habla incluso de ir mejorando. ¿Cómo va a poder detenerla?

—Y decidiste utilizar a Esther.

—Sí. Cuando vi que habías mirado las tumbas de Micaela y Ramón Férez y cuando se hizo público que conocíais mi identidad, tuve que ir a por ti. Esther era una pobre incauta. Cuando me presenté en su imprenta y le dije que yo tenía en mi mano la posibilidad de hacerte sufrir no lo dudó. Me dijo: «Cuente conmigo».

—Por eso vino a mi posada a decir que había entendido mis razones.

—Exacto. No tenía que llegar a perdonarte pero era necesario que tú creyeras que, de alguna manera, te entendía. Luego decidí que te enviara la nota. Fue justo el día en que descubriste lo de los cadáveres robados. ¿No te das cuenta? Tú eres el auténtico causante de esto. Cada paso que das, cada avance tuyo, me obliga a actuar. Todos han muerto por tu culpa. Por cierto, picaste como un pardillo.

—Sí, lo sé.

—Podías habértelo imaginado.

—No te digo que no, pero aunque hubiera sospechado de ella, habría intentado ayudarla. Se lo debía. Siempre la quise y siempre la querré.

Miranda mira al detective con desprecio.

—Eres un sentimental, Ros. Y eso te hace blando, vulnerable.

—Soy humano.

—Ya. ¿La querías aún?

—Nunca dejé de quererla. Era una mujer extraordinaria y yo le hice daño. Y ahora está muerta por mi culpa.

—¿Ves? Eres un blando.

—Claro, olvidaba que tú no tienes sentimientos.

—¿Y eso te parece malo? ¿En mi negocio? Es una gran virtud y tú lo sabes, no llevo ningún equipaje. No me pueden los sentimentalismos.

Los dos se han quedado en silencio de nuevo.

—Es cierto, Bárbara, debo decir que en tu «negocio», como tú lo llamas, la falta de remordimientos es una virtud, no lo negaré.

—¿Ves? No cuesta nada ser amable el uno con el otro. La admiración que sentimos es mutua, totalmente.

—Estás loca.

—Bueno —dice ella—, tenías que estropearlo. Este momento era especial. Da gusto hablar con un igual, con alguien que te entiende, pero tú siempre tienes que estropearlo todo con tu fachada de niño bueno. Tu maldita moralina. No voy a aguantar tus sermones, eres un hombre acabado. Me voy a cenar. Comprenderás que darte algo de comer o beber sería, sin duda, una cortesía excesiva por mi parte. Te dejaré que pases una buena noche, quiero que sufras pensando en lo que te espera. Se te va a hacer larga, muy larga, y piensa que yo estaré descansando en mi mullida cama. Has perdido, Víctor Ros.

—Nunca se puede dar una partida por terminada.

—¿Tú crees?

—Sabes que sí. No pienso acabar mis días aquí, de esta manera. Tú no me vas a eliminar de este mundo, te lo aseguro.

—Muy buena la bravuconada, querido, pero tengo hambre.

Bárbara Miranda se levanta y, tras apagar la lámpara y dejar aquello a oscuras, sube lentamente las escaleras. Víctor sabe que está perdido e intenta recordar alguna oración de su infancia. Lamenta no creer en Dios.

47

Está muerta —afirma el forense poniéndose en pie tras terminar con su examen.

Don Agustín se gira y dice:

—¡Más luz aquí, rápido! Castillo tiene que echar un vistazo a la muerta y a los alrededores. Hay que buscar alguna pista. ¡Lo que sea!

Mientras los hombres del alguacil rodean el cuerpo con más lámparas de aceite, el juez mira a Castillo y le dice:

—Esto se pone cada vez peor.

En ese momento, el alguacil mira al fondo y pregunta:

—¿Quién viene en ese coche?

Están en plena carretera a Luarca, pasada la finca de la Italiana y la noche es oscura como la boca de un lobo.

—Es el coche del Julián —afirma el juez forzando la vista.

Cuando el carruaje de alquiler llega a su altura, el cochero se baja de un salto y abre la portezuela.

—¡Clara! ¿Qué haces tú aquí?

Ella, sin saludar, se acerca al lugar donde yace el cuerpo y dice:

—Es Esther, ¿verdad?

—¿Cómo te has enterado de esto? —pregunta Agustín.

—Dime, por Dios, no se trata de Víctor, ¿verdad? Agustín, te lo pido por tus hijos, ¿es Esther? —dice Clara.

—Pero ¿cómo has sabido que...?

—¡Yo pregunté primero! —grita ella haciendo que todos los hombres vuelvan la cabeza.

—No, no es Víctor, puedes estar tranquila al respecto, ¿de acuerdo? Es el cuerpo de Esther Parra. La han matado, un tajo limpio, en el cuello. Pero insisto, ¿cómo lo has sabido?

Ella se gira y mira al cochero. Éste se toca el sombrero como saludando al juez.

—El Julián, debí adivinarlo, trabaja para ti.

—Es un buen amigo, Agustín, y hace lo que cree que querría Víctor. Tú deberías hacer otro tanto.

—Ya.

—¿Puedo echar un vistazo?

—¿Estás loca?

—Víctor me ha contado miles de historias, sé cómo trabaja y puedo hacerlo.

—Definitivamente afirmo: estás loca. Eso es cosa de Castillo.

—Con todos mis respetos, cuando Castillo llevaba el caso la cosa se complicó. Esa mujer, Bárbara, es demasiado lista. ¿Recuerdas por qué llamasteis a Víctor? No ocurre nada porque me dejes echar un vistazo, sólo eso. Se lo debes a tu amigo. Él vino de Madrid sólo para ayudarte, y mira. Además, ya te advertí que Víctor no se había fugado con Esther sino que había sido capturado por Bárbara.

—Bien, pero tienes cinco minutos. Y cuando acabe Castillo.

Ella sonríe y sale corriendo hacia el coche de donde vuelve con el maletín de su marido. Cuando el alguacil termina de examinar el cuerpo y los alrededores dice:

—No hay nada. Ni siquiera sangre. Debieron de matarla

en otro sitio y luego la trajeron aquí. El trapero que la encontró dice que estaba envuelta en esa manta.

Clara Alvear se acerca al cuerpo de Esther y se alumbra con una lámpara de mano. Se agacha y echa un vistazo al rostro. El cuerpo descansa, en efecto, sobre una manta de cuadros.

—Era guapa. Hasta en una circunstancia como ésta su rostro me parece hermoso —dice. Luego, pensando en voz alta, examina el escenario tratando de comportarse como haría Víctor—: Degollada, por un zurdo. Vestido de viaje, es obvio que se trasladaba a alguna parte, probablemente con sus cómplices y con Víctor hacia el lugar donde lo tienen retenido.

—¿Cómo sabes eso? —pregunta Agustín.

—¿El qué?

—Que Víctor está... ya sabes, vivo.

—La aparición de este cuerpo es, por desgracia para Esther Parra, una buena noticia para nosotros. Si hubieran matado a Víctor, ahora tendríamos dos cuerpos, no uno.

—Vaya, es usted buena —apunta Castillo.

—Llevo muchos años conviviendo con un detective y aunque una no quiera, se aprende. Además, yo sí quiero aprender. Ahora no dudarás, querido Agustín, de lo que ha ocurrido.

—¿Cómo?

—Sí, llegaste a pensar que Víctor podía haberse fugado con Esther Parra. El hallazgo de su cuerpo indica que Bárbara Miranda está metida en el asunto, que utilizó a la dueña de la imprenta para atraer a mi marido y capturarlo, y que ahora está en su poder.

—Sí, tenías razón. Está claro desde que has llegado, no es menester que insistas.

De pronto, ella abandona la conversación, algo ha llamado su atención.

—Pero ¿qué es esto? —dice.

La dama se acerca aún más a Esther Parra y examina algo en detalle.

—Sujeta la lámpara, Agustín —ordena.

Entonces saca unas pinzas del maletín y toma unas muestras con ellas que guarda con suma delicadeza en una caja.

—¿Qué es? —pregunta el juez, intrigado.

—Unas florecillas que había sobre la manta. Justo detrás la cabeza. He visto un par.

—¿Y?

—Es un detalle que puede ayudarnos.

El juez piensa que no ve cómo, pero prefiere callarse, al menos estará distraída. En el fondo piensa que Clara ha terminado por comportarse como Víctor, como una excéntrica. Pero ella no es un gran detective como él. Además, sabe de sus andanzas como sufragista y de sus múltiples detenciones.

Mientras tanto, ella sigue examinando el cuerpo de pies a cabeza, agachada. Echa un vistazo alrededor. Mira un arbusto, otro y otro y parece desesperarse.

—En un situación como ésta Víctor sabe leer el terreno, pero yo estoy, por desgracia, a oscuras.

El juez suspira al ver que la dama admite su falta de preparación para acometer una tarea como aquélla y se felicita porque así podrá quitársela de encima.

—Aquí no hay nada más que ver —dice ella como si fuera Víctor—. Nos vamos.

Cuando Clara Alvear se despide dando las gracias y sube al coche del Julián, don Agustín Casamajó respira aliviado.

Don Antonio Alemán recibe una visita inesperada en su despacho de la facultad. Al parecer una hermosa dama pregunta por él porque, según dice, quiere hacer una consulta. Viene acompañada por un niño y ambos van vestidos como si fueran a salir de cacería o a hacer una excursión por el campo.

—Tomen asiento, adelante. Ustedes dirán.

—Me llamo Clara Alvear y mi marido es el detective Víctor Ros. Se preguntará usted por qué estamos aquí —dice ella mientras saca una cajita de su bolso; es una mujer realmente hermosa.

—Sí, más bien, no sé en qué puede ayudarles este enamorado de las plantas.

—Catedrático de botánica, don Antonio —apunta ella haciendo que el profesor se sienta orgulloso.

—Una nadería.

—Verá —prosigue Clara abriendo la caja—. Se trata de esto.

Don Antonio echa un vistazo y ve dos pequeñas florecillas de apenas entre diez y veinte milímetros de diámetro. Son blancas y amarillas. Toma unas pinzas, coge una de ellas y sonríe colocándola bajo una inmensa lupa.

La examina en detalle hablando en voz alta para impresionar a la dama:

—Flor actinomorfa de entre uno y dos centímetros de diámetro, aparentemente solitaria, con perianto con ocho sépalos petaloideos libres y caducos. Forma elipsoidal, color blanco y el dorso algo piloso y azulado. No hay duda, amiga. El androceo consta de numerosos estambres más cortos que los sépalos y el gineceo está formado por numerosos carpelos libres y pilosos.

—No le entiendo —dice Clara, que se mira con Eduardo porque no comprenden la jerga de su interlocutor.

—Que digo que está muy claro, amiga. Se trata de *Anemone pavoniana*, un endemismo de estas tierras.

—¿Un qué?

—Digamos que una planta típica de esta zona.

—¡Bien! —responde la dama—. ¿Y podría usted concretar un poco más?

—¿Cómo? Perdone, pero no le sigo.

—Sí, el lugar. ¿Dónde crece?

Don Antonio Alemán sonríe.

—En muchos lugares, es una planta que se da mucho en los Picos de Europa.

—¿Podría usted concretar más aún?

—Hombre, donde más he visto es en los Picos Albos, también cerca de Somiedo, más concretamente en los lagos de Saliencia, en Cangas, en Caldas de Luna...

Clara Alvear suspira desesperada.

—Ya, ya, pero imagine que debiera quedarse con un solo lugar. Piense, un sitio aislado, con casas independientes unas de otras. Imagine usted que quisiera esconderse, ¿a cuál de esos lugares iría usted? ¿Cuál de ésos está más aislado pero con posibilidad de alquilar una casa o una finca?

—Saliencia. Queda lejos, es un valle bastante aislado y está casi en el límite de la provincia con León.

—¿Seguro?

—Seguro. Sí, creo que sí. Además, esta planta florece entre mayo y junio, y dado lo avanzado de la estación, a estas alturas yo creo que sólo la veríamos por aquellos andurriales, cerca de los lagos.

La mujer piensa en voz alta:

—Es una posibilidad remota —apunta—. Pero no tenemos nada más a que agarrarnos y el tiempo corre en nuestra contra.

El alguacil Castillo entra en el despacho de Casamajó bastante desanimado. Han controlado todos los caminos y no hay rastro del paso de Miranda y su cómplice. Si se han llevado a Ros deben estar escondidos en algún lugar cercano, pero ¿dónde?

—No hay ni rastro —dice dejándose caer agotado en una de las butacas que tiene el juez para las visitas.

—El tiempo corre en nuestra contra.

—Lo sé, don Agustín, lo sé. Pero ¿qué más podemos hacer?

—¿Ha mandado seguir a Clara?

—Sí, como usted ordenó.

—No quiero que esa mujer me cause más problemas. Es lo que me faltaba. ¿Qué ha hecho?

—Pues excentricidades, como su marido: después de desayunar, ha ido con el crío a ver a un catedrático de botánica.

—¡Qué tontería! ¿Y?

—Mi hombre entró a verlo después de ella. Estuvo preguntándole sobre unas florecillas.

—Las que encontramos en la manta donde yacía Esther Parra.

—Sí, eso parece.

—Igual no va muy desencaminada. Eso es lo que hubiera hecho Víctor, sin duda.

—No ha terminado ahí la cosa.

Casamajó se incorpora en su silla. Parece vivamente interesado.

—¿Y bien?

—Luego han ido a la posada y han esperado al Julián. Llevaba dos caballos de alquiler ensillados y atados a la parte trasera de su coche.

—¡Vaya! ¿Y?

—Han partido en dirección a Cangas; mi hombre se ha vuelto, claro está.

—A Cangas…

De pronto llaman a la puerta. El secretario del juez trae una nota.

—Parece un recado de Clara —apunta don Agustín, que lee el contenido.

—¿Qué dice la nota? —pregunta Castillo, embargado por la curiosidad.

—Dice: «Buscad en los Picos de Europa, el tiempo se acaba».

Los dos hombres quedan en silencio. Como evaluando el contenido de la esquela.

—¿Y bien? ¿Qué hacemos? —pregunta Castillo.

Don Agustín Casamajó pone cara de pensárselo mucho y sentencia:

—La provincia es muy grande para batirla en tan poco tiempo. Si esas florecillas son típicas de los Picos de Europa, y todo apunta en esa dirección, quizá deberíamos centrar nuestra búsqueda allí.

—Y aun así es una zona inmensa y difícil de batir.

—Sí, en efecto, pero no debemos rendirnos, Castillo. Avisa a tu gente y a la Guardia Civil, probaremos sólo en los Picos de Europa. Recuerda, buscamos a dos forasteros, un hombre y una mujer, que habrán alquilado una casa. No pierdas ni un segundo.

48

Sí, seguro, dos forasteros: un hombre y una mujer, muy guapa, por cierto.

Clara siente un vuelco en el corazón al oír al paisano decir aquello.

—¿Está seguro? —pregunta el Julián.

—Sí, por supuesto, yo mismo les alquilé la casa.

—¿Y dónde está? —pregunta Clara, que no puede creer en su suerte. El viaje ha sido largo y tortuoso. Han llegado a Saliencia pasadas las once de la noche y se han dirigido directamente a la única taberna. Es un pueblo muy pequeño y queda aislado. El día ha sido agotador. Eduardo, rendido, duerme en el coche del Julián. Han parado a preguntar en Castro, la Falguera, Viegas, Villarán, Arbeyales y Endriga. No hay ni rastro de dos forasteros por la zona, pese a que algunos turistas se acercan por allí para disfrutar del aire puro de la montaña. Clara ha llegado a desesperarse, a pensar de que aquélla era una misión imposible, pero el paisano contesta muy seguro de sí mismo:

—La casa está muy cerca de aquí, algo aislada pero a una media hora caminando. En dirección a los lagos, es un sendero que sale hacia la derecha, la casa no se ve desde el camino, está en alto y queda oculta por los árboles. Hay un pequeño cartel; Casa Petronila, se llama.

—Muchas gracias, señor —dice Clara dándole una pequeña propina.

Ella y el Julián se miran y salen al exterior.

—¿Qué hacemos? —pregunta él.

—Ir allí.

—Perdone usted, doña Clara, pero es una locura. Deberíamos avisar en el puesto más próximo de la Guardia Civil.

—Julián, eso nos llevaría horas. Estamos al final de un valle aislado y en mitad de la noche. Igual llegan tarde. ¿No te das cuenta? No tenemos un minuto que perder. Además, no sabemos seguro si son ellos. Debemos asegurarnos primero; vayamos y echemos un vistazo.

—Es noche cerrada, nos perderemos.

—Iré sola, entonces. Quiero un caballo.

—No, no —dice él sujetándola por el brazo—. Lo haremos a su manera.

Clara sube al pescante con el cochero y parten de inmediato.

Sentado a una mesa de la única taberna de Castro, Agustín Casamajó ha perdido toda esperanza revisando sus notas. Han enviado parejas de la Guardia Civil a preguntar por todas las pequeñas aldeas de los Picos de Europa y no hay rastro de Bárbara Miranda y su amigo. Tampoco se sabe nada de Clara Alvear y su loca expedición. El juez no quiere encontrarse con más muertes y reza para que nada le ocurra a la mujer de su amigo. Esa Bárbara Miranda es una mujer peligrosa y no quiere ni pensar en que los dos hijos pequeños de Víctor pudieran quedar huérfanos.

—¿Don Agustín? —pregunta Castillo sacándole de sus propios pensamientos.

—Sí, Castillo, dígame —contesta el juez volviendo a la cruda realidad.

—Una buena noticia.

—¿Sí? —dice el juez, ilusionado.

—Clara Alvear y el cochero pasaron por aquí.

—Vaya, bien, bien. ¿Y de Miranda, se sabe algo?

—No hay rastro de forasteros por estas tierras.

—¿Por qué iba Alvear a adentrarse en este valle tan aislado?

—Quizá porque el botánico le indicó que era el lugar que buscaba.

—La verdad es que es una buena zona para esconderse, sí. Sigamos preguntando valle arriba. No sé si daremos con el rastro de Miranda, pero el de Clara nos puede ayudar a encontrar el camino y evitar otra tragedia. Avise a sus hombres.

—Pero, don Agustín, es ya noche cerrada y…

—¡No hay pero que valga! No tenemos tiempo que perder. Si Clara encuentra a esa mujer, irá de cabeza a una muerte segura.

A Clara y al Julián el camino se les hace eterno. Cuando llegan a la bifurcación, descienden del coche y despiertan a Eduardo.

—Vamos a acercarnos caminando desde aquí —dice ella—. No queremos que nos oigan llegar.

—Esa gente es peligrosa —apunta el cochero.

Clara Alvear saca algo que lleva en la espalda sujeto por el cinturón. Apenas si se ve en mitad de la noche, pero el Julián intuye que es un arma.

—Es el revólver de Víctor —aclara ella.

—Esperen —dice el cochero, que vuelve al momento con una escopeta de caza—. Vamos.

Comienzan a caminar por el sendero y al momento ven la casa. Es una construcción de campo con una amplia planta baja y un primer piso algo más pequeño. El tejado parece oscuro. Caminan entre vacas.

Cuando llegan a unos veinticinco metros se ocultan tras una gran roca.

—Hay un luz, ahí —señala el cochero refiriéndose a una pequeña ventana.

—Sí —contesta Clara—. Y eso de ahí es un coche de caballos, ¿veis? Asoma un poco tras la esquina.

—Sí —dice Eduardo—. Y ahí se ve un caballo pastando, debe de estar atado.

—¿Qué hacemos? —pregunta el Julián.

Clara duda por un instante.

—Julián, tú puedes ir más rápido con tu coche o con uno de los caballos. Baja hasta el primer puesto de la Guardia Civil y avisa de lo que está ocurriendo. Eduardo y yo estaremos aquí, vigilando.

—Aún no sabemos si son ellos —dice Eduardo—. Yo me acercaré.

—¡No! —contesta Clara en susurros.

Entonces un grito de hombre rasga la oscuridad.

—¿Habéis oído eso? —pregunta el crío.

—Es la voz de Víctor —dice Clara.

Quedan en silencio por un momento.

—¿Está usted segura? —pregunta el cochero.

—Creo que sí —responde ella visiblemente nerviosa—. Vete, Julián, vete, no tenemos tiempo que perder.

—Les dejo los caballos atados a un árbol, ¿de acuerdo?

—Sí, donde está ahora el coche —señala Clara.

—Les dejo mi escopeta.

—Yo no quiero eso, es muy pesada —dice ella.

—Bien entonces, pero no hagan ninguna tontería y esperen a que llegue con la fuerza pública, ¿de acuerdo?

—De acuerdo —responde la dama.

El Julián sale a paso vivo, caminando medio agachado y ocultándose entre las vacas. Clara ve cómo la sombra se aleja. Entonces se escucha otro grito.

Ella se retuerce por la impaciencia. Esas horas se les van a hacer muy largas. A lo lejos parece oírse el sonido del coche de caballos que se aleja y Clara Alvear comienza a dudar de si han hecho lo correcto. ¿Qué van a hacer ellos allí? ¿Cómo pueden ayudar a Víctor?

—¡Ha salido alguien! —susurra Eduardo.

En ese momento comprueban que una silueta de hombre ha salido al exterior. Se acerca al coche y parece entretenerse desatando algo. Entonces se acerca donde el caballo y lo toma por la cuerda para acercarlo al carruaje.

—¡Se van! —dice ella—. Va a preparar el coche.

Los dos se miran en mitad del silencio.

—¿Qué hacemos?

Clara no quiere decir nada, pero piensa que si aquellos dos abandonan la casa es porque han matado a Víctor. Otro grito. Está vivo aún. No deben perder ni un segundo.

—¡Lo van a matar! Y por eso huyen —dice ella—. No hay tiempo que perder. Espérame aquí.

—No, madre, voy contigo.

—¡Espérame aquí, he dicho! —exclama ella girándose con brusquedad.

Eduardo se queda pegado al suelo y la ve alejarse en dirección a la casa. Clara Alvear, vestida como un hombre, se pierde en la inmensa sombra que depara la vivienda. Entonces, el crío se dirige hacia el carruaje ocultándose en la sombra de los árboles.

Clara consigue llegar con facilidad hasta la vivienda. Nadie le ha oído llegar. Respira agitadamente, está nerviosa y siente el latido de su corazón en sus oídos, como si éstos fueran a estallar. Está pegada a la pared de piedra de la casa. Junto a ella hay una ventana abierta e intenta escuchar: parece que se oyen voces, una mujer y un hombre.

¿Dónde tendrán a Víctor? Por un instante dejan de hablar.

Ella se acerca más a la ventana para escuchar. Entonces siente que alguien la agarra por la espalda y le pone un inmenso cuchillo en el cuello.

—Quieto ahí, amigo, ¿adónde crees que vas?

Agustín Casamajó aguarda dentro de su coche. En los últimos pueblos ni siquiera ha bajado. Aquélla es una lucha titánica contra el tiempo, de manera que Castillo y sus hombres bajan, preguntan por el pueblo y si no hay noticias, continúan camino. En todos los pueblos que han visitado recuerdan a Clara Alvear y sus preguntas. Parece evidente que la mujer ha decidido examinar a fondo el valle de Saliencia.

—Han pasado por aquí. Seguían hasta Saliencia —dice el alguacil entrando en el coche de caballos.

—Pues no tenemos nada que perder, venga, sigamos. ¡Fustigue el caballo, por amor de Dios! —grita el juez al cochero; desea llegar a tiempo, antes de que Clara Alvear encuentre a Miranda. Sus posibilidades son escasas: un cochero, un niño y ella. ¿Cómo van a hacer frente a una criminal como aquélla y a esa bestia de Espada?

Cuando Clara quiere darse cuenta, su captor la ha llevado al interior de la casa. Están en un salón amueblado rústicamente, es una casa de campo.

—¡Bárbara! —avisa el hombre arrojando a Clara a un butacón de madera y esparto.

Al momento se escucha cómo crujen unas escaleras y una mujer surge de la puerta de la cocina.

Es bella y viste de negro. Clara se alarma pues lleva un delantal manchado de sangre.

—¡Vaya! ¿Qué es esto? —pregunta.

—¿Y Víctor? ¿Está vivo? —dice Clara.

—¿Quién es esta pánfila? ¿Qué hace aquí? —insiste Bárbara Miranda.

—No lo sé, la acabo de encontrar escondida ahí fuera —dice Espada.

Bárbara Miranda se acerca a la ventana con cuidado y echa una mirada furtiva al exterior. El hombre se planta en mitad de la misma y dice:

—No se ve nada, está muy oscuro ahí.

—Pero ¿eres idiota? —grita ella—. ¡Quítate de la ventana! ¿No ves que ofreces un blanco muy fácil? Si ella está aquí habrá más gente fuera. ¿No te das cuenta? ¿Para qué quieres el cerebro? —En ese momento, Miranda mira a Clara y piensa en voz alta—: Un momento, ¿qué hace esta mujer con esas ropas? Te están grandes. Son de Víctor, claro. —Y estalla en una violenta carcajada.

Espada no entiende lo que ocurre.

Bárbara se acerca a Clara y dice:

—Vaya, vaya, así que aquí tenemos nada menos que a la mujercita de Víctor, Clara Alvear. ¿Cuántos sois?

—He venido sola.

Bárbara Miranda le propina un sonoro bofetón.

—A mí no me mientas, puta.

—Es la verdad.

—¿Cómo llegaste aquí? ¿Quién te trajo?

—Yo sola. Hallé unas flores en la manta donde dejasteis a Esther Parra y fui a ver a un catedrático de botánica, él me dijo que buscara por aquí.

Bárbara Miranda mira a su acompañante con cara de pocos amigos.

—Siempre te he dicho que hay que ser muy cuidadosos con los detalles, ¿ves lo que has hecho?

El hombre, pese a ser un tipo inmenso, da un paso atrás. Es obvio que la mujer le intimida.

—¿Y quién te espera fuera?

—He dicho que nadie, me tomaron por loca. Nadie toma en serio a una mujer en estos asuntos.

Bárbara Miranda sonríe, suspira como si estuviera agotada y contesta:

—A mí me lo vas a contar, rica. ¡Abajo!

José Antonio García Espada toma a Clara por el brazo y la empuja a la cocina, de allí parten unas escaleras por las que bajan a un sótano lúgubre y mal iluminado.

—¡Víctor! —grita ella lanzándose a abrazar a su marido, que permanece atado a una silla. Tiene el rostro amoratado e hinchado por los golpes—. ¿Qué te han hecho? —pregunta entre sollozos.

—¿Qué haces aquí? —farfulla él—. ¿Cómo has venido? ¿Estás loca?

—¡Qué estampa tan familiar! —exclama Bárbara—. ¡Dos por el precio de uno!

—Miranda, déjala marchar —dice Víctor, que siente que todo le da vueltas.

Bárbara estalla en nueva carcajada, está loca.

—José Antonio, sube a preparar el coche, nos vamos. Es posible que esta pánfila haya dado aviso. No me creo ni por asomo que haya venido sola. Yo termino con esto.

Víctor pierde el sentido y Clara piensa que quizá sea mejor así.

Mientras que su cómplice corre escaleras arriba, Bárbara Miranda se gira y fija su atención en una mesa sobre la que descansa una lona con múltiples instrumentos de disección. Parece dudar pero al final toma un inmenso cuchillo de carnicero. Se gira y da un paso al frente.

—Primero tú, zorra —dice con cara de loca.

Las escaleras crujen con estruendo. Alguien baja a toda prisa. Es Espada; parece muy alarmado.

—¡Se han llevado el caballo! ¡Ha desaparecido! —grita.

Clara repara en que debe de haber sido Eduardo, el crío ha sido muy listo dejándoles sin vía de escape.

—¿Qué? ¿Cómo vamos a salir de este antro, entonces? —exclama Bárbara Miranda, que se gira mirando a Clara—. ¡Tú! ¡Puta!

De pronto, Clara Alvear se echa la mano a la espalda y saca el revólver de Víctor. Miranda, que camina ya hacia ella, duda y recula un instante.

Víctor vuelve en sí y contempla la escena.

—¡Dispara, cariño, dispara! —grita a su mujer.

Miranda, como si tal cosa, mira a su esbirro y le recrimina:

—Pero ¿qué es eso? ¿No la has registrado?

—¿Por qué iba a hacerlo? Es una mujer.

—Eres un idiota. ¡Ya hablaremos de esto!

—No deis un paso, sé usarlo —advierte Clara con la voz temblorosa.

—No, no hables, dispara ya. ¡Rápido! —gime Víctor.

Bárbara Miranda se mueve con agilidad y de dos pasos se

planta frente a Clara, que abre fuego una, dos, tres, cuatro, cinco y hasta seis veces iluminando el mugriento sótano a cada detonación. Bárbara sale despedida hacia atrás y Espada parece rodar por el suelo. Varias vasijas vuelan hechas añicos y el estruendo de los disparos resulta ensordecedor en mitad de un cuarto tan pequeño. Cuando Clara ha vaciado el tambor todo queda en silencio. Hay humo flotando en el ambiente por lo que la visibilidad empeora.

—¿Les has dado? —pregunta Víctor.

—No lo sé… —responde Clara.

Entonces, dos figuras se levantan en mitad de la oscuridad.

—¡Rápido, dame un pañuelo! —ordena Miranda llevándose la mano al hombro—. ¿Estás herido?

—No, no sabe disparar —contesta Espada, con otro revólver en la mano.

Bárbara Miranda se hace un nudo en el brazo herido con el pañuelo para contener la hemorragia y dice:

—No tenemos ni un minuto que perder, sube a echar un vistazo y cubre la huida, nos vamos. Ahora sí que termino yo con esto. Ha vaciado el tambor.

49

Esta vez Bárbara Miranda toma un hacha de carnicero y se dirige hacia Clara. Víctor, completamente atado, no puede hacer nada. Apenas si farfulla incoherencias, parece estar a punto de perder el sentido.

Espada desaparece escaleras arriba pero, al instante, se escucha un tremendo estruendo. Parece que viene de la escalera, es como si ésta se fuera a hundir. Clara y Víctor no aciertan a saber qué está pasando hasta que ven rodar al gigantón por el suelo. Se levanta y lleva algo en los hombros. Una figura pequeña que le muerde una oreja haciendo que se retuerza de dolor.

—¡Eduardo! —grita Clara.

Espada, movido por el dolor, coge al crío como puede y lo lanza contra la pared. Éste impacta con el muro de piedra y cae sin sentido junto a los dos cautivos.

Clara se agacha a atenderlo.

Pasan unos segundos que se hacen eternos mientras la dama aplica su oído al pecho del niño.

—Está vivo —dice al instante para calmar a Víctor, que nada puede hacer.

Bárbara Miranda está fuera de sí:

—Y éste, ¿quién carajo es?

—Nuestro hijo, déjele ir, por favor —suplica Clara.

—Ya vienen para acá y lo sabes, Miranda. Yo de ti saldría por piernas —farfulla Víctor, que apenas si puede hablar pues tiene la boca inflamada.

—No —contesta ella, que parece a punto de perder los nervios—. Tú, José Antonio, encárgate de ellos dos y yo despacharé a Víctor. Nos vamos. Hay que escapar ya y a campo traviesa, además.

—¡Casa Petronila! ¡Vamos! No tenemos ni un minuto que perder —dice Castillo, que entra en el coche a toda prisa.

—¿Cómo? —apunta el juez mientras que el cochero sale de allí a toda prisa.

—Sí, sí, han pasado por aquí, por la taberna, y he hablado con un paisano que les dio las señas.

—¿Las señas?

—Sí, sí, él mismo alquiló una casa de campo, Casa Petronila, a unos forasteros hace un par de meses: una mujer hermosa y un tipo muy grande, mal encarado. Vienen de vez en cuando y son muy misteriosos, no se tratan con nadie.

—¿Y cree usted que son ellos?

—Clara y el Julián han salido para allá, debemos acudir lo antes posible.

—¿Está muy lejos esa casa?

—Creo que una media hora; con el coche de caballos, menos.

—¿Cuánto hace que salieron de aquí?

—Unas dos horas, según me han contado.

—Ruego a Dios que lleguemos a tiempo.

—Puede que no sean ellos, digo, los forasteros.

—Si no fueran ellos, Clara Alvear habría vuelto ya —dice el juez con mucho sentido.

Clara comprende que ha llegado su fin. Víctor está atado y no puede ayudarla. Eduardo yace en el suelo sin sentido. Todo está perdido.

Cuando los dos asesinos van a acercarse a ellos suena una especie de explosión.

Todos miran a Espada. De pronto, su cabeza ha desaparecido. El cuerpo, lentamente, queda de rodillas y cae con estrépito al suelo. Está muerto, le han volado la cabeza. La escalera cruje como si alguien bajara a la carrera. Clara no acierta a hacerse una idea de qué ha pasado. Está mareada y se siente a punto de perder el sentido por la tensión que está viviendo. Tras el humo de la detonación se adivina, entonces, una figura:

—¡Julián! —exclama Clara.

—Decidí volver, no me daba tiempo —dice el cochero, que lleva en las manos su escopeta de postas. Y dirigiéndose a Miranda, añade—: Me queda otro disparo, usted sabrá.

Ella mira al Julián con maldad y aprieta el mango del hacha con fuerza. No es mujer que suela rendirse tan fácilmente. Observa con parsimonia a un lado, a otro, y sonríe.

—¿De verdad crees que un simple cochero va a detenerme? —pregunta Miranda con retintín mientras echa un pie atrás para darse impulso en cuanto descargue su ataque. Antes de que vaya a levantar el hacha y cuando nadie lo espera ya, Clara Alvear da un paso al frente y la golpea en la cabeza con la culata de su revólver. Bárbara Miranda cae al suelo desplomada, sin sentido.

50

Clara entra en la habitación portando un tazón de caldo de pollo con algo de pan y Víctor se reincorpora apoyándose en unos mullidos almohadones.

—La cena está servida —dice ella—. Lo he hecho yo misma.

—Gracias, querida —responde él y le da un beso.

—Tienes que reponerte. Dijo el médico que primero, comidas suaves y mucho reposo.

—Querría salir a la calle.

—No, espera unos días. Además, pareces un *ecce homo* —apunta Clara.

—Esa mujer es una salvaje, está loca. Pensé que iba a morir, ¿sabes?

—Ya, bueno, pero eso está pasado, querido. Tienes que conseguir olvidarlo, sacarlo de tu mente.

Los dos se quedan en silencio. Víctor comienza a apurar el caldo; apenas si ha ingerido una cucharada cuando ya está a punto de tomar otra.

—Tienes hambre, eso es buena señal —piensa ella en voz alta.

—Claro, ¿por qué no había de tenerla?

—El médico supone que debes de estar afectado por lo que pasaste.

—Y lo estoy —responde él—. Tuve mucho tiempo para pensar allí. Quiero vivir un poco más la vida, no puedo aceptar todos los casos que me ofrecen. No necesitamos el dinero, nos va bien con lo que he ganado estos años y con tus rentas.

—Tómate unas vacaciones, de un par de años.

Ambos estallan en una carcajada.

—¿Sabes? —dice Víctor—. Es curioso, pero en las dos ocasiones en que me he enfrentado a Bárbara Miranda, esa mujer ha hecho cambiar mi vida. La primera, abandoné la policía, y la segunda, fíjate, hablo de tomarme unas vacaciones por primera vez desde que comencé en este oficio.

—Tu mente nunca descansa, no creo que llegues a hacerlo.

—Lo haré, al menos oficialmente. ¿Y ella? ¿Dónde está?

—Aquí, en la cárcel. Pero la trasladan mañana.

—¿Está encadenada? ¿Como yo dije?

—Sí, sí, tranquilo. Se lo comenté a Agustín y ha dado órdenes al respecto. Permanece amarrada en todo momento.

—Es muy peligrosa. No teme a nada. Si la sueltan un momento no respondo por la vida de los guardias.

—Lo saben, Víctor, lo saben. Esta vez no volverá a escapar.

—Que no reciba visitas, es muy importante.

—Ya se lo he dicho y han tomado las medidas correspondientes, no temas. Tú dedícate a descansar.

Víctor de nuevo se queda en silencio. Clara tiene la sensación de que la mente de su marido vuelve a aquel lúgubre sótano una y otra vez. No duerme bien, tiene el sueño agitado y sufre pesadillas. El médico dice que desaparecerá con el tiempo, que sufre algo así como la fatiga de guerra.

Víctor retoma la palabra y dice:

—No te he dado las gracias.

—¿A mí? ¿Por qué?

Él sonríe. Tiene el rostro lleno de moretones y uno de sus ojos aparece totalmente violáceo e inyectado en sangre.

—Tiene su gracia —apunta—. Tanto perseguir a Bárbara Miranda, tanto luchar para ir deshaciendo la madeja, y llegas tú y en apenas unas horas la detienes.

—No fue tan difícil, se dieron una serie de casualidades y...

—En cualquier caso, actuaste como lo haría yo. Fue brillante lo de las flores.

—El mérito es del catedrático de botánica, el me aconsejó que buscara en el valle de Saliencia y acerté. Un golpe de suerte.

—Gracias a Dios. Pero tú fuiste valiente, decidida y me rescataste, querida, me salvaste de una muerte segura.

—¿Y?

—¿No le das importancia a lo que hiciste?

—Tú habrías hecho lo mismo. Además, si tú y yo estamos aún aquí es gracias al Julián. No lo olvides.

—No lo olvido. Quiero verlo.

—El médico ha dicho que nada de visitas. De momento.

—Tengo que salir.

—¿Salir? ¿A qué?

—A un recado.

—¿En Oviedo?

—Sí, algo importante.

—Ya lo harás, no tengas prisa. Te queda como mínimo una semana de reposo en cama.

—Pues entonces avisa a Eduardo, continuaremos con nuestras lecciones.

—Eso sí, querido, eso sí. Y ahora descansa, que voy a avisarle.

Clara Alvear llega a la cárcel invadida por la aprensión. Le acompañan el juez instructor, don Agustín Casamajó, y el alguacil Castillo. La detenida, Bárbara Miranda, no ha querido hacer declaración alguna y ha puesto como condición para hablar que se le consiguiera una entrevista con Clara Alvear.

A pesar de que Víctor lo desaconsejaba, Clara no ha tenido inconveniente en ir a ver a la presa.

Cuando entran en la sala para visitas, la mujer de Víctor se sorprende. Allí, con el uniforme a rayas de la prisión, encadenado de pies y manos y rapado al uno, la espera un hombre. Lleva barba de tres días.

—Sí —dice Bárbara Miranda con cara de odio—. Mire lo que me ha hecho. Saben que para mí éste es el peor de los castigos. Soy una mujer y ellos se empeñan en convertirme en un cerdo, en uno más de ellos, ¡en un hombre!

Clara toma asiento y saluda a la presa con una inclinación de su cabeza. Está seria, no quiere hacer ninguna concesión a la mujer que torturó y casi mata a su marido.

—Quiero hablar con ella a solas —ordena Miranda, que está escoltada por tres guardianes armados.

—Ni hablar —dice el director de la prisión que les acompaña—. Sabemos lo que hizo usted con esos hombres que la custodiaban en Suiza. Mis empleados tienen orden de hacer fuego al más mínimo movimiento, aunque sea un estornudo, fíjese.

—Estoy encadenada de pies y manos. ¿Qué más necesitan?

—Si hablo con usted, ¿firmará su confesión? —pregunta Clara.

—Lo juro —dice Miranda.

—Bien —responde la mujer de Víctor Ros—. Déjenme ese revólver y salgan del cuarto.

—Pero… —comienza a decir Casamajó.

—¡Que salgan, he dicho! Pude con ella en aquella maldita casa de campo y ¿creen que no voy a poder con ella aquí, encadenada y con un revólver apuntándole a la cabeza?

—Tiene usted mala puntería —responde, burlesca, Miranda.

Clara toma el revólver de Castillo y, sin dudar, abre fuego atravesando un viejo calendario que hay en la pared.

—He disparado al 30 de marzo. Compruébenlo. He estado practicando.

Los allí presentes se miran con sorpresa y abandonan la estancia.

Clara se sienta de nuevo frente a su interlocutora y, apuntando directamente a su corazón, comienza a hablar:

—Usted dirá.

—Se preguntará por qué la he hecho venir.

—Sí, más bien. Y me agrada que me ahorre el tuteo. Así es mejor.

—En primer lugar quiero felicitarla como es debido. Una compañera de género moviéndose tan brillantemente en un mundo de hombres es algo que te hace sentir orgullosa. Se comportó usted con inteligencia, fue brillante, decidida y valiente. Si había de capturarme alguien prefiero mil veces que lo hiciera una compañera, una mujer.

—Es usted un hombre, ¿lo recuerda?

—¡Y un carajo! Soy una dama, y si no me hubieran arrebatado mis enseres de afeitado y mantuviera mi pelo, vería usted cómo se equivoca.

—¿Ya está? ¿Era eso? ¿Nada más? —dice Clara amenazando con levantarse.

—No, quiero que sepa que considero a su marido un rival casi a mi altura. Algo pesado, como una mosca cojonera, usted perdone. Nunca llega a cazarme.

—Ya lo hizo una vez.

—Pero escapé. Supe del interés que tenía en mí el Sello de Brandenburgo y me dejé querer. Lo demás fue fácil. De hecho, en lugar de esconderme en el extranjero, que era donde me buscaban, me vine aquí. ¿Acaso cree que temo a su marido?

—Pues bien que desapareció cuando él llegó a Oviedo.

—Me conocía. Nos hubiera delatado al instante.

—¿Y bien? ¿Qué quería decirme?

—Sí, sí, pues eso, que ha sido usted una rival a mi altura, así que, en cuanto solucione estos pequeños problemillas con la Justicia…

—¿Pequeños? ¡Si va usted al garrote de cabeza!

La otra, como una demente, sigue a lo suyo e insiste:

—… cuando termine con estos pequeños problemillas judiciales, que ya le auguro será pronto, ajustaremos cuentas.

—¿Cómo?

—Pues eso, lo que oye.

—¿Nos está amenazando?

—¡No, querida, a usted no! He descubierto que sería usted una gran rival, una fantástica investigadora. Es por esto que en cuanto quede libre tomaré las medidas oportunas para que su marido sea eliminado. Así podrá usted salir del capullo y pasar de crisálida a mariposa. Y entonces nos enfrentaremos, por media Europa, claro. Yo cometeré mis crímenes y usted me perseguirá intentando resolverlos, cazarme. Ya verá, seremos las heroínas de la gente de la calle, saldremos en los periódicos día sí y día también. Pasaremos a la historia.

—Está loca.

—No, y lo que acabo de predecir sucederá pronto. Su mariditotiene los días contados.

Clara Alvear se levanta y amartilla el arma. Apunta justo a la frente de Miranda y toma aire.

—Venga, adelante —dice la reclusa.

Entonces, Clara Alvear suspira y baja el revólver. Se gira y justo antes de salir sentencia:

—Si vuelve usted a aparecer en nuestras vidas, juro que la mato. No llegaré ni a avisarle, quiero que lo sepa.

51

Víctor sale de la pensión sonriente y apoyándose en Clara. Tiene la mitad derecha del rostro color violeta y uno de sus ojos está totalmente rojo aún. Cojea y parece molesto por la luz del sol. Su pómulo derecho está todavía surcado por siete puntos de sutura y le falta un diente al sonreír.

—¡Víctor! —grita don Agustín echándose en sus brazos.

—Amigo, creí que no volvía a verte —responde el detective.

—No, no, eres el mejor. No podía ocurrirte nada. ¡Nada!

—No —dice el detective—. Fue todo gracias a Clara.

—Muchas gracias, amigo —insiste el juez—. Juro que llegué a asustarme, por un momento me vi como el hombre que provocó la muerte de Víctor Ros.

—Tenéis Víctor Ros para rato, lo juro.

—Has cumplido con creces y resolviste un caso muy complejo. Ya tengo en mi poder tu cheque, los prohombres de la ciudad están muy contentos contigo, creo que fantasean con la posibilidad de ofrecerte la jefatura de policía.

—Pues que fantaseen, que fantaseen, que aquí, un servidor, piensa tomarse como mínimo un bienio sabático.

Hay lágrimas en los ojos de don Agustín Casamajó que,

por unos instantes, lo vio todo perdido. Nadie sabe cómo se recuperará Víctor de lo vivido en Saliencia, no quiere hablar mucho de lo que esa mujer le hizo, pero el informe que al respecto ha preparado el forense asusta al más pintado.

Entonces, todos se separan y dejan un espacio para que el detective vea al hombre que les salvó. El verdadero héroe de aquella historia.

Víctor sonríe y mira con ternura al Julián; sin él, sin su valiente participación en aquellos hechos, él, Eduardo y Clara estarían, a buen seguro, muertos.

—¡Julián! —dice el detective echándose en sus brazos.

El inmenso cochero solloza al abrazar al detective.

—¿Cómo lo hiciste? Fuiste un valiente. Nos salvaste a los tres, te jugaste la vida, amigo, te jugaste la vida.

—¡No, no! —protesta el cochero, siempre humilde—. Hice lo que debía, lo lógico. Como siempre dice usted, don Víctor. Cuando llevaba unas pocas leguas recorridas comprendí que no me daba tiempo a avisar a la Guardia Civil. Tuve la certeza de que doña Clara iba a entrar en aquella casa y yo tenía una escopeta, ¿qué iba a hacer? Además, poco después llegaron los guardias civiles con el señor Casamajó.

—Sí —apunta éste—. Habíamos seguido la pista de Clara hasta allí y supimos de la existencia de la casa. Pero cuando llegamos ya estaba todo en orden gracias al Julián.

—¡Y a Clara! —exclama Víctor—. Que derrumbó a la auténtica Bárbara Miranda de un solo culatazo. Pero dejemos ese tema.

—Hay más personas que quieren verte —dice Clara haciéndose a un lado.

Allí, frente a Víctor, aparecen Fernando Medina y Enriqueta Férez cogidos del brazo.

—¡Vaya! —exclama Víctor, que parece un hombre feliz.

Los dos tortolitos se acercan al detective. Él le abraza efusivamente y ella le besa en ambas mejillas.

—Muchas gracias, don Víctor —dice Enriqueta.

—De verdad, de corazón —añade el joven Medina.

—¿Ya es oficial? —pregunta el detective.

Los dos asienten satisfechos.

—Salimos ahora mismo de luna de miel. Vamos a Inglaterra, luego quizá a Estados Unidos.

—Buena elección —dice Ros—. ¿Y su padre de usted, Enriqueta?

Ella ladea la cabeza.

—¿No le han contado? —dice la joven.

—No... ¿qué?

—Don Reinaldo está preso, Víctor —aclara el juez Casamajó—. La denuncia del *Heraldo* y la confesión de sus esbirros le han deparado una acusación de intento de asesinato.

—Eso nos dejó el campo libre —apunta Fernando Medina—. Y doña Mariana no ha puesto ningún reparo. Enriqueta y yo comenzaremos una nueva vida en Argentina.

Víctor Ros sonríe al ver tan felices a los dos jóvenes y contesta:

—Me parece otra buenísima noticia, amigos. Les deseo toda la felicidad del mundo. Y ahora, ¡a la sidrería! ¡Paga el enfermo!

Clara Alvear sonríe e intenta disimular. No quiere ni pensar en que desde aquel día vivirán con una amenaza permanente.

La tarde está bien entrada cuando Isabel Sánchez levanta la cabeza al ver llegar un carruaje. Está distraída, relajada, mientras cuida su jardín y mima sus flores, disfrutando de aquellos momentos de paz tras lo vivido en las últimas semanas.

El cochero, Julián, baja de un salto del pescante y abre la portezuela del habitáculo para pasajeros. Del mismo baja una dama muy hermosa que ayuda a descender a Víctor Ros. El detective tiene realmente mal aspecto. Isabel ha leído en la prensa los detalles de su secuestro por parte de la malvada mujer que urdió todo aquello.

—¡Don Víctor! —dice levantándose al instante—. ¡José, sal, date prisa!

Al momento se encuentra con el detective que le estrecha las manos cariñosamente mientras que José Granado aparece sonriente por el umbral de la puerta.

—Me han dicho que se han casado ustedes dos.

—Sí —responde ella muy contenta.

El caballerizo da dos pasos al frente y estrecha la mano de Ros.

—¡Enhorabuena a los dos! Me alegro mucho por ustedes, de veras. Ésta es mi esposa, Clara. Tampoco pertenecíamos a la misma clase social y en su momento decidimos desafiar a todo el mundo. No nos ha ido mal, ¿verdad, querida?

—Verdad —dice Clara.

—Gracias —responde Isabel—. Es cierto, somos muy felices. Hice bien en seguir su consejo. Pero ¿qué hacemos aquí? Pasen, pasen a tomar una taza de té.

—No, se lo agradecemos mucho pero no va a poder ser —responde Clara—. Víctor debe guardar reposo. Está bastante bien pero ya ha tenido muchas emociones por hoy y mañana partimos a Madrid, es un viaje largo y debe estar descansado. En otra ocasión prometo que volveremos a verles.

—Sí, claro, lo importante es que el enfermo se recupere bien —dice Granado—. Nunca le estaré suficientemente agradecido, don Víctor, usted me salvó. Podría incluso haber ido al garrote.

—No olvide que su esposa, doña Isabel, fue muy valiente acudiendo a las autoridades a confesar que estaba con usted en la noche de autos —apunta Ros.

—Desde luego, desde luego —contesta el antaño caballerizo—. Y fue decidida y valiente, no temió a los chismes y antepuso su buen nombre a mi vida, nunca lo olvidaré.

José Granado toma a su esposa por el talle y se miran embelesados.

Víctor carraspea por unos instantes y dice:

—Aparte de saludarles, quería plantearles un pequeño negocio.

—Lo que usted diga, don Víctor, lo que usted diga —responde la mujer.

—Se trata de lo siguiente. Veamos, doña Isabel. Si no recuerdo mal, el día en que la conocí usted se lamentó de no haber tenido hijos en su anterior matrimonio.

—Sí, claro, siempre quise ser madre pero un médico de Madrid me examinó y confirmó que no podía tener hijos. Es una espinita que llevo clavada. Ahora tengo a mi José, pero habría estado acompañada en mis años de viudedad si los hubiera tenido.

—Ya —añade el detective—. Pues quiero proponerle un asunto. ¿Sigue añorando esa posibilidad? Veo que sí, por eso, escuche atentamente.

Julia ha temido ese día desde que conoció a Eduardo. Su vida ha cambiado desde que apareció el chico, vestido de pilluelo, como un andrajoso y le salvó de esos miserables que le amargaban la vida. Y no sólo eso sino que su situación en la posada ha mejorado gracias a la intervención del crío, su padre y ¡hasta un juez! Aunque no la hubiera salvado lo querría igual, desde el primer momento comprendió que era para ella. Por eso temía el día de su partida, no porque doña Angustias pudiera volver a tratarla como antes sino porque la idea de no volver a verlo se le hace insoportable.

Eduardo ha resultado ser como los príncipes azules de los cuentos: un andrajoso mendigo que va disfrazado y que es, en realidad, de buena familia.

Por eso, cuando levanta los ojos del suelo que friega agachada, y ve llegar el carruaje, comprende que ha llegado el momento de la partida.

Eduardo baja del mismo y la toma de la mano haciendo un aparte tras los manzanos. Sabe lo que va a decirle, que la recordará siempre y que volverá, pero ambos saben que esas cosas son mentiras.

Una dama muy hermosa, la madre del crío, y don Víctor Ros bajan del coche y entran en la posada. Él se apoya en un bastón pues dicen que resultó herido en su lucha con aquella horrible mujer que ha llevado en jaque a toda la ciudad.

Mientras Eduardo le habla del futuro, llega otro coche de punto del que baja un matrimonio: él es un hombre fuerte, con aspecto noble y de rudas manos; ella es una mujer alta, rubia y hermosa que la mira constantemente.

Al poco don Víctor Ros sale acompañado por su mujer y doña Angustias. Camina despacio hacia ella ayudándose con el bastón y se agacha para hablarle:

—Tú eres Julia, ¿verdad?

—Sí —responde ella.

—Me han dicho que eres muy trabajadora y que ahora te estás aplicando para retomar la escuela, ¿me equivoco?

—No, no, así es.

—Bien, pues así debes seguir. No hace falta que te diga que eres muy importante para Eduardo, que no habla de otra cosa sino de ti y que me ha vuelto loco para que consiguiéramos que tus condiciones de vida mejoraran.

—Lo sé, Eduardo es muy bueno conmigo.

—Pero... —comienza a decir el detective.

Julia comprende que ahí viene la despedida, ellos se van a Madrid y todo seguirá igual, esas semanas no han sido sino un hermoso sueño.

—... pero creo —continúa Víctor— que una jovencita de tu edad no debe perder su tiempo fregando posadas sino estudiar, crecer feliz, jugar y disfrutar de la infancia. ¿Estás conmigo?

Ella sonríe no sin cierta amargura en el rostro.

—Bien, veo que sí. ¿Ves a esa señora que hay ahí? Se llama Isabel Sánchez y ése es su marido. Son amigos míos y buenas personas, no como doña Angustias —dice bajando el tono de voz para que no le escuche la arpía—. He hablado con ellos y también con tu patrona. Mi amigo el juez ha preparado ya los papeles. Quiero que vayas allí, donde está ella, y que habléis. Ahora mismo te llevarán a su casa a comer y los conocerás. Si te gusta su casa, cómo son y te sientes cómoda con ellos, pasarás a vivir allí, ¿entiendes?

La cría abraza a Víctor y le susurra:

—Claro, prefiero trabajar en una casa particular que en este lugar.

Eduardo, que permanece a apenas un par de pasos, se acerca y dice:

—No, no lo has entendido, Julia. No vas a fregar más, van a adoptarte.

La cría da un salto y abraza a Eduardo entre sollozos.

Todos se emocionan excepto la arpía de doña Angustias, que se pierde en el interior de la posada para arreglarse. Debe ir cuanto antes al Hospicio para buscar otra fámula.

—Te aseguro —añade Víctor— que Eduardo vendrá a verte siempre que sea posible. Este año va a estudiar ya en Madrid, pasará mucho tiempo en casa, así que no hay inconveniente en que venga a verte unos días de vez en cuando.

—Gracias, don Víctor, gracias —dice la chica entre sollozos.

Ella y Eduardo permanecen abrazados durante un rato.

—No hay nada como el primer amor —reconoce Víctor con aire sombrío.

Clara y él se despiden de Granado y su señora mientras Eduardo vuelve al carruaje. Julia se acerca titubeante a su nueva madre y todos ven cómo Isabel la abraza y la besa. La toma del brazo y la lleva al coche de alquiler.

—¡Al cementerio! —dice Clara al Julián mientras Eduardo intenta disimular el llanto.

—No temas llorar, hijo —dice Víctor—. Eso nos hace humanos.

En apenas diez minutos el coche pasa junto a la fuente de San Roque, dejan a un lado la explanada para el Mercado de Ganado y, tras atravesar Los Arenales, llega al cementerio.

Víctor baja solo. Lleva un ramo de flores en la diestra y se apoya en el bastón con la mano izquierda. Clara le sigue a cierta distancia. Le ve preguntar al sepulturero y se dirige hacia donde le indican.

Una vez hallada la tumba de Esther Parra, se apoya en el bastón y consigue hincar una sola rodilla en tierra a duras penas. Deposita el ramo sobre la reluciente lápida y musita unas palabras. Entonces apoya la cabeza en la mano derecha y se convulsiona como si llorara. Al fin, no sin cierto esfuerzo se levanta y deja el bastón sobre la tumba de la primera mujer que amó.

Cuando se gira hay lágrimas en sus ojos, pero al ver el rostro de Clara, una inmensa sonrisa le ilumina.

—Vamos, querida, Agustín nos espera para despedirse en la estación. Volvemos a casa.

Epílogo

Bárbara Miranda sale al patio caminando con dificultad, no en vano va encadenada de manos y pies. Tres hombres la rodean, a cierta distancia, sin dejar de apuntarle con sus escopetas. Cuando llega al coche de caballos, la ayudan a subir. Un herrero, que ha preparado un dispositivo especial a tal efecto, la sujeta con candados a dos postigos de acero que cruzan el interior del habitáculo. Al instante, dos guardias civiles suben con ella al carruaje. Cuatro agentes de la Benemérita a caballo rodean el coche y un segundo carruaje con cuatro inspectores de policía armados con escopetas completan la escolta.

El Ministerio de la Gobernación se ha tomado muy en serio el asunto.

La comitiva sale de la Cárcel Modelo y sigue hasta alcanzar el camino de Santa María de Xaranco. Una vez allí, giran hacia Oviedo cruzando la vía del ferrocarril para adentrarse en la amplia calle Uría despertando la curiosidad de los viandantes, que nunca han visto nada como aquello. El convoy pasa junto al Campo de San Francisco y ataca la calle Fruela. El gentío que comienza a agolparse para ver el traslado de la asesina comienza a ser considerable. Muchos insultan a la prisionera pero no saben en qué coche va, de manera que aunque algunos toman piedras del suelo no se atreven a lanzarlas.

Cuando llegan a la calle de la Magdalena, los miembros de la comitiva siguen hacia la Puerta Nueva Baja hasta alcanzar la carretera de Castilla donde avivan el paso. Tienen por delante un largo viaje hasta Madrid. En los pescantes de ambos coches hay dos policías armados con sendas escopetas, no debe haber problemas.

Cuando la ciudad queda atrás y no es más que una pintoresca postal en mitad de aquel paisaje verde y frondoso por las profusas lluvias, pasan junto a una arboleda. Nadie se percata de que en la umbría aguarda una quincena de hombres a caballo. Visten como los bandidos que se echan al monte; cuero, polainas y algunos pañuelos envuelven sus cabezas. Uno de ellos, que parece el jefe, dice por lo bajo:

—Aguardad un poco, no hay prisa. Ahora, más adelante.

Murcia, 28 de agosto de 2012